KB020244

장녀들

창녀들

시노다 세츠코 지음 안지나 옮김

이음

차례

1

집 지키는 딸

1

잠에서 깼을 때 보인 것은 아무도 없는 빈 좌석뿐이었다.

황급히 일어나 전철 플랫폼에 내렸다.

여기가 어딘지도 모른 채 갑자기 어지러워 벤치 옆에 웅크리고 앉아 토했다.

지나가던 승객이 혀 차는 소리가 들렸다.

눈물에 젖은 눈으로 표지판을 올려다보니 '오다와라'였다.

하필이면 급행열차를 타는 바람에 종점까지 온 것이다.

자판기에서 녹차 캔을 사고 비틀거리며 옆 플랫폼으로 이동했다. 다행히 상행 열차는 아직 운행이 끝나지 않았다. 그것이 자신에게 남은 마지막 행운인 것만 같았다.

"나, 진심이야"라는 말이 귓속에서 맴돌았다. 이어서 따뜻한 숨결과 손가락 끝에 닿으면 따끔거리던 짧고 뻣뻣한 머리의 감촉,

살 내음까지 생생하게 되살아났다.

2년 동안 같은 직장을 다녔고, 한 달 전부터 사귀기 시작했다.

금요일 밤, 평소에는 통근 열차로 이용하던 오다큐선 특급 열차를 타고 둘만의 짧은 여행을 떠난 것이 2주 전이었다. 오히려 그때 기억이 몇 시간 전의 일보다 생생해서 당혹스러웠다.

"역시 자신이 없어요."

그는 그렇게 말했다.

"시마무라 씨를 좋아합니다. 하지만 전 시마무라 씨를 책임지기엔 남자로서 아직 멀었나봐요. 회사에 집중해야만 하는 시기이기도 하고……. 역시 안 되겠어요. 이렇게 말하는 게 비겁하긴 하지만요."

2주 전의 '나'가 '저'로 바뀌고, '나오'라던 애칭은 '시마무라 씨'로 돌아갔다.

"괜찮아, 어쩔 수 없는 일이니까."

나오미는 웃으며 그의 어깨를 두드렸다. 속으로는 이미 30대 중반을 넘었는데 남자로서 아직 멀었기는 뭐가 멀었냐고 욕을 하면서.

요즘에는 이혼 경력 있는 40대 여성과 여섯 살 연하 미혼 남성의 조합이 그렇게 부자연스럽지는 않다. 먼저 푹 빠진 것도 남자 쪽이었다.

남자는 "지금은 그럴 때가 아니다"라며 계속 거절하던 나오미가 가는 곳마다 얼굴을 들이밀고 끈질기게 문자를 보냈다. 한 달 전 회식을 마치고 돌아가는 길에 처음으로 둘이서 술을 마시러 갔고, 2주 후에는 사귀기 시작했다.

나오미가 "그럴 때가 아닌" 이유를 밝힌 것은 그 직전이었다.

"엄마가 계셔. 그렇게 고령은 아니지만 골다공증이 있으셔서 몸을 맘대로 못 움직여. 24시간 수발이 필요한 상태는 아니지만 통증 때문에 움직이기도 어렵고 일어서기도 힘들어하셔. 현기증이 나나 봐. 넘어져서 뼈가 부러지기도 하니 눈을 뗄 수도 없고. 고집이 심해서 데이서비스(노인들이 낮 시간에 가서 노래, 율동, 산수 등을 하고 주 2회 목욕 서비스를 받을 수도 있는 주간보호센터 — 옮긴이)나 방문요양보호사는 절대로 싫다고 하니 내가 옆에서 돌보는 수밖에 없어. 직장이 가까운 덕에 일하는 데는 그다지 지장이 없지만."

그렇게 말하자 그는 "전혀 몰랐어, 나오. 언제나 밝고 일도 척척 해치워서 그런 고생을 하는 것처럼은 전혀 보이지 않았으니까"라면서 감동한 듯이 나오미를 바라보더니 강풍이 휘몰아치는 신주쿠 서던테라스(도쿄의 신주쿠구에 있는 큰 쇼핑몰 — 옮긴이)의 육교 위에서 지나가는 행인들의 이목에도 아랑곳하지 않고 그녀를 껴안았다.

"내가 근처 아파트로 이사가면 되잖아. 무리하지 말고 같이 있을 수 있을 때 같이 있자. 그래도 괜찮아, 나는."

그가 나오미의 머리를 자신의 뺨에 댄 채 말했다. 진실하게 느껴지는 낮은 목소리가 살갗을 타고 진동으로 전해져 마음을 뒤흔들었다.

그는 사이타마현 교외에 있는 본가를 나와 나오미가 사는 도쿄 내에 있는 교도로 이사하겠다고 약속했다. 그들이 근무하는 교육 기획 회사는 미나미 신주쿠에 있으므로, 그렇게 되면 통근시간도 한 시간 이상 단축된다. 분명 그에게도 합리적인 선택으로 보였다.

그러나 결혼을 현실로서 냉정하게 생각해보면 이야기가 달라진다. 결혼 상대가 이혼 경력이 있는 여섯 살 연상인 것까지는 '반했다'는 이유로 받아들일 수 있다. 하지만 상대가 몸이 불편한 친정어머니를 모셔야 해서 남편과 반 별거 생활을 해야 하고, 그 어머니에게 가까운 장래에 전면적인 돌봄이 필요할 것이라는 부담에까지 생각이 미치면 누구든 주저할 것이다. 당연한 일이었다.

철회 의사를 듣고 "거짓말쟁이, 볼일 다 봤다고 잽싸게 줄행랑치는 거면서!" 그렇게 울부짖지 않고, 원한 한마디 뱉지 않고 "확실하게 말해줘서 고마워"라며 상대를 이해하는 침착한 대응은 40대 여자의 분별이자 자존심이었다.

헤어진 다음 혼자서 작은 바에 들어가서 젊은 바텐더가 말을 거는 것을 냉랭한 눈빛으로 무시하고 물을 한 방울도 타지 않은 글렌피딕 위스키를 한입에 털어 넣었다.

"아가씨, 시원하게 마시는데!" 취객이 그렇게 말을 걸어오자마자 시비를 건 것까지는 기억나지만 그 뒤의 기억은 없었다.

손질이 잘 안 된 나무가 울창하게 우거져 가지가 징검다리 위까지 뻗은 정원을 지나면 외양만 훌륭한, 서양식과 일본식이 반반 섞인 이층집이 보이고, 희미하게 붉은 불빛이 비치는 현관이 나타난다.

오랫동안 사립대 교수로 근무한 아버지가 8년 전 세상을 떠나며 아내와 자식들에게 물려준 땅과 집이었다.

고도성장기에 품위를 잃고 부산해지기만 하는 도쿄를 꺼린 할아버지는 그때까지 살던 센다키의 집을 팔고 전원 풍경이 남아 있는 교도의 한적한 주택가로 이사했다. 아버지는 청년기 이후 이곳에서 살며 아내를 얻고 두 딸을 키웠다.

남들은 고급 주택가의 넓은 집이라고 부러워하지만, 집으로 대단한 이익을 보는 것도 아니고, 실제로 그 집에서 사는 사람은 오히려 각종 세금과 유지비로 어깨가 무거웠다.

다섯 살 아래인 동생은 어린 나이에 시집을 갔고 언니와 달리 친정으로 돌아올 기미도 없으니, 장녀 나오미가 장차 이 집을 물려받을 것이다.

"내가 죽으면 이 집은 네 것"이라는 게 어머니의 입버릇인데, 솔직히 고맙지도 않았다.

침실에 들어서니 어머니가 아직 깨어 있었다.

"뭐 했니, 이런 시간까지."

원망스러운 목소리가 이불 속에서 그녀를 맞이했다.

당신 덕분에 남자한테 차이고 왔어, 라는 말을 삼켰다.

"데려다주렴."

어머니가 명령하듯이 말했다. 골다공증 때문에 밤에는 특히 통증이 심해서 화장실에 가는 데도 도움이 필요했다. 그런데도 방문요양보호사나 가정부를 집에 들이는 것은 거부해 낮에는 혼자 난간을 잡고 다녔다. 사실은 혼자서 일어설 수 있는지도 모른다. 하지만 딸의 얼굴만 보면 부축해달라고 부탁하는 것이다. 응석이라기보다 부모로서의 당연한 권리를 행사하여 만사 편하게 지내려는 것처럼 보인다.

작년 연말에는 업무가 몰리는 바람에 일을 집에까지 가져와, 녹취를 문서로 옮기거나 번역 작업을 하느라 바빴다. 한 시간에 한 번은 꼭 상태를 보러 올 테니까 화장실이나 필요한 게 있으면 그때 한꺼번에 말하라고 했다가 어머니와 크게 싸웠다.

“나는 널 키울 때 네가 울기라도 하면 금방 달려갔어. 회사 업무도 아니고, 한 시간에 한 번 들여다보겠다니 무슨 소리니. 넌 딸로서의 정이란 게 없니?”

말다툼하는 데도 지쳐서 지금은 뭘 하고 있든 부르면 당장 달려간다.

“술 냄새.”

가늘게 떨리는 팔을 잡고 어깨를 빌려주자 어머니가 얼굴을 돌렸다. 염색약 냄새가 코를 찔렀다.

“뭐 했니?”

“접대.”

오늘은 거짓말이지만, 평소에는 9할은 사실이었다.

“그런 일은 그만둬, 여자애가.”

무겁다. 주저하지 않고 체중을 싣는 것은 상대가 장녀이기 때문이다. 자식으로서 그저 귀여워하고 예뻐하는 건 차녀지만 기대하고 의지하는 건 장녀다.

어머니 마음속에 그런 명확한 구분이 있었다고는 생각할 수 없지만, 어느 날 문득 돌아보니 그렇게 되어 있었다.

동생 마유코의 어릴 적 별명인 ‘폴카’는 그 귀여운 어감과는 달리 중학교 시절의 나오미가 심술궂은 마음으로 붙여준 것이었다. 아무리 가르쳐도 분수 계산을 못하고 2분의 1 더하기 2분의 1을 4분의 2라고 푼 것과, 5단계로 평가하는 성적표에 1과 2만 있던 것을 “하나 하고, 둘 하고” 이렇게 박자를 세는 4분의 2박자 춤

곡 '폴카'에 빗댄 것이다.

대학교수의 딸답게 수재라고 칭찬받던 나오미에 비해 겉보기만 영리해 보이는 마유코의 우둔함은 눈에 띌 정도였다. 요즘 흔히 말하는 학습 장애는 아니었다. 단지 집중하거나 노력하기를 싫어하는 아이였던 것이리라. 멍청한 아이일수록 귀엽다는 속담대로 부모에게 무조건적인 사랑만 받고 아무 기대도 없이, 그렇기에 좌절하는 일도 없이 쑥쑥 자라다 어느 날 색색의 꽃을 안고 훌쩍이 집을 떠났다.

한편 나오미는 아버지에게는 환상 속의 장남으로서 기대를 받았고, 어머니에게는 '나오미'가 아니라 '언니'라고 불리며 어렸을 때부터 의지할 대상이었다.

그 결과가 이건가, 생각하며 나오미는 이제 병으로 쇠약해진 어머니의 체중을 온몸으로 지탱했다.

어머니는 마유코에게 그러듯이 나오미를 마냥 귀여워하는 건 아니었지만, 그래도 둘은 사이좋은 모녀였다. 친구들도 부러워할 정도로.

어머니는 나오미가 초등학교에 다닐 때부터 고등학교 때까지, 사립 여학교에 다닌 12년 내내 매일같이 정성이 들어간 도시락을 준비했다.

친구 집에 자러 갔던 날, 그 집에서 내놓은 인공 조미료 맛이 나는 탕수육이 목구멍을 넘어가지 않았다. 그때 비로소 어머니가 요리에 늘 정성을 들였다는 것을 깨달았다.

밖에서 사온 간식을 먹은 기억이 없다. 어머니는 두 딸을 위해 밀가루와 버터, 달걀과 과일로 늘 무엇인가를 손수 만들어주었다.

그 간식이 담긴 접시도 어머니가 취미로 구운 것이었는데, 가족의 탄생화를 각각 그려 넣었다. 집에 놀러온 친구들은 다들 이 모든 걸 보고 깜짝 놀라며 부러워했다.

학교 행사에는 일본 왕실 여성들이나 입을 법한 연한 색상의 정장 차림으로 찾아오는가 하면, 함께 공연을 보러 갈 때는 캐시미어 앙상블을 데님 롱스커트에 맞춰 입어 주변 젊은 사람들 사이에 우아하게 녹아들었다. 재치 있고, 깔끔하고, 요리도 잘하는, 완벽한 어머니였다.

취직하고 4년째에 나오미는 학창 시절 선배와 결혼했지만 결국 잘되지 않았다.

어머니는 "언제든지 돌아오렴"이라고 말했다. "억지로 같이 살 필요는 없단다"라고도 했다.

결혼 초 신혼부부는 임대 아파트에서 살았다. 하지만 나오미가 회의 통역이나 계약서 번역 일을 계속하는 상태에서 아이까지 태어나자, 근처에 사는 시어머니에게 아이를 자주 맡기게 되었다. 그리고 아이가 홍역에 걸린 것이 계기가 되어 아예 살림을 합치게 되었는데, 부부 사이가 엇갈리기 시작한 것은 그때부터였다. 공립 어린이집 보육교사 경력이 긴 시어머니는 육아로는 의지할 만한 사람이었지만 함께 생활하게 되자 생활 감각도 경제 감각도 사고방식도 나오미의 상식과는 백팔십도 달랐다. 당혹스러운 일뿐이었다.

그러던 참에 친정에 갈 때면 어머니가 말했다.

"언제든지 돌아오렴."

"억지로 같이 살 필요는 없단다."

어쩌면 그것은 딸 둘이 연이어 결혼하는 바람에 남편과 단 둘뿐인 허전한 생활을 견디기 어려웠던 어머니가 장래를 내다보고 장녀를 자신의 품에 되찾을 속셈으로 한 말이었을지도 모른다.

어쨌든 그 무렵의 어머니가 사돈집을 향해 퍼부은 악담은 대단했다. 지저분한 욕설은 아니었다. 그래도 점잖은 아버지가 눈살을 찌푸릴 정도로 상대 가족과 집안의 격을 깎아내리곤 했다.

나오미로서도 익숙한 친정집만큼 편한 곳은 없었다. 친구들 중에는 친정어머니와 마음이 안 맞아 친정집을 싫어하는 이도 있었지만 이해할 수 없었다. 그때는.

얼마 안 가 정식으로 이혼하고 본가로 돌아왔지만, 어머니는 나오미가 당연히 데려오리라 기대했던 딸 유키를 시가에 두고 왔다는 사실에 크게 낙담했다. 당시 동생 마유코도 이미 아이가 둘이었지만, 자주 친정에 갈 수 있는 상황이 아닌 데다 무뚝뚝한 사내아이들이라 조부모가 가벼운 마음으로 머리를 쓰다듬을 수 있는 것은 유키 쪽이었다.

어머니는 사돈집이 손녀를 빼앗았다고, 이때만큼은 전혀 자제하지 않고 사납게 욕했다. 그러나 당시 두 살 반이었던 유키를 가장 많이 돌본 것은 시어머니였고, 유키도 엄마인 나오미보다 할머니에게 더 정이 든 상태였으니 어쩔 수 없었다.

이혼한 것이 20대의 끝 무렵이라 그 뒤로 몇 번 연애도 했다. 같이 산 남자도 있었다. 유부남과 사귀기도 했다.

나오미는 그런 사정을 일일이 어머니에게 설명하지 않았고, 어머니가 나오미의 교제에 간섭한 적도 없었다. 하지만 딱 한 번, 여동생이 민망한 장면을 목격하고 핀잔을 준 적이 있었다. 30대

중반 무렵이었나. 이쪽은 눈치채지 못했기 때문에 언제 어디서 누구와 무엇을 하고 있던 것을 동생이 목격했는지는 모른다. 어느 날 휴대폰으로 전화가 와서 "언니, 남자와 사귈 때는 좀 진중하게 사귀면 좋겠어. 이제 무책임하게 행동할 수 있는 나이는 아니니까"라는 말을 듣고 깜짝 놀랐다.

경악한 것은 목격당했다는 사실이 아니었다. 머리는 나쁘지만 사랑스러운 '폴카', 노력도 집중도 못 하지만 엄격하지 않고 심술과도 인연이 없던 마유코가 자신에게 설교를 하다니, 상상도 해본 적이 없었다.

너한테 그런 소리 듣고 싶지 않아. 학교도 졸업하지 못하고 속도 위반으로 결혼하는 바람에 유서 깊은 결혼식장에서 분킨다카시마다(전통 혼례 때 신부가 머리를 틀어 올리는 머리 모양 — 옮긴이)에 시로무쿠(전통 혼례 때 신부가 입는 흰 기모노 — 옮긴이) 차림으로 식을 올리는 동안 입덧 때문에 힘들다고 내가 수건과 비닐봉지를 가지고 대기하게 만들었던 너한테만은, 이라는 말은 속으로 삼켰다. 자신의 품격과 자존심을 위해서.

언젠가 사귀던 남자의 아파트에서 동거를 시작했을 때, 어머니는 흔쾌히 나오미를 보내줬다. 이윽고 가을바람이 불기 시작했을 무렵, 친정에 돌아오자 아무 말도 하지 않아도 따뜻한 소고기 스트로가노프를 준비하고 기다려 주었다. 남자와 잘되지 않을 때마다 어머니는 아무 사정도 묻지 않고 딸을 받아줬다. "네 방은 계속 저대로 둘 테니까." "그런 사람과 억지로 결혼할 필요는 없잖니." 그런 말과 함께. 나무라는 말을 들은 적도 없었다.

어머니가 차린 식사를 먹고 출근하고, 휴일에는 같이 쇼핑하러 가고, 때로는 축구를 보러 갔다. 아동도서 관련 국제 심포지엄에 참석하러 일주일 동안 이탈리아에 출장 갔을 때는 어머니가 동행해서 비는 시간에 함께 오페라를 보고 와인 양조장을 견학했다. 그렇게 30대가 지나가고 나오미는 호적상 독신인 채 어학 실력과 뛰어난 협상 능력을 인정받아 근무하던 회사에서 그에 걸맞은 직위를 얻었다.

나오미가 생각치 못한 것은, 어머니가 자립하지 않고 늙어갔다는 점이었다. 나오미는 어머니가 나이 아흔에 가까워져도 마음만은 정정하게 친구들과 여행을 가거나 골프를 치러 다니고 바자회나 자선 콘서트에 참여하느라 분주한 지인의 어머니들처럼 늙어갈 것이라고 믿었던 것이다.

하지만 친구 같은 어머니에게 진짜 친구는 없었다. 늙고 병든 어머니는 나오미의 딸이 되었고, 모녀 관계가 역전된 상태에서 더더욱 친구 같은 관계를 이어가기를 간절히 바랐다.

"옆집 사이토 씨 부인이 또 우리 문 옆에다 쓰레기를 두고 갔어."

"아, 그래."

"아무래도 우리 집 정원에 들어오는 것 같아."

작년쯤부터 어머니는 때때로 이상한 소리를 하기 시작했다.

"봐, 난 이렇게 정원에 거의 안 나가고 낮에는 너도 없잖니. 그러니까 가위를 그냥 가져가버린 거야."

"가위라면 안방에 잘 있잖아."

"아니, 없어."

어머니는 입술을 한일자로 굳게 닫고 허리를 폈다.

"그 가위는 가위를 만든 장인의 이름이 새겨진 물건인 데다 그렇게 쓰기 편리한 건 이제 어디서도 못 만든단다. 언젠가 사이토 씨 부인이 내가 조팝나무 자르는 것을 보고 있었어. 그러고 나서 가위를 가져가버린 거지."

"제발 좀 그만해!"

나오미는 참다못해 그렇게 소리를 지른 다음 안방에 들어가 꽃꽂이 그릇이나 잡동사니를 넣어두는 찬장 서랍에서 가위를 꺼내 돌아왔다.

"이건 뭐야. 서랍에 있잖아."

"어머, 도둑맞은 다음에 내가 사온 거야. 그러니까, 요전에 미츠코시 백화점에 갔다 오는 길에. 비싸더라."

"장인이 죽어서 이젠 더 못 만드는 게 아니었어?"

나오미가 심술궂게 말하자 어머니가 뺨을 붉혔다.

"너는 무슨 일만 있으면 나를 곤란하게 만들려고 하는구나. 옛날에는 그런 애가 아니었는데, 계속 밖에서 일하니까 마음이 꼬여서 가장 가까운 나를 괴롭히고 분풀이를 하고 싶은 거지."

나오미는 가만히 있었다. 설득하려고 들면 안 된다. 어머니의 말을 부정하면 더 기묘한 논리로 자신이 옳다고 주장할 뿐이다.

어머니가 치매에 걸렸다는 사실은 꽤 전부터 알고 있었다. 그 사실을 받아들이기도 했다. 건망증도, 도둑맞았다는 망상도, 어머니의 언행은 또래 부모를 둔 친구의 투덜거림이나 텔레비전 등에서 들은 치매 증상 그대로였으니까.

억지로라도 전문의에게 데려가야겠다고 생각하기도 했다. 하지만 건강 검진이나 골다공증 진료를 위한 통원이라고 속여 몇 번이나 데려가려 해도 어머니는 기어이 눈치채고야 말았다.

새된 목소리로 "너, 내 머리가 이상하다고 생각하는 거니!" 외치고는 진찰실은 고사하고 병원 부지 내에도 들어가려 하지 않았다. 업무 시간을 조정해 어렵게 휴가를 얻어 어머니를 병원 앞까지 데려갔다가 그냥 돌아오길 여러 차례 반복한 끝에 결국 포기했다.

"어머, 부인!"

이불 위에 누워 있던 어머니의 큰소리에 정신이 들었다. 당연하지만 한밤중의 침실에는 아무도 없다.

"어디로 들어오셨죠? 아무리 그래도 남의 집에 함부로 들어오다니 너무 비상식적인 것 아닌가요."

어머니가 눈을 부릅뜨고 날카롭게 소리를 질렀다.

"쓰레기봉투를 방에 내려놓지 마세요. 정말이지…… 머리가 어떻게 된 거 아니세요?"

머리가 어떻게 된 건 엄마야.

나오미는 그렇게 중얼거리고, 불안하고 오싹한 마음에 전율하며 아무도 없는 허공에 대고 소리 지르고 있는 어머니를 바라보았다.

그날 밤 어머니가 잠든 후 나오미는 마유코에게 전화를 걸었다. 동생의 시댁 식구가 신경 쓰여 일부러 휴대폰에 전화를 걸었지만 동생의 말투는 부산스러웠다. 통화하면서도 이쪽저쪽에 대답을 하고, 아이들을 꾸짖다가 결국 "미안, 언니. 나중에 내가 다시 전화할게" 하더니 전화를 끊어버렸다.

좀 고풍스럽게 말하자면 '출가외인'이 된 동생에게 어머니 문제를 상담하려 한 것은 실수인지도 모른다. 그러나 어머니에게 이렇게 분명한 증상이 나타난 이상, 한 핏줄인 동생에게는 사실대로 전해야 한다고 생각했다.

한 시간쯤 지나자 동생에게서 전화가 왔다. 휴대폰이 아니라 집 전화였다.

"아까는 미안해, 잠깐 후원회 사람이 와 있어서."

"응, 바쁜데 미안하네."

마유코의 남편은 사쿠라시에 사는 자산가의 아들로, 부친은 현(한국의 도에 해당하는 지역 단위 — 옮긴이) 자치단체장이었다. 아들 쪽은 현재 정치인 비서로 일하고 있지만 머지않아 정치판에 뛰어들 셈인 듯했다. 마유코는 시부모와 동거하는 데다 금고지기인 비서를 비롯해 다양한 사람이 드나드는 정치가 집안에 시집간 것이다.

"실은, 엄마가 치매에 걸린 것 같아. 거의 확실해."

나오미가 신중한 말투로 말했다.

"대체 무슨 일이 있었는데?"

마유코가 믿기 어렵다는 말투로 되물었다.

"우리 할머니랑 비교해도 건강하고 멀쩡하셨잖아."

'우리 할머니'란 마유코의 시어머니를 가리키는데, 어머니와 거의 같은 나이였다.

나오미는 작년부터 어머니가 가끔 이상한 언동을 보이기 시작했고, 전문의 진찰을 거부하다가 오늘은 환각까지 본 것 등을 이야기했다.

"아까는 분명히 봤어. 아무도 없는 공간을 향해 건너편 집 사이토 씨네 부인이 들어왔다고 하더라."

"틀림없이 무슨 일이 있었던 거야."

동생이 말을 끊었다. 심각하고 사려 깊은 말투였다.

"그 사이토 씨네 아주머니, 품위는 있지만 좀 심술궂은 데가 있는 사람이잖아. 틀림없이 엄마한테 싫은 소리를 했다든가 무슨 일이 있었던 걸 거야. 그게 계속 가슴에 쌓여서 밤이나 불안할 때 이상한 게 보이는 거 아닐까."

"그런 걸까."

"무조건 엄마가 이상하다고 하면 불쌍하잖아. 엄마 이야기를 잘 들어줘야지."

"뭐, 그야 그렇겠지……."

이것이 소위 공감을 통한 이해라는 건가, 한숨을 쉰다. 동생이라면 어머니를 자신보다 훨씬 다정하게 대할 수 있을 것이다. 어릴 적부터 학교 성적은 나빠도 마음이 따뜻하고 감성이 풍부한 아이였다.

시부모를 모셔야 하는 집에 시집가서 이듬해에는 장남을 낳고 이어서 차남을 낳았다. 비서나 후원회 사람들이 드나드는 집안에서 정치인 일가를 지탱하는 안주인 역할을 하며 어느 틈에 아들 셋을 낳아 키웠고, 최근에는 쇠약해진 시어머니를 돌보고 있다.

어른이 된다는 것은 자립한다는 게 아니라 자기를 버리고 자기가 속한 가족이나 지역 사회에서 요구하는 역할을 수행함으로써 인정받는 것이다. 그런 세계는 확실히 존속하고 있으며, 마유코는 그곳에서 성숙해졌고 어느새 언니인 자신을 추월하여 어른이 되었다. 나오미는 조금 주눅 들어서는 동생의 말을 수긍했다.

"뭐, 아무튼 조만간 휴가를 내고 엄마를 억지로라도 전문의에게 데려갈 테니까. 결과가 나오면 다시 전화할게."

바쁠 때 연락해서 미안하다고 다시 사과하고 전화를 끊으려고 할 때 "잠깐, 잠깐만!" 마유코가 전화 저편에서 외쳤다.

"내일 상황을 좀 볼 겸 집에 가서 엄마랑 이야기해볼게. 속이거나 억지로 끌고 가는 게 아니라, 엄마도 진료가 필요하다는 걸 납득하고 의사한테 가는 게 언니도 좋잖아."

"고마워, 근데 집을 비울 수 있겠니?"

상황을 뻔히 아는 만큼 동생 집 사정이 더 신경 쓰였다.

"응. 할머니도 훌륭하신 어른이니까, 이럴 때는 효도하고 오라고 기꺼이 보내주실 거야."

'훌륭하신 어른', '효도'라는 말에 쓰게 웃었다. 그렇게 아름다운 말들로만 해결할 수 없는 일이 생기니까 세상 사람들이 힘들다고 하는 것이지만, 그런 고풍스러운 말을 주고받는 집에서 동생도 나름대로 고생하고 있을 것이다. 어쨌든 이럴 때 조금 힘들더라도 와주는 친동생이 있어서 든든했다.

"고마워, 나는 내일 회사 일 때문에 집에 없겠지만 잘 부탁해."

"걱정마. 우리 집이고 우리 엄마니까."

마유코가 밝게 웃으며 전화를 끊었다.

다음 날 나오미가 집에 돌아왔을 때 마유코는 이미 돌아간 뒤였다. 어머니는 여느 때보다 기분이 좋았고, 식기 건조대에는 동생이 어머니를 위해 점심식사를 차릴 때 사용한 조리도구와 식기들이 반짝반짝 깨끗하게 설거지되어 있었다. 냉장고 안팎도 깨끗했다.

이런 식으로 이삼일에 한 번, 아니 일주일에 한 번이라도 와주면 좋겠지만 시부모를 모시는 집에 시집가서 아들이 고등학생부터 내리 셋이고 집에 드나드는 사람들까지 응대해야 하는 동생에게 그런 걸 요구할 수는 없다.

전화가 온 것은 밤이 깊은 뒤였다.

"엄마는 멀쩡하던데."

동생이 미심쩍은 말투로 입을 열었다.

"골다공증 때문에 우리처럼 자유롭게 움직이지는 못하지만 혼자 화장실도 갈 수 있고 얘기하는 것도 완전히 평범하던데."

"눈치 못 챘어?"

"뭘?"

"여러 가지……."

나오미는 말을 하다가 문득 짐작이 가는 데가 있었다.

"너 집에 몇 시쯤 왔니?"

"부녀회 사람에게 차를 대접하고 갔으니까 거기 도착한 것은 11시 반쯤."

"돌아간 건?"

"작은 애를 데리러 가야 해서 2시 되기 조금 전."

"그거야."

동생이 와 있던 건 짧은 시간인 데다 대낮이니 이상한 언동이 눈에 띄지 않았던 것이다.

"저녁부터 밤까지 이상해져."

마유코는 침묵하고 있었다.

"그럼 의사 얘기는 안 했구나."

마유코는 나오미의 이야기에는 대답하지 않고 말했다.

"언니는 똑똑하니까 처음부터 치매인가 아닌가부터 시작하잖아."

"그게 왜?"

갑자기 자신을 화제로 삼자 나오미는 화가 나기보다 당황스러웠다.

"처음부터 그렇게 생각하고 보니까 엄마가 뭘 해도 치매로 보이는 거 아닐까?"

"그러니까 그런 게 아니라고."

짜증을 누르고 다시 한번 어머니의 상태를 차근차근 설명하면서 치매는 조기 발견과 조기 치료가 중요하다는 얘기를 하려 했다. 하지만 끝까지 다 말하기도 전에 동생이 말을 끊었다.

"언니가 그런 눈으로 보니까 엄마도 좀 이상한 소리를 하는 거야. 노인은 센 척해도 내심 불안하니까 사소한 일로 마음이 무너진단 말이야. 노인으로만 여기지 말고 부모로서 공경하면 화도 안 나고, 엄마도 언니가 고생하는 걸 다 알아준다고. 오늘도 같이 밥하고 식사하고, 주방이 지저분하니까 깨끗하게 치우고……."

나오미는 공부 좀 하라는 말을 삼켰다.

옛날부터 동생은 자신이 직감적으로 이해할 수 없는 복잡한 이야기는 본능적으로 거부하는 구석이 있었다. 자신의 감각과 약간 동떨어진 일이면 잘 이해하지 못하는 건 어린 시절 그대로였다.

어쨌든 오늘은 고맙다고 가라앉은 목소리로 인사하고 전화를 끊었다. 함께 안 살면 어차피 강 건너 불구경인지도 모른다.

그 다음 주에 나오미는 회사를 쉬었다. 성수기인 월말에 쉬는 건 처음이었지만 어쩔 수 없었다.

이제는 정말 방치할 수 없게 되었기 때문이다.

근 이삼일, 어머니는 저녁 이후로 빈번하게 무엇인가를 보았다. 동생에게 의지할 수 없으니 이제는 시간적 여유도 없었다.

아침 일찍 어머니가 골다공증과 고지혈증으로 통원 치료를 받고 있는 병원에 전화를 걸어 그곳 '노인과'에서 진찰을 받고 싶다고 했다. 노인과에서 치매도 따로 검사해줄지는 알 수 없었지만 어머니가 '정신과'라는 소리를 듣게 되면 병원 로비까지도 못 들어가고 그대로 돌아가야 할 것이기 때문에 어쩔 수 없었다.

접수 담당자에게 전화로 사정을 이야기하자 그 병원에는 '건망증 외래'를 담당하는 의사가 일주일에 한 번 온다는 답변이 돌아왔다. 그러나 그 외에 정신적인 증상이 있는 경우에는 우선 뇌신경외과에서 진찰을 받아야 한다고 했다.

소규모 뇌경색이나 뇌출혈의 우려도 있었기 때문에, 어머니를 병원에 데려가 병원 지시대로 우선 뇌신경외과에서 MRI를 찍었다.

나오미가 의사에게 어머니의 증상을 하나하나 설명할 틈도 없이 어머니는 환자복으로 갈아입고 침대에 눕혀졌다.

"소리가 좀 시끄러울 뿐이지 아프지 않아요, 괜찮아요."

젊은 간호사가 아이를 어르는 듯한 말투로 말끝을 늘이며 어머니를 기계 안에 밀어 넣었다.

"아얏, 아파, 아프다."

잠시 후 기계에서 나온 어머니가 나오미 얼굴을 보자마자 하소연했다.

"안 아프잖아."

나오미는 그만 냉정하게 말을 내뱉었다. 장녀 얼굴만 보면 반사적으로 "아얏, 아프다, 저거 갖고 오렴, 이것 좀 도와줘" 하며 이것저것 요구하기 때문이다.

"멍하니 서 있지만 말고 이리 와서 허리라도 주물러라."

MRI 촬영이 아픈 게 아니라 장치에 들어가 똑바로 눕는 바람에 허리가 아팠던 모양이다.

MRI 영상을 받아 정신과 대신 내과 주치의에게 갔다. 어머니는 아버지가 병으로 쓰러졌을 때부터 병원이라는 장소도 진료일도 속속들이 알고 있어, 자신의 건망증을 조금은 인식하고 있는지 검사를 받은 후에 정신과로 끌려가지 않을까 내심 전전긍긍하는 눈치였다. 심신이 모두 쇠약해지자 자존심을 건드리는 일에는 점점 더 예민하게 반응했다. 이를 배려해 이번에는 내과 주치의가 정신과 의사와 연계해 화상 진단 결과를 전해주기로 했다.

진찰실에 들어가자 평소대로 온화한 미소를 띤 내과의가 어머니에게 "안녕하세요, 시마무라 씨, 몸은 좀 어떠세요" 하고 정중하게 말을 걸며 의자에 앉기를 권했다. 책상 앞에는 회색 필름이 붙어 있었다.

나오미는 꿀꺽 침을 삼키며 그쪽을 응시했다. 무의식 중에 무릎 위에 놓인 두 손을 꼭 모아 쥐고 있었다. 알고는 있었지만 마침내 치매 선고가 내려질지도 모른다고 생각하니 평온한 기분은 아니었다.

"시마무라 씨는요." 의사가 매우 낙천적인 어조로 말했다.

"눈에 띄는 경색도, 출혈도 없군요. 다행이네요."

노인을 주로 담당하는 의사인 만큼 결코 노인의 자존심을 상하게 하지도, 불안해할 말도 하지 않는다.

"뇌 전체로 보자면, 이쯤이 다소 위축되어 있군요." 그러면서 두개골과 뇌 사이를 가리켰다.

바로 그것이다. 스펀지 모양이 된 뇌…….

딸의 절망적인 기분에는 아랑곳하지 않고, 어머니가 안경을 고쳐 쓰고 자신의 뇌 사진을 찬찬히 바라보았다.

"지금 연세가 어떻게 되시죠? 아, 막 일흔두 번째 생신을 맞으셨군요. 나이에 맞게 위축되긴 했지만 딱히 경색도 없고, 지금 정형외과 쪽에서 골다공증 치료를 받고 계시네요."

아무것도 모른다는 얼굴로 의사가 진료 기록을 보며 물었다.

"약을 좀 드셔보시겠어요?"

"네에……." 어머니가 이해할 수 없다는 듯이 의사의 얼굴을 바라보았다.

"부탁드립니다."

나오미가 곧바로 대답했다.

일단 진찰이 끝나고 대기실로 돌아갔다가 나오미만 재빨리 진찰실로 되돌아갔다.

"선생님, 실제로는 어떤가요? 역시 상당히 악화된 거죠."

의사는 의아하다는 표정이었다. 그러고는 방금 환자 본인 앞에서 말한 것과 같은 내용을 반복했다.

눈에 띄는 경색이나 출혈은 없다. 나이에 상응하는 위축이 있고 구멍에 점액이 쌓여 있다.

원한다면 정신과 의사에게 연락을 취해 항치매제 처방을 해줄 수는 있지만, 우선 한 달 정도 적은 양을 먹어 부작용 여부를 확인하고 괜찮으면 본격적인 투여를 시작한다. 그러나 비싼 약이기도 하고, 모든 증상에 효과가 있는 것은 아니다. 오히려 간병하는 가족이 환자가 하는 행동의 의미를 이해하고 받아들이는 것이 중요하며, 그에 따라 충분히 일상 생활이 가능할 수 있다. 형식적인 설명이었다.

"선생님, 나이에 상응하는 정도가 아니에요."

나오미는 어젯밤 일을 이야기했다. 도둑맞았다는 망상과 환시…….

의사는 MRI 사진으로 보기에는 치매가 그만큼 진행된 것처럼 보이지는 않는다고 반복하고 환자가 밤에 잘 자는지 물었다.

"화장실 때문에 서너 번, 심할 때는 두 시간 간격으로 깨워요."

"그렇군요."

의사가 고개를 끄덕였다.

"잠을 잘 못 주무시겠네요. 나이가 들면 그렇게 되기 쉬운데, 골다공증이라니 분명 모든 관절이 아파서 깨시는 거겠죠."

나오미는 깜짝 놀랐다.

어머니의 부름에 밤마다 잠을 설치는 자신의 고통만 의식하고 있었는데, 생각해보면 통증 때문에 원래도 잠이 얕은 어머니는 몇 배나 괴로웠을 것이다. 갑자기 외래 대기실에 불안하게 앉아 있을 어머니가 불쌍해졌다.

의사는 어머니가 잠을 못 자거나 수면의 질이 저하했기 때문에 짜증이 나고 망상이 생기는 것일 수 있다고 말했다. 불안하거나 주위 사람이 동요하면 증상이 더욱 심해지는 모양이었다.

나오미는 분명 맞는 말이라고 생각했다. 동생 말도 일리가 있었던 것이다.

결국 항치매제가 아니라 수면제를 처방받기로 했다.

"대부분의 증상은 충분한 수면을 취하면 개선되니까요. 수면제를 드신 다음에도 증상이 그대로라면 그때 다시 생각해봅시다."

그날 밤 수면제 덕분에 어머니는 밤새 몇 번씩 깨지도 않았고, 나오미도 오랜만에 푹 잠이 들었다.

이튿날 아침, 눈을 뜬 어머니는 이부자리에서 일어나더니 아주 상쾌한 표정으로 허공을 향해 "유키야" 하고 말을 걸었다.

출근 직전에 황급히 마스카라를 바르던 나오미의 손이 멈췄다.

이혼할 때 두 살 반이었던 유키도 이제 고등학생이다.

시가에 두고 왔지만 면접 교섭권은 얻었다. 아니, 거창하게 '권리의 획득'이라고 할 정도로 투쟁적인 일은 아니었다. 시어머니도, 아직 재혼하지 않은 전 남편도 딸에게 나오미 욕을 하지는 않은 모양이었다. 모녀의 만남이나 휴일에 나오미가 딸을 외갓집에 데려오는 것을 방해하지도 않았고, 그쪽 집으로 보낸 생일 선물이나 입학 축하 선물이 반송되는 일도 없었다. 나오미는 이제 와서는 시가의 어른스러운 분별을 이해하고, 깊이 감사하고 있었다.

하지만 그 딸도 최근에는 거의 외갓집에 오지 않았다. 성장하면서 바깥세상이 넓어진 것이다. 휴일을 부모나 외할머니보다는 친구들과 지내고 싶은 것이 당연했다. 게다가 평일에는 저녁 늦게까지 학교 동아리 활동으로 바빴다. 평소 그런 말은 잘 안 하지만, 어머니는 내심 섭섭했을 게 틀림없었다.

"그렇게 추운 모습으로, 유키야."

어머니는 아무것도 없는 공간에서 나오미에게 시선을 돌렸다.

"양말 좀 꺼내줘라. 아직 추운데 저렇게 얇은 원피스 한 장만 입히면 어쩌니."

나오미는 어머니의 시선을 좇았다. 다다미가 있다. 그 건너 마루에는 청동 향로가 우두커니 놓여 있을 뿐이다.

소름이 끼쳤다. 어머니는 푹 잤지만 증상은 사라지지 않았다. 아니면 이번에는 수면제 부작용인가?

"아무도 없어, 엄마."

나오미가 토트백에 서류 봉투를 거칠게 밀어 넣으며 대답했다.

"무슨 소리니, 아아, 추워 보여. 무릎이 보라색이잖니."

심장이 두근거리고 발목 부근에 소름이 돋았다.

사이토 씨는 사라졌지만 이번에는 손녀 유키다.

며칠 전 어머니가 다다미방의 형광등 아래에서 환영을 본 것은 늦은 밤이었다. 하지만 지금 어머니는 장지문 너머로 아침 햇살이 쨍쨍 내리쬐는 다다미방에서 환영을 보고 있었다.

건망증쯤이야 자연스러운 노화 과정으로 받아들일 수도 있었다. 도둑맞았다는 망상도 "함께 찾아봅시다"라고 대답하는 종류의 대응법이 정리되어 있으니 대응할 수 있다.

그러나 존재하지 않는 인물이 보이고 함께 대화하기 시작한다면 그것은 완전히 광기의 경지이다. 아니면 손녀를 만나고 싶다는 일념이 그런 환상을 보여주는 것일까.

다음 주말, 나오미는 집에서 가까운 도립 고교를 다니는 딸을 집으로 불렀다.

외할머니가 만나고 싶어하니 와줄 수 있냐고 하자 딸은 괜찮다며 별로 거리끼는 기색도 없이 시원하게 대답하고 약속대로 일요일 이른 시간에 왔다.

낮에 시부야에서 친구와 만나기로 하고 그전에 들른 모양이었다.

오랜만에 보는 딸은 스키니 청바지에 줄무늬 튜닉을 겹쳐 입은 사복 차림에 가벼운 화장까지 해서 갑자기 어른스러워 보였다.

손녀 얼굴을 본 어머니 얼굴이 환해졌다.

"어머, 오늘은 무슨 일이니? 학교는? 립스틱까지 바르고 무슨 일이지?" 어머니가 빠르게 물었다.

"립스틱이 아니라 립글로스. 오늘은 학교 안 가, 일요일이니까."

유키가 구김살 없이 미소 지었다. 귀한 휴일에 노인을 상대하는 것을 못마땅해하지도 않고, 반이 바뀌면서 친한 친구들이 다른 반이 되었고 농구 대회에서 우승했다는 얘기를 쉴 새 없이 조잘거렸다.

동생네 손자는 이렇지 않다. 예의 바르지만 무뚝뚝한 형제라 외할머니와는 거의 대화를 나누지 않았고, 무엇보다 동생을 포함해 모자 모두가 쉽게 외갓집에 들르지 못했다.

손녀와 대화를 나누더니 혼자서는 잘 걷지도 못하는 어머니가 벌떡 일어나 조리대 옆 바구니에서 과일과 꿀을 꺼내와 손녀를 위해 과일차를 만들기 시작했다.

망상도 건망증도 없었다. 골다공증의 통증조차 어디론가 자취를 감추었다. 지금, 어머니는 완전히 정상이고 건강했다. 분명 동생이 왔을 때도 이런 상태였을 것이다. 깔끔하고 요리도 잘하는 친구 같은 어머니가 돌아왔다.

진짜 유키와 만났으니 이제 괜찮을 거라고 가슴을 쓸어내렸지만 그렇게 되지는 않았다.

그날 밤 다시 유키의 환상이 나타났다.

"빨리 카디건을 빌려주렴. 저런 스프(양털이나 솜 같은 모양이 되도록 짧은 길이로 절단한 인조 섬유 — 옮긴이) 반소매 원피스 한 장만 입다니. 이런, 추워서 닭살이 돋았잖니."

어머니가 아무도 없는 다다미 위에 시선을 주며 호소했다.

"유키는 벌써 돌아갔어, 엄마. 낮에 친구와 약속 있다고 했잖아."

"너는 무슨 소리를 하는 거니?"

어머니가 이해할 수 없다는 얼굴로 나오미를 바라보았다.

"감기 걸리면 어쩌려고 그래? 빨리 카디건. 그리고 점심에 남은 지라시 스시(밥과 잘게 썬 달걀부침, 오이, 양념한 채소를 섞고 그 위에 계란지단, 초생강 등 고명을 얹은 초밥 — 옮긴이) 있지, 배가 고프다니 내주렴."

어머니는 손녀가 왔다고 이날 나오미의 도움을 받아 지라시 스시를 만들었다. 다채로운 요리를 하는 어머니였지만 축하할 일이 있는 날은 꼭 야채로 만든 지라시 스시였다. 하지만 유키는 친구들과 만나 함께 식사하기로 약속했다며 모처럼 만든 요리에 거의 젓가락도 대지 않았다.

"아무도 없다고 하잖아!"

치매 환자의 말을 부정하지 말라는 지침을 잊어버리고, 나오미는 무심코 날카롭게 소리 질렀다.

어머니에게는 스프, 즉 품질이 나쁜 재생섬유 원피스를 입은 손녀가 보인다.

정색하고 텅 빈 공간에 대고 대화하는 어머니의 모습이 섬뜩해 몸이 딱딱하게 굳었다.

열흘 뒤 나오미는 다시 어머니를 병원으로 모시고 갔다. 그날그날 기분에 따라 외출을 거부하는 어머니 때문에 몇 번이나 진료 예약을 했다가 취소하고, 그때마다 회사에 전화를 걸어 휴가를 취소한 뒤 뒤늦게 출근했다. 그러다가 이날 드디어 고지혈증 약을 받아야 한다고 속여서 병원에 데려갈 수 있었다. 그러나 예약을 안 한 탓에 건망증 외래 진료는 받을 수 없었다. 긴급하다고 부탁하자 인근 큰 병원에서 온 정신과 의사가 진찰해주기로 했다.

그쪽 진료실 문패를 본 어머니가 절대 안 들어간다며 이를 악물고 거부하는 것을, 대기실에 나타난 간호사가 "뇌경색 검사를 하는 거예요. 저번에 찍은 엑스레이에 걱정스러운 데가 있었거든요" 하고 달래주었다.

진료용 책상 앞에 앉아 있는 사람은 백의 아래로 깨끗한 분홍색 니트 소재 옷을 받쳐 입은 누마노라는 여성 의사였다.

나오미는 어머니의 증상을 간결하게 설명했다. 하지만 옆에 앉은 어머니가 일일이 끼어들었다. 그 어조나 말투도 언뜻 보기에는 아주 정상이었다.

누마노는 어머니를 진찰하기에 앞서 나오미 자신의 컨디션이나 기분을 물었다. 일단 대합실로 돌아온 후 나오미만 다시 불려갔다.

역시 치매 중기라는 진단을 받았다. 거기까지는 상정한 범위 내였기 때문에 오히려 안심했다. 하지만 그 후의 전개는 나오미가 예상했던 것과 완전히 달랐다.

"받아들이세요."

누마노가 말했다. 환영을 보기는 하지만 거기에는 어머니 나름의 이유가 있을 터이니 가족은 그것을 이해하고 대응해야만 한다. 노인이라고 관리하거나 지배하려 해서는 안 된다. 무언가를 가르치려 하거나 실수를 고치려 하지 말고 허용할 것. 절대 설득하려 하거나 이야기를 부정해서 자존심이 상하게 해서는 안 된다. 자극을 주려고 새로운 걸 강요하는 것도 노인을 지치게 만들 뿐이니 역효과. 있는 그대로 노인을 받아들여 사랑하고 존중하고, 모친이 안심하고 지낼 수 있도록 인정해주는 것이 중요하다.

교과서 같은 조언이었다. 지긋지긋할 정도로.

나오미는 속으로, 내 직업은 심리치료사나 방문요양보호사가 아니라고 중얼거렸다. 직업이 요양보호사인 사람과 달리 가족을 돌보는 사람에게는 하루치의 돌봄 업무를 끝내고 집에 돌아가 한숨 돌릴 시간이 주어지지 않는다.

아버지가 남겨준 큰 집과 토지는 있지만 노후는 전혀 준비되어 있지 않고 도망칠 곳도 없다. 게다가 어머니의 일거수일투족에 같은 유전자를 가진 자신의 늙은 모습이 겹쳐 보여 혐오하고 절망한다. “가족이니까 할 수 있다”며 생판 남이 말하는 것만 믿고 그대로 행할 수는 없었다. 혈연이기에 더욱 사이가 삐걱댄다.

전문의의 조언은 간병인으로서의 마음가짐을 설파하는 설교에 불과했다.

그래도 그 조언에 따를 수밖에 없었다. 누가 통장을 훔쳐갔다고 호소하는 어머니에게 “같이 찾아줄게”라고 대답하고 두 시간이나 집을 뒤지고, 있을 리 없는 유키에게 입힐 카디건을 건네준다. 물론 그런 어머니를 24시간 계속 받아줄 수 있을 리 없었다.

그렇게 일주일이 지나고서야 혼자 감당할 수 있는 사태가 아님을 깨달았다. 어머니가 거부한다 해도 이전부터 권유를 받았던 공적 요양보호서비스를 부탁할 단계였다.

방문요양보호사를 요청하건 데이서비스를 이용하건, 우선 케어매니저(요양보호사를 교육하거나 스케줄을 조정하고, 서비스를 평가하는 등의 업무를 담당하는 전문가 — 옮긴이)를 거쳐야 한다. 그런데 그 전에 큰 장애물이 있었다.

우선 관공서에 신청서를 제출해 요개호 인정(일본의 공적 요양보험인 개호보험에서는 개호, 즉 요양서비스가 필요한 등급을 요개호 1~5등급과 요지원 1~2 등급으로 나눈다 — 옮긴이)을 받아야 했던 것이다.

이를 신청하기 위해서 주치의의 진단서가 필요한데, 그동안 다닌 곳은 내과라 치매 진단서는 써줄 수 없었다. 그러면 정신과나 건망증 외래 진료를 받아야 하는데, 누마노가 있는 정신과에 어머니를 다시 모시고 가기는 어렵다.

지역포괄센터(장애를 가진 노인이 평소 생활하던 거주지역에서 생활하며 지역 사회의 자원으로 주거, 의료, 간병, 생활지원 서비스를 제공하는 기관 — 옮긴이)에 전화를 걸어 여러 번 상담한 결과, 오래 다닌 정형외과에서 치매 대신 골다공증으로 진단서를 받기로 했다.

물론 신청서를 제출한다고 다 인정해주는 것은 아니다. 구에서 파견하는 조사원이 방문 조사를 하는데, 관공서가 지정해준 날이 하필 나오미가 담당하는 국제회의 개최일이었다.

다른 날은 안 되냐고 물으니 다음 달 이후로 다시 연락하겠다고 했다. 이런 경우에는 양쪽이 모두 편한 날을 맞춘다는 건 있을 수 없는 것이다. 어쩔 수 없이 오전 휴가를 냈다. 회의 진행 책임자 역할은 후배 남자 사원에게 양보했다.

당일 아침 10시 정각에 중년의 여성 조사원이 방문했다. 어머니에게는 개호보험 수급을 위해 반드시 필요한 절차라고 이야기해두었다.

응접실 소파에 앉아 조사 항목에 따라 질문을 받았다.

어머니는 잘 대답하고 있었지만 "스스로 옷을 갈아입을 수 있나요?", "식사나 쇼핑은?" 같은 질문에 점차 말수가 줄었다.

"잠깐 일어서서 네, 한쪽 다리를 들어 보실래요? 아, 이제 됐습니다. 감사합니다."

조사원이 말하는 대로 마지못해 일어서서 시키는 대로 한 어머니의 미간에 주름이 잡혔다.

그래도 대충 조사가 끝났다. 현관에서 조사원을 배웅한 뒤 뒤돌아보니 어머니가 무시무시한 표정을 짓고 있었다.

"왜 저런 무례한 사람을 집에 불러들인 거니, 그것도 현관 앞에서 응대하는 거면 몰라도 응접실까지 들이다니 대체 어쩔 셈이야?"

어머니의 눈썹이 치켜 올라갔다.

나오미는 재차 개호보험제도가 어떤 것인지 설명했다. 무심코 상사나 고객을 상대하듯 정확하게 설명한 게 잘못이었다. 나오미는 치매 환자보다 할머니를 대하는 데 더 서툴렀다.

"그럼 너는 나를 돌봐달라고 생판 모르는 남을 집에 들인 거니."

갑자기 어머니는 날카로운 목소리로 소리를 질렀다.

"멀쩡히 가족이 있는데 누군지도 모르는 사람을 주방에 들이고, 내 옷을 만지게 하다니 말도 안 되는 일이야."

"홍고 할머니 댁에도 지요 씨가 있었잖아."

지요 씨는 외갓집에서 일하던 가정부였다. 외할머니는 '가정부'나 '가사도우미'라는 명칭 대신 늘 '식모'라고 했다.

"전혀 다르잖니. 말 돌리지 말아라."

어머니가 점점 흥분했다. 어머니가 돌아가는 사정을 전혀 모르면 편하겠지만, 직감적으로 알아채서 곤란했다.

"게다가 자기 부모를 요양원에 넣으려고 하다니."

"요양원이 아니라니까. 데이서비스라고."

무심코 말투가 사나워졌다.

"마찬가지지. 어느 쪽이든 나를 이 집에서 쫓아내고 집을 독차지하려는 거지. 이 무슨 일이람, 아버지만 살아계셨으면 이런 한심한 일은 일어나지도 않았을 텐데. 왜 내 딸에게 이런 대우를 받아야 하니."

언제 끝날지도 모르는 불평불만이 이어졌다.

엄마처럼 제멋대로인 노친네는 요양원에서도 쫓겨날 거야, 나오미는 마음속으로 내뱉었다.

문득 입을 다물었던 어머니가 혼잣말처럼 중얼거렸다.

"왜 그때 마유코를 시집보냈을까."

그래, 어머니 말대로 마유코가 데릴사위를 얻어서 집에 남고 자신이 나가면 좋았을 것이다.

원래 마유코의 남편은 어머니의 먼 친척이 나오미에게 소개한 맞선 상대였다.

당시 나오미는 드디어 통역으로서 큰 회의를 담당하게 된 직후여서 결혼하더라도 직장을 포기해야 하는 상대를 선택할 마음은 없었다. 학창 시절부터 사귀던 애인도 있었다.

어머니를 통해 맞선을 거절했지만 어느 날 친척의 권유로 자매가 함께 참석한 벚꽃놀이 행사장에 맞선 상대였던 남자가 나타났다. 그리고 남자는 첫눈에 사랑에 빠졌다. 나오미가 아니라 동생 마유코에게.

'미인 자매'라는 칭찬을 자주 듣기는 했지만, 젊은 여자의 생김새는 깔끔하기만 하면 모두 그럭저럭 미인 소리를 듣는다. 그리고 마유코는 언니보다 다섯 살이 어렸다. 분별 있는 남자가 스물다섯의 언니를 보러 왔다가 스무 살 동생에게 첫눈에 반한다는 것도 있을 법한 이야기였다. 하지만 굳이 그런 상황이 아니더라도 언니보다 조금 키가 작고 아버지를 닮아 약간 각진 윤곽을 가진 마유코의 웃는 얼굴을 보면 남자들은 대부분 마음을 빼앗겼다. 마유코가 사람을 끄는 기술은 사교도 영업도 예의도 아니었다. 눈동자 깊은 곳에 신뢰감을 담아 상대를 올려다보는가 싶더니, 어느 틈에 아양을 떨거나 교태를 부리는 것도 아닌데 작은 동물처럼 살며시 상대의 품에 파고들어가 있다. 마유코에게는 원래부터 그런 구석이 있었다.

"나는 결혼할래."

친척을 통해 남자 쪽이 보내온 열성적인 제안에, 마유코는 간단히 대답했다. 아직 나이가 너무 어리고 저쪽은 일반 샐러리맨 가정과는 달리 좀 번거로운 집안이라고 부모가 말렸지만 마유코는 구김살 없는 웃음으로 "괜찮다"고 대답하고는 시집갔다. 그것도 중매 결혼이면서 결혼식 때는 이미 임신 3개월인 상태로.

나오미가 가르쳐도, 과외를 받아도 도통 성적이 오르지 않아 고등학교를 형편없는 성적으로 졸업한 마유코는 입시에서 적당한 점수만 받으면 기부금 입학이 가능한, 좋은 집안 딸들을 위한 몇몇 여대에조차 합격하지 못했다.

딸이 고졸 학력으로 취직을 하거나 신부 수업을 받는 건 이 동네에서는 좀 체면이 안 서는 일이다. 게다가 홍차 코디네이터가 되고 싶다는 본인의 의사도 있어 부모님은 동생을 영국으로 어학연수를 보냈다. 따뜻하게 맞아준 홈스테이 가정의 식구들이 동생을 귀여워했던 것이나 같은 일본인 유학생과 친하게 지낼 수 있었던 것은 마유코의 인품 덕이었을 것이다.

일상 회화는 1년 만에 그럭저럭 숙달했다. 그러나 어학은 노력하지 않으면 한계가 뚜렷해서, 마유코의 말에는 깊이가 없었고 당연히 홍차 공부에 필요한 역사나 문화 관련 문헌도 읽을 수 없었다.

이른 결혼을 결정했을 때, 마유코 자신은 알고 있었을 것이다. '여자의 자립'이라는 말이 인기를 구가하던 시대에 자신이 살 길은 어디에 있는지를. 그리고 그 뒤의 일본 사회가 '여자의 자립'을 한때의 유행거리로 소비하고, 마침내 버리리라는 것도.

그날 저녁, 동생이 전화를 걸었다.

나오미와의 말다툼 후 어머니는 동생에게 전화를 걸어 그날 일을 있는 애기 없는 애기 전부 떠들며 도움을 요청한 모양이었다. 나오미는 그동안 휴대폰의 보급이 불륜을 부추겼다는 애기는 머릿속에 온통 그런 생각밖에 없는 한가한 사람이나 하는 소리라고 여겼다. 하지만 시집간 딸이 친정어머니에게, 친정어머니가 시집간 딸에게 시집 식구들은 아랑곳하지 않고 전화를 거는 데 이렇게 편리한 도구는 없다는 걸 깨닫고 나니, 휴대폰이 불륜을 부추긴다는 말도 일리가 있는 것 같았다.

"언니, 실제로 데이서비스센터 같은 데 가본 적이나 있어?"

처음부터 추궁하는 말투였다.

"나는 후원회 때문에 봉사하러 다녀서 잘 알아. 우리 할머니는 말할 것도 없고, 하물며 엄마를 그리로 보내다니 말도 안 돼. 체조 시간이 있기는 하지만 그 외 시간에는 할 일이 없어서 모두 의자나 휠체어에 가만히 앉아서, 고개를 푹 숙이고……. 미안."

울먹이는 목소리가 되더니 코를 훌쩍이는 소리가 들렸다.

"뒤에서 보면 회색 머리가 여러 개 쭉 늘어서 있어. 보고만 있어도 슬프고 비참해서 가슴이 터질 것 같아. 가족만 편할 뿐이야. 일하니까, 돌봐줄 수 없으니까 맡기는 것뿐이라구. 거기다 방문요양보호사도 좋은 사람을 만나면 다행이지만, 사람이 계속 바뀌니까 개중에는 험한 말을 하거나 대충 청소하는 사람도 있어."

"그건 네가 봉사하러 간 곳이나 아는 사람이 겪은 요양보호사가 우연히 그랬다는 것뿐이잖아. 실제 현장에서 일하는 사람들은 모두 열심히 일하고 있고, 요양 시설에서도 다양한 프로그램을 고안하며 노력하고 있으니 무례한 소리는 그만해."

동생이 반발해서 대꾸할 줄 알았다. 그러나 잠깐의 침묵 후에, 마유코는 타이르는 듯한 어조로 말했다.

"언니는 제도나 법률은 알아도 사람 마음이나 세상 물정은 아무것도 몰라. 그건 인정해야 해."

"뭐?"

"엄마 일도 그래, 언니는 옛날부터 똑똑했으니까 논리적으로 안 맞는 부분이 있으면 금방 치매라고 생각할지도 모르지만, 그런 걸로 일일이 정신과에 데려가면 엄마가 화내는 게 당연하지. 우리 할머니도 이상한 소리를 많이 하지만, 그럴 때 나는……."

그다음부터는 본격적인 설교였다. 노인이 어떤 존재인지, 자신은 시집에서 어떻게 처신했는지, 그러니까 언니는 어떻게 해야 하는지.

이게 바로 우월감인가 생각하면 화나기보다 께름칙했다. 이 근거 없는 우월감은 뭘까? 미혼 시절 마유코의 작은 동물처럼 사랑스럽던 검은 눈동자와, 1과 2만 나열되어 있던 성적표를 떠올렸다.

아니, 우월감에는 근거가 있었다. 지금의 마유코에게 사회적 지위나 직업적 성공은 전혀 의미가 없었다. 며느리로서, 어머니로서, 집안에서 맡은 역할을 다하고 있음을 자랑스럽게 여기고, 자신 있게 인간의 도리가 무엇인지 타이른다.

"언니는 복지제도가 있으면 무조건 그 도움을 받으면 된다고 생각할지도 모르지만, 복지제도가 가족을 대신할 수는 없어. 여자가 집안일을 맡는 건 다 의미가 있어서야. 오랜 역사 속에서 여성이 집안일을 하며 살아왔다는 건, 그게 가장 자연스러운 것이기 때문이라고."

오랜 역사라니? 뜻이나 알고 하는 말인가 싶어 고개를 갸우뚱했다.

"말해두지만, 나는 직장에서 일하고 있어. 이 나이가 되면 맡은 책임도 무거워서 쉬거나 조퇴하거나 책상에서 졸 수 없다고."

"그 직장은 언니 자신을 위한 거잖아. 요전에 엄마가 몸이 안 좋아서 아침에 못 일어났을 때도 머리맡에 작은 빵 하나만 두고 일찍 출근했다가 저녁 늦게 취해서 돌아왔다더라. 엄마가 울고 있었어."

"농담하지 마."

나오미는 내뱉듯이 대답했다.

빵만 놔두고 나가기는커녕 정신없이 바쁜 출근길에 냉장고에서 꺼낸 스프를 데우고 빵을 굽고 점심식사 준비까지 마치고 집을 나섰다. 거짓말쟁이, 잠든 어머니에게 소리 지르고 싶었지만 어머니 본인에게는 거짓말이라는 의식이 아마 없을 것이다. 불안감과 불만이 만들어낸 가공의 기억이다. 그렇게 생각하면 어머니가 불쌍하지만, 그 헛소리를 진짜라고 믿는 동생의 우둔함에는 화가 치밀었다.

"네가 엄마 수발을 드는 게 아니잖아."

"수발? 누가 엄마 수발을 들어주는데. 약간 쇠약해져서 그렇지 자기 일은 다 혼자서 할 수 있잖아. 얼마 전에도 오히려 나를 걱정해주고 격려해줬는걸."

"그런 소리는 여기 일주일 정도 묵고 나서 하지 그래."

"당연히 그러지는 못하지. 나는 시집가서 이제 출가외인인데."

"그럼 앞으로 우리 집 일에 일체 참견하지 마!"

그 말을 마지막으로 수화기를 내려놓았다.

일단 잠들었지만 어머니 때문에 한밤중에 깼다. 화장실 문제는 아니었다.

어머니에게 다시 손녀의 환상이 찾아온 것이다. 어린 소녀 모습을 한 유키는, 어머니에게 나오미가 회사를 그만두고 집에서 어머니를 돌보게 하라고 말한 모양이었다.

"언제까지 그런 보잘것없는 일을 하고 있을 셈이니."

"전업주부에게 그런 소리 듣고 싶지 않아."

상대가 치매 환자임을 알고 있는데도 무심코 강한 어조로 응수했다.

"하지만 우리 유키가 보잘것없는 일을 하는 회사라고 하는데."

어차피 마유코가 생각 없이 내뱉은 말을 어머니가 질병에 기인한 풍부한 망상력으로 부풀려 한 편의 드라마를 만들어냈을 것이다. 어머니에게 제발 쓸데없는 소리 좀 하지 말라고 간곡히 부탁했다.

어머니는 새벽까지 잠들지 않았다. 회사를 그만두고 집에 있으라고 집요하게 요구했다. 아침에 출근하려 하자 같은 이야기가 다시 시작됐다.

"내가 회사를 그만두면 어떻게 먹고 사는데."

자기도 모르게 따지듯이 말했다.

"아빠가 재산을 남겨주셨잖니."

쓸모도 없고 잡초만 무성한 넓은 정원과 낡고 어두운 데다 청소하기도 벅찬 큰 집, 고정자산세, 가옥 수리비, 정원수 관리비, 생각만 해도 골치가 아팠다. 버블 경제 시절의 기억이 선명한 어머니도, 원래 멍청한 동생도 이것이 막대한 자산이라 믿어 의심치 않는다. 아버지가 남긴 예금과 적금도 머지않아 모두 바닥나고, 부동산은 매각할 때 믿기 힘든 가격까지 후려쳐질 것이다. 아니, 상속세를 내기 위해 팔아야 하는 단계에서 동생이 간섭할 것이 틀림없다. 친족으로서의 법정 상속분 요구로 끝나면 그나마 다행이다.

"아버지와 어머니, 우리의 소중한 추억이 담긴 집이니까 언니,

시집간 나 대신 잘 지켜줘"라는 것이 아버지에게 재산 상속 대신 미리 상당한 현금을 받고 시집간 동생의 입버릇이다.

구에서 요개호 등급 인정 통지서가 온 것은 그로부터 20여 일도 지난 뒤였다. 진단서는 골다공증으로 받았지만 전문가인 면접 조사원의 눈에는 다른 사람 앞에서는 평범하게 행동하는 어머니의 응답이나 표정에 숨어 있는 치매 증상이 훤히 보인 모양이었다. 요개호 2등급 판정이 나왔다. 일어나지 못하고 자리보전하는 노인이 요개호 5등급이니까 그런대로 높은 등급이 나온 셈이다. 이걸로 방문 간병부터 민간 요양시설 비용까지 지원받아 상당한 금액을 메울 수 있지만, 본인이 거부하면 쓸 수 없다.

방문요양보호사가 와주기는커녕 케어매니저와 접촉하기도 여의치 않은 상태로, 나오미는 연도가 바뀌는 4월(일본의 회계연도는 매년 4월 1일부터 다음해 3월 31일까지이므로 공공기관이나 기업에서는 4월 1일을 기준으로 연도가 바뀐다 — 옮긴이)을 앞두고 21년간 다니던 회사를 퇴직했다. 급한 휴가 신청과 조퇴가 잦아 책임을 져야 하는 일을 할 수 없게 되었기 때문이다. 회사에 강등을 제안하는 쪽도 생각했지만, 어머니를 간병하면서 아침 9시부터 저녁 6시까지 일하는 정규 직장을 다니는 일은 이미 나오미의 체력적 한계를 넘어선 지 오래였다.

송별회는 저녁에 참석할 수 없는 나오미 때문에 점심 회식이 되었다. 친한 동료와 직속 상사만 인근 이탈리안 레스토랑에 모여 레몬티로 건배했다.

불과 두 달 전 헤어진 남자는 구석 자리에서 나오미가 꽃다발을 받을 때 조심스럽게 박수를 치고 있었다.

마흔셋에 퇴직한 자신이 수입도 없이 앞으로 어떻게 살지 도무지 짐작도 가지 않았다.

그리고 다음날부터 주택가의 넓은 집에 살며 아버지가 남긴 재산을 파먹는, 겉으로 보기에는 우아하지만 실상은 어디로도 도망칠 수 없는 간병 생활이 시작되었다.

자녀를 양육한 적도 없이 일만 하며 살아온 여자는 이런 처지가 되면 스스로가 무력하고 무능하게 느껴진다. 동생은 잘난 체만 할 뿐 결국 의지할 수 없는 사람인 걸 알았다. 그저 의사나 보건소 직원 같은 사람들의 조언을 따르며 새로운 사태에 대처할 수밖에 없었다.

나오미는 어머니를 부정하지 말고 이해하고 받아들여야 한다고 새삼 자신을 다독였다. 어머니의 망상 속에 존재하는 유키도 포함해서 말이다. 그 유키는 농구부 소속으로 키가 170센티미터를 넘고 휴일에는 반질거리는 립글로스를 바르고 시부야로 놀러 가는 고등학생이 아니라 열둘이나 열셋쯤 된 소녀인 모양이다. 요즘에는 좀처럼 보기 어려운 질 나쁜 천으로 만든 원피스를 걸치고 다다미방에 나타난다.

현실의 유키와의 공통점이라고는 그 긴 튜닉뿐이었다. 반짝반짝 빛나는 폴리에스테르 소재와 철 지난 반소매가 2차 세계대전 말기에 어린 시절을 보낸 어머니의 기억 속에서 '스프' 원피스를 끄집어내서 망상 속에 되살린 모양이었다.

그냥 켜둔 텔레비전에서 익숙한 기업 이름을 들은 것은, 퇴직하고 20일 뒤의 일이었다. 무심코 뒤돌아 화면을 응시했다.

뉴스 프로그램에서 기업의 사기 수법 특집을 방영하고 있었다.

화면에서는 젊은 남자가 헤드폰을 쓰고 영어 발음 연습을 하고, 그 옆에서 정장 차림의 여성이 무엇인가 조언을 하고 있었다.

낯익은 광경이었다. 어딜봐도 나오미가 얼마 전까지 근무했던 로터스 인터내셔널이 운영하는 어학원이었다.

젊은 남자는 미끼로, 사실은 방송국 리포터였다.

형식적인 입학 시험에 합격해 턱없이 비싼 교재 구입비와 강의료를 내고 소정의 수업을 받으면 비즈니스 통역 자격증을 딸 수 있는데, 회사가 통역 일을 알선해주며 고소득을 보장해준다.

물론 그렇게 멋진 이야기가 진짜일 리 없었다.

통역 자격은 공인된 것이 아니라 사내에서만 통용되는 것이었고, 알선해준다던 일은 좀처럼 소식이 없었다. 설령 알선해준다고 해도 수당은 극단적으로 낮았다. 보수를 올려달라고 하면 더 많은 돈을 내고 회사가 제공하는 어학 프로그램을 수강해야만 하는 구조였다.

나오미가 취직할 무렵에는 계약서 번역이나 국제회의 동시통역사 파견, 어학 교재나 아동 서적 출판과 같은 견실한 사업을 하던 회사가 경영자가 바뀐 뒤부터 요 3, 4년간 그런 수상한 장사로 수익을 올렸다. 그러던 어느 날 갑자기 법의 심판을 받은 것이다.

지상파 방송의 특집 프로그램에 이어 주간지가 특집 기사를 냈다. 사원이었던 나오미도 몰랐던 회사의 악행이 속속 드러났다.

불과 2주 후에 사장이 폐업 선언을 하고, 이어 사장과 임원진이 사기죄로 체포됐다.

어느 날 아침, 어머니의 식사를 도우며 텔레비전을 보고 있는데 익숙한 빌딩이 화면에 비쳤다. 진눈깨비가 내리는 가운데 출근하는 사원에게 리포터가 달려갔다.

“많은 분이 자격증을 따면 고수익을 보장받을 것이라고 믿었죠. 그래서 열심히 노력했고, 지금까지 쏟아부었는데 그런 분들의 노력은 배신당한 겁니다.”

몇몇 사원이 리포터를 제치고 빠른 걸음으로 걸어갔다.

리포터가 또 다른 직원을 잡아 물고 늘어졌다.

“피해자분들께, 시청자분들께 할 말 없습니까? 사원으로서 어떻게 생각하십니까?”

리포터가 소리치자 카메라가 사원들의 검은 우산 안쪽을 비췄다.

그날 밤 헤어졌던 남자 동료가 창백한 얼굴로 입술을 깨물고 필사적인 모습으로 건물 안으로 도망치고 있었다.

각광받던 교육 기획 회사는 이제 범죄 조직으로 이미지가 바뀌었다.

‘보잘것없는 일, 변변찮은 회사’라는 어머니 말은 맞아떨어졌다.

지상파 방송에서 폭로 방송이 방영되기 20일 전에 퇴직한 나오미에게는 규정대로 퇴직금이 지급되었다. 그러나 지금 세간의 손가락질을 받으며 도망치듯 건물 안으로 뛰어드는 사람들은 퇴직금은커녕 이번 달 월급도 못 받을 것이다. 능력이 뛰어난 사람도 있지만, 저 회사 경력이 있는 한 재취업은 어렵다.

나오미는 멍하니 화면을 응시했다.

어머니의 이기심과 환각 덕분에 자신은 아슬아슬하게 그 불운을 면한 것이다.

한편으로 어머니의 환각은 날이 갈수록 더욱 생생해졌다. 일을 그만두고 24시간 어머니와 붙어 있게 된 탓에 목격할 기회가 늘어나서 그렇게 느끼는 것뿐일지도 모르지만.

마치 거기에 유키가 있는 양 행세하는 것은 그날 밤 거실에 돌연 '사이토 씨 부인'이 출현했을 때부터 변함없었다.

고등학생 손녀가 어릴 적 모습으로 나타나는 것은 손녀가 교도 집에 자주 오던 시절에 그 또래였기 때문일 것이다. 그 시절을 기억하는 할머니에게 손녀는 가끔 찾아와 모처럼 지은 밥을 한술 뜨지도 않고 가버리는, 붙임성은 좋지만 냉정한 고등학생이 아니다. "외할머니, 외할머니!" 하면서 자신을 따르던 어린 소녀가 그리워 환각까지 보는 어머니가 딱하기는 했다.

어머니가 시선으로 손녀의 모습을 좇고, 손녀가 어떤 몸짓을 하고 지금 어떤 상황인지 놀라울 정도로 자세하게 말할 때, 그리고 환상 속의 손녀를 상대로 자신이 나고 자란 집, 부모, 친척, 심지어는 나오미도 누군지 모르는 사람까지 화제로 삼아 허공을 향해 대화하는 모습에는, 환각이라는 것을 알고 있음에도 소름이 끼쳤다. 가끔 나오미 쪽을 돌아보며 동의를 구하기라도 하면 한층 더 께름칙했다. 그런 일이 자꾸 반복되자 자신의 대응에 문제가 있는 것은 아닌가 하는 생각이 들었다.

누마노의 지시를 따라서 어머니의 이야기를 부정하거나 설득하려 들지 않고 받아주었다.

"아, 유키가 있어. 그렇구나. 그런데 어떤 모습이야? 뭐라고 해?"

나오미는 어머니의 눈을 바라보며 그렇게 물었다. 장래를 생각하면 불안에 짓눌리고 초조해지는 마음을 누르고 겉으로는 웃어 보이며.

가능한 한 부드럽게 공감하는 뉘앙스를 담은 태도와 말로 응하라. 그런 대화를 통해서 노인이 느끼는 외로움이나 그리움을 이해할 수 있다. 의사의 지침을 충실하게 따랐지만, 그 결과는 기대한 것과 딴판이었다.

"어떤 모습이냐니 무슨 소리니?"

어머니는 눈살을 찌푸리며 미심쩍은 듯 나오미를 바라보았다.

"요즘 좀 이상하구나, 너."

그런 소리 당신에게 듣고 싶지 않아, 나오미는 마음속으로 내뱉었다.

"유키가 방금 아버지가 보낸 편지를 갖고 있다고 했잖니. 다른 사람이 하는 말은 하나도 안 듣는구나, 너."

상대방 말을 부인하지 않고 있는 그대로 받아들였더니 오히려 어머니의 망상만 강화된 것은 아닌가.

아니, 이건 망상이 아니다.

그 시선의 움직임, 일거수일투족을 좇는 한, 이것은 어머니의 단순한 '믿음'이 아니다. 그저 인식이나 생각 차원에서 환상을 보는 것이 아니라 노안이 진행된 두 눈으로 뚜렷한 상을 좇고 있었다. 아니, 그 존재를 오감으로 느끼고 있었다.

나오미의 예전 동료 중에 그런 여자가 있었다. 회사 라커 룸에서 옛날 사무복을 입고 가만히 서 있는 중년 여성을 목격하거나, 여행지의 온천 여관 난간에서 이쪽을 들여다보는 노인의 모습을 보았다며 그 방향을 가리켰다. 물론 그런 게 있을 리 없다. 본인 말로는 신기라지만, 객관적으로 보면 정신질환이었다.

나오미는 하필 이런 때에, 하고 중얼거렸다. 치매라면 포기하고 받아들일 수 있어도 광기를 받아들이고 함께 어울리는 것은 도저히 할 수 없었다.

인간의 정신은 알 수가 없다. 어쩌면 정신의학이란 아마추어가 생각하는 만큼 학문적으로 확립된 것이 아닐지도 모른다. 의사 개인이나 학파 각각의 해석에 따라 환자에게 서로 다른 대처 방법을 주고 가끔 호전되면 그걸로 됐다는 식인, 팔괘와 같은 점복의 세계인 것은 아닐까.

의사라기보다 무슨 종교 단체의 교주 같은 구석이 있던, 부드러우면서도 강압적인 누마노의 말투가 떠올랐다. 의료 행위를 수행하는 사람으로서의 자각이 결여된 의사가 때때로 이념이나 자신의 철학에 따라 효과가 없는 것은 물론이고 심지어 유해하기까지 한 대처 방법을 지시하는 일도 있지 않을까.

의학서를 뒤지고 인터넷에서 치매를 키워드로 검색하며 이쪽저쪽 홈페이지를 살펴볼수록, 나오미의 마음속 불신만 커졌다.

2

얼마 후 나오미는 어머니를 골다공증에 좋은 약을 주는 곳이 있다고 속여 집에서 가까운 세이와대학 병원으로 모시고 갔다.

도쿄 교외에 알코올 의존증과 조현병 치료에 적극적으로 임해 큰 성과를 낸 정신병원이 있었는데, 그 병원에 근무하는 의사 중 한 명이 홈페이지에 치매의 최신 치료법에 관한 의욕적인 글을 실었다. 꼭 그 오가와 준이라는 정신과 의사에게 어머니를 보이고 싶었지만, 어머니가 중증 정신장애인을 수용하기로 유명한 그 병원의 이름을 듣기만 해도 흥분할 것이 뻔했다. 다행히 그 의사는 일주일에 한 번 세이와대학 병원에 외래 진료를 하러 나왔다.

넓은 병원 부지 한쪽에 있는 주차장에 차를 주차하자마자 어머니는 무엇인가를 느낀 모양이었다. 불안한 듯 주위를 두리번거리며 여기가 어디냐고 물었다. 적당히 얼버무리자 "응, 뭐라고? 정말이니?"라며 등 뒤의 아무도 없는 차 시트를 향해 말을 걸었다.

"잠깐, 너 날 정신병원에 입원시킬 셈이니?"

"무슨 소리야."

"속여도 다 안다. 유키가 알려줬어. 네가 어제 여기 의사한테 전화를 걸었다며. 내가 좀 이상하다고."

전화는 걸지 않았다. 병원 공식 홈페이지에 접속해 메일로 질문하고 진료 예약을 했을 뿐이다.

"바보 같은 소리 좀 하지 마. 자, 노인 외래라고 적혀 있잖아."

분명히 그렇게 적힌 간판을 가리키고, 억지로 어머니를 차에서 내리게 했다.

"유키, 네가 좀 말해주렴. 얘가 날 여기 입원시킬 생각이란다."

"입원 안 시킨다니까." 그렇게 대답한 뒤 요즘 병원은 가족이 땅바닥에 엎드려 빌어도 노망난 노인은 받아주지 않는다고 소리 없이 투덜거렸다.

"아얏, 아파, 아프다니까!"

나오미가 팔을 잡자 어머니가 비명을 지르며 끌려가기를 거부하듯 그 자리에 주저앉았다.

"정말이지!"

현관으로 달려가 접이식 휠체어를 가져왔다. 돌아와보니 어머니가 울고 있었다. 그뿐이라면 나오미도 마음이 아팠을 것이다. 반성하고 후회했을 것이다. 하지만 어머니는 텅 빈 공간을 양손으로 잡고 울며 하소연하고 있었다.

"그렇게 곱게 귀하게 키웠는데, 애정도 아무것도 없구나. 늙어서 남이 내 기저귀를 갈다니, 절대 싫어. 그런 창피하고 비참한 꼴을 안 보려고 딸을 열심히 키웠는데."

그러니까 자기 기저귀를 갈게 하려고 딸을 곁에 계속 붙잡아 놓았다는 것이다…….

둘째 딸은 친정에 돌아올 기색이 없으니, 장녀를.

이미 늙어 자기 생각밖에 못 하게 되었다는 건 알지만, 너무 이기적인 행동에 화가 나 아무 말없이 휠체어를 펼치고 어머니 겨드랑이 아래로 팔을 넣어 거칠게 들어올렸다.

뼈는 텅텅 비어가고 있다는데 미식가인 어머니 몸에는 지방이 넉넉했다. 짜증이 나서 그 몸을 휠체어에 앉히려는 순간, 어머니가 "아얏, 아파, 아야야, 무슨 짓이니!" 비명을 질렀다. 나오미의 허리, 무릎은 그 이상으로 아팠다. 화장실이나 식탁까지 어머니를 일으켜줄 때마다 늘상 참아내는 통증이었다.

순간적으로 이대로 차를 돌려 고속도로 중앙 분리대를 들이받을까 진심으로 생각했다. 그러면 두 사람 모두 통증과는 이별이다. 저세상에서라면 영원히 사이좋은 모녀 노릇을 해줄 수 있었다.

"괜찮으세요?"

갑자기 누가 말을 걸며 나오미의 비틀거리는 몸을 지지해주었다. 남자가 서 있었다. 검은 재킷에 검은 폴로셔츠. 볕에 탄 얼굴의 눈꼬리 깊숙이 가는 주름이 새겨져 있었다. 뺨에서 턱까지 난 수염에 백발이 섞인 걸로 보아 꽤 나이가 들었을 테지만, 언뜻 보기에 매력적인 남자였다.

"감사합니다."

"시어머니신가요?"

"아니, 친어머니요."

남자는 미소를 지으며 휠체어 손잡이를 붙잡았다.

어머니는 몸을 부들부들 떨며 "됐습니다" 하고 퉁명스럽게 거절했다.

원래 남에게 신세 지기를 싫어하는 사람이었지만 요즘은 점점 더 심해진다.

"어디로 가세요?"

남자가 신경 쓰는 기색 없이 어머니에게 물었다. 주차장 앞 작은 길은 두 갈래로 갈라지는데, 한쪽은 노인용 요양병동으로 통하는 잔디 길, 다른 한쪽은 외래 진료실이 있는 병원 현관으로 향하는 아스팔트 보도였다.

"저쪽이요." 나오미가 병원 현관 쪽을 가리켰다.

"싫다고 하잖아. 나오미, 네가 밀어. 유키야, 이 사람한테 가라고 하렴."

남자가 쓴웃음을 지으며 휠체어에서 정중히 손을 떼었다.

"죄송해요, 치매셔서." 나오미가 남자에게 속삭였다.

"압니다. 저도 아버지가 저쪽에 계셔서요." 남자가 요양병동을 가리켰다. 남자는 "죄송해요, 놀라게 해드렸네요"라고 말하며 어머니에게 놀라울 정도로 친절한 미소를 짓더니 인사를 하고 떠났다.

나오미가 문득 뒤돌아보았을 때 남자의 뒷모습은 이미 병원 생울타리 너머로 사라져 있었다.

오가와는 홈페이지의 소개 글에서 받은 인상 그대로 왜소한 몸에 의욕이 넘치는 중년 남성이었다. 힘찬 말투도, 이리저리 바쁘게 움직이는 강한 눈빛도 이상하리만치 정력적인 느낌이었다.

오가와는 환자와 그 가족이 하는 이야기를 들으며 책상 위에 놓인 컴퓨터를 조작해 각종 사진이나 데이터를 재빨리 꺼내 상대에게 보여주었다. 시선은 결코 컴퓨터 화면에도 나오미에게도 고정되지 않았다. 끊임없이 움직이고 있는데도 계속 이쪽을 바라보고 있는 듯한 느낌을 주는 것은, 눈길이 잠깐 멈출 때마다 이쪽을 강하게 주시하기 때문일 것이다.

주치의 소견서도 없는 갑작스러운 진료였기 때문에 어머니는 검사를 다시 받아야 했다. 어머니는 투덜거리면서도 기계 속에 들어갔다. MRI 검사에다 이번에는 PET 검사까지 해야만 했다.

PET는 암 검사에 쓰이는 걸로 잘 알려져 있지만 일부 최첨단 병원에서는 뇌의 활동 상태를 보기 위해서도 사용한다. 처음에 검사자에게 방사성 동위원소가 섞인 당을 주사하고 잠시 후에 촬영한다.

나오미는 잇따른 검사로 약간 지쳐 보이는 어머니를 데리고 다시 진찰실로 불려가 오가와 앞에 앉았다.

MRI 검사 결과는 이전과 같았다. 다소 위축되기는 했지만 극단적인 병변은 보이지 않는다고 했다. "나이에 상응"한다는 주치의의 말은 노인 환자를 배려한 에두른 표현이 아니라, 정말 그랬던 모양이었다.

"이 부근인데, 알츠하이머가 진행된 사람은 틈새가 더 크게 벌어지죠." 의사가 펜 앞머리로 사진의 뇌와 두개골 사이에 크게 공간을 그렸다.

그러면 왜 이러냐는 무언의 물음에 답하듯 오가와는 "정신과는 내과나 외과와는 큰 차이가 있어서요"라며 처음으로 신중한 말투로 말했다.

"환자가 배가 아프거나 가슴이 답답하다고 할 때는 혈액이나 조직 검사를 하면 되는데, 뇌를 잘라 검사할 수는 없잖아요. 여기 단백질이 쌓였다, 아밀로이드가 쌓였다는 것도 다 사후에 해부해 봐야 알 수 있는 겁니다."

환자를 앞에 두고 "사후에 해부"라는 말을 꺼내는 데 주저하지 않는다. 대체 어떤 사람인가 놀라면서도, 나오미는 눈앞의 의사가 중요한 말을 꺼내려 한다는 것을 느끼고 조용히 기다렸다.

"예를 들어 뇌 어느 부위에 병변이 있는가에 따라 증상이 다르게 나타납니다."

뇌경색으로 혈관이 막히면 조직이 괴사한다. 특수 물질이 쌓여 기능하지 못하게 된다. 원인은 다양하지만 어디가 문제인가에 따라 여러 증세가 나타난다.

기억 관련 부위, 감정이나 행동의 제어 관련 부위, 그리고 생명 유지에 직접 관련된 부위…….

이 병원에 오기까지 일반인 대상 의학서나 인터넷에서 얻은 지식의 범주 내의 이야기였다.

병변이 생긴 곳이 뇌 중에서도 손발의 피부 감각과 이어진 부위라면 그 부위에 아무런 자극이 없어도 통증이나 간지럼, 경우에 따라서는 벌레가 기어가는 듯한 감촉을 느낄 수도 있고, 시각을 담당하는 부위에 병변이 있는 경우라면 눈이 안 보이거나 반대로 없는 것이 보이기도 한다.

"우리가 무언가를 보게 되어 눈에서 자극이 감지되면, 예를 들어 이 부분이 활성화되는 거죠." 의사는 뇌 사진의 일부를 가리켰다. "하지만, 무언가 특수한 물질이 쌓여 본래의 기능을 저해하거나 염증이 생기면 특별한 자극이 없어도 멋대로 활성화될 수 있는 겁니다. 그래서 존재하지 않는 것이 마치 그곳에 있는 것처럼 보일 수도 있다는 거죠."

오가와는 책상 위 단말을 조작하더니 모니터를 나오미가 앉아 있는 쪽으로 휙 돌렸다.

병원에 오래 다녀 의사가 하는 이야기는 대부분 이해하는 어머니였지만 이런 방식은 낯선 모양이었다. 기계 자체를 거부하는 것처럼 고개를 숙였다.

검은 배경에 빨강, 노랑, 초록, 파란 빛이 타원형으로 번진 사진이 보였다.

오가와의 설명에 의하면, 어머니의 뇌는 MRI로 보기로는 눈에 띄는 위축은 없지만 PET 사진으로 당의 대사 상태를 보면 후두엽에서 시각을 담당하는 부위의 혈류가 저하되었다고 했다.

"음, 그런데 어머님 성함이?"

오가와가 어머니 쪽으로 시선을 돌렸다.

"네? 시마무라 마츠코인데요."

"생년월일은?"

어머니는 정확하게 대답했다.

"그렇군요. 오늘이 몇 월 며칠이죠?"

어머니는 우물거렸다. 유명한 치매 지능 검사이다. 그러나 대답하지 못하는 것은 딸 나오미도 마찬가지였다. 회사를 그만두고 24시간 어머니와 함께 지낸 지도 한참 되었다. 정시에 출근해 예정표를 확인하고 일을 시작하던 날들이 먼 옛날처럼 느껴졌다. 요즘에는 날짜와 시간 감각마저 분명하지 않았다. 오싹했다.

의사의 질문이 이어지자 어머니는 갑자기 기분이 언짢아졌다.

"그런 걸 왜 물어보는 거죠?"

목소리 톤이 달라졌다.

의사가 재빨리 질문 내용을 바꿨다.

"파킨슨병이라는 진단을 받은 적이 있으십니까?"

"아니요……."

나오미가 대답했다.

지금까지 받은 치료라고는 골다공증과 고지혈증 치료뿐이었다.

"아장아장 걷는 증상은 없는 것 같군요."

"물론입니다."

어머니가 화가 난 듯 대답했다.

"어지럽거나 종종 넘어지시지 않나요?"

"그렇습니다."

나오미가 바로 대답했다. 밤중에 화장실에 가려 할 때 잘 일어서지 못한다. 그래서 나오미가 어머니를 안아 일으키고 체중을 지탱하며 화장실로 데려가야 했다. 분명 "어지러워서 일어나지 못하겠다"고 호소하기는 했지만, 스스로 일어나는 것이 귀찮아서 딸

손을 빌려 편하게 화장실에 가려는 것이라고만 생각했었다. 하지만 정말 현기증이 났던 것인지도 모른다. 또 골절이라는 결과만 신경 썼지 넘어진다는 원인이 있기에 골절도 일어나는 것이라는 것은 생각하지 못했다.

"그럼 어머니는." 나오미의 이어지는 말을 오가와가 끊었다.

"파킨슨병 환자의 뇌에 일어나는 특징적인 변화라면, 뭐 살아 있을 때 확인할 수 있는 것은 아니고 죽은 후에 조직을 채취해 염색한 뒤 현미경으로 보면 희미하게 이런 게 나타납니다." 그렇게 말하며 화면을 바꾸었다.

작은 흑점이 있는 회색 화면 중앙 쪽에 타원형 물체가 보였다. 중심부는 진한 회색이고 그 주변은 환했다.

"레비소체라고 하는데, 정체는 아직 모르지만 뇌간 소뇌에 이것이 나타나면 손발을 자유롭게 움직이지 못한다든가 수전증 같은 파킨슨병 증상이 나타나고, 대뇌 쪽에 나타나면 지능이 저하됩니다."

오가와는 '레비소체형 치매'라는 낯선 병명을 말했다. 인터넷에서 어머니의 증상을 검색할 때 그 이름을 본 기억이 있기는 했지만, 나오미는 어머니가 알츠하이머형 치매일 것이라고 믿고 있었기 때문에 제대로 읽지 않고 넘겼었다.

오가와는 레비소체형 치매의 특징적인 증상이 환시와 착시 등 시각 관련 장애라고 설명했다.

"환각, 환시는 치매뿐 아니라 다른 병으로도 나타나고, 갈대가 유령으로 보이는 것도 흔한 일이지만 레비소체형 경우는 특히 현저하게 나타나는 증상이에요. 제가 진찰한 경험에 따르면요." 의사는 다소 조심스러운 어조로 덧붙였다.

“다른 병에 비해 레비소체형 치매에서 나타나는 환시는 특히 생생합니다. 예를 들어, 눈앞에 갑자기 난쟁이가 나타나는 것 같은 증상은 조현병이나 알코올 의존증에도 나타날 수 있지만 제가 본 바로는 레비소체형 치매 환자의 경우 더 현실감 있는 실제 크기의 인물이 나타나죠. 집안에 이웃집 가족이 우르르 몰려온다고 호소한 환자도 있었습니다.”

“그거, 바로 그거예요.”

나오미가 숨넘어가듯 서둘러 말했다. 어머니의 경우에는 쓰레기봉투를 들고 침입한 ‘사이토 씨네 부인’이었다.

어머니는 자신에게 불리한 내용이라고 느꼈는지 오가와의 반들반들 빛나는 이마 부근을 노려보고 있었다.

의사가 드디어 치료에 관해 말하기 시작했다.

누마노처럼 간병인의 마음가짐을 설파하지 않고 약부터 설명했다.

“환각이나 망상 같은 증세가 심하다면 항정신병약이 필요한데, 레비소체형 치매 환자에게는 쓰기도 어렵고 부작용이 일어나는 경우가 많습니다. 몸이 멋대로 움직이거나 움츠러들어 못 움직이게 되는 곤란한 경우가 생깁니다. 따라서 일반적으로 콜린 작용제를 쓰죠.”

“콜린……?”

“상품명으로 말하면 ‘아리셉트’죠.”

“그건 알츠하이머병에 쓰는 게 아니었나요?”

원래 다니던 병원에서 처음에 쓰려고 했던 약이다.

"콜린계 장애의 경우에 쓰지만, 레비소체형 치매에도 씁니다. 낫는다기보다 진행을 멈추는 것뿐이라고 하는데 제가 본 사례에서는 상당히 효과가 있는 것 같아서요."

효과를 확신하는 말은 아니었지만 그 명쾌한 어조가 왠지 모르게 미덥게 느껴졌다.

"다 그런 건 아니지만, '선생님, 이상한 게 없어졌어요'라며 시원한 얼굴로 보고하는 환자도 있었죠."

"잘 부탁드립니다."

의사 말을 끝까지 듣기도 전에, 나오미는 반사적으로 고개를 숙였다.

이번에는 저번에 갔던 병원처럼 적은 분량을 처방해 부작용을 확인하는 절차는 없었다. 덜컥 통상적인 복용 분량이 나왔다.

4주치 약을 담은 작은 봉지에는 희망이 담겨 있었다.

어깨로 지탱해야 하는 어머니의 체중도, 외출 못 하는 불편함도 괴롭다. 하지만 어머니와 단 둘뿐인 집에서 망상에 맞장구를 쳐주고 있노라면 이쪽까지 미칠 것 같았다.

적어도 제정신으로 있어 준다면, 어머니의 어떤 고집에도 응할 수 있다는 심정이었다.

그러나 기대는 무너졌다.

어머니는 완강하게 복약을 거부했다.

의사가 약을 설명하는 동안 침묵하던 어머니는 그 남아 있는 인지 능력으로 아리셉트라는, 일반인에게 알츠하이머 치매의 특효약처럼 알려진 약을 아주 잘 알고 있었기 때문이다.

"나는 망령 나지 않았다. 무례하기는. 나이가 들어 몸이 여기저기 아파서 움직이지 못할 뿐인데. 그런 약을 내주는 의사 선생님도 그래. 그리고 넌 엄마를 어떻게 그런 식으로……. 보통은 감싸주잖니? 정말 한심하구나."

딸이 자신을 노망난 노친네 취급한다고 한번 믿기 시작하면 아무리 설명을 하고 새로운 정보를 제공해도 생각을 바꿀 수 없다. 나오미는 이제 어머니의 고집이 어디까지가 성격이고 어디까지가 노화 혹은 병 때문인지 알 수 없었다.

이렇게 되면 약을 부수어 음식에 섞을 수밖에 없는데, 물약이라면 모를까 알약을 갈아서 어머니가 눈치 못 채게 아침저녁으로 식사에 섞는 수고를 상상하는 것만으로도 맥이 풀렸다.

휴대폰이 없어졌다는 것을 깨달은 것은 말다툼에 지쳐 "결코 잘못을 고치려 하거나 보호자의 생각을 강제하면 안 된다"는 누마노의 말을 떠올리고 자기혐오에 시달리며 어머니 방에서 나왔을 때였다.

가방 안, 책상 서랍, 충전기 위까지 샅샅이 찾아도 휴대폰이 보이지 않았다. 회사에 다닐 때라면 휴대폰이 없어지면 금방 알았을 것이다. 어머니를 위해 잔업을 도중에 끊고 돌아가는 일이 많았기에 긴급 연락이나 중요한 메일은 휴대폰에 전송되도록 해놨기 때문이다.

그러나 지금은 그럴 필요가 없어서 충전을 깜빡 잊기도 했다. 오늘도 병원에 가져갔는지 아닌지 기억이 확실하지 않았다.

일단 집 전화로 휴대폰에 전화를 걸어보았다. 실내에서 보이지 않을 때는 이것이 가장 빠른 방법이다. 전화를 걸면 신문이나 벗어 던진 재킷 밑에서 벨소리가 울리기 마련이다.

하지만 시끄러운 전자음은 어디서도 들리지 않았다. 아무래도 정말 잃어버린 모양이다. 한숨을 쉬며 수화기를 내려놓으려 할 때 "네"라고 답하는 남자 목소리가 들렸다.

"아, 죄송합니다. 저는 그 휴대폰 주인인데요."

멍청한 말이었다.

"다행이네요." 쾌활한 목소리가 대답했다. "그저께 병원 주차장에서 본 분이군요."

작게 환성이 튀어나왔다. 어머니 휠체어를 밀어주려 하던 친절한 사람이다. 아버지가 요양병동에 있다고 했다.

"주차장에 돌아오니 휴대폰이 떨어져 있더군요. 어머니를 차에서 내리실 때 떨어뜨리신 것 아닌가요."

"예, 그래요."

작은 백을 어깨에 메고 허리를 구부렸을 때, 가슴에 달린 주머니나 백에서 미끄러져 떨어졌을 것이다. 공손히 인사한 다음 찾으러 가겠다고 했다. 착불로 보내달라고 할 수야 없었다.

"어느 쪽에서 오시죠?"

"교도입니다."

"혹시 오유학교 근처신가요?"

나오미가 위치를 설명했다.

"그렇군요." 상대는 웃었다. "바로 옆이네요. 제가 갖다 드리죠."

남자의 자택은 오유학교 동쪽이라고 했다. 여기서 그다지 멀지는 않았지만 주워줬는데 갖다 달라고까지 하기는 미안했다. 서둘러 사양하자 상대는 "그렇게 오래 집을 비울 수 없으시잖아요"

하고 거듭 설득했다.

이쪽 사정을 이해해준 것이다.

"감사합니다." 나오미는 전화기에 대고 깊이 머리를 숙였다.

다음 날 아침 일찍, 남자가 약속대로 찾아왔다. 검은 폴로셔츠에 트위드 재킷을 입고 있었다. 복장을 보니 평범한 직장인은 아니었다. 현관에서 휴대폰을 건네주기만 하고 출근 중이라며 나오미의 인사도 받지 않고 분주하게 떠났다.

겨우 받은 명함으로 남자의 이름이 신도라는 것과 어느 직장을 다니는지 알 수 있었다. 그는 재단법인 '일본비철금속 연구센터'의 연구원이었다.

미리 준비한 선물용 과자 상자도 거절해 나오미는 어쩌면 좋을지 고민스러웠다.

아침식사를 하고 몸이 따뜻해진 어머니가 벽에 기대어 밖으로 나왔다.

"저 수염 난 사람, 얼마 전 병원에서……."

거실의 유리문으로 지켜보고 있었던 모양이다. 필요한 일은 금방 잊어버리면서 잊어버려도 되는 일은 잘도 기억한다.

"휴대폰을 주차장에 떨어뜨렸는데 주워서 일부러 갖다준 거야."

"징그러워라, 여자만 산다고 정탐하러 왔구나."

나오미는 싸늘한 마음으로 그 얼굴을 바라보았다. 좋은 집안 출신이라고 거들먹거리며 점잔 빼지만, 천박한 품성이 그대로 드러난다.

"전화도 그때 훔친 거겠지. 내가 보고 있었다니까. 네 백에 손을 넣어 지갑만 가져가는 걸. 그렇지, 유키야."

또 도둑맞았다는 망상이다.

입을 열었다가는 의사의 충고도 잊고 기관총처럼 반격할 것 같아, 나오미는 목구멍까지 치밀어 오르는 분노를 삼키고 거실로 돌아가 차를 끓였다.

옆에 물을 준비하고 옻칠한 과자 접시에 골다공증 약과 비타민E, 고지혈증 약, 그리고 아리셉트를 담아 어머니 앞에 내놓았다. 모두 먹기 쉽도록 케이스에서 꺼냈다.

"어머, 참 맛없을 것 같은 간식이구나."

농담인지 비아냥거림인지 알 수 없는 소리를 하며 어머니가 한 알씩 약을 삼켰다.

아리셉트만 남았다.

"이것도 먹어."

"필요없다."

어머니는 슥 시선을 피하고는 "그렇지" 허공을 향해 고개를 끄덕였다.

"좀 적당히 해."

드디어 인내심이 다했다.

"먹으라고 하면 좀 먹어. 자각하지 못하고 있을 뿐이지 엄마는 완전히 망령이 났으니까."

"어떻게 사람한테 망령 났다는 소리를 할 수 있니. 너 재산을 빨리 물려받고 싶어서 안달이 났구나."

툭하면 '재산' 이야기다. 망령이 나면 진짜 인간성이 드러난다.

나오미는 어머니가 무슨 말만 하면 돈 타령을 하는 것이 싫어서 참을 수 없었다. 어머니뿐만 아니라 이전에 근무한 로터스 인터내셔널도 경영자가 바뀐 다음부터는 무슨 말을 하든 두 마디째에는 수익을 들먹였다.

"좋아."

어머니가 고개를 돌렸다.

"집도 땅도 너한텐 안 주고 마유코한테 줄 거야. 그 애는 다정하니까 내가 전화하면 금방 와줄걸."

"그러시든가."

나오미는 테이블 위의 접시와 잔을 거칠게 치우고 어머니 앞에 전화기를 내놓았다.

"꼭 그렇게 해. 마유코는 돌아올 거야. 상속받을 때가 되면."

그때는 생계를 유지할 직업도 없이 늙은 자신과 미처 수리하지 못하고 무너져가는 넓기만 한 집, 그리고 정글처럼 정원수가 우거진 마당만 남아 있을 것이다. 거기에 무정하게도 상속세가 마지막 타격을 줄 것이다. 마유코는 몰라도 그 남편은 선거 자금을 위해 아내에게 법정 상속분을 청구하게 할지도 모른다. 가장 있을 법한 시나리오는 간병으로 흘린 땀과 장례식에서 흘리는 눈물 양은 반비례한다는 말대로 그저 울기만 하는 마유코가 "아버지와 어머니의 추억이 담긴 소중한 집이야. 절대 팔거나 망가뜨리지 말고 언니가 지켜줘"라며 간청하는 일이었다.

집도 땅도 돈도 어머니도, 모두 버리고 도망칠 수 있으면 얼마나 좋을까.

아니, 도망가주겠다. 지금 바로.

내가 없어도 환상 속의 손녀가 있다. 동생에게 전화를 걸면 지지자 접대도, 아들의 학원 도시락도, 시어머니 뒷바라지도 내버리고 나리타 공항발 쾌속 열차와 소부선, 오다큐선을 갈아타고 달려와줄 것이다. 엄마를 그렇게도 끔찍이 생각하는 딸이라면.

토트백에 지갑과 휴대폰, 화장품 파우치만 넣었다.

어머니는 기어서 화장실에 가고, 난간을 잡고 변기에 기어올라 혼자서 용무를 보라지.

그렇게 중얼거리고 정말 집을 나섰다.

바람은 차지만 햇살은 환하다. 눈을 가늘게 뜨고 태양을 바라보았다. 전철역을 향해 이 길을 서둘러 걷던, 불과 한두 달 전 일이면 옛날처럼 느껴졌다.

이탈리아어로 된 두툼한 원고를 받아 내일까지 번역하라는 지시를 받았던 일도, 통역을 괴롭히는 난폭한 호주인 사장의 2박 3일 접대를 맡았던 것도, 대형 은행 출신인 상사와 대립했던 것도, 동료들과의 관계가 험악해졌던 일도 지금 보니 고민 축에도 안 들었다는 생각이 새삼 들었다. 바쁘니, 과로사하느니 야단을 떨어봤자 자기 집에서 24시간 내내 괴팍한 노인의 시중을 드는 것에 비하면 회사 업무 따위는 놀이나 마찬가지다.

회사는 천국이라고 중얼거려본다.

그 회사도 지금은 없다.

집 근처 교도역 앞에는 찻집도 패밀리 레스토랑도 있지만 이웃이라도 마주쳐 대화하게 되면 귀찮았다.

오다큐선을 타고 신주쿠로 갔다. 신주쿠역 남쪽 출구 쪽으로 걸어가 서던테라스의 카페에 들어갔다. 얼마 전까지만 해도 당연했던 생활이 눈물겹게 그리웠다.

울컥해서 집을 뛰쳐나왔지만 어머니가 생각나서 힘들 줄 알았는데, 막상 나와보니 마음이 가벼웠다.

한 시간 동안 커피와 베이글 샌드위치로 브런치를 먹은 뒤 지하철을 타고 롯폰기에 가서 영화를 봤다. 멀티플렉스에는 영화가 여럿 걸려 있었지만 아무 생각도 하고 싶지 않아서 태평한 로맨틱 코미디를 골랐다. 하지만 예고편도 끝나기 전부터 졸기 시작해 상영이 끝날 때까지 아주 푹 잤다.

영화가 끝나고 잠에서 깨어났을 때에야 비로소 어머니가 걱정되었다. 에스컬레이터를 뛰어 내려와 오에도선 지하철역까지 달렸다.

무언가에 걸려 넘어지는 바람에 뼈가 부러져 꼼짝도 못하고 있는 것은 아닌지, 딸이 안 보인다고 놀라서 밖으로 뛰쳐나갔다가 차에 치인 것은 아닌지, 온갖 상상에 마음을 졸였다.

요요기역 통로를 달려 오다큐선 전철에 뛰어올라, 헉헉 숨을 몰아쉬며 집 현관 앞에 섰다. 아무 일도 없기를, 그렇게 되뇌며 현관문을 열었다.

어머니가 서 있었다. 온몸에서 미지근한 땀이 쏟아졌다.

하지만 표정이 이상했다. 묘하게 부드러웠다.

"다녀왔니. 피곤하지?"

충격으로 완전히 망령이 났다고 생각했다.

"밥을 할까 했는데 계속 서 있으면 다리가 아파서."

사이좋은 모녀지간의 말투로 돌아갔다.

"괜찮아. 회사일이 아니었으니까."

서둘러 부엌에 들어가 냉장고 안에 들어있던 야채와 유부, 달걀과 야채 절임 반찬으로 상을 차렸다.

그동안 어머니는 식탁 앞에 앉아 있었다. 생활 공간은 구분하는 편이 좋다고 생각해 나오미는 좀처럼 침실에 식사를 가져가지 않았다. 늘 억지로라도 식탁 앞으로 데려와 앉혔다.

재빠르게 식탁에 밥그릇을 놓았다.

"유키 몫이 없잖니."

어머니가 식탁의 아무도 없는 공간을 가리켰다.

여기 있는 것은 엄마와 나뿐이라는 말을 나오미는 애써 삼켰다. 그럴 수 없다고 생각했다. 오늘 아침 같은 응수는 이제 지쳤다. 다행히 지금 어머니는 기분이 좋다. 기분이 좋은 상태를 유지할 수 있으면 그걸로 됐다. 머지않아 어머니는 아무 일도 못하게 될 것이고, 자신은 더욱 무거운 부담을 져야 할 것이다. 어쨌든 그것보다는 지금이 편하다. 앞일은 생각하고 싶지 않았다.

입을 다물고 빈 공간에 손님용 목련 그림 찻잔과 옻칠한 국그릇을 나란히 놓았다.

텔레비전을 켰다. 식사는 순조롭게 시작되었다. 어머니는 신이 나서 텔레비전 화면에 눈을 돌리더니 그다음에는 아무도 없는 자리를 향해 말을 걸었다.

"어머, 큰일이구나. 저렇게 눈이 많이 쌓이면 가게에도 아무것도 없겠네."

뉴욕을 덮친 한파 영상을 본 어머니가 나오미와 다른 한 명에게 말을 걸었다.

"그러게. 하지만 어느 집이나 큰 냉장고에 식량을 일주일치 정도는 사뒀을 테니까 괜찮을 거야." 나오미가 그렇게 말을 거들었다. 어머니는 때로 가벼운 웃음소리를 냈다. 유키의 환상이 농담을 하거나 아이다운 귀여운 몸짓을 하는 모양이었다.

이걸로 됐어. 나오미는 그 공간에 눈길을 주었다. 그 여성 의사의 말을 처음으로 받아들였다.

어머니의 후두엽 이상이 만들어낸 환상을 받아들이면 그만이다. 어머니에게 눈에 안 보이는 손녀가 있는 것으로 치고 생활하면 아무 일도 일어나지 않는다. 아무튼 오늘은, 지금은, 이 순간은 평온하게 지나간다.

밤에 몸이 굳은 것처럼 움직이지 못하고 통증을 느끼는 것은 변함없지만, 낮에는 어머니 스스로 움직이게 되었다. '유키'를 상대하기 위해서였다.

'유키'는 잠든 어머니 주위를 걸어 다니고 어머니를 정원으로 데려가거나 거실 텔레비전 앞으로 부른다. 같이 애니메이션을 보자고 조르거나 정원을 산책하자고 옷을 잡아당기는 모양이다.

"미안하구나, 유키야, 할머니 피곤하니까 조금 자게 해주렴." 어머니가 그렇게 말하며 이불에 파고드는 일도 있었다.

평화로운 일상이었다. 이상한 소리를 해도, 환영을 보아도, 기분이 좋으면 그리 곤란한 일은 일어나지 않는다.

다행히 어머니는 낮에 나오미가 두세 시간 외출하는 정도로는 거의 불안정해지지 않는다. 어쨌든 난간을 잡고 화장실에 가고, 제때에 화장실을 가지 못해 실금해도 더러운 속옷을 숨기고 스스로 빨래바구니에 슬쩍 집어넣는다. 그러고는 나오미가 준비한 젖은 수건으로 닦고 새 속옷으로 갈아입은 다음에는 아무 실수도 하지 않았다는 듯이, 아무것도 모른다는 얼굴을 한다. 나오미가 모르는 척 뒷정리를 해주면 기분이 좋은 채로 지낸다.

어머니의 잘못을 바로잡아 적응행동을 강요하는 대신 나오미가 어머니의 치매에 적응하는 것이다. 누마노의 충고를 마음속으로 곱씹었다.

휴대폰을 주워준 신도라는 남자가 전화를 건 것은 그 후 얼마 안 되었을 때였다. 생활이 조금 안정되고 정신적으로도 여유가 생겨 명함에 적힌 직장으로 감사 인사를 담은 카드와 선물용 고급 과자 세트를 보내자 다음날 밤에 감사 전화가 왔다. 서로 송구해 하는 대화를 했다.

그리 친한 사이도 아니고 상대의 신상을 캐묻기는 무례하게 느껴져 나오미는 명함에 있던 재단법인 '일본비철금속 연구센터'라는 조직에 대해 물었다.

"공무원의 낙하산을 위한 곳이죠." 신도가 자조적인 말투로 답했다. 여러 민간 기업에서 운영하는 싱크탱크로, 신도는 어느 재벌계 기업에서 파견된 사람이라고 했다.

"저를 좋게 봐주던 전무가 실각해서 전무파는 모두 쫓겨난 거죠. 죄송합니다. 여성에게 이런 사내 파벌 이야기는 불쾌하고, 관심도 없으시겠죠."

"아니요." 나오미는 얼마 전까지 자신도 어떤 교육 관련 기업에 근무했었고, 그런 상황에 놓인 관리직의 사정은 잘 알고 있다고 말했다. 이를 계기로 흥이 나서 이야기를 주고받다가 어머니가 불러 정신이 들었을 때는 벌써 30분 가까이 지난 후였다. 서둘러 전화를 끊기 직전에 자연스럽게 다음에 같이 한잔하러 가자는 이야기가 나와 이메일 주소를 교환했다.

그 주말에 나오미는 교도역에 가까운 술집으로 갔다. 밤에 집을 비우는 것은 다소 걱정되었지만, 남자와 단둘이서 술을 마시는 것은 아무렇지도 않았다. 직장을 다닐 때는 술자리에서의 교섭이 일상적인 일이었고, 퇴근길에는 꼬치구이 가게에서 마음 맞는 동료와 푸념을 늘어놓기도 했다. 그 상대가 늘 여자였던 것은 아니다.

그래도 오랜만의 외식이라 굽이 있는 구두를 신고 손톱에 매니큐어를 바르니 어쩐지 마음이 들떴다.

신도가 독신임을 알게 된 것은 양쪽 모두 약간 술에 취했을 무렵이었다.

두 번의 결혼 경력이 있었다. 20대에 한 첫 결혼은 사별로 끝났다. 급성 백혈병을 앓는 아내와의 결혼 생활은 불과 2년 반이었다고 했다. 두 번째 결혼은 상사의 강력한 권유에 따른 것이었는데, 6년 만에 아내가 실종되었다. 편지도 남기지 않고. 인감 도장과 통장이 없어졌다고 했다.

"단골 미용실의 남자 미용사와 함께 있는 걸 봤다고 알려준 사람이 있었어. 사실인지 아닌지는 모르겠지만."

그 이상 캐물을 수는 없었다.

"여자 복이 없었네." 평범한 말로 이야기를 끝맺었다.

그러자 신도는 그 병원에서 어머니에게 보였던 매력적인 미소를 지으며 수줍게 중얼거렸다.

"꼭 그렇다고는 할 수 없다고, 오늘 밤은 그런 생각이 드는데……."

"무슨 뜻이야?"

나오미는 오랜만에 들뜬 목소리를 내며 마음껏 웃었다.

성숙한 남자를 만날 때는 연하를 상대할 때와 달리 멋진 여자인 척할 필요가 없다.

신도에게는 어머니의 병환, 퇴임하고 얼마 후 돌아가신 아버지, 젊어서 지바로 시집간 동생 등에 대해 솔직하게 이야기했다.

신도는 어머니의 환각 이야기를 듣고도 조금도 놀라지 않았다. 자신의 아버지도 옛날에는 대장성(구 재무성에 해당하는 관청 — 옮긴이) 관료였지만 지금은 자기 연금조차 관리하지 못한다고 했다. 나이를 먹으면 정도의 차이는 있어도 다 그런 거라며 대범하게 굴었다. 결혼할 생각이 없으니 가식적일 필요도 없을 것이다.

어머니가 기다린다는 이유로 두 시간 정도 있다가 헤어졌다.

"오랜만에 즐거웠어."

헤어질 때 신도는 그렇게 말하더니 "악수만이라도"라며 오른손을 내밀었다. "이 다음은 포옹이겠네." 농담을 던지며 나오미도 바로 오른손을 내밀었다. 그 손을 강하게 감싸 쥐고 신도는 나오미의 눈을 응시하며 "또 만날 기회가 있으면 좋겠어"라고 말했다.

좋은 만남이고 좋은 이별이었다.

그날 밤 신도는 집에 큰 수양벚꽃이 있는데 봄에는 매화와 앞다투어 피니까 보러 오라고 나오미를 초대했다.

"혼자 살아서 나만 보기도 아까우니까."

나오미는 그것이 어떤 초대인지 대충 짐작할 수 있었다. 하지만 그런 상상을 뒤집듯이 상대는 다른 제안을 덧붙였다.

"어머님도 같이 오시면 좋겠어. 어르신은 기뻐하실 거야. 이제

꽃구경 가기는 어렵잖아."

가슴이 뜨거워졌다.

"고마워, 안주를 많이 만들어 갈게."

나오미는 북받치는 감정을 담아 대답했다.

집에 돌아오자 어머니가 전처럼 험악한 표정으로 기다리고 있었다.

시계를 보니 10시가 다 되어 있었다. 식사 후에 외출한 것이지만 딸의 야간 외출은 역시 어머니의 기분을 불안정하게 만드는 것 같았다.

"남자 만났구나."

어머니가 잘 다녀왔냐는 인사도 없이 갑자기 그렇게 말했다.

"네가 숨겨도 엄마는 다 안다. 유키가 알려주니까."

또 유키다. 망상이지만 정답이긴 했다.

"그래서 뭐, 난 독신이야."

날 선 말이 오가는 와중에 심술궂은 말투가 되었다. 그래도 "엄마야 먼저 죽으니까 괜찮겠지만, 외톨이로 남겨질 내 입장은 생각해 본 적도 없지"라는 대사는 삼켰다.

"얼마 전에 휴대폰을 훔쳐서 이 집을 염탐하러 온 정체 모를 남자지."

"정체는 알아. 경제산업성 외곽 단체에 근무하고, 집도 근처는 아니지만 선로 저쪽이야. 오유학교 옆의 정원에 큰 수양벚꽃이 있는 집. 벚꽃 구경하러 오라고 초대받았어. 엄마도 같이 오라더라. 너무 무례한 소리는 하지 마."

어머니는 어안이 벙벙하다는 표정이었다.

"오유학원 옆의 정원에 커다란 벚꽃이라고…. 그래… 뭐라고 했더라."

"신도 씨야."

"그런 성이 아니었어."

어머니는 아무도 없는 공간을 향해 몸을 수그리더니 거기 있는 손주의 환상에게 물었다.

"아, 그래, 데라카타 씨. 데라카타 사요코 양이었어. 마유코와 같은 반이었던. 그 집 어머니하고 같이 바자회 같은 행사에 자주 참가했었지."

나오미도 마유코도 어떤 사립대 부속 초등학교에 다녔다. 좀처럼 고유명사를 떠올리지 못하게 된 어머니도 옛날 지인의 이름은 잊지 않았다. 그러나 그 성은 '신도'가 아니다.

"다른 집인 거 아니야?"

"아니, 그 근처에 큰 수양벚꽃이 있다고 하면 데라카타 씨네뿐이야. 남편은 대장성에 다니고."

분명 그랬다.

"하지만 이상하구나. 그 집은 외동딸일 텐데."

"그러니까 다른 집이라고."

"절대 아니야."

어머니의 표정이 험악해지자 나오미는 반론을 포기했다.

어느 쪽이든 수양벚꽃의 계절이 되면 알 수 있을 터였다.

신도의 초대 메일은 수양벚꽃이 피는 것보다 이르게 도착했다. 술집에서 만나고 불과 열흘 후였다.

교도역 근처에 분위기 좋은 프랑스 레스토랑이 있는데, 그곳은 한 달에 한 번 '샴페인 디너의 날'이 있어서 다양한 샴페인과 그에 맞는 코스 요리를 선보인다고 했다.

"지난번에 갔던 가게는 숙녀분을 모시고 갈 만한 곳은 아니어서 미안했어. 샴페인을 싫어하지 않으시면 같이 가죠."

"샴페인 좋아해. 신이 나서 과음하면 나중에 배가 너무 불러 고생하니까 주의해야 하지만." 그렇게 답장했다.

이 이상의 진전은 기대하지 않았다. 어머니를 생각하면 양쪽 모두 독신이라도 결혼은 기대할 수 없었다. 그러나 미래의 전망은 커녕 자신의 노후 보장마저 불투명해진 지금, 갇힌 생활 속에서 우정 이상 연애 미만인 신도와의 교류는 유일한 휴식이었다. 그 이상을 기대하면 또 힘들어질 것이다.

송신 버튼을 누르고 폴더형 휴대폰을 닫았을 때 움찔했다. 등유 냄새가 났다.

황급히 부엌 쪽으로 달려갔다.

어머니가 마루에 주저앉아 무엇인가를 하고 있었다. 콘크리트로 만든 방에 두었던 붉은색 기름통 옆에 펌프가 나뒹굴고, 바닥에는 등유가 쏟아져 있었다.

기름에 젖은 걸레 몇 장이 바닥에 나뒹구는 것으로 보아 바닥에 흘린 등유를 닦은 모양이었다.

"쓸데없는 짓 좀 하지 마."

머리에 피가 쏠려 그렇게 소리 지르고 싶은 것을 꾹 눌러 참았다.

"질책하면 안 됩니다. 역효과예요. 곤란한 행동에도 반드시 이유가 있는 법이니 그 마음을 헤아려 대응하세요."

의사의 말이 되살아났다.

'이유'는 단순했다. 낡고 넓은 단독주택에서 에어컨의 온풍 기능을 사용한 난방을 하면 전기 요금이 너무 비싸 이 집에서는 벌써 20년 가까이 석유 난로를 쓰고 있다. 하지만 어머니 방만은 독일제 패널 히터와 전열 카페트 덕분에 따뜻하다. 안전하고 쾌적한 난방법이지만 어머니 마음에는 들지 않는다. 옛날처럼 석유 난로를 켜고 싶다는 것이다.

치매에 걸렸다고 논리적 사고를 전혀 못하는 것은 아니다. 어머니는 그런 쾌적한 난방을 하려면 전기 요금이 많이 든다는 것을 알고 있다.

시마무라가의 형편은 일반 가정보다 좋은 편이었다. 그러나 외벌이 가정 전업주부의 경제 감각은 일반 기업의 사무직 여성이나 아르바이트로 맞벌이를 하는 주부에 비해 알뜰하다. 써야 하는 데에는 쓰지만 일상생활에 드는 경비는 가능한 한 절약하려 한다.

지금도 뭔가 어머니 나름의 생각이 있어 한 행동이겠지만, 요즘 어머니는 계획을 세우고 순서대로 목적을 수행하는 행동을 하기가 어려워졌다. 일단 석유를 넣어야 한다고 생각해 펌프를 꺼내기는 했지만 오랜 세월 창고에서 방치되었던 낡은 알라딘 석유 난로는 꺼내지 못한 것이리라.

"추워? 엄마, 방금 히터 틀었으니까 곧 따뜻해질 거야."

최대한 부드러운 목소리로 말하며 어머니의 팔을 잡고 끌어안듯이 해서 거실로 데려갔다.

나오미의 팔에 붙들린 채 어머니는 시선을 피하며 몸부림치며 저항했다.

"유키야, 유키야!"

도움을 청하는 듯이 이름을 부른다.

가볍게 생각할 일이 아니라고 나오미는 중얼거렸다. 화장실에 가지 못해 옷에 실례를 하는 건 자신이 가서 뒤처리를 하면 된다. 그러나 불장난만은 곤란했다.

다음날 나오미는 창고의 등유와 함께 석유 난로를 처분했다. 거실이나 방은 에어컨의 온풍 기능으로 덥히면 된다. 전기 요금이 많이 들지만 어쩔 수 없었다. 부엌의 가스레인지도 인덕션레인지로 바꾸었다. 이쪽도 냄비에서 주전자까지 모두 인덕션레인지 전용으로 바꿔야 했기 때문에 돈이 들었다. 수입이 없는 사람에게는 이런 지출도 크게 느껴진다.

나오미는 어머니가 기분 좋게 말을 건네고 있는 유키의 환상 쪽으로 얼굴을 돌렸다. 초등학교 무렵 유키를 떠올리면서, 나오미는 반쯤 울상을 지으며 중얼거렸다.

"유키, 할머니를 어떻게 좀 해주렴, 엄마 좀 살려줘."

물론 공기는 꿈쩍도 하지 않았고, 환상이 나오미를 도와주는 일은 없었다.

어쨌든 할 수 있는 일은 다 했다. 요양시설이 아닌 일반 주택에서 가정 내 돌봄을 하는 이상 여기까지가 한계였다.

화재 보험에는 가입했다. 옆집만 안 태우면 된다.

화재가 나면 낡은 목조 가옥에 빠르게 불이 번질 것이다. 어머니는 자력으로 도망칠 수도 없다. 어머니를 짊어진 자신도 도망칠 수 없을 것이다…….

내 알 바 아니라고 생각했다.

그날 밤 나오미는 집을 빠져나갔다. 저녁식사 후 어머니에게는 주치의가 처방해준 수면제를 먹였다. 기절하듯이 부자연스러운 잠은 들지 않겠지만 아침까지 푹 잘 수 있을 것이다.

샴페인 코스라고 해도 고작 두 시간, 집 근처 레스토랑이니까 10시가 좀 지나면 돌아올 수 있다. 조금 먼 슈퍼마켓에 쇼핑을 하러 가는 것과 별 차이 없다.

미용실에 갈 시간은 없어서 집에서 머리를 구불구불하게 말았다. 나오미가 요즘 인기 있는 마스카라를 푹 떠서 속눈썹을 올리는 것을 어머니가 목격했다.

"안 된다."

다다미 위를 기어오듯이 다가와 어머니가 말렸다.

"유키가 안 된다고 했잖니. 다른 사람 말도 좀 들어라. 저런 근본도 모르는……. 응, 그렇지." 그렇게 말하며 머리 위 허공을 올려다보았다. 소녀의 얼굴이 그 주변에 있는 모양이었다.

"위험한 사람이야."

나오미가 이에 반론하면 불에 기름을 붓는 격이다. 말없이 캐시미어 반소매 원피스의 지퍼를 올렸다. 요즘 진주 목걸이를 거는 건 너무 평범하고 촌스러워 보이니까 명주실처럼 가느다랗고 긴 백금 목걸이를 늘어뜨렸다.

"괜찮아, 두 시간만 있다가 돌아올 거야."

침실에 들어가 어머니의 머리맡에 전화기를 놓았다. 단축 다이얼로 나오미의 휴대폰에 연결되도록 설정되어 있다.

"걱정되는 게 있으면 전화해. 꼭 받을 테니까."

"안 돼. 그 인간은 우리 재산을 노리는 거야. 우리 집에 여자만 있으니까, 그래서 노리는 거란다. 얼마 전에도 사전 답사하러 왔잖니."

더 이상의 불쾌한 말을 들으면 노망나서 그런다는 걸 알아도 울화가 치밀 것이다.

나오미는 현관에 미리 준비해둔 알파카 코트를 손에 들고, 부츠를 신을 여유가 없어 구두를 신은 채 뛰쳐나갔다. 역 건너편 프랑스 레스토랑까지는 달리면 10분도 걸리지 않는다.

약속한 시간보다 15분가량 늦게 가게에 도착했지만, 신도는 설명하지 않아도 사정을 이해한 모양이었다.

"외출하기가 힘들지." 그가 딱한 듯이 말했다.

"그래. 부분적인 치매인 데다가 골다공증으로 여기저기 아프다는 어머니를 집에 남겨두고 밤 나들이라니. 생각해보면 엄청난 불효자식이지."

"벌써 그렇게 힘이 들어가면 안 돼."

신도가 조용한 어조로 말을 이었다.

"이 다음이 길어. 증세가 심해지면 가족은 밤 나들이를 나가긴 커녕 집 앞 편의점에도 못 나가게 돼. 혼자 다 떠맡으려고 하면 안 돼."

그건 안다. 하지만 본인이 방문요양보호사가 오는 것도 데이 서비스를 받으러 가는 것도 절대 싫다고 하니 혼자 짊어질 수밖에 없다.

"뭐, 내가 없는 동안 엄마를 봐주는 사람이 있기는 해." 나오미가 냉소적으로 말하자 신도는 미소를 지었다. 그는 무슨 말인지 알고 있다. 신도에게 어머니가 생생한 환영을 본다고 전에 얘기했다.

"나도 아버지를 입원시키기까지 꽤 시간이 걸렸지. 어머니가 돌아가시고 나서 이상해지셔서. 남자란 생물은 약해 빠졌어."

그리고 신도가 덧붙였다.

"아, 장인과 장모 얘기야. 친부모님은 고향에 계셔. 형이 대를 이어서 안심하고 맡겼지."

"데릴사위였어?"(일본에서는 아들이 없는 경우 대를 잇기 위해 데릴사위를 들여 양자로 삼는 문화가 있다. 데릴사위는 결혼하면 처가의 성을 따른다 — 옮긴이)

"응. 어차피 이혼했으니 이제 호적상으로는 아들이 아니지만."

오유학교 근처 수양벚나무가 있는 집의 성은 신도가 아니라 데라카타 씨고, 그 집 자식은 '무남독녀'라던 이머니의 기억은 정확했다.

"그럼 요전에는 장인 병문안을 왔던 거구나."

"그렇지."

"왜. 부인은 실종됐다고 하지 않았어?"

'미용사와 함께'라는 말은 삼켰다.

"아아, 그래서 장인어른은 세상천지에 고독한 몸이 되었으니까."

"착한 사람이네……."

아니라며 신도가 수줍게 웃었다.

아내가 갑자기 집을 뛰쳐나간 것은 결혼 6년 째였다. 그 전해에 장모가 돌아가시면서 장인에게 치매 증세가 나타나기 시작했다. 신도는 자기 부모가 재촉해서 결혼하기는 했지만 아이도 안 생겨 실의에 빠져 있을 때 어머니를 잃은 아내가 모든 것이 지겨워졌을지도 모른다고 말했다.

"다른 남자가 있었던 건 사실인 모양이지만, 우리의 결혼 자체가 아내의 뜻이 아니었으니 어쩔 수 없지."

직속 상사가 장인과 동문이었는데, 어느 날 그 상사가 신도에게 지인의 서른이 좀 넘은 외동딸과의 혼담을 권했다. 이탈리아에 유학을 가더니 좀처럼 귀국하지 않았고, 겨우 돌아왔나 했더니 도무지 결혼을 하지 않는다. 어떻게든 데릴사위를 들이지 않으면 대가 끊긴다. 장인은 상사에게 그런 말을 한 모양이었다. 그래서 지방 출신이고 셋째 아들인 신도에게 혼담이 들어왔다. 그에게 결혼 경력이 있기는 했지만 사별이니 별 문제는 없다고 판단했을 것이라고 했다.

"상사는 입사 당시부터 나를 높이 평가해주셨어. 그 상사의 권유로 장인을 만나보니 그릇이 크고 존경할 만한 남자라는 걸 알았어."

아내 될 사람을 보는 게 아니라 그 아버지를 본다는 것이 어떤 계층 이상의 남자들에게는 당연한 일임은 나오미 자신도 잘 알고 있었다.

20대 초반 무렵에 나오미의 아버지도 그런 혼담을 가져온 적이 있었는데, 나오미는 거절했다. 첫 결혼에 실패한 뒤 여러 남자를 만나다가 결국 독신으로 끝날 것 같은 딸의 장래를 걱정하던 아버지는 실의에 빠져 돌아가셨을 것이라고, 지금에 와서야 생각한다.

나오미가 나고 자란 집안과 이를 둘러싼 사람들의 세계와, 회사 동료나 대학 시절 친구들이 사는 세계는 극단적으로 달랐다. 고등학교를 졸업했을 때부터 나오미는 이쪽도 저쪽도 아닌, 그 두 세계 사이의 좁은 간극에서 살아왔다. 어느 쪽이 상식인지는 모르겠지만 어쨌든 부모의 인간관계가 얽혀 있는 경우 본인 뜻으로 결혼하는 일은 드물다. 자신의 의지로 상대를 선택한 나오미의 결혼도 상대 가족이 개입했을 때 무너졌다.

신도 아내의 경우는 일단 부모 뜻을 따르기는 했지만, 유학 경험과 사회 경험이 있는 서른 넘은 여자가 아무 갈등 없이 그런 삶을 이어갈 리 없다. 어느 날 모든 것을 내던지고 다시 시작하려고 한 게 아닐까. 그 원인이 된 가문도 재산도 모두 버리고.

아내가 집을 뛰쳐나간 뒤에도 신도는 처가를 떠나지 않았다.

"장인은 나를 믿고 양자로 맞아준 거니까 그 믿음에 보답하고 싶었어. 게다가 친딸이 집을 뛰쳐나가 어쩔 줄 몰라 하는 걸 모른 체할 정도로 모진 인간도 못 되었고. 한때는 장인 어른의 친척 아들 내외를 집에 들여봤지만 잘 안됐지. 잠깐 이야기하는 걸로는 알아채지 못 했지만, 장인어른은 치매에 걸려 말과 행동이 맞지를 않았어. 장모님이 돌아가시고 딸까지 떠나자 정신적으로 불안정해져서 괜히 호통을 치고는 했지. 아무리 재산이 많아도 못 돌보겠다고 그 내외의 부인 쪽이 포기하고 나가버렸어."

장인이 사위에게만은 그렇게 거칠게 행동하지 않았으므로 신도는 공적 요양보험 서비스를 이용하면서 남자 혼자서 어떻게든 돌봐왔지만, 결국 장인은 한두 해 전에 당뇨병이 악화되어 지금은 요양병동에 입원해 있다고 했다.

"고생이 많았네."

"아니. 여러 모로 신세를 졌으니까."

그 조심스러운 말투에 나오미는 이 남자가 자신보다 훨씬 그릇이 크고 성숙한 사람이 아닐까 하는 생각이 들었다.

"간병하면서 나도 여러 가지를 배웠어. 회사에만 있었으면 몰랐을 일도 많았지."

감동인지 부끄러움인지 알 수 없는 것이 북받쳐, 나오미는 눈앞의 남자 손을 두 손으로 꽉 잡았다.

"당신을 만나서 정말 다행이야."

신도는 약간 쑥스러운 듯이 말했다.

"이제 집에 돌아갈 시간인가?"

"아니……. 아직은 괜찮아."

코스 요리는 다 나왔고, 디저트가 남아 있었다. 어머니에게 돌아가겠다고 약속한 10시까지는 아직 30분이 남아 있었다.

"디저트가 케이크라니 내장 비만 되기 딱 좋은데."

신도가 슬쩍 메뉴를 보고 자기 배를 쓰다듬었다. 나이는 먹었지만 배가 많이 나오지는 않았다.

"우리 집에 가서 포트와인이라도 마시는 건 어때?"

"어른스러운 취미인 걸, 대찬성."

나오미는 짐짓 아무렇지도 않다는 말투로 대답했지만, 심장은 격렬하게 뛰고 있었다.

"우리 집에 가서"라는, 신도가 가볍게 한 말이 갖는 의미를 성인이라면 모두 안다.

연하인 전 남자친구가 줄행랑치게 만든 어머니의 존재를, 그는 받아들인 듯했다. 직장을 잃고 남은 재산을 탕진하며 살다가 이윽고 고독과 빈곤 속에 가라앉을 줄로만 알았던 자신의 노후에 빛이 보였다.

거의 동시에 캐시미어 밑에 입은 자신의 속옷에 생각이 미쳤다. 갈아입을 때 신도와 밤을 보내게 될 가능성을 생각하지 않았던 것은 아니다. 하지만 등 뒤에서 들려오는 어머니의 욕설을 들으며 달콤한 기분을 떨쳐냈었다. 병든 어머니를 두고 외출하려니 남편이 있는 몸으로 남자를 만나러 가는 듯한 꺼림칙함이 있었다. 결국 신경 써서 입은 것은 겉옷뿐이고 그 아래에 있는 것은 보정력만 강력한, 그야말로 '언더웨어'라는 말이 어울리는 베이지색의 실용적인 속옷이었다. 그것은 어머니를 향한 무의식적인 변명이었다.

신도는 웨이터에게 디저트와 커피는 필요 없다고 하고 계산을 했다.

집이 가게에서 멀지도 않은데, 밖으로 나오자 신도는 택시를 세우고 아무 말없이 나오미를 밀어 넣었다. 집을 오래 비울 수 없는 나오미의 입장을 배려해 조금이라도 빨리 도착하려는 모양이었다.

약간 혼란스러운 기분으로 창밖을 응시하는 나오미의 손을 신도가 강하게 잡았다. 그 순간, 어머니를 잊고 베이지색 속옷을 어떻게 할까 하는 생각만이 마음의 대부분을 차지했다.

수십 초 뒤, 택시가 길을 꺾었다.

"통행금지군요."

택시 기사가 혀를 찼다.

사이렌 소리가 울렸다. 경찰차가 택시를 추월했다.

"이런, 불이 났구먼." 그렇게 말하며 기사가 무전을 켰다.

가슴이 두근거렸다. 석유 난로도 가스레인지도 처분했다. 그러나 전열 카페트나 패널 히터가 백 퍼센트 안전하지는 않다.

휴대폰을 꺼내 집 전화번호를 눌렀다. 전화기는 어머니 머리맡에 두었다.

받아, 부탁이니까 받아줘.

신호는 가는데 아무도 받지 않았다. 불안에 가슴이 터질 것만 같았다.

그때 차내 무전기가 무엇인가를 떠들었다. 화재 현장의 동네 이름과 지번, 그리고 현장 주변의 도로 상황이었다.

나오미는 가슴을 쓸어내렸다. 우리 집은 아니다.

그때 옆에 앉은 신도의 몸이 굳은 것을 깨달았다.

"설마……."

"우리 집이야."

기사가 "뭐라고요!" 소리를 질렀다.

둘은 구경꾼과 차로 온통 길이 막혀 더 이상 차가 지나갈 수 없는 곳까지 가서 택시에서 내렸다. 나오미가 재빨리 택시 요금을 냈다.

꽤 환하다고 생각한 것은 높게 솟구친 불꽃 때문이었다. 불똥이 우수수 떨어졌다. 재가 무수한 검은 나비처럼 날아다녔다. 이층집 창문에서 솟아난 불꽃이 정원수로 번져 지면에 우뚝 선 듯이 타오르고 있었다.

얼굴이 창백해진 신도는 한마디도 하지 않았다.

손이 벌벌 떨리고 있었다.

나오미가 안심시키려고 그 팔을 잡은 순간, 깜짝 놀라 몸을 뗐다. 대담한 남자처럼 보였는데 패닉에 빠져 있었다. 자기 집이 불타고 있으니 당연했다.

경찰관이 구경꾼에게 가까이 가지 말라고 소리치며 돌아다녔다. 문득 정신이 들자 신도가 없었다. 구경꾼 무리에 섞인 모양이었다.

나오미는 어수선한 현장에 홀로 남겨져 혼란에 빠진 채 하염없이 타오르는 건물을 바라보고만 있었다.

제정신이 들자 집을 향해 걷기 시작했다.

모든 것이 변했다. 기대도, 계획도 사라졌다. 속옷 생각을 할 때가 아니었다.

신도가 좀 진정된 다음에 연락하기로 하고, 현장에서 좀 떨어진 곳에서 택시를 잡았다. 못 걸을 거리는 아니었지만 아무리 전화를 걸어도 안 받는 어머니가 걱정되었다.

정원에 깔린 돌 위로 달려가 현관문 열쇠 구멍에 열쇠를 꽂아 돌렸다. 열리지 않는다. 한 번 더 돌린다. 열렸다.

의아했다. 현관문이 열려 있었다. 잠그는 걸 잊고 나갔던 걸까.

강도…….

심장 소리가 커졌다.

몸도 머리도 쇠약해진 노인을 혼자 두고 밤 나들이를 했다. 남자를 만나려고.

구두를 대충 벗어던지며 집 안으로 들어갔다.

침실 문을 열었다.

이불이 평평했다.

비명을 질렀다.

화장실, 세면대, 목욕탕, 부엌……. 어머니가 혼자 갈 수 없는 이층 방까지 뛰어오르며 어머니의 기척을 찾았다.

후회가 물밀 듯이 밀려왔다.

다시는 외출하지 않겠습니다. 그러니 제발 아무 일도 일어나지 않았길.

전화기가 있는 곳까지 가서 떨리는 손으로 수화기를 집었다.

친척은 있지만 분쿄구의 홍고에 산다. 어머니가 그 먼 곳으로 가출했을 리는 없었다.

수화기를 다시 내려놓자마자 전화벨이 울렸다.

"세죠 경찰서인데요."

"네."

온몸이 긴장으로 굳었다. 제발 무사하라고 마음속으로 외쳤다.

"시마무라 씨 가족이십니까?"

"딸입니다. 어머니에게 무슨 일이 있나요?"

숨을 헐떡이며 물었다.

어머니는 무사했다. 남의 집 정원에 있는 걸 주민이 보호했다고, 상대는 몹시 한가로운 말투로 말했다.

"죄송합니다. 치매가 있으셔서요."

전화를 마치고 바로 택시를 불렀다.

딸이 없어 불안해진 어머니가 밖으로 나간 것이다. 화장실에 가는 것도 힘든 몸으로. 주택가는 밤이 되면 사람들의 왕래가 끊긴다. 이 일대는 높은 담으로 둘러싸인 집이 많아서 몸이 불편한 노인이 길을 잃거나 넘어져도 주민들은 알지 못한다.

어머니가 얼마나 불안하고 외로웠을까를 생각하니 가슴이 미어지는 듯했다.

택시가 구불구불한 골목길을 달려 겨우 경찰서에 도착했다.

어머니는 취조실에 있었다.

곁에 있던 경찰관에게 자초지종을 듣고서야, 나오미는 어머니가 왜 거기 있는지 알았다.

조사를 받고 있었던 것이었다. 방화 혐의로.

"방화……. 어디에."

불과 조금 전에 자신의 머리 위에서 붉게 빛나던 밤하늘과 치솟는 불똥, 소방차와 경찰차 사이렌 소리, "위험합니다, 접근하지 마세요!"라는 스피커의 고함 소리, 흥분해서 눈이 빛나는 구경꾼들의 얼굴, 여러 가지가 뇌리를 스쳤다.

경찰관이 간결하게 설명했다.

어머니가 불을 지른 것은 신도의 집이었다. 신도의 이름은 나오지 않았지만 경찰관이 말한 주소로 보아 그곳이었다.

신도의 옆집 사람이 말하길, 택시가 자기 집 앞에 멈춰 서길래 얼굴을 내밀었더니 몸이 불편한 노인이 자기 집 정원에 있었다. 놀라서 집밖으로 나왔더니 노인은 정원수에 지탱하듯이 걸어 정원을 지나, 뒷문인 사립문을 열고 신도 집으로 들어갔다.

의심스럽기는 했지만 그 사람의 부모 대에는 근처에 사는 주민들이나 가정부 등이 그 길을 뒷길로 이용했었고, 최근 '통행금지' 팻말을 세운 뒤에도 동네 아이들이 학교나 편의점에 가는 지름길로 쓰는 걸 그 집 가족들도 묵인하고 있었기 때문에 아무것도 묻지 않았던 것이다.

아마 혼자 사는 사위의 어머니쯤 되는 사람이 온 거겠거니 하고 있었는데 밖에서 딱딱 소리가 나고 묘하게 환해졌다. 밖에 나가 보니 옆집 정원이 불타고 있었다.

문득 사립문 쪽을 보자 아까 본 할머니가 정원수를 잡고 다리를 끌며 필사적으로 이쪽으로 오고 있었다. 반사적으로 할머니를 구해주고서 바로 119에 신고했다.

도와준 이웃집 사람은 할머니가 실수로 불을 냈을 거라고 짐작했지, 설마 방화일 거라고는 상상도 하지 못했던 모양이다.

조사를 위해 경찰차에 탄 어머니는 경찰서 취조실에 도착하기도 전에 차 안에서 스스로 자초지종을 얘기했다. 흥분해서 아무나 붙잡고 말하고 싶어하는 상태였다고 했다.

"무슨 짓을……."

불과 두세 시간 전에 자신이 기대한 멋진 미래 따위는 사라졌다. 어머니는 그것이 직장이든 남자든 딸의 시선과 관심, 그리고 노동력이 자신 이외의 다른 곳으로 쏠리는 것을 결코 허용하지 않는다.

그렇게까지 내 인생을 방해하고 싶었어? 당신이 나를 낳은 건 그저 분신처럼 곁에 두고 괴롭히고 싶어서야?

왜 살아 있어?

말로 다 표현할 수 없는 한을 마음속으로 쏟아내며 어머니를 바라보았다.

"아프다 아파, 이렇게 아픈데 언제까지 여기 있어야 하니?"

어머니는 갈라지는 목소리로 호소하며 자신의 허리 근처를 끊임없이 손바닥으로 문질렀다.

태어나고 싶지 않았어.

작은 목소리로 중얼거렸다.

당신 같은 엄마한테서 태어나고 싶지 않았어.

문득 눈을 뜨자 어머니가 나오미를 향해 고개를 끄덕였다.

"이제 괜찮아. 잘 태웠으니 그 남자가 다시는 네게 접근하지 않을 거야."

그러고는 아무것도 없는 공간에 시선을 고정하고 웃었다.

"자, 유키야, 네가 말한 대로 했다. 네가 말한 대로 그 집을 태웠지. 아아, 허리가 아프구나. 빨리 의사에게 데려다주렴. 정말 고생했다니까."

아연실색했다. 환상 속의 세 번째 가족, 환상 속의 손녀가 어머니에게 불을 지르라고 명령한 모양이었다.

자신은 그런 위험한 상태를 그저 받아들이고 있었던 것이다.

"정신병력이 있습니까?"

곁에 있던 경찰관이 나오미에게 물었다.

"치매입니다."

아무것도 없는 공간을 향해 말을 걸지만 않으면 어머니는 정상으로 보인다.

"레비소체형 치매라고 진단받았어요. 환영을 봅니다."

그리고 후회를 담아 덧붙였다.

"약을 처방받았지만 복용하지 않았습니다……. 엄마가 절대 안 먹는다고 버텼는데 의사에게 문의하지 않고 그대로 방치했습니다."

비록 환각이라도 어머니를 행복하게 해준다면 그걸로 됐다고 생각했다. 그게 이런 결과를 불러올 줄 누가 알았을까.

격렬한 후회가 밀려왔다. 자신이 남자에 얼이 빠지지 않았으면, 자신이 눈을 떼지 않았으면 이런 일은 일어나지 않았을 것이다. 어머니가 여성으로서의 욕망을 버리고 철저히 어머니가 되었듯이, 자신도 남자 따위를 돌아보지 않고 철저히 어머니의 딸로서만 살았다면 어머니의 환각은 보다 온화하고 행복한 것이었으리라.

"구치소만은 면할 수 없을까요. 치매인 데다가 골다공증이라 온몸이 아파요. 몸도 쇠약해졌습니다."

나오미는 경찰관에게 간곡히 부탁했다. 한과 분노와 후회와 연민과 애정이 뒤섞여 마음을 조였다. 이대로 강제로 동반 자살이라도 하고픈 심정이었지만, 한편으로 이 난리의 와중에도 체념 끝에 순식간에 싸늘하게 가라앉은 마음이 나오미에게 딸로서 어울리는 말을 내뱉게 했다.

3

그날 밤, 어머니는 경찰서에서 병원으로 옮겨졌다.

취조 중에 허리 통증을 호소해 경찰 지정 정형외과로 이송된 것이다. 엑스레이를 찍어보니 경증이기는 해도 척추 압박 골절이라고 했다. 신도의 집에 숨어들었을 때 어딘가에서 넘어졌을지도 모르고, 그냥 쇠약해진 뼈가 어긋난 것일지도 모른다. 그 덕분인지, 어머니는 구치소에 들어가지 않을 수 있었다. 취조는 다음날부터 침대 위에서 받게 되는 모양이었다.

나오미가 집에 돌아왔을 때는 벌써 날짜가 바뀌어 있었다. 어디에 상담 전화를 걸 수 있는 시간도 아니어서 인터넷으로 가족이 체포된 경우를 찾아보거나 입원에 필요한 것을 준비하다 날이 밝아올 무렵, 경찰에서 전화가 왔다.

곧바로 어머니가 입원한 병원으로 오라고 했다. 어머니의 용태가 급변하기라도 했나 핏기가 가셨지만 경찰에게 물어도 "좀 불안정하셔서"라고 할 뿐 그 이상은 설명하지 않았다.

밝아오기 시작한 간선 도로 위로 차를 몰아 병원에 도착한 뒤 주차장에서 응급실까지 한걸음에 달려갔다.

입구에서 경찰이 기다리고 있었지만 나오미가 무슨 일이냐고 물어도 설명해주지 않았다.

병동 엘리베이터를 내리자마자 날카로운 여자 목소리가 들려 발을 멈췄다. 나오미는 경찰의 재촉을 받고서야 다시 걷기 시작했다.

간호사 대기소 근처에 있는 어느 병실의 커튼을 열자 의사와 두 명의 간호사가 있었다. 그 너머로 양손과 몸통이 침대에 고정된 어머니가 새빨간 얼굴에 눈을 희번덕거리며 그 병실이 있는 층의 구석구석까지 들리도록 소리를 지르고 있었다.

"야간 조 간호사 세 명이 달려들어도 막지 못했어요. 갑자기 흥분하셔서."

의사가 설명했다.

"엄마."

나오미는 날카롭게 소리를 지르는 어머니 위에 몸을 숙이고 어머니를 불렀다.

급격한 환경 변화와 불안, 체포와 취조의 스트레스가 어머니의 망가진 뇌에 큰 부담이 된 것이다.

"구해줘, 살려줘, 언니야!"

다급한 어머니는 딸을 '언니'라고 불렀다. 그것이 나오미가 어린 시절 집안에서 듣던 장녀의 호칭이었다. 지금은 마유코가 없는데도 어머니는 어린아이같이 나오미에게 그렇게 외치고 있었다.

"그래서 치매라고 했잖아요."

뒤돌아보며, 딱히 누구에게랄 것도 없이 분개한 듯 나오미가 호소했다.

"혈압이 210을 넘어 아주 위험한 상태입니다."

의사가 경찰과 나오미 양쪽에게 말했다.

"어떻게 안 될까요." 나오미가 의사에게 호소했다.

"진정제에 수면제까지 이중으로 처방했지만 전혀 안 듣네요."

피로가 배어 나오는 말투로 의사가 짧게 답했다.

"괜찮아, 나 여기 있잖아."

대체 어디까지 나를 귀찮게 하면 직성이 풀리겠냐는 생각이 드는 걸 꾹 참고 나오미는 의미를 알 수 없는 말을 외치는 어머니에게 상냥하게 말을 걸었다.

"왜 빨리 오지 않는 거야, 날 버리려고 그러니, 너란 애는?"

갑자기 어머니가 제정신으로 말을 하자 수간호사로 보이는 중년 간호사가 쓴웃음을 지었다. 젊은 의사와 달리 이런 장면에 익숙한 모양이었다.

나오미는 버릴 수 있다면 버리고 싶다고 내뱉고 싶었지만, 어른의 분별로 애써 온화한 표정을 지으며 어머니의 흐트러진 백발을 쓰다듬었다. 어머니가 고개를 저었다.

"하지 마. 그것보다 간호사한테 이거나 좀 빼달라고 말해." 그렇게 말하며 침대에 고정된 구속용 장갑을 잡아당겼다.

"미안, 지금은 안 돼."

속이 찢어지는 심정으로 온화하게 말했다.

"도대체 넌 아무것도 안 해주는구나, 엄마가 제일 힘들 때 너란 애는. 정말 냉정하기 짝이 없어."

딸을 욕하면서도 어머니는 침착해졌다. 시뻘겋던 낯빛도 이제 뺨에 연한 분홍빛이 남은 정도였다.

의사가 경찰에게, 이러한 상태이므로 가족의 보살핌이 필요하다고 설명했다.

"특히 야간에는 간호사가 낮의 반밖에 없으니 이런 일이 잦으면 대응할 수 없습니다."

경찰이 나오미에게 곁에 있어도 된다는 허가를 주자 의사는 한숨을 쉬고 이마의 땀을 닦더니 빠른 발걸음으로 병실을 떠났다.

"화장실."

어머니가 명령 같은 어조로 나오미에게 말했다.

깜짝 놀랐다. 침대 밑에 요강이 있었다. 누운 채로 볼일을 보는 삽입식 변기였다.

"가벼운 압박 골절이라 일어설 수 없는 건 아니지만 넘어질 위험이 있으니 야간에는 요강을 사용하게 되어 있어요. 그런데 꼭 직접 화장실에 가겠다고 고집을 부리셔서."

중년 간호사가 설명했다. 간호사가 몸을 눌러 억지로 요강에 용무를 보게 하려다가 어머니가 흥분하는 바람에 손도 못 대게 되었다고 했다.

"알겠습니다."

나오미는 간호사에게 어머니의 구속을 풀어달라고 하고 어머니를 침대에서 일으켰다.

"아얏, 아야야. 좀 더 잘 못하겠니."

깁스로 몸통이 고정된 어머니를 화장실에 데려갔다.

화장실은 병실 안에 있어 가는 것 자체는 크게 힘들지 않았지만 환부를 감싼 깁스 때문에 하반신을 벗겨 양변기에 앉히기까지가 고생이었다. 일손이 적은 야간에 간호사가 그런 일을 일일이 할 수는 없다(일본 병원은 간병인이 따로 없고 간호사가 간병을 한다 — 옮긴이). 요강을 쓰는 게 당연했다.

용변을 본 어머니는 침대로 돌아왔다. 간호사도 경찰관도 사라진 병실에서 어머니는 잠시 중얼중얼 불평을 늘어놓더니 마침내 숨소리가 고요해졌다.

이튿날 아침, 나오미는 어머니가 눈을 뜨자마자 집으로 돌아왔지만 나중에 듣기로는 전날 밤 먹은 진정제와 수면제 기운이 해가 뜬 뒤에도 남아 있어 취조는 상당히 난항을 겪은 모양이었다.

'유키'는 그곳에도 출몰하는 모양이었다. 반쯤 몽롱해진 어머니는 환상 속 손녀에게 하나하나 확인하며 자신의 애매한 기억을 보완하여 자초지종을 설명했다고 한다.

그날 밤 나오미가 외출한 뒤 어머니는 전화로 콜택시를 불러 신도네 집 앞으로 갔다. 예전에 지나다닌 적이 있는 오솔길을 지나 뒷문으로 침입해 자기 집 불단에서 가져온 조명용 촛불과 선향에 성냥으로 불을 붙였다. 그 불이 활활 타오르면서 집을 둘러싼 소나무에 옮겨붙었고, 기름을 함유한 솔잎이 거세게 타올라 순식간에 불길이 집을 에워쌌다는 것이었다.

어머니는 고령에 치매, 골다공증이 있는 데다, 압박 골절상까지 입었다. 게다가 범죄 경력도 없으니, 형사사건이 되지는 않을 것이라는 짐작은 아마추어의 착각이었다.

어머니는 입원한 채 바로 그날 이송되었다. 나오미는 방화라는 죄의 무게를 새삼 깨달으며 몇 달 만에 마유코에게 전화를 걸었다.

"무슨 일이야?"

마유코는 고령의 어머니를 모시고 있는 언니의 갑작스러운 전화에 안 좋은 일이 일어났음을 예감한 모양이었다. 인사도 없이 그렇게 물었다.

나오미는 어머니가 근처 집에 불을 질렀다고 말했다.

"말도 안 돼……."

전화 저편에서 마유코가 낮은 목소리로 중얼거렸다. 사고를 당했든가 용태가 나빠졌다든가 혹은 다른 병 때문에 의사에게 여명을 선고받았다든가 하는 예상은 해도, 누가 자기 어머니가 그런 중대한 죄를 지었을 거라고 상상할 수 있을까.

"그거 거짓말이지? 경찰이 오해해서 체포된 거지?"

나오미는 사건 경위를 간추려서 이야기했다. 그러나 어머니가 방화한 것이 마유코의 옛날 동급생 집이고, 그 동급생의 전 남편과 자신이 관련이 있다는 소리는 하지 않았다.

"어째서, 그런 일이……."

마유코의 말끝은 오열로 바뀌어 무너졌다.

"병 때문에 일어난 일이야. 엄마 의지가 아니라."

나오미가 최대한 상냥하게 말했다.

"그래서, 엄마는 지금 어쩌고 있어?"

"병원에서 조사받고 그대로 이송됐어."

"병원이라니, 엄마가 부상이나 화상을 입은 거야?"

제일 먼저 그런 걱정을 하는 것은 피붙이이기 때문일까 아니면 성격일까.

"아니. 이제 나이도 많고 압박 골절 진단을 받아서. 정형외과 병원에 입원했어."

"골절? 왜, 무슨 일이 있었는데?"

"압박 골절. 원래 골다공증이 있잖아. 보존 요법으로 깁스를 하고 있어. 다행히 부상이 가벼워서 일어날 수는 있으니까 괜찮아. 가능한 한 빨리 척추보호대로 바꿀 거야."

되도록 과장 없이 설명했다.

"그래도 엄마가 설마 감옥에 가진 않는 거지?"

"모르지……. 나로선."

수화기 너머로 비명 같은 울음소리가 들렸다.

"어떻게 안 돼? 언니. 내가 당장 가고 싶지만 할머니 수술이 있어. 심장 카테터(체강이나 위, 창자, 방광 등의 장기 속에 넣어 상태를 진단하거나 영양제, 약품 등을 주입할 때 쓰는 관 모양의 기구 ― 옮긴이)를 삽입하는 수술이야."

"그쪽에 가. 지금은 네가 와도 할 수 있는 일이 없으니까."

"하지만……. 나."

그때 동생이 갑자기 물었다.

"엄마가 혼자 택시 타고 나갔다고 했지?"

"응."

"밤이었잖아."

"……."

"언니, 엄마가 밖에 나가는 줄 몰랐던 거야?"

질책하는 말투였다.

"밖에 있었어."

나오미가 한숨과 함께 대답했다.

"왜?"

"용건이 있어서."

"그런 시간에 어디에?"

나오미의 말투로 미루어보아 눈치를 챈 것이리라. 마유코는 원래 사람의 감정에 예민한 데가 있었다.

"어디에 있었든 상관없잖아."

"왜 엄마를 혼자 뒀어? 밤중에 깼는데 정신이 드니 언니는 없고 어두운 집에 혼자뿐이니까 불안해졌겠지. 나쁜 쪽으로만 생각하니까 불안에 짓눌려 공황에 빠진 거야. 그래서 자기도 무슨 짓을 하는지 모르고."

"그래……. 그러니까 병 때문에 일어난 일이라고 했잖아."

"병이 아니야!"

마유코가 외쳤다.

"나이를 먹은 거야. 몸도 뜻대로 안 움직인다고. 불안하고 무서워서, 언니가 분명 자기를 버렸다고 생각한 거야. 노인은 그런 거야. 우리 할머니도 그러니깐 알아. 그래서 난 밤에는 절대 혼자 안 두고……."

나쁜 건 나다. 알고 있다. 남자를 만나러 심야에 어머니를 혼자 남겨두고 외출했다. 그래서 남자 집이 불에 탔다. 그리고 친동생은 '훈계'를 하고 있다.

그러다 그 훈계는 다시 울음소리로 변했다.

"엄마가 너무 불쌍해……."

나오미는 침묵한 채 통화 종료 버튼을 눌렀다. 10분쯤 지나자 벨소리가 들렸다. 화면에 동생 이름이 나왔다. 아까는 휴대폰으로 걸었는데 지금 표시된 번호는 동생 집 전화였다.

"여보세요."

남자 목소리였다. 제부였다.

"처에게 이야기를 들었습니다. 큰일을 당하셨군요."

사회인 남성다운 위로였다.

"저도 바로 달려가고 싶습니다만."

"아니요, 괜찮습니다."

사회인 남녀의 대화였다.

"이야기를 들어보니 바로 변호사와 상담하시는 게 좋겠습니다. 생각해두신 분이 계십니까?"

"아니요, 아직."

"아버지와 친한 변호사 선생님이 있습니다. 제가 이야기를 해 놓을 테니 그쪽으로 전화 좀 넣어주세요. 지금 번호를 불러드려도 될까요……."

상대가 전화번호를 불렀다.

"저는 일반인이니 정확히 말씀은 못 드리겠지만 치매가 이미 그 정도로 진행되었다면 아마 형사책임은 묻지 않을 겁니다. 아마 불기소 처분이 될 것 같은데요. 설령 기소되어도 실형은 아니겠죠. 문제는 민사로 얼마나 청구되느냐인데, 이것도 변호사와 상의해 주십시오."

"감사합니다."

나오미는 생각지도 못한 곳에서 도움을 받아 감사했다.

"아니, 그건 괜찮습니다만." 제부가 말을 이었다.

"신문에까지 실리는 사건이 되지는 않았으면 싶군요. 얼마 전에도 치매를 앓는 할머니의 방화 사건이 있었잖아요. 그런 일이 꽤 많다더군요. 그때는 방화를 저지른 할머니의 인터뷰 영상이 뉴스에 방영되었죠. 뉴스 전문 채널이라 반복해서 보여줬으니 어느 집에 사는 누구인지 금방 알 수 있었습니다. 그런 일로 취재에 응하거나 모르는 사이에 사진이 찍히지 않도록 최대한 주의해주시겠습니까? 기자에 따라서는 취재라고 밝히지 않고 은근슬쩍 말을 걸기도 하니 전화는 부재중으로 설정하고 인터폰에도 반응하지 마십시오."

남편이 다음 현의회 의원 선거로 입후보한다는 말을 전에 동생이 넌지시 흘린 적이 있었다.

현 자치단체장인 아버지의 입장도 있을 것이다.

"이해했습니다."

나오미는 그렇게 답하고 전화를 끊었다. '알겠습니다'가 아니라, '이해했습니다'라고 했다.

변호사 사무실 전화번호를 적은 메모를 무의식적으로 꽉 움켜쥐어 구겨버렸다.

곧 형사 두 명이 집에 찾아왔다. 그들은 나오미에게 신도를 만났던 날 밤, 집에서 나가 귀가하기까지의 행적을 물었다.

방화 피해자인 신도와 밖에서 만난 것, 어머니가 신도에게 피해망상 비슷한 것을 품고 있었고 그날 밤 자신의 외출을 막으려

했다는 사실은 사건 당일 밤에 이미 이야기했다. 하지만 형사들이 이번에는 어머니가 아니라 신도에 관해 집요하게 질문한 것은 의외였다. 형사는 이유를 설명하지 않고 떠났다.

변호사를 구할 틈도 없어, 나오미는 그날 저녁에 다시 병원으로 돌아갔다.

어젯밤 먹은 진정제와 수면제에서 겨우 깨어난 어머니가, 간호사가 자신의 국부를 씻기려는 것을 거부하다 또다시 몸부림을 치며 소리를 지르기 시작했기 때문이다. 야간에는 적은 인원의 간호사만 배치하는 일반 병원은 이런 상황에 대응할 수 없다. 정신병원으로 옮기려고 해도 골절로 깁스를 두른 환자를 받아주는 정신병원은 없었다.

결국 나오미가 검찰의 허가를 받아 어머니의 수발을 들게 되었다. 좁은 병실에 접이식 의자보다 불편한 작은 침대를 들여와 쪽잠을 잤다.

다음 날 어머니는 다른 병원에서 온 정신과 의사에게 간이 정신감정을 받았다.

다른 방에서 기다리던 나오미가 몇 시간 뒤 호출되었을 때 실내에는 의사만 있었다. 어머니는 일단 병실로 돌아가셨다고 했다.

"어머니 상태는 어떤가요?"

나오미가 방에 들어가자마자 물었지만 의사는 말을 흐리며 대답은 하지 않으면서 기존 병력, 통원 병원과 담당의의 이름, 어머니의 평소 모습과 그간의 경위 등을 능숙하게 물었다.

테이블 위에는 요즘 보기 드문 카세트테이프 레코더가 돌아가는 소리가 희미하게 들렸다. 나오미는 그때서야 이것이 법적 책임능력 유무를 판단하기 위한 정신감정이며, 치료가 목적인 정신과 진료가 아님을 알았다.

의사의 손에는 몇 장의 테스트 용지와 함께 검찰청 이름이 들어간 간이 감정서 용지가 있었다. 나오미가 그쪽에 시선을 두자 의사는 은근슬쩍 다른 서류를 그 위에 올려놓아 숨겼다.

결론은 빨리 나왔다.

심신상실 상태에서 행한 범죄였기에 어머니에게는 책임능력이 없으므로 불기소 처분이 되었고, 사건 닷새 뒤에는 집에 돌아왔다. 제부가 말한 대로였다.

어머니의 구류 기간 동안 거의 병원에만 머물렀던 나오미는 집에 돌아오자마자 자동 응답기를 확인했지만 대형 부동산 회사에서 다시 전화하겠다고 한 메시지뿐이었다. 요즘 아침에 집에 올 때마다 확인해보면 같은 내용의 메시지가 있었다. 아마 아파트 영업일 것이다.

착신 이력도 훑어보았지만 아는 사람이 건 것은 없었다. 마유코의 전화도 없었다. 휴대폰에도 없었다.

가장 먼저 신도에게 전화로라도 사과해야 했다. 그쪽에서 손해 배상을 청구하겠지만 그것은 이미 각오하고 있었다. 그러나 신도의 휴대폰은 신호가 가지 않았다. 전원이 꺼져 있는 모양이었다.

어머니는 정든 집의 다다미방에서 쉬고 있었다.

"아이고, 겨우 우리 집에 돌아왔구나." 어머니는 아무도 없는 공간을 향해 말을 걸었다.

"아, 차 좀 내오렴. 그리고 유키는 주스."

어머니는 자신이 무슨 짓을 했는지 전혀 모른다.

어머니의 명랑한 목소리를 들으며 나오미는 부엌에 섰다. 어머니에게 대답도 하지 않고 불단에 가서 남아 있는 성냥과 촛불, 선향 등을 봉지에 넣고 꽉 묶어서 일반쓰레기통에 집어넣었다.

내일이라도 시간을 내서 전등식 초를 구입해 불단의 초를 교체해야 했다.

어머니의 망상과 환각은 집에 돌아와도 사라지지 않는다. 방화를 저지른 노인을 받아줄 요양시설이 있을 리 없고, 설령 받아주더라도 억지로 입소시키면 거기서 또 무슨 짓을 저지를지 모른다. 요양원에서 말썽을 일으키면 퇴소 명령을 받을 것이다.

도무지 출구가 없었다. 자신은 앞으로 적어도 수십 년은 어머니를 간호하고 감독하는 데 온 시간을 쏟으며 살아갈 것이다.

불이 날 만한 물건은 모두 사라진 조용하고 깔끔한 집에서 갈 곳 없는 분노와 한의 파르스름한 불꽃을 가슴에 품은 채, 나오미는 인덕션레인지의 평평한 표면에 주전자를 얹었다.

어머니를 재운 뒤 며칠 동안은 화재 기사가 보기 싫어 그대로 쌓아뒀던 신문을 펼쳤다.

아주 작은 표제가 눈에 들어왔다.

'민가 잿더미에서 시신 발견.'

자세히 보자 세타가야구에 있는 민가라고 했다. 분명 그 화재 기사였다. 한 대 얻어맞은 것 같았다.

제부의 바람도 헛되이 어머니의 범죄는 '신문에 난 사건'이 되었을 뿐만 아니라 사망 사건이 된 것이다.

그러나 기사를 읽어보니 시신은 화재 때문이 아니었다. 화재가 난 집에서 백골이 된 시신이 발견되었다고 했다. 그 이상은 아직 모르는 모양이었다.

서둘러 신문 날짜를 확인했다. 사건 이틀 후였다.

영문을 알 수 없었지만, 그 이상 아는 것은 두려웠다.

며칠 후 법원에서 통지서가 한 통 도착했다.

호출장이었다.

사건 자체는 불기소였다. 왜 이제 와서? 불안한 기분에 떨리는 손으로 봉투를 뜯었다.

어머니는 무조건 석방된 것이 아니었다.

거기에는 검찰이 '심신상실 등의 상태에서 중대한 가해 행위를 행한 자의 의료 및 관찰 등에 관한 법률'에 근거해 치료받아야 한다고 신청했다는 내용이 쓰여 있었다.

'치료는 받아야 한다.'

방화 사건을 일으켰지만 치죄 없이 그냥 집으로 돌아온 어머니에게 적극적인 치료의 기회를 준다.

하지만 검찰이 신청했다는 것이 마음에 걸렸다.

'심신상실 등의 상태에서 중대한 가해 행위를 행한 자의 의료 및 관찰 등에 관한 법률'이라는 긴 이름의 법률도 들어본 적이 없다. 어쨌든 '치매 노인이 한 짓'으로 사건이 종결되는 것은 아닌 모양이었다.

나오미는 영문을 알 수 없었다. 제부가 알려준 변호사 연락처를 적은 메모를 찾아보았지만 가방 밑에도, 재킷 주머니에도 없었다.

그때 자신의 선거와 부친의 보신을 가장 먼저 생각하는 듯한 제부의 말에 화가 나 메모지를 구겨버린 것을 후회했다.

그쪽에 다시 전화를 걸어 물어볼 마음도 들지 않아 예전 직장

동료에게 전화를 걸었다. 로터스 인터내셔널이 폐업한 후 현재 구직 중이라는 전 동료가 다른 변호사를 소개해줬다.

현재 그 회사 직원들은 회사를 상대로 미지급 급여를 지급하라고 고소할 준비를 하고 있었다. 소개해준 사람은 그 일로 신세를 지고 있다는 변호사였다. 노동법 전문이지만 아마 이 사건도 맡아줄 거라고 했다. 사무실도 요요기에 있어서 나오미 집에서 가까웠다.

오치아이라는 변호사는 바로 연락이 되었다.

나오미가 사정을 말하자 상대는 말을 가로막으며 "지금 어디에 계십니까?"라고 물었다. "교도의 자택입니다"라고 말하자 바로 자기 사무실로 오라고 했다.

서둘러야 한다는 것은 알았다. 뭔가 큰일이 일어나고 있는지도 몰랐다.

집안에 불이 날 만한 것이 있는지 다시 한번 확인하고 어머니에게 금방 돌아올 테니 여기 있으라고 몇 번이고 다짐을 한 뒤 요요기로 향했다.

낡은 빌딩 3층에 있는 변호사 사무실 접수처에서 이름을 말하자 얇은 파티션 저쪽에서 재킷도 입지 않고 넥타이는 말아서 셔츠의 가슴 주머니에 집어넣은 중년 남자가 나타났다. 오치아이였다. 인사도 대충 하고 바로 상담에 들어갔다.

오치아이의 설명을 듣고서야 나오미는 법원이 어머니에게 보낸 호출장의 의미를 이해했다.

정신장애 환자가 살인이나 방화 등 중대 범죄에 책임능력이 없다는 이유로 불기소 처분되거나 집행유예를 받는 경우, 지금까지는 대개 행정 처분으로 일반 정신병원에 강제 입원시키고 나면 형사 사법의 손을 떠났다. 그러나 그렇게 해서는 전문적인 치료가 어렵고, 퇴원 후의 지속적인 치료도 보장할 수 없다. 그래서 국가와 지방자치단체의 책임으로 정신장애 환자의 재범을 방지하고 환자가 사회에 복귀하는 데 역점을 둔 전문적이고 지속적인 치료를 위해 '심신상실 등의 상태에서 중대한 가해 행위를 행한 자의 의료 및 관찰 등에 관한 법률', 줄여서 '의료관찰법'에 근거한 새로운 의료제도가 생겼다.

나오미는 국가가 책임지고 적절한 치료를 해 준다면 감사한 일이라고 생각했다.

"하지만 원래 이 법률의 적용 대상은 개선을 기대할 수 있는 경우의 사람뿐입니다. 치매 노인이 이 법률의 집행 대상이 된 사례는 거의 못 들어봤는데." 오치아이 변호사가 고개를 갸우뚱했다.

노인성 치매 환자가 형사 사건을 일으킨 경우, 가족이 있는 경우에는 처분 보류인 채 석방해 집에 돌아가는 경우가 많다고 했다. 지적 능력이 떨어져 조서조차 쓰지 못하는 경우도 있고, 상태가 그다지 심각하지 않더라도 앞으로 쇠약해질 일만 남아 있을 뿐 사회 복귀 가능성도 없고 재범 가능성도 없는 경우가 대부분이기 때문이다.

"게다가 어머님 경우에는 골다공증과 골절도 있어 정형외과 치료도 필요하시다고 했죠."

"네. 압박 골절은 순조롭게 회복되고 있어요. 남은 건 약과 식이요법이에요……."

오치아이는 법원에 출두하면 그날 내로 정신감정을 위한 감정입원 명령을 받아, 바로 병원에 이송될 것이라고 말했다.

"정신감정은 입원 중에 이미 끝났는데요."

"그것은 형사 책임능력을 따지기 위한 감정이고, '감정입원'이라는 것은 이 새로운 법률에 의거해 치료를 받아야 하는지 판단하기 위한 것이죠."

"그러면 이틀 정도 입원하나요?"

전에 한 정신감정은 네 시간가량 걸렸다.

"아뇨, 두세 달은 걸립니다."

"네?!" 나오미는 그렇게만 말하고 오치아이의 얼굴을 바라보았다.

"감정을 위한 것이라고, 즉 치료할지 말지만을 결정하기 위한 거라고 하시지 않았나요?"

"네, 이 법에 따른 치료라는 뜻이지만요."

병원의 감정 결과나 생활환경 조사 결과 등을 바탕으로 전문가의 의견을 듣고 법원이 이 제도에 의한 치료를 할지 말지 결정을 내리는 데 두세 달이 걸린다고 한다. 그동안 당사자는 입원해 있어야 한다.

또 밤이 되면 흥분해서 소란을 피우다가 위험할 정도로 혈압이 올라가지 않을까. 두세 달이나 매일 밤 수발을 들어야 하는 건가 생각하니 마음이 식었다. 아니, 애초에 가족의 간병은 허가를 받을 수나 있는 걸까?

오치아이의 말에 따르면 물론 감정입원은 감정이나 의료관찰을 위한 것이지만 동시에 신병 구속을 목적으로 한 것이기도 한 모양이다.

그럼 의료교도소에 입소하는 것이냐고 물어보니 법원이 지정한 일반 병원에 가게 된다고 했다.

그렇다면 구류 기간 중의 입원과 거의 같았다.

“거기서는 제대로 된 치료를 해주나요?”

“그게 문제인데요.”

오치아이가 의자를 삐걱거리며 몸을 내밀었다.

정신 질환 때문에 책임능력이 없다고 판단돼 불기소 처분이나 집행유예를 받는 사람에게는 원칙적으로 검찰이 이 처분을 신청해야만 한다고 알려져 있다. 그러나 나오미 어머니의 경우는 치매 증세를 보이고 있기 때문에 그동안 다니던 병원에서 치료를 받고 있다. 오치아이는 본인과 가족이 치료에 협력적이라면 낯선 지정 병원에서 치료를 받을 필요는 없지 않겠냐고 말했다.

오치아이는 그보다 감정입원으로 환자가 두세 달 동안, 그때까지 받던 치료와 일상생활에서 벗어나는 것을 우려하는 것이다.

확실히 치료의 관점에서 보면 감정입원은 폐해가 크다. 특히 환경 변화 자체가 부담인 치매 노인의 경우에는 일상생활이 갑자기 바뀌면 증상이 현저하게 악화된다. 체포 이후 나흘간의 입원만으로도 어머니는 극심한 혼란에 빠졌을 정도이다.

“실은.” 그렇게 말을 꺼내며 나오미는 어머니가 다니는 병원에서 처방받은 약의 복약을 거부했고, 자신도 그것을 용인함으로써 이런 결과를 초래하고 말았다고 고백했다.

“즉 의사의 지시대로 약을 제대로 먹었으면 이런 일은 일어나지 않았다는 얘기군요.”

“네, 단정할 수는 없지만, 아마.”

오치아이는 팔짱을 끼었다.

병원에 입원시키면 투약 관리가 이뤄진다. 그렇다고는 해도 감정입원은 어디까지나 재판을 위한 자료 제공이 목적이지 치료가 목적은 아니다. 골다공증이라는 신체적인 문제도 있음을 고려하면, 같은 정신과라도 다니던 병원에 입원해 치료를 받는 게 낫다고 오치아이는 말했다.

어쨌든 오치아이가 움직이려면 법원에 위임장을 보내고, 그가 대리인이 되어야만 한다고 했다.

"대리인이라는 건 뭔가요?"

나오미가 물었다. 또 낯선 용어였다.

"본인의 권리를 지키기 위해 움직이는 사람, 즉 변호사죠. 검찰에 신청하면 법원이 국선 변호인을 붙여주게 되어 있는데 물론 그 전에 개인적으로 선택할 수 있습니다."

형사 재판의 변호인과 마찬가지다. 기소는 되지 않았지만 어머니의 입장은 결국 범죄자다.

게다가 오치아이는 가장 먼저 법원에 감정입원 명령의 취소를 요구해야 한다고 했다.

하지만 이는 상당한 이유가 없으면 인정받지 못한다. 의료관찰이 필요한가 아닌가가 바로 감정입원의 결과를 놓고 재판에서 겨룰 내용이기 때문이다.

오치아이는 급히 필요한 서류를 모아 준비하겠다고 했지만, 그래도 법원에 출두하는 날에는 맞출 수 없다고 했다. 어찌됐든 감정입원 명령은 그때 내려오므로 나중에 취소 신청이 인정되어도 그동안 어머니는 지정 병원에 입원해 있어야 했다.

"그럼 취소 판정이 날 때까지 며칠은 걸리겠죠?"

오치아이가 떨떠름한 표정을 지었다.

"이쪽 자료를 모아 제출할 때까지 한두 주 정도 걸릴 거예요. 그리고 다시 검찰에서 답변이 올 때까지 한 달……. 게다가 정말 취소될지도 사실 알 수 없죠. 다투는 동안 두세 달이 지나 결국 재판 당일이 되어서야 어떻게 할 것인지 결정했다고 할 겁니다."

체포당했을 때 바로 연락을 줬으면 처분을 예상하고 미리 준비할 수 있었을 텐데, 오치아이는 분한 듯이 중얼거리고 "그렇지만 왜 검찰이 치매 노인에게 이런 신청을 했을까요?"라며 다시 고개를 갸우뚱했다.

지적 장애나 인격 장애는 치료로 개선될 가능성이 없다는 이유로 일반적으로 의료관찰법에 따른 치료 대상이 되지 않는다고 한다. 개선 가망이 없다면 노인성 치매도 마찬가지 아닌가, 나오미도 그렇게 생각했다.

이틀 뒤 깁스를 풀고 척추보호대를 착용하고 법정에 출두한 어머니는 감정입원 명령을 받고 그 자리에서 법원의 지정 병원으로 끌려갔다.

사정은 미리 설명했지만 어머니는 법원에 있는 동안 겁에 질려 있었다.

"왜 내가 정신병원에 들어가야 하니. 유키, 어떻게 좀 해주렴!"

그러면서 손녀의 환상에 매달리듯이 계속 유키를 불러댔다. 전에 유치장이나 구치소 대신 입원했던 정형외과 병동과 달리 '정신병원'이라는 명칭의 영향으로 어머니는 강한 공포심을 느끼고 있었다.

그러더니 나오미와 헤어질 때 문득 의연한 표정으로 돌아가 다시 말했다.

“너를 위해 한 일이니 이 엄마는 무슨 짓을 당해도 후회하지 않는다. 그 남자 집을 태우지 않으면 엄청난 일이 일어날 거라고 유키가 말했으니까.”

오치아이는 떨떠름한 표정이었다.

어린 시절부터 ‘너를 위해’라는 말을 얼마나 많이 들어왔을까. 교도관과 함께 승용차에 실려 굳어버린 듯한 무표정으로 떠나는 어머니를 나오미는 씁쓸한 마음으로 배웅했다.

오치아이가 자료를 열람하고 검찰관을 만나 이야기를 들어보니, 어머니가 의료관찰법에 따른 치료 대상으로 지목된 이유는 그 병명과 증상 때문이었다.

사전에 받은 간이 정신감정과 예전에 통원한 대학 병원에서 ‘레비소체형 치매’라고 진단받은 진단서 등으로 재범 가능성이 높다고 판단한 것이다.

어머니는 발작적으로 불을 지른 것도, 막연한 강박관념에 사로잡힌 것도 아니었다. 일상적으로 환영을 볼 뿐만 아니라, 함께 일상생활까지 하는 환상 속의 특정 인물에게서 ‘방화하라’는 집요한 지시를 받은 것이다.

증상으로서의 환각, 망상, 특히 이 병에서 두드러지는 생생하고 실재하는 듯한 환각이 사라지지 않는 한, 환자는 이 환상 속 인물에게 계속 지배당하며 그 지시에 따라 몇 번이고 같은 일을 반복할 것이라고 검찰은 판단했다.

나오미는 그 이야기를 듣고 등골이 오싹해졌다. 어머니를 위해 여러모로 손을 써주는 오치아이에게는 미안하지만, 검찰의 판단이 타당하다고 느꼈다.

이번 화재는 금방 격앙하는 어머니를 거스르기도 달래기도 귀찮아 그 환각과 망상을 받아들인 자신의 책임이었다. 자신이 그 존재를 긍정함으로써 어머니의 망상을 강화하고 환각을 부추겼으니까.

거의 수감 같은 형태로 어머니를 입원시키게 된 것과 그렇게 되기까지의 자신의 언행을 뉘우치며, 그날 밤은 교도의 넓은 집에서 혼자 잤다.

이튿날 나오미는 이른 아침부터 어머니 물건을 챙겨 병원으로 향했다. 감정입원 비용이나 병원에서 사용하는 생활용품을 가족이 준비할 필요는 없지만, 피부가 과민한 노인은 병원에서 지급하는 내의나 파자마를 입으면 발진이 날 수 있기 때문이다.

입원한 병원은 하치오지 한복판에 있는 신경정신과 병원이었다. 쿄도 집에서는 꽤 멀어서 면회하러 가는 데만도 꼬박 하루가 걸리고, 건물도 낡았다. 그러나 일단 한 걸음 안으로 들어가면 복도와 병실도 청결하고 정원의 녹음이 아름다운 개방 병동이었다. 병원 측에서 면회를 제한하지 않아 다행이었다. 넓은 창문에서 병실 안으로 외광이 쏟아져 들어오는 것을 보고 '신병 구속'이라는 오치아이 변호사의 말에 마음이 아팠던 나오미는 안도했다.

병실 안에 노인은 별로 없었다. 노인성 치매에 대응하는 요양병동이 아니기 때문이다. 하지만 오히려 그것이 회복 가능성을 기대하게 만들었다.

어머니는 의외로 침착했다. 멍해 보였지만 마침 점심시간이라

점잖게 식사를 하고 있었다.

플라스틱 쟁반 위에 놓인 식사도 그렇게 나쁘지 않았다. 디저트로 감귤까지 있었다. 다만 노인이 먹기에는 반찬이 딱딱해 보이는 것이 신경 쓰였다.

젊은 간호사가 와서 약을 주었다. 나오미는 가만히 옆에서 어머니가 약을 먹는 것을 지켜보았다.

다음 순간 간호사가 씩 웃으며 어머니 얼굴에 자기 얼굴을 가까이 들이댔다.

"자, 메롱 하세요." 그렇게 말하며 간호사가 자기 혀를 쑥 내밀었다.

어머니가 언짢은 얼굴로 혀를 내보였다. 약을 입 속에 숨기고 나중에 토하지 않는지 확인하는 것이다. 투약 관리란 이렇게까지 철저하게 해야 하는 것이었다.

간호사가 떠난 뒤 어머니는 "내가 왜 입원했니?" 물었다.

나오미는 말문이 막혔다. 어머니에게는 나쁜 짓을 했다는 자각이 아예 없었다.

검사를 받기 위해서라고 대답하자 언제까지 입원하느냐고 물었다. 말을 흐리자 어머니가 "설마 나를 여기 버린 거니?" 하고 따졌다. "여기 요양원이지. 나를 속여 요양원에 넣은 게로구나."

나오미가 "요양원일 리 없잖아. 주변에는 다 간호사들이지, 노인 환자도 없잖아." 그렇게 대답하자 이번에는 주위 환자가 무섭다고 했다. 화장실에 가려고 복도를 걷는데 밀쳐질 뻔했다, 큰소리로 욕을 먹었다고 호소했다. 사실인지 아닌지는 알 수 없었다.

돌아오는 길에 담당의를 만난 나오미는 어머니가 아직도 압박 골절로 치료 중인 데다 골다공증으로 골절상을 입기 쉽다고 말하고 다른 환자와의 접촉을 두려워한다는 이야기를 전했다. 의사는 이 병원은 간호사가 잘 둘러보고 있으니 괜찮다고 설명한 뒤 "모두 편견이 있으시지만 폭력적인 환자는 극히 일부고, 그런 분은 이쪽 개방 병동에는 없습니다"라고 깨우치듯이 덧붙였다.

자기 어머니가 무슨 짓을 저질러서 이곳에 끌려왔는지 생각해보면 나오미로서도 그 이상 강하게 말할 수 없었다.

다음 날 병실에 가니 '유키'가 어머니 침대 옆에서 사라졌다.

언제 어떻게 떠났는지는 모른다. 그저 어머니는 이제 옆의 아무도 없는 침대나 아무도 없는 원형 의자 등을 쳐다보지 않게 되었고, 눈에 보이지 않는 누군가와 대화하는 일도 없었다.

나오미가 조심스레 "엄마, 유키가 있어?" 물으니, 어머니는 멍한 표정으로 고개를 저었다.

"없어졌어. 전혀 안 오게 되었지. 생각해 보니 이상하구나, 그 애가 그렇게 어릴 리가 없는데."

판단력이 정상으로 돌아왔다.

"있을 리 없는 곳에 늘 있고 늘 같은 옷을 입고 다니고. 생각해 보면 이상하네. 역시 머리가 좀 이상해져서 없는 게 보였던 걸까."

반신반의하는 어조였다.

"그래. 이상해졌었어. 하지만 이젠 괜찮아. 나은 거야."

나오미는 오랫동안 햇볕을 쬐지 않아 하얘진 어머니 손을 꼭 잡았다.

"다 나았잖아. 약을 먹으니까."

치매 자체는 나을 리가 없고 문제 행동을 일으키는 이상한 증상이 사라졌을 뿐이었다. 알고 있었지만, 이것만으로도 가족에게는 감사한 큰 변화였고, 그야말로 회복이었다. 의료관찰 처분을 내린 검찰과 적절한 치료를 해준 의사에게 감사할 정도였다.

오치아이 변호사는 이 감정입원을 취소시키기 위해 움직이고 있지만, 이대로도 괜찮다는 생각이 들었다. 병원의 훌륭한 투약관리로 어머니가 꼬박꼬박 약을 챙겨 먹자 환각은 사라졌다. 이럴 줄 알았으면 남의 집에 불을 지르기 전에 의사에게 억지로라도 부탁해서 입원 치료를 받게 했어야 했다.

돌아오는 길에 기치조지에 내렸다. 이런 가벼운 기분으로 외출한 것은 지난 몇 달 동안 없었던 일이다. 해방감에 죄책감을 느끼면서도 쇼핑몰을 돌다가 정신이 들었을 때는 신용카드 한도 금액을 꽉 채워 쇼핑을 한 다음이었다.

'유키'가 환각이었음을 인정한 어머니가 때때로 몹시 외로운 표정을 짓는 것을 깨달은 것은 다음날이었다. 사라진 손녀를 떠올리는 것처럼 보였는데, 그것이 환상이었음을 슬퍼하는 듯 미간을 작게 찌푸리고 한숨을 쉬었다.

그러다 눈빛의 총기가 사라지고, 병문안을 간 동안에는 꾸벅꾸벅 졸고 있었다. 질문을 해도 좀처럼 답이 돌아오지 않았다.

병원에서 주는 음식을 먹고 간호사가 재촉하지 않아도 쟁반에 놓인 약을 먹는다. 생기를 잃은 어머니는 완전히 순종적이었다.

"역시 가을이 되니 시원하구나."

어머니가 갑자기 말했다.

"아직 3월이야 엄마."

"어머……. 이렇게 시원한데."

날짜와 시간 개념이 없어졌다. 에어컨으로 조절되는 실내 온도는 항상 일정하고, 창가에 가도 잘 관리한 상록수와 주차장밖에 안 보이는 환경이 인지 기능의 쇠퇴를 가속하고 있는 것처럼 보이기도 했다.

"3월이면 이제 정원의 분고 매화가 필 무렵이구나."

집에 그런 나무는 없다.

"올해는 증류 소주로 담가볼까. 지요 씨에게 얼음설탕을 사두라고 말해주렴."

홍고에 있는 외갓집 얘기였다.

"홍고 집에는 이제 분고 매화는 없어. 기억 안 나? 외삼촌이 두 세대가 같이 살 주택으로 개조했을 때 주차장을 넓히느라……."

어머니가 놀란 표정을 지었다.

"내가 입원한 동안 새로 지었니? 그럼 내 방에 있던 짐은……."

어머니는 자기 집이 홍고의 친정이라고 믿고 있었다. 시집오고 40여 년을 산 교도 집의 기억이 사라졌다.

"엄마 집은 교도야. 결혼해서 홍고 집은 떠났어."

잠시 멍하던 어머니는 "교도라니?"라고 물은 뒤 "아아……." 수긍한 듯 고개를 끄덕이고 나중에는 곤란하다는 듯이 중얼거렸다.

"시집간 건 알겠는데, 어떤 집인지 기억이 안 나."

"응회석 담을 쌓고, 커다란 잣나무와 오동나무가 있고……. 현관 옆에 수금굴(물방울이 떨어져 소리가 나게 만든 일본의 정원 장식 — 옮긴이)을 둔 오래되고 큰 이층집이야."

한숨과 함께 말을 내뱉었다.

어머니가 일어섰다. 나오미의 양 어깨에 손을 얹고 화장실에 가려고 했다.

나오미는 흠칫했다. 어머니가 기저귀를 차고 있었다. 여기도 1인실이지만 화장실은 병실 밖에 있었다. 볼일을 볼 때마다 집에 있을 때처럼 간호사가 화장실까지 데려갈 수 없으니, 실수할 때가 있기 때문이다.

의료관찰 제도는 환자의 증상을 개선하고 사회에 복귀시키는 게 목적이라 앞으로 쇠약해지기만 하고 개선 가능성이 없는 노인은 대상 외라는 오치아이의 설명이 잔혹한 현실감과 함께 되살아났다.

그렇다고 이렇게까지 급속도로 쇠약해질 줄 누가 알았을까.

"엄마, 화장실 갈래? 가고 싶지."

기저귀 때문에 한층 무거워진 엄마를 일으켜 그 체중을 받아내는 순간 슬픔이 치밀었다.

그 연민과 슬픔의 틈새로 보다 현실적인 위기가 엿보였다.

어머니가 계속 병원에 있을 수는 없다. 재판 결과가 어찌될지는 모르지만 어느 쪽이든 정신과 입원이 필요 없어지면 집으로 돌아온다. 요양시설이라는 선택지는 없다. 첫날에 어머니가 이곳을 요양원으로 착각하여 공황에 빠질 뻔했던 것을 생각하면 어머니를 설득할 수 있을 리 없고, 설령 입소해도 적응할 수 없을 것이다.

그 전에 더 근본적인 문제가 있었다. 범죄력이 있는 노인은 요양시설 쪽에서도 나중에 문제가 생길 것을 우려해 받아주지 않는다.

입원 생활로 치매가 급속하게 몇 단계 더 진행되고 몸도 한층 더 움직이기 어려워진 어머니를 나오미가 자택에서 간병할 수밖에 없다. 게다가 어머니는 아직 칠순이 조금 지났을 뿐이다. 점점 악화되는 상태로 삼십몇 년쯤 더 살아도 이상할 것이 없었다.

서둘러 주치의에게 상담하러 갔다. 그러나 의사는 나오미의 걱정에 응해주지 않았다.

입원해 있는 이상 그런 문제는 어느 정도는 어쩔 수 없는 일이고, 이 이상의 극진한 간호는 직원 수를 생각하면 무리라고 했다. 무엇보다 이것은 어디까지나 감정입원이므로 병원 측이 재량을 발휘할 여지가 없다. 멋대로 외출하거나 병원을 바꾸는 건 용납되지 않았다.

자신과 어머니 주변에 두툼한 문이 세워지는 것만 같았다.

일단 집에 돌아가 오치아이에게 연락했다.

감정입원 명령의 취소가 결정되기까지는 아직 시간이 좀 더 걸리는 모양이었다. 게다가 입원으로 심신이 쇠약해지고 생활 능력이 저하되는 것은 그 결정에 거의 영향을 미치지 않는다. 그것이 자발적인 입원과 사법기관의 명령에 의한 치료의 차이이기도 했다.

이튿날에는 증상이 사라졌던 어머니에게 또 다른 증세가 나타났다. 그 전날에 왔을 때 손이 떨리는 것은 이미 눈치챘었다. 이날은 아무것도 먹지 않았는데 뺨을 우물우물 움직였다. 색이 옅은 마른 입술 사이로 분주하게 혀를 내밀었다가 다시 집어넣었다.

깜짝 놀라 담당의를 찾아갔지만 이날 담당의는 다른 병원에 가서 자리에 없었다. 간호사에게 물어봐도 특별한 이상이 발견되지 않는다고만 할 뿐이었다.

오치아이에게 전화를 걸자 내일이라도 병원에 와서 어머니 모습을 본 다음 담당의를 만나 이야기하고, 경우에 따라서는 조속히 병원을 바꾸도록 법원에 요청하겠다고 약속했다.

다음날 오치아이와 함께 병원에 가니 사태는 더욱 악화됐다. 어머니가 가슴이 아프다고 호소했다. 복도에서 다른 환자와 스쳐 지나갈 때 갑자기 맞아서 갈비뼈가 부러졌다고 했다.

바로 오치아이를 통해 담당의에게 따졌지만 골절상은 입지 않았고 다른 환자에 의한 폭력도 없었다는 답변을 들었다. 불만이 통증이라는 형태로 분출된 모양이었다. 어머니가 창백한 얼굴로 아프다고 호소하는 모습은 그 원인이 정신적인 것이라는 설명을 들어도 걱정스러워 가만히 있을 수가 없었다.

불안한 마음으로 귀가해서 텔레비전을 켰다. 예능 프로그램이 끝나고 뉴스가 시작되었다.

용의자 '데라카타'라는 말이 들렸다. 흠칫했다. 신도도 데라카타도 죄책감 때문에 잊어버리고픈 이름이었다.

화면을 바라보자 머리에 재킷을 뒤집어쓰고 있지만 한 눈에 신도임을 알 수 있는 남자가 수사원 사이에 끼여 막 차를 타는 참이었다.

시체 유기 혐의로 수배된 신도 히로키, 즉 데라카타 히로키는 약 한 달간 도주하다가 지방 도시의 작은 온천 여관에서 발견되어 체포되었다.

신도가? 나오미는 현기증을 느끼고 다다미 위로 무너지듯 주저앉았다.

그러고 보니 불탄 자리에서 오래된 시신이 발견되었음을 멍하니 떠올렸다. 그리고 신도는 그날 화재 현장에서 자취를 감췄던 것이다.

놀라움과 동시에 차츰 '역시'라는 실망이 솟아올랐다.

신도의 호적상 이름은 어머니가 기억하던 대로 '데라카타'였고, 아직 호적은 아내 쪽에 올라 있었다. '신도'는 그의 본래 성이었다.

텔레비전 옆에 있던 노트북으로 인터넷에 접속해 신도의 명함에 있던 '일본비철금속 연구센터'를 검색해봤다.

그런 이름의 조직은 나오지 않았다. 아마 명함의 주소는 그가 도심에 빌린 아파트 같은 곳이리라.

장모가 돌아가시고 장인이 노망나기 시작했을 때, 신도는 어떤 결심을 했을지도 모른다.

그리고 아내의 실종 선고로 데라카타의 집과 땅을 손에 넣을 수 있게 되자 다음 사냥감을 노린 것이다. 이 쓸데없이 넓기만 한 땅과 커다란 낡은 집이 그의 표적이 되었다.

"우리 재산을 노리는 거야. 우리 집에 여자만 있으니까"라던 어머니 말이 망상에 의한 것인지 아니면 직감이었는지는 알 수 없다. 하지만 결과적으로는 옳았다. 결혼까지는 아니어도 혹시 사귀기라도 했다면, 그를 좋아해서 생긴 감정적인 약점이 있는 상태에서 신도의 교묘한 말에 넘어가 집을 저당 잡히고 돈을 갖다 바치다 결국 마루 밑에서 발견된 그의 호적상 부인과 같은 일을 당했을지도 모른다.

손주의 환상이 어머니를 부추겨 그 집에 불을 지르고 신도, 즉 데라카타의 정체와 범죄를 파헤친 것이다.

또 하나의 기억이 떠오른다.

장래에 불안을 느끼며 그만둔 회사, 로터스 인터내셔널은 그 후 사원에게 급료도 지불하지 않고 폐업했다.

방문요양보호사도 데이서비스도 싫다는 어머니의 이기심과 환상 속의 손녀가 한 말 덕분에 나오미는 아슬아슬하게 위기를 피했다.

그것이 단순한 우연인지, 나오미와 깊은 곳에서 연결되어 있는 어머니의 애정에서 비롯된 것인지는 모른다.

밤 10시가 지났을 때, 휴대폰이 울렸다. 오치아이였다. 그는 어머니를 다른 병원으로 옮겼다고 빠르게 말했다.

병원을 바꾸고 싶다는 희망이 받아들여진 건가, 그렇다고 이렇게 늦은 시간에 연락을 한 것에 놀라고 있었더니 오치아이는 한층 더 긴급한 어조로 말을 이었다.

"심부전을 일으키셨습니다. 이송 병원은……" 하고는 감정입원을 위해 입원한 병원이 있는 하치오지시의 대학 병원 이름을 말했다.

"심부전이요?"

"어쨌든 그렇게 됐으니 당장 이리 오세요."

통화 종료 버튼을 누른 직후에 이번에는 집 전화의 벨소리가 울렸다.

여성 주간지 기자라고 밝힌 한 남자가 데라카타라는 남자에 관해 이야기해달라고 했다.

"지금 바빠서요" 하고 끊으려 하자 "어머니가 데라카타의 집을 방화해서 체포되셨죠?"라며 묻고 늘어졌다.

말없이 수화기를 내려놓은 다음 자동 응답 모드로 바꾸고 집을 뛰쳐나갔다.

동생에게도 연락을 해야겠다고 생각했지만 그만두었다.

동생은 어머니가 돌아가셨을 때 울어주면 된다. 싫어하면서도 돌본 사람과 전혀 도움이 되지는 않지만 무조건적인 신뢰와 사랑과 동정을 보내주다가 죽고 나면 펑펑 울어줄 사람, 노인에게는 분명 그 둘이 모두 필요하다고 생각한다.

밤이기는 해도 고속도로에 진입할 때까지 일반 도로는 막힐 테니 전철로 게이오 하치오지역까지 가서 택시를 잡았다.

병원에 도착하자 어머니는 집중 치료실에 있었다. 오치아이는 복도 의자에 앉아 있었다.

"우연히 병원장에게 연락을 취하려다 오늘 밤 이 병원으로 이송되는 걸 알았습니다. 큰일 날 뻔했습니다, 발견이 몇 분만 늦었으면 저세상 행이거나 뇌사란 말입니다."

오치아이가 창백한 얼굴로 말했다.

어머니가 축 늘어져 있는 것을 간호사가 발견했는데, 입원 중이던 병원에서는 감당하지 못해 급하게 이 대학 병원으로 이송된 것이라고 했다.

몇 분 뒤 집중치료실에서 나온 의사가 어머니의 상태는 회복되어 생명에는 지장이 없다고 짧게 전했다. 호흡 곤란으로 심부전을 일으켰다고 하는데, 원인은 모른다.

설마 자신이 처한 상황에 절망해 자살을 시도한 것일까. 그 심중을 상상하자 몸이 떨렸다.

오치아이는 이송된 병원의 진단서와 의사의 이야기를 바탕으로 즉각적인 감정입원 명령 취소를 요구하기 위해 법원과 후생국

(일본 후생성의 지방 산하 기관. 병원, 진료소의 지도 감독 등을 담당한다 — 옮긴이)을 돌 것이라고 했다.

어머니의 상태는 몇 시간 후 회복되어 일반 병실로 옮겨졌다.

일단 귀가하고, 다음날 아침 대학 병원에 다시 가보니 담당의는 어쩐 일인지 마취과 의사로 바뀌어 있었다.

수술하는 것도 아닌데 마취의라는 게 이상했지만 설명을 듣고 납득했다.

갈비뼈가 부러졌다는 어머니의 호소는 거짓이 아니었다. 금이 간 정도라 엑스레이에는 찍히지 않지만 당사자는 아프다.

"숨 쉴 때마다 격통이 일어나니 고문이죠." 마취의가 말했다.

"그래서 할아버지 할머니들의 경우에는 호흡이 얕아지고 호흡수도 줄게 됩니다. 계속 저산소 상태에 놓이면 고통도 안 느껴지기 때문에 폐렴에 걸리거나 이번처럼 호흡 기능을 잃어 심장이 망가지는 거죠."

감정입원 중인 병원은 정신과여서 신체적인 질병의 발견이 늦었을 것이라고 했다.

오치아이가 걱정했던 대로의 결과였다.

지금은 신경 차단술로 가슴 통증을 덜어 정상적인 호흡을 할 수 있게 했다. 담당의가 마취의로 바뀐 이유는 그런 치료를 하기 위해서였다.

갈비뼈는 성인 남성이라도 골프 스윙 같은 비트는 동작만으로 금이 갈 수 있다. 더구나 골다공증 환자인 경우 일상적인 동작으로도 쉽게 부러지기 때문에 특히 주의해야 한다고 의사는 덧붙였다.

다른 환자에게 맞았다는 말의 진위는 차치하더라도, 골다공증이 지병인 고령자에게 감정입원이 위험한 것만은 틀림없었다.

결국 이송된 대학 병원에 사흘 동안 입원한 뒤, 어머니는 재판을 기다리지 않고도 불처분으로 집에 돌아왔다.

"정말 다행입니다. 저도 이걸로 안심했습니다. 이제는 주치의에게 제대로 된 치료를 받으십시오."

오치아이는 어머니 손을 잡고 그렇게 말했다.

멍한 어머니를 대신해 나오미는 오치아이에게 깊이 허리를 굽히고 감사 인사를 했다.

손발의 떨림과 마치 뭔가를 먹고 있는 것처럼 보이는 입 주위의 불수의 운동, 혀를 내미는 행동은 퇴원 후 며칠 만에 사라졌다. 자택에 돌아와 통원을 재개한 노인과 병원의 누마노에 의하면 그런 증상은 아마 항정신약의 부작용이었을 거라고 했다.

"약이란 게 만능이 아니거든요. 치매에 좋다는 약도 있지만 진행을 늦춰주는 효과는 있어도 원래대로 돌아오는 건 아닙니다. 그렇지만 사람은 나이를 먹으면 젊을 때처럼 안 되니까, 그 사실을 받아들이세요……." 그렇게 전과 같은 설교를 늘어놓으면서도 다른 약을 처방해주었다.

병원의 철저한 투약 관리로 익숙해졌는지, 어머니는 건네준 약을 일일이 살펴보지 않고 주는 대로 먹게 되었다.

끈기 있게 화장실에 데리고 가는 동안 퇴원 당시에 비해 실수하는 횟수도 많이 줄었다.

그러나 한층 작아진 몸을 감싼 슬픔과, 외로움에 시달리는 듯한 무기력한 모습은 감정입원 때와 다를 바 없었다. 언제나 몽롱

한 상태여서 이제는 욕을 하지도, 어머니로서의 권위를 휘두르며 거만한 말을 하지도 않는다.

한번은 방문요양보호사를 불렀지만 몸을 지탱해주려 하면 조용히 거부하고, 조금이라도 집안 물건을 만지려고 하면 무기력하긴 해도 나름대로 불쾌감을 표출했다. 더구나 의도적인지는 모르지만 실금하기까지 했다.

도저히 손을 댈 수 없어, 나오미는 결국 방문요양보호사를 거절했다.

도로아미타불이었다. 나오미는 이렇게 되자 기억 속 오치아이의 환한 얼굴이 원망스러웠다. 어머니에게 구속되는 나날이 앞으로도 이어질 것이다.

마유코에게는 어머니가 퇴원한 당일에 사건의 전말을 간단히 전화로 전했다.

여전히 울음소리를 낸 후, 마유코는 조만간 엄마 얼굴을 보러 가겠다며 전화를 끊었지만 지금까지도 연락이 없었다. 그쪽 집도 시어머니의 심장 수술, 아들의 수험, 남편의 선거와 여러 일이 있고, 시부가 시장인 지자체에서 공사 입찰을 놓고 불상사가 발생했다. 도저히 친정에 와볼 수 있는 상태가 아닐 것이다. 나오미로서도 딴 집 사람의 손을 빌릴 필요도 없고, 솔직히 더 이상 휘둘리고 싶지 않다는 것이 본심이었다.

식료품을 사러 슈퍼마켓에 가는 것도 여의치 않은 생활 속에서 나오미의 인간관계는 단절됐다.

최근에 만난 사람이라고는 신도, 즉 데라카타의 살인죄 입증을 위해 탐문을 온 형사와 하마터면 두 번째 피해자가 될 뻔한 여자의 이야기를 들으러 온 여성 주간지 기자뿐이었다.

그들의 이야기를 종합하면 그의 본성이나 두 번째 결혼의 실체는 나오미에게 말한 것과 거의 같은 모양이었다. 정말 아내의 뜻이 반영되지 않은 결혼이었을 수도 있고, 미용사의 존재도 사실이었는지도 모른다.

어머니가 잠든 늦은 밤에 나오미는 문득 신도와 함께한 보석 같은 시간을 떠올렸다. 우정이라기엔 달콤했고, 사랑까지는 아직 몇 걸음 남은, 서로 신뢰할 수 있는 어른스러운 관계 같았다. 장인을 향한 존경과 감사, 나오미와 어머니에게 보여준 이해와 공감, 그 모두가 거짓이었다고는 아직도 믿고 싶지 않았다.

곧 또 한 사람이 왔다.

손녀의 환상이었다. 진짜 손녀는 나오미가 부탁해도 동아리 활동, 학원, 친구와의 약속을 핑계 삼아 교도 집에 얼굴을 내밀지 않게 되었지만, 환상 속의 손녀는 어느 날 밤 불현듯 돌아왔다.

아무 표정 없이 졸거나 어깨를 늘어뜨리고 텅 빈 눈으로 앉아 있기만 하던 어머니의 표정이 빛이 비친 것처럼 갑자기 생생히 살아나며, 어머니가 다시 허공을 향해 말을 걸기 시작한 것이다.

어머니의 외래 진료는 2주에 한 번, 약도 2주 분량만 처방받았다. 그런데 진료를 예약한 날 집 앞에서 차에 어머니를 태우자마자 운전면허 갱신을 잊고 있었음을 깨닫고 되돌아왔다. 예약을 변경하고 다음 날 갈 셈이었는데, 그날은 하필이면 내린 폭우 속에 어머니가 자던 이불 위로 빗물이 샤워기 물줄기 같은 기세로 쏟아졌다. 방화 소동으로 잠시 집을 비우는 동안 낡은 집 어딘가가 상했는지 1층 천장과 벽 사이에 큰 틈이 생겼던 것이다. 그 부분을 수리하고 젖은 이불을 수습하느라 또 병원에 못 갔다. 전화를 걸어 창구 간호사에게 진찰은 나중에 하고 자신이 혼자 가서 약이라도 받을 수 없는지 부탁했지만 단호히 거절당했다.

그러다 보니 어머니 약이 떨어진 지 일주일 가까이 지났다. 그리고 환상은 어머니 몸에서 약효가 사라지기를 기다렸다는 듯이 되돌아온 것이었다.

다시 사건이 터지면 어쩌나 하는 걱정이 없는 것은 아니다. 보호자로서의 책임을 안 느끼는 것도 아니었다. 다만, 어머니의 선연한 변화에 이대로 괜찮다는 기분이 들었다.

약으로 억눌렸던 활동성이 돌아왔는지, 아니면 다시 나타난 손주가 노인의 마음에 기쁨과 안정을 가져왔는지는 알 수 없다. 어머니의 몸과 마음에 활력이 돌아왔다. 기어서라도 화장실에 가고, 아침에 일어나면 제일 먼저 머리를 빗고 가지런히 개어놓은 옷으로 갈아입었다.

유키와 수다를 떨고 있는 어머니를 두고 나오미는 창고에 들어가 앨범을 꺼내 왔다.

누마노가 권한 '회상'을 해보자고 생각한 것이다.

사진 촬영이 취미였던 아버지는 가족 사진을 많이 남겨 놓았다.

앨범을 몇 개 침실로 옮겨 어머니에게 보여주며 추억을 이야기한다.

어느 사진에서나 어머니는 세련된 복장과 머리 모양을 하고 있었다. 밝고 지적이고 가정적인, 60년대 미국 중산층 가정주부를 연상시키는 분위기다. 경제적으로도 정서적으로도 풍요로운 가정에서 태어나 자라, 비슷한 계층의 어느 정도는 진보적인 가풍을 가진 집에 시집간 어머니의 인생이 거기 있었다.

장녀인 자신을 안고 있는 어머니의 사진이 압도적으로 많았다. 시치고산(어린 여아의 성장을 축하하는 일본의 전통 행사 — 옮긴이)이나 생일 외에도 피아노 발표회, 입학식 등 마유코의 사진보다 몇 배는 많은 사진이 남아 있었다. 단짝 친구 같은 모녀든 아니든, 부모가 자신에게 건 기대가 얼마나 컸는지 절절하게 느낄 수 있었다. 시집간 뒤에도 그런 어머니를 소박하게 흠모하고 어머니를 위해 진심으로 눈물을 흘리는 동생이 약간 가엾기도 했다.

그리고 전부터 신경이 쓰이던 앨범 중 한 권을 열었다. 선반 안쪽에 처박혀 있던 그것은 낡은 포장지에 싸여 미치 봉인이라도 한 듯 십자 모양으로 묶여 있다. 어머니가 무척 아끼던 앨범일 거라고 생각하면서도 끈을 풀기가 귀찮아서 열어보지 않았었다.

색이 바랜 끈을 풀고 포장지를 벗기자 가죽 표지가 나타났다. 어머니가 친정에서 가져온 것이다.

변색된 흑백 사진이 검은 색 속지 위에 붙어 있었다. 어머니가 태어나 자란 홍고 집, 그 거실에서 찍은 단체 사진이 첫 장에 있었다.

책장을 넘기자 나타난 것은 의외로 궁색해 보이는 집과 이를 배경으로 서 있는 검소한 복장의 소녀 두 명이었다.

깜짝 놀라 빤히 바라보았다. 단발머리 쪽은 어머니, 또 한 명, 키가 약간 더 크고 머리를 땋아 내린 사람이 어머니보다 두 살 연상인 언니였다. 초등학교를 졸업하지 못하고 세상을 떠났다고 들었다.

몸에 걸친 것은 천이 축축 늘어진 반소매 원피스였다. 치마 부분이 주름투성이였다.

스프 원피스다. 2차 세계대전 중에, 그리고 전쟁 직후에 팔던 질 나쁜 재생섬유 원피스.

사진에 직접 펜글씨로 어머니 이름, 그리고 "유키코 열두 살"이라고 쓰여 있었다.

이 소녀가 바로 '유키'였다.

어머니가 보던 환상 속 소녀는 손녀 유키가 아니었다. 영양 상태나 의료 수준이 낮았던 전쟁 직후, 공습으로 집이 불타는 바람에 사가미하라에 있는 친척집에 신세를 지던 중 죽었다던 어머니의 언니였다.

진눈깨비가 내리는 날 자신의 비옷을 동생에게 빌려주고 학교에서 젖은 채 돌아온 탓에 폐렴에 걸린 것이다.

어째서인지 그 일에 생각이 미치지 않았다. 풍요롭고 행복한 삶을 살아온 어머니의 인생 어딘가에 그런 시대가 있었다는 것 자체를 잊었고, 전쟁 중이나 전후의 이야기, 죽은 언니 이야기를 어머니 입으로 들은 적이 없었기 때문이다.

남편이 죽은 후 자신의 뇌에서 일어나는 변화와 자신을 향한 친딸의 부정적인 감정을 확실히 느끼던 어머니는 자신의 시각 피질에 침입한 소녀에게서, 힘든 시대에 자신을 감싸고 지켜준 언니의 모습을 겹쳐 보았으리라.

그렇게 실재감을 가진 '유키'가 언니로서 어머니에게 명령한 모양이다.

'저 집을 태워라', '딸에게 일을 그만두게 해라'라고.

지금 어머니 곁에는 늘 유키가 있어 어머니를 지켜보고 있다.

아이러니하게도 나오미 역시 잠잠해진 집안에서 이야기 소리라면 텔레비전 소리뿐인 엄청난 적막함과 답답함에서 해방되었다. 어머니의 시선 끝 바로 거기에 실제로 소녀가 앉아 있는 듯한 부드러운 공기를 느끼고 있었다.

어머니가 말하는 대로 유키를 위해 과일을 깎아주고 카디건을 내놓는다.

어머니와 함께 허공을 향해 말을 건네는 것이나 맞장구를 치는 데에도 최근에는 망설임이 사라졌다.

어머니는 망령이 났고, 자신은 미쳐간다. 그렇게 해서 행복과 마음의 안정을 얻을 수 있다면 별로 나쁜 일도 아니라는 생각이 들었다.

어머니가 돌아가신 뒤 재산을 탕진한 독신 여성에게 노후 따위는 없다. 어차피 자신은 망령이 나기도 전에 객사할 거라고 체념하자, 나오미의 마음은 명랑한 무기력으로 풀어졌다.

거실 소파에 누워 얇은 오리털 무릎 덮개로 다리를 덮고 꾸벅꾸벅 졸던 밤중에 나오미는 발끝에 뭔가가 닿는 느낌에 눈을 떴다.

얼룩이 있는 안방 천장이 보였다. 이불 속으로 파고들어 베개에 머리를 얹은 나오미의 얼굴을, 땋은 머리의 소녀가 들여다보고 있었다. 여름 원피스 차림의 작은 몸과 땋은 머리에 어울리지 않는 어른스러운 표정으로 소녀는 미소 짓고 있었다. 영락없는 '장녀'의 얼굴이었다.

나오미는 고개를 끄덕였다. 공포도 두려움도 없었다.

"알았어, 일단 셋이서 살자."

그렇게 말을 걸자 "괜찮을 거야" 하고 소녀는 분명한 목소리로 대답했다.

"이제 다 괜찮아."

그리고 다시 눈을 떴다. 텔레비전 리모컨을 손에 든 채, 나오미는 소파에 드러누워 잠들어 있었다.

이어서 곧바로 얕은 잠에 빠졌던 나오미가 다시 눈을 뜬 것은 어머니의 목소리 때문이었다. 느릿느릿 일어나 화장실에 데려가기 위해 어머니 이불 옆으로 갔다. 허리가 무디게 아팠다.

이튿날 오전 중에 방문자가 있었다. 대형 부동산 회사의 영업사원이었다.

예전에 자동응답기에 "다시 전화 드리겠습니다"라고 녹음했던 대형 부동산 회사로, 버블 경제 시기에는 끊임없이 찾아와 아버지에게 토지 매각이나 아파트 교환매매 매물 따위의 정보를 이야기했었다.

이제 일본 경기도 침체기에서 벗어난 걸까. 약간의 기대를 하며 영업사원을 응접실로 안내했다.

소파에 앉은 남자는 손에 든 노트북을 테이블 위에 펼쳐 놓더니 예상 외의 이야기를 시작했다. 부가 서비스가 딸린 고령자용 주택 건설에 부동산 회사와 같은 계열사인 철도 회사가 새롭게 참여하게 되었는데, 이 토지를 건설 용지로 빌리고 싶다고 했다.

버블 경제 때처럼 땅을 팔라는 말이 아니었다. 20년의 차지권을 설정하고 싶다고 했다. 20년 후, 나오미는 예순세 살이다. 그리고 어머니는 아흔둘……. 틀림없이 살아 있을 것이다. 자신은 몰라도 어머니는 말이다. 상상만 해도 현기증이 났다.

갑작스러운 이야기에 당황했지만 어쩌면 출구가 있을지도 모른다는 생각이 들었다. 넓기만 한 낡은 구식 가옥을 유지하는 일은 이제 슬슬 한계에 다다르고 있었다. 내진 공사를 포함한 수리비만으로도 보통 주택의 신축 비용을 가볍게 뛰어넘는다. 그렇다고 아예 신축을 하려면 집을 부수는 비용을 포함해 상당한 비용이 든다. 어머니의 연금만으로는 도저히 무리였다.

그렇다고 빚을 내서 이 땅에 아파트류의 건물을 짓는 것은 너무 위험하다. 무엇보다 은행이 그렇게 많은 대출을 해주지도 않는다. 그리고 버블 경제기에 유행한 교환매매 방식도 반드시 지주 측에 유리하지는 않다.

하지만 땅을 빌려주는 거라면 큰 수입은 안 되어도 빚을 낼 필요는 없다. 경비는 회사 쪽에서 지불할 것이다. 게다가 상대 회사는 소규모 복지 법인이나 정체 모를 NPO 법인이 아니라 반(半)공기업이라고 할 수 있는 철도 회사이다.

하지만 전쟁 직후부터 시마무라 집안 사람들이 살아온 이 땅을 타인에게 빌려주고 다른 곳으로 이사하는 것은…….

시큰둥한 척 나오미가 물었다.

"전 몰라도 어머니가 이 땅을 떠나는 것에 난색을 표하실 텐데요."

"네, 그것에 관해서는, 예를 들어 이 빌딩은 저희가 세운 것인데요." 그는 화면에 시부야구의 고층 빌딩 이미지를 불러냈다. 맨 위층은 리조트 호텔을 방불케 하는 호화로운 토지 주인용 주거 공간이었다.

"아니요." 나오미는 고개를 저었다.

멋대로 키를 눌러 앞 화면으로 돌아갔다. 거기에는 앞서 보여준 부가 서비스가 딸린 고령자 주택의 개요가 있었다.

1층에 데이서비스센터와 지역의 지원센터가 입주해 있다.

"요개호 1등급부터 5등급까지 혼자 거동할 수 없는 분, 치매 환자에 대응"이라는 문구가 눈에 띄었다.

"저희에게 호화로운 방은 필요 없습니다. 다른 입주자들과 마찬가지로 필요한 서비스를 받을 수 있나요?"

"물론이죠. 시마무라 님의 희망에 가능한 한 응하도록 하겠습니다."

영업사원은 상냥하지만 신중한 어조로 대답했다.

팸플릿에서 어떤 멋들어진 소리를 하든, 유료 양로원에서도, 부가 서비스가 딸린 고령자 주택에서도 쫓겨나는 사람들이 있다. 요양보호사들을 번거롭게 하는 유형의 치매 환자다. 하지만 그 환자가 지주라면 이야기가 다르다. 미리 계약서에 조항을 설정하면 된다. 필요한 경비는 지대에 따라 상당한 수준까지 충당할 수 있다.

전대리스(리스 이용자가 제공받은 리스자산을 다른 이용자에게 다시 리스하는 계약 — 옮긴이) 시스템이 더 유리할까, 아니면 다른 방법이 있을까…….

언젠가 집을 상속받을 장녀로서 지금까지 단편적으로 모아둔 지식과 정보가 머릿속을 스쳤다.

"어쨌든 더 자세한 자료를 보내주시기로 하고, 생각할 시간을 좀 주세요. 제 독단으로 쉽게 결정할 수 있는 일도 아니니까요."

말만 그렇게 할 뿐, 독단으로 결정할 생각이었다.

"네, 서둘러 보내드리겠습니다. 아니, 직접 가져오는 쪽이 좋을까요?"

가망이 있다고 느껴졌는지, 상대가 크게 고개를 끄덕였다.

가족 이외의 간병 일체를 거부한 어머니의 토지에 공적 돌봄의 거점이 선다. 아이러니하지만 우연한 행운은 아니다.

이 자리에 위치한 이 정도 넓이의 토지에 대한 시대의 요청이므로 이는 필연이었다.

"다른 길은 없어, 엄마." 마음속으로 말을 걸었다.

흘끗 여동생의 얼굴이 뇌리를 스쳤다. 어머니를 향한 애정과 배려에는 아무런 타산도 없지만 어머니의 병에도, 간병에도, 어머니가 일으킨 중대한 사건에도 무엇 하나 책임은 지지 않은, 시집가버린 이 집의 또 다른 딸.

아버지와 어머니의 소중한 추억이 담긴 집. 내가 놀러와서 마음껏 향수에 젖을 수 있도록 잘 관리하고 수리해서 이대로 지켜줘. 그런 일방적인 요구에 응할 필요는 없다.

"괜찮아."

어젯밤에 나타나 분명한 어조로 그렇게 말했던 소녀의 어른스러운 얼굴을 떠올렸다. 그 말대로 괜찮다고 확신했다.

나오미는 아버지가 남겨준, 잡초 뽑고 청소하기만 고생스럽고 막대한 유지비가 드는 큰 집에 처음으로 감사하고, 자신의 혜택받은 처지를 생각했다.

앞으로 더 쇠약해질 어머니와 자신에게 한줄기 빛이 비쳤다. 밀실 벽에 작은 숨구멍이 뚫렸다. 이윽고 그 숨구멍의 주위로 무수한 금이 가다가, 밀실은 붕괴한다.

좋건 싫건 어머니 침실과 거실로 외부의 손을 끌어들이고 자신은 다시 바깥 세상과 연결될 수 있는 기회를 얻는다.

그러기로 결심했다.

여자의 인생에 남자는 반드시 필요하지 않지만, 밥벌이 수단은 필요하다. 한 인간으로서의 긍지를 유지하기 위해서도 그렇다. 20년의 계약 기간이 지난 뒤 이 토지에서 계속 수익이 발생할지는 알 수 없다. 하지만 자기 손으로 생활비를 벌 수 있다면, 최소한 어머니가 돌아가신 뒤 다가올 '독신 여성의 객사'라는 시나리오는 사라진다.

우선, 나오미는 아픈 허리를 문지르며 일어나 건전지가 다 된 지 오래인 전자사전을 집었다. 뚜껑을 열고 탄환을 장전하듯이, 그 장사 도구에 건전지를 하나씩 밀어 넣었다.

2

퍼스트레이디

서둘러 택배 상자를 옆에 있던 쇼핑백에 집어넣었다.

"뭐가 왔니?"

어머니가 거실에서 얼굴을 내밀었다. 창백한 얼굴로 한번 소파에 앉으면 손님이 와도 현관에는 절대 안 나오는데, 이럴 때만 이상하게 감이 날카롭다.

게이코는 입은 채로 잔 것처럼 주름진 어머니의 긴 치마를 흘끗 쳐다보고 "통신판매로 산 미백 화장품"이라고 짧게 답했다.

"그렇게 많이?"

의심스럽다는 듯이 고개를 쭉 내밀어 들여다보는 얼굴 앞에서 게이코는 잽싸게 쇼핑백을 자기 쪽으로 당겼다.

"간호사들이랑 공동 구매했어. 한 번에 많이 사면 싸니까."

"나이들은 먹어가지고 다들 겉모습만 신경 쓰기는."

귀찮은 듯 발을 질질 끌며 떠나는 뒷모습을 확인하고 가슴을 쓸어내렸다.

쇼핑백을 안고 계단을 뛰어내려갔다. 짧은 복도로 연결된 의원 사무실로 들어가 컴퓨터 앞에서 의료비 청구서를 정리하고 있던 여성 사무원에게 쇼핑백을 건넸다.

"자, 간식이에요."

게이코의 할아버지가 원장이던 시절부터 이래저래 20년이나 근무한 여자 사무원 하시오카는 인사도 없이 고개만 끄덕이고 포장을 뜯어 상자를 열었다.

바쁜 걸음으로 사무실에 들어온 물리치료사가 그쪽을 바라보았다.

"앗, 라 뒤레 마카롱!"이라고 외친 다음 그녀는 당황한 듯이 입가를 가렸다.

"다 같이 나눠 드시고 남은 건 가져가세요."

게이코가 상자를 가리키며 빠르게 말했다.

"그래도 될까요?" 물리치료사가 깔끔하게 마스카라를 한 눈으로 게이코를 올려다보았다.

"괜찮아."

하시오카가 게이코 대신 대답했다.

"하지만……."

"집에 놔두면 한 상자는 그냥 먹으니까."

게이코가 내뱉듯이 말했다. '드시니까'가 아니라 '먹으니까'다. 그대로 두면 어머니는 한 상자쯤은 그냥 먹어 치운다. 텔레비전을 보면서, 잡지를 읽으면서, 혹은 하는 일 없이 멍하니 앉아서 마지막 한 개가 남을 때까지 손을 떼지 않고, 눈앞의 간식이 사라질 때까지 먹고 또 먹는다.

"그래도 사모님이 단 걸 좋아하시는데……."

물리치료사는 하시오카가 작은 봉지에 소분한 마카롱을 건네받으며 망설이듯 말했다.

"당뇨병이야."

하시오카가 무뚝뚝한 얼굴로 속삭였다.

"아……."

눈썹을 모으고 물리치료사가 고개를 끄덕였다.

책상 아래에 있는 쓰레기통에도 어제 게이코가 가져온 롤케이크 포장지가 들어 있다.

의원에 가져온 이상 어머니 눈에 띌 걱정은 없다. 어머니는 아주 큰일이 없는 한 이곳에는 오지 않기 때문이다.

"그럼." 하시오카에게 눈짓을 하고 위층에 있는 집으로 돌아가 냉장고를 점검했다.

언제 사 왔는지 1리터들이 청량음료가 있었다. 지금 개수대에 버리면 소리 때문에 눈치를 챌 것이다. 임시방편으로 눈에 띄지 않게 냉동실 가장 안쪽으로 밀어 넣었다. 대신 차가운 보리차를 준비해뒀지만 어머니는 달지 않은 음료는 좋아하지 않는다. 작년에는 보리차나 맹물은 절대 안 마시겠다고 선언한 어머니와 아웅다웅하다가 어머니가 탈수로 쓰러졌다. 정신이 몽롱해진 어머니를 부랴부랴 차에 태워 통원하던 내과 의원에 데려가서 무사할 수 있었지만, 어머니는 팔에 바늘을 꽂은 채 침대에 누워 있는 동안에도 간호사가 자리만 비우면 계속 게이코를 욕했다.

현미밥이 다 되었다. 가지와 녹두도 조리는 중이었다. 하룻밤 말린 오징어 구이와 오크라 참깨 무침, 미역과 두부를 넣은 된장

국도 다 끓였다.

어머니는 먹어줄까.

"저녁 해놨어." 그렇게 얘기한 다음 재빨리 옷을 갈아입고 화장을 했다.

점잖은 정장으로 충분할 것 같기도 했지만 그래도 대사 부인이나 지역 유력자가 모이는 행사였다. 시간대를 생각하면 좀 더 격식을 차린 드레스가 어울릴지도 모른다. 동생 약혼 파티 때 한 번 입고 처음 입는, 가슴이 드러나는 감색 반소매 드레스를 입었다.

"뭐니, 그 꼴은."

고모에게 생일 선물로 받은 탄자나이드 목걸이를 걸고 있노라니 옷장의 거울에 어머니 얼굴이 비쳤다.

"재해 지역 후원 행사라면서 그런 옷차림을 하다니. 다들 먹고 입을 것도 부족해서 덜덜 떨고 있다던데, 음악이니 파티니 말이지. 너희 아버지가 나쁜 거야. 적어도 너는 좀 더 수수한 차림을 하면 안 되겠니? 그리고 왜 네가 그런 곳에 얼굴을 비쳐야 하는 거야. 다 너희 아버지가 맘대로 벌인 일인데."

설명이나 반박은 진작에 포기했다.

로터리클럽(사회봉사와 세계 평화를 목적으로 하는 전문 직업인들의 국제적인 사교 단체 — 옮긴이)이나 지역 의사회 회원들이 자신을 '마츠우라가의 퍼스트레이디'라고 부르는 것은 알고 있었다. 어머니가 게이코의 그런 행동을 싫어하는 것도 감수하고 있었다. 그러나 퍼스트레이디가 필요한 세계는 분명 존재하고, 어머니가 그 역할을 거부한 이상 자신이 대신할 수밖에 없었다.

"되도록 빨리 올게요." 그런 말을 남기고 차고에서 차를 빼 아버지를 기다렸다.

아버지는 빠듯한 시간이 되어서야 나왔다. 그것도 집이 아닌 의원 쪽 출구에서였다.

"잠깐, 옷이 그게 뭐예요?"

무심코 탓하는 말투가 튀어나왔다.

무릎 뒤쪽에 가로 주름이 생긴 바지에다 스탠드칼라 셔츠. 평상시 모습에서 의사 가운만 벗은 차림새였다.

어제 게이코가 방에 준비해놓은 검은 정장을 보았을 터인데, 갈아입지 않은 것이다.

"괜찮아. 이쪽은 조연이니까." 아버지는 그렇게 말하고는 첼로 케이스를 차 트렁크에 밀어 넣었다.

아버지 친구의 아들로 독일에서 활동 중인 플루티스트가 최근 국제 음악 콩쿠르에서 우승하고 귀국해서 기념 공연을 열게 되었다. 하필 그때 동일본 대지진이 일어나 국내 음악 공연이 잇달아 중단되었다.

친구에게 그 이야기를 들은 아버지는 로터리클럽 회원들에게 말해서 급히 재해 지역 지원 콘서트를 기획했다. 그런데 연주 홀 준비도 끝나고 티켓도 매진되었는데, 함께 공연하기로 했던 스위스 관현악단이 후쿠시마 원전 사고에서 비롯된 방사능 오염을 우려하여 갑자기 일본 방문을 거부했다.

그러자 아버지는 자신이 활동하는 의료 관계자들의 아마추어 관현악단을 데려와서 "그러면 우리가 대신 하겠다"며 출연을 자청한 것이다.

저명한 연주가의 공연을, 경력이 짧지는 않지만 그래도 아마추어 밴드가 맡는다니 일종의 모험이었으나, 지역 뉴스가 그것을 '훈훈한 미담'으로 보도했다. 소규모였던 공연은 순식간에 회원들 지인과 환자 인맥을 타고 대사관과 외국계 기업까지 끌어들인 대규모 자선 콘서트로 확대되었다. 티켓은 추가 발매되었고, 연주홀도 구민 센터의 소규모 홀에서 대형 부동산 회사가 소유한 콘서트 홀로 변경되었다.

그러나 대사 부인이 오건, 외국계 기업의 경영자가 오건, 왕실 관계자가 오건 아버지의 자세는 변함없었다. 오늘도 아버지는 마지막 환자의 재활 훈련이 끝나는 것을 지켜볼 때까지 진료실에서 나오지 않았다.

아버지를 마츠우라 선생님이라고 부르는 대신 '아시우라(발바닥) 선생님'이라고 부르는 환자들이 있다. 예전에 고관절의 통증을 호소하던 환자를 진료용 침대에 눕히고, 환자의 발바닥을 살펴본 아버지가 굳은살의 위치와 모양만으로 통증의 원인이 환자의 걷는 방식이나 평소 행동 방식에 있음을 간파했던 적이 있다. 그러고는 진통제 처방과 함께 물리치료사에게 적절한 조치를 지시해 환자의 통증을 깨끗이 없앴다고 하여, 환자들은 친근감을 담아 아버지를 '발바닥 선생님'이라고 부르는 것이다.

요즘은 컴퓨터 화면만 들여다보고 환자와 눈도 제대로 맞추지 않는 의사도 많다. 그런 세태 속에서 환자의 얼굴은 물론이고 발바닥까지 시간을 들여 제대로 진찰하는 의사, 보험 적용이 되는지 안 되는지 신경 쓰지 않고 과잉진료를 하지 않는 의사라는 점에서 단순히 실력이 좋다고 평가받는 것을 넘어 인격적으로 존경받는 의사였다. 멀리 이사 간 후에도 아버지에게 진료를 받겠다고 여기까지 통원하는 환자도 많다.

그러한 아버지의 곁에서 '퍼스트레이디'를 맡는다는 사실에 게이코 자신도 약간의 자부심을 느끼고 있었다.

다이칸야마에 있는 콘서트 홀 주차장에 차를 세운 게이코는 아버지와 함께 서둘러 분장실로 향했다. 관계자들과 인사를 나눌 틈도 없이 리허설에 들어간 아버지 대신 행사 운영을 맡은 로터리 클럽 회원들 한 명 한 명에게 인사하고 사무국의 업무를 거들었다.

모이기 시작한 손님들에게 인사를 건네고 외국인 손님과 사무국 사이의 통역도 맡았다.

연주회가 시작되고 음악의 서두 부분이 들릴 때쯤 살짝 문을 열고 나가서, 조금 떨어진 곳에서 열릴 환영 행사 준비를 도왔다.

연주회가 끝나고 난 다음에는 밖으로 나온 손님들을 응대하고, 아버지가 온 다음에는 그 뒤를 지키며 손님과 연주자 한 명 한 명과 인사하고 이야기를 나눴다.

와인과 가벼운 식사를 제공하는 환영 행사 참가비가 포함되었다는 점을 감안해도, 티켓은 턱없이 비쌌다. 그럼에도 불구하고 자선 콘서트는 성황이었고, 3백만 엔을 넘는 매출 대부분은 일본 적십자사에 기부되었다.

여느 때보다 기분이 좋아서 말수도 많아진, 알딸딸하게 취한 아버지를 차에 태우고 집에 돌아왔을 때는 이미 밤 10시였다.

일단 의원에 들러 남은 일을 정리하겠다는 아버지와 문 앞에서 헤어진 뒤 외부 계단을 올라 집 현관에 발을 디뎠다. 그 순간, 지금까지의 들뜬 기분이 꽁꽁 얼어붙어 산산이 깨지더니 무수한 납빛 파편이 되어 발치로 쏟아지는 것 같았다.

주방의 유리문을 열었다.

테이블에는 어머니를 위해 준비한 저녁식사가 손도 대지 않은 모습으로 남아 있었다.

역시, 그렇게 작게 혀를 차고 음식물 쓰레기통 위에 식기를 거꾸로 들어 내용물을 털어 넣었다.

이미 당뇨병이 상당히 진행되었다는 사실을 알게 된 후에도, 식사 관리는 조금도 하려 들지 않는 어머니 대신 가족의 식사를 차리기 시작한 초기에는 이런 일이 있을 때마다 분노하고 서러운 눈물을 흘렸다. 하지만 4년이 지난 지금은 일일이 동요하거나 화를 내지도, 울지도 않았다.

게이코 자신도 환영 행사 중에는 주최자 측이기 때문에 아무것도 못 먹었지만 식욕은 없었다.

냉장고를 열어 맥주 캔을 꺼내 마개를 따고 그대로 입가에 대려다 정신을 차리고 잔에 부어 마셨다.

냄비 안에 남아 있는 조림을 데워 천천히 입으로 옮긴다.

예전에 어머니는 국물로 맛을 낸 싱거운 조림을 자주 만들었다. 이 집에 살면서 어머니가 시어머니로부터 배운 것이다. 그러나 그 맛이 딸인 게이코에게까지 이어지지는 않았다.

할아버지가 해외에서 갑자기 쓰러져 돌아가시고, 골다공증으로 자리보전만 하던 할머니가 이어서 숨을 거둔 후, 어머니의 생활은 굴레가 벗겨진 듯 흐트러지기 시작했다. 그렇다고 다른 사람에게 폐를 끼친다거나 도덕적으로 문제가 있는 것은 아니었다. 그래서 오히려 곤란했다.

차분하고 얌전하지만 야무진 사모님이라고 동네 사람들이나 병원 직원들이 한 수 접어주던 어머니는 시부모를 떠나 보낸 후 그 표정에 생기가 돌더니, 외출이 잦아졌다.

이제 집 안의 정리 정돈은 완벽하지 않았고, 병원이 휴진하는 목요일과 일요일은 목적도 없이 긴자의 백화점까지 나가 옷을 산더미처럼 사들였다.

식사도 양식으로 바뀌었다. 많이 만들어보지 않아서인지 아주 맛있지는 않았음에도 어머니의 식욕은 늘었다. 밖에서 사온 케이크와 아이스크림이 자주 식탁에 올랐고, 다이어트를 이유로 안 먹겠다는 딸과 자주 싸우게 되었다. 그러다가 결국에는 가게에서 사온 반찬을 많이 먹게 되었는데, 그 무렵 어머니는 이미 약간 살집이 있는 중년의 경도 비만을 넘어서 얼굴 윤곽까지 무너질 정도의 고도 비만이 되어갔다.

남편이 의사인데도 건강검진을 완강하게 거부해온 어머니의 당뇨병이 발견된 것은, 그런 생활이 계속되고 일 년 정도 지난 뒤의 일이었다. 두통과 현기증을 호소해 인근 병원 내과에서 진찰을 받았을 때 고혈압, 고지혈증과 함께 당뇨병이 이미 상당히 진행되었다는 것을 알았던 것이다.

자각증상이 없어서 오랫동안 간과했지만, 의사의 말로는 두 살 아래인 동생을 출산한 당시에 이미 발병했을 거라고 했다.

그럼에도 불구하고 주치의가 인슐린 투여가 아니라 식이요법으로 관리해보자고 제안한 것은 남편이 의사이고, 환자 본인과 가족이 모두 병에 대한 올바른 지식과 자기 관리 능력을 갖추고 있다고 판단했기 때문이었을 것이다.

하지만 어머니는 자신의 삶을 전혀 바꾸려 하지 않았다. 식단도, 반찬을 사먹는 것도 그대로였다. 외식을 그만두지도 않았고, 당연히 차를 타지 않고 걸어 다니거나 가벼운 운동을 하는 것도 거부했다.

"아무 취미도 없어. 깔끔한 걸 좋아하고 사치나 도락에도 인연이 없었지. 네 어머니는 이 집에 와서 30년이 넘도록 정말 잘해줬다. 누구나 지병 하나쯤은 갖고 있어. 너무 엄격하게 관리해서 모든 즐거움을 빼앗는 건 지나치지 않니. 건강 관리도 적당히 해야지, 완벽하게 건강할 수는 없는 법이란다."

본인이 의사이면서, 아버지는 그저 어머니를 동정하듯 그렇게 말했다.

그러나 게이코는 증상이 악화될 것을 뻔히 알면서도 어머니의 행동을 묵인할 수는 없었다.

당시 물리치료사 자격증을 따고 대학의 스포츠 의학 연구소에 취직하기로 했던 게이코가 그 자리를 포기하고 어머니의 생활 관리를 맡은 것은 그런 사정 때문이었다.

이전까지 일상적인 가사는 모조리 어머니에게 맡겼던 게이코는 그때부터 부엌일을 하게 되었고, 당뇨병 예방 세미나를 다니며 조림이나 무침, 5분도미로 밥 짓는 법 등을 배웠다. 이러한 식단은 할머니가 계시던 시절에 어머니가 늘상 차리던 식사의 연장선상에 있었지만, 어머니는 만드는 것도 먹는 것도 거부했다.

몸에 부담이 되지 않는 범위에서 어떻게든 운동을 시키려고 수중 보행을 할 수 있는 인근의 스파 시설에 차로 모시고 가봤자, 어머니는 그 안에 딸린 디저트 가게에 들어가 있을 뿐 재활 코너에는 얼씬도 하지 않았다.

자신이 좋아하는 쇼핑을 하러 가는 경우를 제외하면 하루의 대부분을 텔레비전이나 잡지를 보면서 간식을 먹으며 지냈다. 그동안 병은 자연히 악화되어 반년 후에는 하루에 세 번, 끼니때마다 주사를 맞아야만 하는 지경이 되었다.

다 마신 맥주 캔을 버리고 식기를 개수대에 놓다가 게이코는 그곳에 있는 어떤 물건을 알아차렸다.

큼직한 포크 한 개가 식기 통에 들어 있었다. 포크의 얼룩을 만지다가 움찔했다. 찐득찐득한 기름기가 손에 들러붙었다.

부엌에 있는 종이 쓰레기통의 레버를 누르고 그 안을 들여다보았다.

익숙한 포장지와 납작하게 접힌 종이 상자가 있었다. 종이 공예로 보일 만큼 눈에 띄는 주름과 모양이라 이 근처 역 빌딩에 연 지 얼마 안 된 제과점의 몽블랑 케이크가 담겨 있던 상자라는 것을 금방 알아보았다. 그건 잡지에서 열심히 소개하는 유명 파티시에의 이름을 딴 케이크였다. 조각으로는 안 팔고, 꽃잎처럼 펼쳐지는 팔각형 상자에 담아 통째로만 팔았다. 남은 케이크는 아무데도 없다. 자기 방에 가져갔거나 숨겨놓았을 거라는 추측은 상대가 보통 사람일 경우에나 할 수 있다.

하나뿐인 포크가 모든 것을 말해주고 있었다. 어머니는 칼도 접시도 사용하지 않았다. 상자 상단의 정교하게 마감된 포장을 초조하게 열고, 먼저 그 속에 든 6인분이나 8인분짜리 돔형 케이크 위의 마론 크림을 스테이크 포크로 듬뿍 떠서 입안에 넣은 다음, 가장자리부터 본격적으로 묵묵히 먹기 시작한다.

누가 발견하고 나무라기 전에 배 속에 집어넣기만 하면 아무에게도 안 빼앗긴다는 듯이 탐욕스럽게 먹어 치운다. 다 먹고 나서 자기혐오에 사로잡히거나 목에 손가락을 집어넣어 토하지도 않는다. 빈 상자를 쓰레기통에 밀어 넣고 만족하며 방으로 돌아갈 뿐이다.

그 모습을 상상한 게이코 쪽이 구역질이 치밀었다.

몸을 홱 돌려 어머니의 침실 문을 열었다. 벌써 자고 있거나 자는 척을 하고 있을 테니 어두울 거라고 생각한 방은 불이 환했다.

불빛 아래, 어머니는 파자마 상의를 걷어 바지에서 튀어나온 살을 검지와 중지로 잡고 주삿바늘로 찌르는 참이었다.

"어라, 늦었구나."

살에 파묻혀 작아진 눈으로 이쪽을 흘끗 쳐다보고 어머니는 익숙하게 주사약을 찔러 넣었다. 고개 숙인 턱이 이중으로 겹쳐 창백하게 부풀었다.

자신도 예순 가까이 되면 저렇게 되는 걸까, 뭐라 말할 수 없이 끔찍한 느낌이었다.

어머니는 미인이었다. 갸름한 얼굴형에 시원한 눈매. 병원에 출입하는 제약 회사 직원이나 환자는 눈을 살짝 내리깔고 수수한 옷차림으로 묵묵히 일하는 '젊은 사모님'의 청초한 아름다움에 감동하여 잠시 응시한 후 부끄러운 듯이 눈을 피하곤 했다고, 아버지와 친분이 있는 의사가 이야기해준 적이 있었다.

아이러니하게도 어머니의 미모를 물려받은 사람은 남동생 쪽이고 게이코의 얼굴은 하관이 튀어나오고 예리한 속쌍꺼풀을 가진 아버지를 닮았다.

어머니나 주변 어른들이 "아버지를 똑 닮았다"고 할 때마다 어린 마음에 약간의 소외감을 느끼거나 알 수 없는 분노에 사로잡혔다. 하지만 어른이 되어보니 골격이 두드러지는 입체적인 얼굴이 화장을 하면 의외로 돋보이고, 립스틱 하나로 모델처럼 화려한 존재감을 자아내는 것을 발견했을 때부터 아버지를 닮았음에 감사하게 되었다.

혹은 어머니는 나이가 들면서 그 미모가 점차 사그라든 반면, 아버지는 사회적 지위가 안정되며 젊은 시절에는 없었던 신사적인 품격을 갖추게 되었기 때문인지도 모른다.

게이코는 어머니가 뱃살에서 주삿바늘을 빼기를 기다렸다가 조용히 입을 열었다.

"직접 사 왔어?"

"뭘?"

시치미를 떼는 반응에 화가 나서 가만히 있었다.

"가끔 좋아하는 것을 먹는 게 뭐가 나쁘다는 거니. 매일매일 맛없는 현미밥에 시어머니가 만든 것 같은 반찬뿐이고. 뭐 하나 재미있는 게 없다니까. 이 집에 시집와서 30년이 넘도록 괴롭힘만 당하고. 시아버지도 시어머니도 시누이도, 사무원이나 간호사까지 모두 나를 못살게 굴고 조금 컸다고 너까지 적이 되다니."

적인가 아군인가, 어머니가 옛날부터 주위 사람들을 그렇게 둘로 나누는 사람이었다는 사실을 게이코는 떠올렸다. 시부모와 시누이는 당연히 적, 그들을 적극적으로 공격하지 않는 아버지도 적, 고분고분 그들의 말을 듣고 그들과 잘 지내는 병원 직원도 물론 적. 아군은 자식 두 명과 친정 동생이지만, 올케는 적. 그러나 어머니를 괴롭히는 시부모와 병원 직원에게 귀여움을 받으며 거리낌 없이 그들과 가깝게 지내는 게이코의 동생 야스미만은 그 이분법적 구별에서 예외로, 어머니는 야스미를 몹시 아끼고 끔찍하게 사랑했다. 야스미는 매사에 구김살 없는 낙천적인 성격으로 조부모와 어머니 사이를, 마치 그곳에 갈등 자체가 존재하지 않는 것처럼 즐겁게 왕래했다. 그러나 그럴 수 없는 자신은 늘 어머니가 억울함을 분출하는 출구가 되었다.

"매일매일 밥그릇 다루는 법, 복도를 걷는 법, 말투까지 일일이 지적하며 괴롭혔단 말이다. 친정 부모님 건강이 안 좋아서 병문안을 가려고 하니 실실 웃으면서 이제 안 돌아와도 된다고 했다고, 그 할머니가. 집 안에 있을 수가 없어서 힘들게 공부해 의료 사무 자격증을 따서 접수처에서 일하기 시작했더니 이번에는 사무원인 하시오카나 간호사까지 사람을 바보 취급해가면서 인사를 해도 '흥' 하는 얼굴을 하지를 않나. 귀찮은 일은 전부 나한테 떠맡기고…… 이쪽이 어떻게 되든 모른 척하더라, 너희 아빠는."

어린 시절부터 30년 넘게 같은 소리를 들어왔다. 다른 사람 앞에서는 과묵한 어머니에게 그 외의 화제란 존재하지 않았다. 그리고 혼자 몽블랑 케이크를 통째로 다 먹은 변명도 마찬가지였다.

"이렇게 몇십 년 동안 고생하다 겨우 조금 편해졌는데 이제는 좋아하는 것도 먹을 수가 없다니."

"이 이상 악화되면 정말 목숨이 위험할 수 있다고 의사 선생님도 말했잖아. 들었잖아."

이쪽도 매번 지긋지긋한 설교로 응수한다.

"의사?"

어머니의 콧방울에 주름이 잡혔다.

"의사 따위 변변찮아. 모두 잘난 척이나 하고, 환자를 쓰레기 처럼 여긴다고. 더구나 그곳 의사도……."

"그만 좀 해!"

소리를 질렀다. 어찌 보면 가엽기도 해서 어머니가 하는 말을 일일이 부정하거나 정정하진 않지만, 피곤한 상태에서 상냥한 얼굴로 들어주는 것에는 한계가 있었다.

"죽고 싶어? 자기 몸이잖아."

방금 전 파티에서 손님들을 응대하던 모습과는 딴판으로 무서운 표정과 목소리로 외치고는 침대 위에 있는 어머니에게 다가섰다.

"당뇨 따위로 죽기는 뭘 죽어."

어머니가 홱 고개를 돌리고는 내뱉었다.

"너희 할머니 할아버지도 성격이 그 모양이라 벌 받아 죽은 거지. 외국 호텔에서 혼자 객사하질 않나, 목도 못 움직이는 망가진 인형 같은 꼴이 되질 않나. 겨우 끝났다고 생각했더니, 이번에는 내가 이런 병에 걸렸어. 매일 시달리는 바람에 스트레스가 쌓인 거야."

할아버지는 학회 때문에 방문한 암스테르담에서, 짐작건대 과로로 지주막하 출혈이 일어나 아무도 임종을 지키지 못하는 상태로 호텔 침대에서 돌아가셨다. 할머니는 그 전부터 골다공증 때문에 꼼짝도 못하고 자리보전을 하게 되어 어머니가 수발을 들었지만, 결국 할아버지를 보내고 반년 후에 돌아가셨다.

"할아버지나 할머니는 상관없잖아. 엄마 병 얘기라고. 아픈 것도 힘든 것도 싫어하잖아. 더 이상 나빠지지는 않게 해야지."

"안 아프고 안 힘들어. 너만 시끄럽게 굴지 않으면 돼."

이런 응수를 할 때마다 유난히 당뇨병이라는 병이 원망스럽다. 다른 심각한 질병과 비교해도 이만큼 고통이 적은 질병은 없다. 어머니는 아직 백내장도 손발 저림 증상도 나타나지 않았으니 더더욱 그랬다.

"지금은 아무 느낌 없겠지만, 머지않아."

뒷말을 듣지 않으려는 듯이, 어머니가 낮은 목소리로 가로막았다.

"넌 네가 간병이라도 해야 할까 봐 걱정하는 거지."

아주 조금만 더 자제력을 잃었더라면 손을 올렸을 것이다. 어머니의 말이 정곡을 찔렀기 때문에, 분노가 폭발할 뻔했다.

원한을 품고 있으면서도 어머니는 거동이 불편한 말년의 할머니를 헌신적으로 간병했다. 목도 안 돌아가는 할머니는 유일하게 움직일 수 있는 오른손에 손거울을 들고 실내를 보며 어머니를 감시했고, 어머니에게 이래라저래라 명령하기도 했다. 둘의 권력관계는 역전될 수도 있었을 텐데 희한하게도 어머니는 끝까지 할머니에게 말대꾸 한 번 하지 않고 욕창 하나 안 생길 정도로 완벽하게 수발을 들었다. 할아버지나 아버지도 그 나이 치고는 진보적인 사고방식을 가진 남자들이라 요양시설로 보내자고 하면 틀림없이 수긍했을 텐데, 끝까지 혼자 짊어진 것은 '신데렐라'라는 야유를 받으며 마츠우라가에 시집온 어머니의 고집이었을까.

그리고 어머니는, 이제 그 보상을 딸에게 요구하여 인생의 수지 타산을 맞추려 하고 있다.

반발과 조롱을 무릅쓰면서도 어떻게든 어머니의 건강을 관리하려고 애쓴 자신이 가장 두려워하는 것은 어머니의 죽음이 아니라 앞으로 더욱 무거워질 간병 부담이었던 것이 사실이다.

"그런 식으로밖에 생각 못 하니까, 아무와도 친해지지를 못하지."

한순간 마음 깊은 곳에서 치솟은 죄책감을 몰아내려는 듯이 게이코가 싸늘하게 대꾸했다.

뭔가가 날아와 뺨을 스쳤다. 어머니가 빈 인슐린 주사기를 던진 것이다.

"누가 사이좋게 지내지 못했다는 거니? 저쪽이 나쁜 거야. 저런 시집 귀신들이랑 어떻게 사이좋게 지낼 수 있겠니. 네가 어렸을 때부터 그렇게 얘기를 했는데 어떻게 넌 아무것도 모를 수가 있니. 너까지 저런 녀석들 편을 들다니."

주사기와 텔레비전 리모컨 등 닥치는 대로 물건을 던지며 울부짖고 소리를 지르는 어머니를 두고, 게이코는 방문을 쾅 닫으며 침실을 나왔다.

구역질처럼 후회가 덮쳤다. 괜한 소리는 하지 말걸.

부드럽게 주의를 주면……. 하지만 그런다고 들을 리 없다. 부드럽게 말해도 지적하는 내용이 한마디라도 있으면 어머니는 반발할 것이다.

문득 천장을 바라보고 친어머니만 아니면 좋았을걸, 생각했다.

만약 자신이 시집가서 같이 사는 시어머니를 간병하고 있는 것이라면…….

텅 빈 몽블랑 케이크 상자를 발견해도 위가 뒤틀리는 기분이 들지는 않았을 것이다.

조금 현명한 며느리라면 "어머님, 다음에는 제 몫도 한 조각 남겨 주세요" 그 정도로 말하고, 장난스럽게 눈짓을 하며 공범 관계를 맺는다. 곧 증상이 악화되고 심각한 합병증이 생긴 시점에 입원, 그 뒤에는 대증요법을 시도하며 입퇴원을 반복하거나 요양병원에 집어넣어 일찌감치 배웅할 것이다.

화장실 거울 앞에서 얼굴에 클렌징 젤을 발랐다. 손가락으로 피부에 동그라미를 그리듯 빙글빙글 넓힌다. 파운데이션이, 아이섀도가, 마스카라가, 블러셔가 함께 잿빛 덩어리가 되어 뭉쳐진다.

싸움이 끊이지 않는 생활 관리를 계속해서 무슨 의미가 있을까.

원하는 대로 해주면 된다. 어머니는 아이도 치매 노인도 아니다. 성인인 이상 자신의 몸은 스스로 책임질 수밖에 없다. 어엿한 성인의 선택에 이쪽이 책임을 느끼고 관리를 하려 들다니, 하물며 교육하겠다는 생각 자체가 거만했다.

미온수로 피부에서 벗겨낸 더러움을 단번에 씻어냈다. 형용할 수 없는 상쾌함을 느끼며 게이코는 긍정적인 결론을 내렸다.

자신을 생각해 쓴소리를 하는 딸보다 듣기 좋은 소리를 하는 현명한 며느리와 사는 편이 어머니도 행복할 것이 틀림없다.

원하는 대로 만족할 수 있게 먹으면서 살면 된다. 건강 때문에 스트레스를 받는 게 몸에는 훨씬 안 좋다. 무엇보다 인간의 운명은 예측할 수 없다. 내일은 오히려 자신이 자동차 사고로 죽을지도 모르는 법이다.

화장을 지운 얼굴에 눈썹만 그린 게이코는 청바지를 입고 지갑만 챙겨서 집 밖의 계단을 뛰어 내려갔다.

내일 아침은 어머니가 좋아하는 앙금 데니시와 오렌지 주스,

거기에 달콤한 요구르트. 낮에는 까르보나라 스파게티, 거기에 치즈와 살라미를 듬뿍 넣은 샐러드, 디저트는 크렘 브륄레, 간식으로 케이크와 커피, 그리고 밤에는 흰 쌀밥과 파인애플이 들어간 탕수육…….

이런 메뉴를 이틀 동안 지속하면 어머니는 기분이 좋아질 것이다. 그리고 '딸도 반성한 것 같고, 많이 바뀌었다'라고 생각하겠지.

병원의 담당 의료진이 어떤 지도나 조언을 하건 환자 본인에게 개선할 의지가 없으면 모두 헛수고다. 어떻게든 환자가 의료진의 지시를 지키게 하려는 가족의 노력을 의료진이 조금이나마 대신해주는 것도 아니다.

건너편 아파트의 주차장을 가로지르면 정면에 편의점 간판이 보였다.

편의점의 환한 불빛이 도로를 하얗게 비추고 있었다. 거기에 무리 지어 자정까지 떠드는 아이들 모습이 안 보이는 것은 지역 특성 때문이다. 이 근처에는 그런 짓을 허락할 만한 부모들은 살지 않는다.

가게에 들어가 새삼스럽게 둘러보자 유난히 화려한 것이 디저트 코너였다.

이런 늦은 밤에 샌들을 신고 갈 수 있는 곳에 케이크, 간식용 빵, 화과자, 아이스크림에 화려한 파르페까지 진열되어 있다.

몽블랑 케이크 한 판에 5천 엔이나 들일 필요도 없었다.

천 엔짜리 지폐 한 장만 있으면 원하는 것은 산더미처럼 손에 들어온다.

과자 선반, 냉장 선반, 냉동 케이스, 거기에 있는 모든 물건이 찬란하게, 화려하게, 단것은 이렇게나 멋져, 디저트는 이렇게 사람을 행복하게 만드는 거야, 하며 까르르 웃음을 터뜨리고 있는 듯이 보였다.

앙금 데니시는 없어서 신제품인 멜론빵을 샀다. 그리고 1리터들이 일반 오렌지 주스. 그래도 요구르트만은 플레인으로 고르려 했지만 이 편의점에는 없었다. 차선으로 저당을 골라볼까 했지만, 달콤한 빵에 혀가 마비된 어머니가 설탕을 넣으려다가 또 자신과 말다툼을 하게 될 것이 뻔했다. 어차피 마찬가지라고 포기하고, 설탕에 절인 과일이 들어간 제품을 골랐다.

비닐봉지는 무거웠다. 단맛의 무게, 앞으로 자신이 어머니에게 하려는 짓의 무게를 손바닥으로 받아들이며 가게를 나섰다.

집에 돌아가자 어머니가 막 화장실에서 나온 참이었다.

"이런 한밤중에 싸돌아다니긴."

어머니는 내뱉듯이 말하고 지나가다가 문득 눈치를 챈 듯이 돌아보더니, 게이코가 손에 들고 있는 비닐봉지를 바라보았다.

의아하다는 듯이 눈살을 찌푸렸다.

"내일 아침밥이야, 엄마 꺼."

비닐봉지를 열어 보였다. 저절로 번지는 웃음을 숨기려는 듯 애써 뿌루퉁하게 얼굴을 굳히며, 어머니는 왠지 복잡한 표정을 지었다.

"정말이지." 한숨 섞인 목소리로 말했다.

"이쪽이 진심으로 화를 안 내면 마음을 안 고쳐먹는다니까, 너라는 애는." 그렇게 말하면서 봉지 안의 주스 팩을 꺼내 잔에 따라 찬물이라도 마시듯이 꿀꺽꿀꺽 소리를 내며 단번에 마셨다.

싸움을 내일 아침까지 끄는 것은 면했지만, 침대에 들어가서도 좀처럼 잠들지 못했다. 평소에도 잠을 잘 못 자니까 누운 채 휴대폰을 꺼내 들었다.

문자 메시지를 확인하고 지인의 트위터를 좀 읽었을 때, 문득 어머니가 화장실에 가는 횟수가 유난히 잦다는 것을 깨달았다. 원래도 화장실에 가려 자주 일어났지만 오늘은 몇 분 간격이었다.

"엄마."

휴대폰을 머리맡에 두고 일어나서 화장실 문 앞에서 말을 걸었다.

"배탈 났어?"

"아니야."

물 내리는 소리가 들렸다.

화장실에서 나오는 모습이 어딘가 이상했다. 평소에도 푸르스름한 얼굴이 더 창백했고, 몸을 달달 떨고 있었다.

"어디 안 좋아?"

어머니가 고개를 저었다.

"화장실에 자주 가잖니, 원래."

침실에 가서 일단 열을 쟀다. 38도가 넘었다.

체온계를 집어넣자 바로 어머니가 일어났다. 또 화장실이었다.

발이 비틀거렸다. 어머니는 괜찮다고 사양했지만, 부축해서 화장실에 데리고 들어가 변기에 앉혔다.

이 집의 휑한 세면실에는 변기 옆에 따로 변기와 분리된 형태의 비데가 있었다. 일반 주택에서는 드문 일이었다. 젊은 시절 할아버지가 프랑스 유학을 할 때 따라가 파리에서 거주한 적이 있는 할머니의 취향이었다. 어머니가 이 집에 들어온 지 얼마 안 되었을 때, 실수로 비데에 용변을 보고 심하게 혼났다는 이야기를 들은 적이 있다. 지금은 아무도 안 쓰지만 와인색 비데는 아직도 화려한 존재감을 뽐으며 자리 잡고 있었다.

용변을 보는 동안에도 어머니는 몸을 덜덜 떨었고, 소변은 거의 안 나왔다.

어머니를 침대에 데려가 재운 뒤 아래층 서재 옆 아버지 침실로 가서 작게 코를 골며 잠들어 있는 아버지를 깨웠다.

원칙적으로 시간 외 진료는 안 하지만, 그래도 지인이나 담당 환자가 심야에 전화를 하면 상담을 하는 일도 있었다. 그래서 게이코가 철이 들었을 때부터 아버지와 어머니는 각방을 썼다.

어머니의 모습을 본 아버지는 어머니를 응급실로 옮기기 위해 옷을 갈아입기 시작했다. 구급차가 필요한 긴급 상황까지는 아니지만 본인은 상당히 힘들 테니 아침까지 기다릴 수는 없다고 했다.

"왜 그런 거예요?"

"요로 감염이 일어난 모양이다."

괜찮다며 병원에 가기를 꺼리는 어머니를 아버지가 억지로 차에 태웠다.

아까 행사장에서 술을 마시기도 했으니 게이코가 운전하겠다고 하자, 아버지는 필요 없다며 거절했다.

"오늘 밤은 괜찮으니까 자라. 앞으로 어떻게 될지 모르니 쉴 수 있을 때 쉬어둬야 한다." 이 말만 남긴 채 차는 달려갔다.

"앞으로 어떻게 될지"라는 말에서 "그만큼 엄격하게 관리는 안 해도" 된다던 아버지가 어머니의 병을 그저 낙관하고 있지는 않았음을 알았다. 아니, 그런 대범한 태도를 보일 때부터 이미 각오를 하고 있었던 것인지도 모른다.

다음날 오후 2시가 지나 아버지는 혼자 돌아왔다.

아버지의 예상대로 요로 감염이었다.

"담당 의사에게 부탁해 입원시켰다. 집에 돌아와 약을 먹고 편해지면 도로아미타불일 테니까."

보통은 집으로 돌아와 그다음 날 아침 외래 접수를 하고 다시 진찰을 받겠지만 어머니가 의사 말을 따르는 사람이 아니니 그대로 입원시킨 것이다. 급성 증상이 가라앉으면 입원한 채로 당뇨병 전문의의 입원 교육을 진행할 거라고 했다.

이번 입원 교육은 두 번째였다. 첫 번째는 인슐린 주사가 필요하게 된 3년 반 전이었다. 그때 저혈당을 조심하라고 했던 의사의 주의를 핑계 삼아 어머니는 퇴원하자마자 단것에 손을 대기 시작했다.

어머니가 거들고 있던 병원의 회계와 접수 일까지 그만두고 더 한가해졌기 때문인지도 모른다.

"내일 엄마한테 잠옷과 속옷을 좀 갖다 주렴."

아버지가 대수롭지 않은 말투로 지시하고 주방 의자에 앉았다.

"입원할 수 있는 거군요."

게이코는 안심하고 간밤에 사온 멜론빵을 음식물 쓰레기통에 처넣었다.

"무슨 짓을 하는 거니."

아버지가 놀란 듯이 쓰레기통과 게이코의 얼굴을 번갈아 바라보았다.

"자포자기하고 이것저것 사와서."

"그렇다고 빵을 버리다니."

설명하기도 귀찮아 '유통기한이 지났다'고 대충 얼버무렸다.

냉장고 속에 넣어둔 오렌지 주스도 개수대에 버리려고 하자 "적당히 해라. 벌 받는다"며 아버지가 빼앗아갔다. 옆에 있던 큼직한 유리잔에 따르더니 꿀떡꿀떡 소리를 내며 단번에 마셨다.

"맛있구나." 그러고 아버지는 빈 잔을 게이코에게 돌려주었다.

노란 얼룩이 남은 잔을 바라보면서, 같은 행동을 하는데 왜 어머니만 건강이 나빠지는지 생각하자 화가 나려 했다.

"나도 엄마 유전자를 이어받은 거죠."

게이코는 잔을 씻으며 한숨을 쉬었다.

"너무 강박적으로 신경 쓸 필요는 없지만, 주의는 하는 게 좋겠다."

느긋하게 대답하고 아버지는 아무 일도 없었던 것처럼 침실로 돌아갔다. 그 뒷모습을 배웅하고 게이코는 혼자 차가운 무알콜 맥주를 비웠다.

다음 날 입원에 필요한 서류와 잠옷, 세면도구 등을 갖추고 병원을 방문해보니 어머니는 다소 기분이 좋아진 듯 보였다.

"젊은 시절에 그 집 인간들에게 괴롭힘만 당해서 완전 몸을 망쳤다니까"라며, 늘 하는 푸념을 시작했다.

적당히 흘려들으며 의사와 간호사에게 고개를 숙이고 있으니 대학 병원에서 정형외과 의사로 일하고 있는 동생 야스미가 세 살짜리 딸을 데리고 들어왔다.

"사라, 안녕."

게이코는 쪼그리고 앉아 곱슬거리는 머리카락을 땋은 아이의 작은 손바닥에 자신의 손바닥을 맞추었다. 거무스름한 손등과 분홍색 손바닥의 대비가 아름답다고 게이코는 늘 생각했다.

거무스름한 피부에 크고 검은 눈동자. 눈이 너무 커서 눈 밑에 작은 주름이 진 것이 귀여웠다.

사라를 보자 어머니의 표정이 그때까지와는 완전히 달라졌다. 반갑고 놀라워서 당장이라도 울음을 터뜨릴 것 같은 얼굴을 하고, 녹을 듯한 미소로 사라에게 다가오라고 손짓했다.

동생에게 "너, 일은 어쩌고"라고 묻고 "사라야, 잘 왔다"며 약해진 몸으로 손주를 안아 올리려고 했다.

게이코는 동생에게 작은 소리로 어머니의 용태를 요약해서 설명했다.

"아, 그래. 이 병원이라면 전문의가 있으니까 괜찮아. 나도 잘 아는 사람이고. 이쯤에서 다시 한번 입원 교육을 받는 게 좋을 거야."

야스미는 늘 그렇듯이 구김살이 없다. 그리고 긍정적이었다.

"우리 사라, 가여워라."

뒤에서 들려온 어머니의 목소리를 듣고 등골이 오싹해졌다.

"여자애로 태어났는데, 이런 까만 얼굴이라니. 평생 이렇게 시커먼 채로 다시 태어날 수도 없으니. 흰 피부로 태어나느냐 아니냐에 따라 여자의 일생은 천지 차이라는데."

어머니가 손녀의 얼굴을 안타까운 시선으로 바라보며 그 뺨을 양손으로 감싸고 있었다.

몸 속의 피가 증발하는 기분이 들어, 앉아 있던 게이코는 반쯤 일어섰다.

흠칫해서 동생 얼굴을 살폈지만 동생은 조금도 동요한 기색이 없었다.

"그렇지, 사라는 해님과 사이가 좋으니까. 사하라 사막의 왕녀님이야" 하고 동생은 긴 팔을 뻗어 투박한 몸짓으로 사라의 곱슬거리는 새까만 머리카락을 쓰다듬었다.

사라도 활짝 웃고 있었다. 게이코의 등에 미지근한 땀이 흘렀다.

어머니가 자신과는 근본적으로 양립할 수 없는 인간이라고 생각하는 것은 이런 때였다.

그렇다. 어머니의 당뇨병이 발견된 후, 충돌을 반복하면서도 게이코의 식이요법이 효과가 있어 처음에는 병세가 다소 호전되었다. 그럼에도 불구하고 어머니가 다시 이전의 방종한 생활로 돌아갔을 뿐만 아니라 오히려 증상이 악화되어 인슐린 주사를 맞기 시작한 계기는 바로 동생의 결혼이었다.

의사 면허를 딴 뒤 미국 버클리로 단기 유학을 떠났던 동생이 약혼녀를 데리고 돌아온 것이었다. 이미 미국인 애인이 있다는 문자를 받았던 게이코는 그다지 놀라지 않았고, '아미라'라는 이름으로 보아 중동 또는 아프리카 출신 여성일지도 모른다고 예상했다.

하지만 어머니는 현관에 나타난 갈색 피부의 여성을 보고 아연한 듯이 잠시 꼼짝도 안 하고 굳어 있었다. 어머니는 서양인이 온다는 것만으로도 몹시 긴장하고 있었던 모양인데, 설마 아들이 데려올 여자가 백인이 아닐 줄은 몰랐던 모양이었다.

내전 때 부모를 따라 소말리아에서 미국으로 도망친 아미라는 큼직한 이목구비와 튀어나온 이마, 강인한 턱이 여신의 동상 같은 위엄을 풍기는 우아하고 영리한 여성이었다. 명랑한 성격과 단정한 용모 덕분에 중학교 시절부터 여러 여자애들이 좋다고 쫓아다녔던 동생이 최종적으로 결혼을 결심한 여자라면 보통 여자는 아닐 것이라고 생각하고 있었기 때문에 게이코는 납득했지만, 어머니는 인정하지 못했다. 외국인 며느리인 것만으로도 답답한데 검은 피부의 사람이 온 것이다.

어머니는 동생 부부가 있는 동안에는 영어로 하는 대화를 이해하지 못하면서도 대외용 미소를 띠고 접대했지만, 두 사람이 집에 없을 때는 바로 차별적인 말을 입에 올리며 한탄하고 울고 고함을 지르는 바람에 아버지가 엄격한 어조로 일갈하고는 했다.

아프리카 출신 며느리를 향한 차별 의식을 숨기지 않는 어머니가 대단한 집안 출신이냐 하면 그렇지도 않았다. 작은 시골 마을의 겸업농가에서 태어나 현지 동사무소에서 서무 담당을 하다가 그 지역 병원에 근무하러 온 아버지를 만나 결혼했다.

세간이 보기에는 많은 여성이 꿈꾸는, 결혼을 통한 신분 상승을 이룬 셈이다. 아직도 '신데렐라'라고 야유하는 사람이 있다. 그럼에도 어머니는 아마 자신보다 교육도 훨씬 더 많이 받고 집안환경도 몇 배는 더 좋을 소말리아 여성에게 인종적 편견을 가졌고, 자신의 불만을 표현할 수 있는 인간이 딸밖에 없는 가운데 브레이크가 망가진 것처럼 계속 퍼먹기만 하며 매사에 부정적인 태도를 갖게 되었다.

하지만 지금 생각하면 어머니는 며느리가 아프리카계 여성이 아니라 금발 벽안의 순수 앵글로색슨 여성이나, 로터리클럽 회원, 아니 마츠우라 집안 먼 친척의 소개로 만난 합당한 가정의 자녀,

혹은 중학교, 고등학교 시절에 동생을 쫓아다니던 근처 여자애들이라 할지라도 강경하게 반대하지 않았을까.

애지중지하며 곱게 기른 아들을 다른 여자에게 빼앗기는 것을 참기 어려운 것이 일반적인 어머니의 심리이기 때문이다.

그로부터 얼마 지나지 않아 이제 식이요법과 운동요법 등 생활 개선만으로는 병의 진행을 막을 수 없다는 의사의 판단으로, 하루에 세 번 끼니때마다 인슐린 주사를 맞게 되었다.

그 모든 일을 목격했을 텐데 동생은 아무것도 신경 쓰지 않는다는 듯 손주를 데리고 병상의 어머니를 문병하고, 어머니는 결혼 전후의 아수라장을 잊은 것처럼 동생의 얼굴을 보면 싱글벙글 웃으며 귀여운 손주의 갈색 피부를 연민한다.

"그 사람은 뭐하니?"

며느리와는 세간에서 말하는 고부 갈등을 연기할 만큼의 접점도 없는 어머니는 아미라를 '그 사람'이라고 부른다.

"아아, 지금은 일하고 있어. 내가 휴가를 냈으니까 오전 강의가 끝나기를 기다렸다가 셋이서 리쿠기엔이라도 가려고. '덴후지'(튀김 요리 전문점 — 옮긴이) 코스를 예약해놨어."

게이코는 당황해서 동생의 팔을 뒤에서 잡아당겼다.

어머니의 표정이 굳었다. 하지만 동생은 전혀 개의치 않는 것처럼 보였다.

아미라는 작년부터 대학에서 영어를 가르치고 있다. 그리고 지식인 계층의 외국인이 흔히 그러하듯이, 체류하는 국가의 역사와 문화, 음식에 관심을 가지고 이 나라의 모든 것을 적극적으로 흡수하려고 했다.

"그래. 재미있게 다녀오렴."

어머니의 사무적인 말투에 신경 쓰이는 기색도 없이, 동생은 어머니에게 어릴 때부터 주위 여자들을 매료했던 구김살 없는 미소를 보내고 "그럼" 하고 손을 들어 보였다.

세 살짜리 딸도 아버지처럼 천진했다. "바이바이, 그랜마." 경직된 웃음을 짓고 있는 할머니의 목에 양손을 두르고 그 뺨에 키스했다.

두 사람이 나가자 어머니는 녹초가 되어 머리를 베개에 떨구었다. 똑바로 누운 이마에 손바닥을 대자 차갑고 축축한 감촉이 느껴졌다.

"그럼 내일 또 올게요. 무슨 일이 있으면 전화하고. 언제든지 전화는 받을 수 있게 해둘 테니까."

게이코가 말을 걸어도, 어머니는 완전히 지친 듯 눈을 감고서 아무런 반응도 하지 않았다. 병원 부지를 나오자 햇살이 눈부셨다. 이대로 몸이 두둥실 떠오를 것만 같은 해방감이 들었다. 어머니가 입원해 있는 동안 손에 넣을 수 있는 잠깐뿐인 자유 시간이었다.

저녁에는 바쁜 아버지를 대신하여 작은 행사에 참석해야 하지만, 그 전까지는 아무 일정도 없다. 어머니의 저녁식사 준비도 하지 않아도 된다.

기습적으로 우울한 감정이 덮쳐왔다. 자신을 결박하던 사슬에서 해방된 순간 아무것도 없는 공간에 내던져진 듯한 불안을 느꼈다. 해방감이 이유 없는 죄책감으로 바뀐다.

쇼핑할 생각도, 예전부터 눈에 들어오던 전시회에 갈 생각도 사라졌지만, 바로 집에 갈 기분도 아니었다. 식사나 하고 돌아가려고 병원 근처 쇼핑몰에 있는 카페에 들어갔다.

정신을 차려보자 그곳에서 런치 세트 대신 팬케이크를 주문하고 있었다. 부드러운 시트에 충분히 스며든 메이플 시럽, 따뜻한 시트 위에서 천천히 녹아내리는 풍성한 생크림. 새하얀 크림에 선명한 붉은색과 보라색으로 알록달록한 문양을 그리는 베리 소스.

부드러운 식감과 혀에 녹아드는 달콤함이 아주 잠깐 행복감을 준다. 미래의 불안도, 현재의 불만과 초조함도 그저 잠깐 미뤄놓는 것에 불과한, 덧없는 행복이다.

어머니가 사로잡힌 것은 이 행복의 맛이구나, 하고 실감했다. 단맛이나 음식의 맛 자체가 아니다. 그것이 선사하는 찰나의 행복의 맛이다.

저녁에 게이코는 정장으로 갈아입고 화장을 한 다음, 아버지가 맡긴 선물을 가지고 차로 도쿄와 가나가와의 경계 지역으로 향했다.

녹음이 풍부한 주택가 고지대에 아버지가 오랫동안 알고 지낸 의사가 회원제 병원을 열었다.

질병의 예방 및 조기 발견을 목적으로 정기 검진을 실시하여 각 회원의 체질에 맞는 맞춤형 생활지도와 치료를 한다는 콘셉트로 운영되는 병원에는 작은 피트니스 센터와 레스토랑도 병설되어 의사 외에 영양사나 의료 전문 강사 같은 직원도 근무하고 있다.

개소식 및 기념 강연회는 이미 끝났고, 친목회가 시작되려는 참이었다.

호접란 화분이 놓인 연회장에서 게이코는 원장에게 인사하며 아버지의 인사를 전하고 아버지가 맡긴 선물을 건네고는 클러치백을 옆에 끼고 우롱차 한 잔을 손에 든 채 입식 파티장에 들어섰다.

"게이코, 잠깐만."

어릴 때부터 잘 아는 상공회의소 회장이 이리 오라고 손짓했다.

"이쪽은……." 그러면서 마흔쯤으로 보이는 한 남자를 소개했다. 요즘 세상에 7 대 3 가르마를 타고 넥타이까지 맨 남자였다.

"도원회관 장남이셔."

'도원회관'은 유서 있는 결혼식장이다.

"어머. 저도 언젠가 신세 질 수 있으면 좋겠네요."

게이코는 받은 명함을 내려다보며 무난한 말을 하고 자기 명함을 꺼내 내밀었다. '마츠우라 의원'의 이름과 자신의 이름은 있지만 직함은 없다. '퍼스트레이디'의 명함이다.

"'언젠가' 같은 소리만 하지 말고 말이다."

회장은 소탈하게 웃고 옆으로 몸을 돌려 남자의 등을 힘차게 두드렸다.

"너희 아버지가 내게 부탁하셨다."

무슨 부탁인지는 뻔했다.

도원회관 장남은 수줍어하지도, 들뜨지도 않은 채 미소를 짓고 "사실 마츠우라 선생님께는 대학 시절 하키를 하다가 골절을 당했을 때 신세를 졌습니다. 성품이 고결하신 분이라 의사로서뿐만이 아니라 인간으로서도 존경합니다"라며 예의 바른 어조로 말했다.

펌프스를 신은 게이코보다 키는 약간 작았지만, 그 웃는 얼굴과 말투, 인사 방법 등 몸짓 하나하나에서 좋은 집안에서 잘 자란 사람이라는 것이 느껴졌다.

“어머, 고결하다뇨. 집에서는 맥주를 마시면서 버라이어티쇼 보는 걸 좋아하는 분인데”라고 응하며 게이코는 아버지가 타코야키를 엄청나게 좋아하고, 지난번 휴진일에는 고무 샌들에 진베이(두루마기처럼 여미는 형태의 짧은 윗옷과 통넓은 바지로 구성된 일본 전통 의상으로 잠옷으로 입기도 한다 — 옮긴이) 차림으로 지하철을 타고 긴자의 백화점 지하 식품 코너까지 아카시의 타코야키를 사러 갔다는 일화 등을 얘기해주었다.

결혼하지 않은 채로 30대 중반을 넘겼지만, 옛날과 달리 게이코의 나이는 ‘두 번째’ 결혼 적령기다. 요즘은 많은 여성이 마흔 전에 서둘러 결혼하는 경향이 있기 때문이다. 일흔이 가까운 회장 눈으로 보기에 두 사람은 연령이나 계층의 균형이 잘 맞는 한 쌍일 것이다.

언제까지 아버지의 퍼스트레이디만 하고 있을 수는 없고, 세상도 그렇게 본다. 무엇보다 아이를 낳을 생각이라면 슬슬 진지하게 결혼을 생각해봐야 한다.

여러 일이 있어 완전히 소원해진 옛 동창들이 요즘 연이어 결혼하고 있다는 이야기도 풍문으로 전해 들었다.

어느새 회장은 사라지고 연회장 한쪽 구석에서 게이코는 도원회관 아들과 둘이서 잔을 손에 들고 담소를 나누고 있었다.

“잠시만 실례하겠습니다.”

한바탕 이야기하고 도원회관 아들은 게이코에게서 멀어졌다.

게이코는 가볍게 고개를 숙이고 다른 손님과 이야기를 시작했다. 잠시 후 도원회관 아들이 접시를 손에 들고 돌아오더니, 대단히 예의 바른 몸짓과 말투로 대화에 끼어들었다.

이야기 도중에 "드시죠"라며 게이코에게 접시를 건넸다.

먹기 쉬운 작은 젤리들과 파테(간이나 자투리 고기, 생선살 등을 갈아서 밀가루 반죽을 입혀 오븐에 구워낸 프랑스 요리 — 옮긴이), 거기에 은 포크가 놓여 있었다.

"감사합니다. 마침 배가 고프던 참이었어요."

뭔가 눈치를 챘는지 그때까지 게이코와 이야기하고 있던 손님이 자연스럽게 자리를 떠났다.

"예식업자 자식으로서는 기분 좋게 잘 드시는 여성분을 보는 것만으로도 기쁘죠."

사양하지 않고 접시 위 음식에 손을 뻗은 게이코에게 그는 부드러운 미소를 보였다.

서로 가족의 조금 우스운 일화, 최근 결혼식 사정, 유행하는 스포츠 정형외과 이야기 등을 나누며 게이코는 처음 만난 남자와도 허물없이 이야기를 이어나갔다. 지금까지의 경험을 통해 자연스럽게 몸에 익은 사교술 덕분이다. 그리고 특정 손님하고만 장시간 대화하지 않는다는 그 사교술에 따라, 도원회관 아들에게 가볍게 인사한 다음 다른 손님과 이야기를 하기 시작했다.

게이코는 도원회관 아들과 순조롭게 대화하는 내내 가족 이야기는 해도 자신의 추억과 심정, 취미 등은 말하지 않았다.

결코 무례하지 않은 거부였다. 상대도 그것만으로 이쪽의 뜻을 이해하는 세련된 감각을 가지고 있었다. 때를 봐서 예의 바른 미소와 함께 그는 아무렇지도 않게 대화를 끝냈다.

이렇게 잘 어울리는 커플은 없을지도 모른다는 생각에 인연을 아쉬워하며, 게이코는 아까 그가 가져다준 전채 접시를 테이블에 내려놓았다.

예의 바를 뿐만 아니라 몸짓과 말에서 성실함이 배어 나오는 남자였다. 유복한 환경이 방자함이나 교만이 아닌 솔직함과 정직함을 키워낸 듯 보였다. 키는 작지만 당당하고 차분한 태도에서 품격이 드러나고, 패션 감각은 없어도 깔끔한 인상이었다.

그래도 더 깊이 알아가기를 피하며 예의 바른 접근에 무난한 대화로 대처한 것은 이상적인 결혼 상대처럼 보인 그에게서 남자로서의 매력은 발견하지 못하고 생리적인 거부감을 느꼈을 뿐만 아니라, 어머니의 존재가 마음을 짓누르고 있었기 때문이다.

자신이 결혼하고 집을 떠나면 어머니를 돌볼 사람은 아무도 없다.

거동이 불편한 것도 아니고 마비된 데가 있는 것도 아니다. 다행히 시각 장애도 없었다.

때로 감염이나 피부염이 생길 뿐이다. 증상이 중하지 않아서일까, 자신의 생활 방식을 조금도 자제하려 들지 않는다. 그렇기 때문에 누가 지켜보고 있지 않으면 머지않아 고혈압이 악화되어 경색을 일으키거나, 혹은 사지의 괴사가 일어나 절단하게 될 수도 있다…….

아버지는 공인으로서의 생활이 너무 바쁘다. 병원 업무 외에 정부나 지방자치단체와 관련된 몇몇 위원과 의사회, 로터리클럽 임원까지 맡은 것이 반드시 아버지의 책임은 아니다. 이곳에 병원을 개업한 증할아버지 시대부터 '마츠우라 의원 선생님'은 주민들이 거의 바뀌지 않는 이 지역에서 그러한 역할을 맡아 왔다.

동생 쪽은 아직 의사로는 반쪽짜리라 한동안 대학 병원에서 배우지 않으면 '마츠우라 의원'의 젊은 선생님이 될 수 없었다. 게다가 아미라와 사라를 데리고 같은 집에 살면서 어머니의 생활까지 관리하라는 것은 그에게는 무리한 요구였다.

환자 본인에게 병의 심각성에 대한 자각과 개선하려는 의지가 있었다면 이렇게까지 되지는 않았을 것이다. 적어도 주치의의 말을 듣는 환자라면. 어머니의 마음 깊숙이 뿌리 내린 의사를 향한 불신이 절실히 원망스러웠다.

매일 병원에 얼굴을 내미는 게이코에게 어머니는 병원식이 얼마나 맛이 없고 빈약한지 호소했지만, 병원 직원에게는 좋은 환자였던 모양이다. 채혈에 생소한 신입 간호사의 실수로 팔이 구멍투성이가 되어도 불평 하나 안 하고, 다소 불쾌하거나 아파도 좀처럼 간호사를 호출하는 벨을 누르지 않았다. 아버지와 동생에게도 그다지 불평하지는 않았던 모양이다. 입원 교육을 포함하여 모범적인 환자로서 2주를 보낸 후 퇴원했다.

식사는 전보다 더 제한이 많아졌다. 고혈당과 이에 따른 고혈압으로 신장의 혈관이 상당히 많이 손상된 것이 발견되었기 때문이다.

당분 외에도 염분과 단백질, 수분 섭취까지 조절해야 했다. 어머니는 원래 고기, 생선은 좋아하지 않았다. 밍밍한 맛도 병원 음식으로 익숙해진 모양이었지만, 단맛과 칼로리 제한만은 도저히 참지 못했다.

게이코는 인공 감미료를 사용하여 요리와 디저트를 만들었지만, 당장은 혀를 속여도 몸의 만족감은 얻을 수 없었다. 어머니는 자꾸 달콤한 것을 찾았다. 체력은 줄고 나른함을 호소하면서도 게이코가 눈만 떼면 그 틈에 기어서라도 단것을 사왔다.

역사(驛舍)에 있는 제과점까지 갈 필요도 없었다. 주차장을 가로지르면 쓰레기를 내놓을 때 신는 샌들만 신고 걸어갈 수 있는 거리에 편의점이 있었다. 그곳의 선반에는 24시간 끊임없이 눈이 어지러울 만큼 화려한 포장과 장식을 한 온갖 디저트류가 진열되어 사람들을 유혹한다.

냉장고에 넣어놓으면 딸이 발견하고 버릴 테니 침실에 숨긴다. 게이코가 옷장 서랍에서 사온 지 사흘이니 지난 화과사를 발견했을 때는 버리니 마니 하며 크게 다투었다.

그때부터 어머니는 사온 것을 게이코에게 들키기 전에 그 자리에서 먹어 치우게 되었다.

어느 날 밤 외출에서 돌아온 게이코는 문을 여는 순간에 어머니가 두 눈을 부릅뜨고 거대한 에클레어를 양손으로 입안에 꾸역꾸역 밀어 넣으며 씹는 모습을 목격했다.

목구멍 깊숙이 파고드는 음식물 때문에 게울 뻔하면서도 꾹 참고 삼킨다.

인간의 행동이라 생각하기 어려운 기괴한 광경이었다.

이것은 아버지가 언젠가 말한 적 있는 '작은 즐거움' 따위가 아니라는 것을 깨달았다. 어머니가 에클레어를 먹는 풍경 어디에도 기쁨이나 만족은 없었다. 그럼에도 불구하고 아버지는 아무 취미도 없는 어머니의 유일한 즐거움이 단것을 먹는 것이라고 소박하게 믿고 있다.

와인과 골프, 독서, 첼로 연주. 눈코 뜰 새 없이 바쁘지만 단순한 교양 수준을 넘어 반쯤 프로의 경지에 도달한 여러 취미, 자선 활동과 정부나 지자체 관련 위원회 활동, 그리고 인망. 이 모든 것을 손에 넣은 아버지에게는 어머니의 고독이 보이지 않는다.

단것을 먹음으로써 어머니는 잠깐의 평온을 얻는다. 그러나 비극적이게도, 사람의 감각은 행복한 단맛에 둔화된다. 오늘 베리소스를 뿌린 팬케이크 한 접시에서 발견한 만족감을 얻기 위해 다음에는 더 많고, 더 진한 것이 필요하다. 이윽고 갈망만 강해지고 입에 넣은 한순간은 안심되는 것 같지만 결코 만족할 만한 행복감은 얻을 수 없게 된다. 결국에는 아무리 먹어도 기쁨도 쾌감도 얻을 수 없는데도, 늘 달콤함을 향한 강한 갈망에 시달리게 된다.

이렇게 되면 단맛은 각성제와 얼마나 다른 것일까?

하지만 단맛에는 당연히 각성제는커녕 담배나 술 정도의 규제도 하지 않는다. 아름답고 행복한 이미지를 덧입고, 다양한 광고 매체를 통해 사람을 유혹한다.

말을 할 기력조차 잃은 게이코는 어머니에게 등을 돌리고 자기 방에 틀어박혔다. 며칠 후 아래층 의원에서 서류를 안고 올라오자, 어머니가 의기양양한 얼굴로 기다리고 있었다.

"잠깐 이리와"라며 식탁 앞으로 끌고 갔다.

텔레비전이 소란스러운 소리를 내고 있었다.

"뇌의 활동에는 당분이 필요한 거죠. 젊은 여성 중에는 먹고 싶어도 단것은 절대 안 먹는다는 분도 계시지만, 실제 칼로리는 한 큰술이라고 해도 겨우 이 정도입니다."

화면 속에서 의사 가운을 입은 남자가 손에 든 보드에 부착된

종이테이프를 떼어 그 밑의 감춰진 숫자를 보여준다.

“즉, 선생님, 설탕은 악당이 아니다, 몸에 필요하다, 특히 뇌가 활동하기 위해 반드시 필요하다는 말씀이시죠.” 카랑카랑한 말투로 맞장구 치는 것은 버라이어티쇼의 간판이라 할 만큼 유명한 프로그램의 사회자였다.

“그래서, 하루 동안 인간의 몸에 필요한 설탕은 얼마나 되는지를, 보자면…….”

그렇게 떠들면서 사회자가 저울 위에 백설탕을 계속 담았다. 곧 설탕이 산을 이루었다.

“하루에 이만큼 먹어도 괜찮다, 아니, 몸에 필요한 것만 이 정도고, 추가로 뇌에도 필요하다는 겁니다, 주부 여러분.”

사회자가 한쪽 손의 집게손가락을 카메라에 향했다.

“엄마는 건강한 사람이 아니라 병에 걸렸다니까.”

자신의 말이 화면 속에서 열변을 토하는 남자의 말에 비해 완전히 무력하다는 것을 알고 있었다. 이 프로그램의 광고주가 어디인지는 평범한 지능을 가지고 있으면 쉽게 상상할 수 있다. 그것을 광고가 아니라 정보 프로그램이라는 형식으로 방영하는 방송국의 비열함에 게이코는 화가 났다.

“영차.” 소리를 내며 어머니가 일어나 웨지우드 찻잔에 티백을 넣고 주전자에 물을 부었다.

찬장에서 조미료 상자를 꺼내 작은 설탕 용기에 붙어 있는 숟가락으로 희고 반투명한 고운 알갱이를 수북하게 찻잔에 넣었다. 아주 작은 숟가락이라 여섯 번은 넣었을까. 게이코는 의기양양하게 이쪽 반응을 보면서 커피를 젓고 있는 어머니의 손을 말없이 바라보고 있었다.

이윽고 조용히 컵을 입가에 대고 그 속의 액체를 한 모금 삼킨 어머니가 깜짝 놀란 표정을 지었다. 다음 순간 몸을 휙 돌려 입속의 액체를 뱉어냈다.

헐떡이며 몇 번이고 뱉으며 양치질을 했다.

조미료 용기 속의 흰 알갱이는 천연염이다. 정제 설탕도 백설탕도 게이코가 이미 오래전에 부엌에서 치웠다. 평소 쓰는 설탕은 오키나와의 분말 흑설탕뿐이다.

어머니가 이쪽을 돌아보았다. 푸른 도깨비의 얼굴이었다. 투실투실하고 창백한 얼굴의, 지방에 묻혀 작아진 삼백안이 이쪽을 노려보고 있다. 무의식적으로 게이코는 조소를 띠우고 있었다.

어머니가 갑자기 손에 쥐고 있던 잔을 바닥에 내던지고는 침실에 들어가 문을 닫았다.

바닥에서 산산조각이 난 잔의 잔해를 주우면서 게이코는 소리 없이 웃고 있었다. 너무 웃어서 눈물이 나왔다.

어머니의 증상은 퇴원 후 2주 만에 급변했다. 새벽부터 토기를 호소하고 붓기도 심했다. 아버지가 미리 전화를 해서 담당 내과 의사에게 아침에 가장 먼저 진료해달라고 부탁했다.

그대로 다시 입원했다. 이전의 요로 감염을 계기로 신장염이 단번에 악화하여 요독증을 일으킨 것이다.

다음 날에는 그 병원에서 대학 병원으로 옮겨, 그곳 비뇨기과 의사가 아버지와 동생, 게이코를 다른 방으로 불렀다.

위층에 위치한 회의실에 들어가자 의사는 세 명에게 의자에 앉으라고 권했다. 테이블 위에는 컴퓨터가 놓여 있었다.

의사는 장황한 서론 없이 어머니의 신장염이 이미 말기에 들어섰음을 통고했다.

비뇨기과 의사인 에자키는 아버지와 동생 중간 정도의 연령이었다. 정신력과 의사로서의 지식과 체력 모두 충만하고, 충분한 경험을 쌓았을 나이였다. 부드러운 목소리에 어울리지 않는 단정적인 말투와 이쪽을 똑바로 응시하는 시선에서 정력적이고 야심에 찬 내면이 엿보였다.

아버지도 동생도 에자키와 안면은 없었지만, 상대방은 아버지를 알고 있었다. 아버지가 일개 개업의라기보다는 지역 명사로서 자선 활동과 교육 활동에 참여하고 있기 때문이다.

에자키는 컴퓨터 화면을 이쪽으로 돌리더니 상대가 같은 의사라 그런지 전문 용어를 구사하여 검사 수치 등을 상세하게 설명했다. 게이코도 대략적인 내용은 이해할 수 있었다.

그러면서 에자키는 두 가지 선택지를 제시했다.

투석과 이식이었다.

투석은 이틀에 한 번 통원해 다섯 시간 동안 실시한다. 지금까지의 당뇨병 치료와 달리 가벼운 운동 대신 안정이 필요하며, 식사는 더욱 엄격하게 제한해야 했다.

무의식적으로 게이코는 큰 한숨을 쉬며 관자놀이를 문질렀다. 지금까지의 식이요법만으로도 다툼의 연속이었는데, 더 엄격하게 제한된 식사를 어떻게 어머니가 수용하게 만들 수 있을까.

의사는 게이코의 모습을 보고 기민하게 사정을 헤아린 것 같았다.

"입원 중은 물론 투석이 시작된 후에도 환자 본인과 보호자 분들께 생활에 관련된 조언을 해드리고, 필요한 지원도 하고 있습니다. 투석을 받는 시간 외에는 일상생활을 할 수 있고, 투석을 받으면서 회사에서 근무하는 분도 많이 계시니까요." 그렇게 긍정적인 내용을 이야기하지만 그 말투는 조금 애매한 구석이 있었다.

그리고 아버지와 동생에게 시선을 옮겼다.

"제가 설명할 것도 없이 이해하셨으리라고 생각합니다만, 탁 털어놓고 말씀드리자면." 그는 환자의 가족들이 다 이해했다고 전제하고, 이대로 투석으로 전환할 경우 생활 관리를 완벽하게 해내더라도 여명은 약 5년이라고 선고했다.

아버지도 동생도 전혀 동요를 보이지 않았다. 게이코도 실감이 나지 않았다.

에자키는 이어서 또 하나의 대안을 설명했다. 신장 이식은 뇌사자 신이식과 생체 신이식이 있는데, 뇌사자 신이식은 기다리는 환자가 많아 좀처럼 차례가 돌아오지 않는다는 것, 생체 신이식은 가족이나 친족의 건강한 신체에서 신장 하나를 받게 되는데, 생체 간이식에 비해 기증자와 일치하는 타입의 신장을 찾기가 다소 까다롭다는 것, 건강한 몸에 칼을 대는 것에 기증자의 거부감과 불안감이 강하다는 것 등을 요령 좋게, 긍정적인 어조로 설명했다.

어느 방법이건 이식 후 한두 해는 엄격한 투약 관리를 포함한 치료를 받아야 한다. 또한 이식이 원인인 환자 사망률은 현재 10에서 20퍼센트 정도이지만, 성공했을 경우에는 지금처럼 엄격한 식사 제한은 필요 없고 운동이나 여행도 가능해 삶의 질은 비약적으로 향상된다.

아버지는 말이 없었다. 투석 설명을 들을 때와 달리 질문을 하지 않았고, 고개를 끄덕이지도 않았다.

동생 쪽은 생체 신이식 설명을 듣던 중간에 병원에 돌아가야 하는 시간이라며 자리를 떴다.

"투석이 현실적인 선택이겠군요."

온화한 어조로 아버지가 면담을 매듭지었다.

어머니에게는 조금 후에 알리겠다고 했다.

게이코는 차로 돌아와 아버지를 조수석에 태웠다. 병원 부지 내에 있는 입체 주차장의 내리막길을 내려가다가 계기판 램프가 깜빡이고 있는 것을 깨달았다.

"아빠, 안전벨트."

게이코는 핸들을 잡은 채 짧게 말했다.

"아……그래."

회의실을 나와 다시 어머니를 문병하고 주차장에 올 때까지는 냉정하게까지 느껴질 정도로 온화한 표정이었던 아버지의 내적인 동요가 엿보였다.

"앞으로가 길겠구나."

불쑥 말을 흘렸다.

의사가 말한 5년은 조금 짧게 본 것이고, 실제로는 쇠약해지면서도 그보다 훨씬 오래 살 것이라는 의미인지, 아니면 환자와 가족에게 힘든 시간이 될 거라는 의미인지, 혹은 그 양쪽 모두인 것인지. 그 의미를 생각하며 암담한 기분으로 게이코는 국도를 달렸다.

"어디 들러서 밥 먹고 갈까?"

게이코가 물었다. 곧 점심시간이다.

"아니다."

아버지는 일하는 틈틈이 뭘 좀 찾아보며 먹을 테니 샌드위치나 사다 달라고 했다.

아버지와 좀 더 얘기하고 싶었지만 그마저도 이루어지지 않을 모양이었다.

역 앞 빵집에서 아버지가 좋아하는 파니니를 사서 의원 사무실에 들어가자 하시오카가 혼자 컴퓨터 앞에서 오전 회계를 마감하는 참이었다.

"어땠어, 어머니 상태는?"

하시오카가 뒤돌아보며 물었다.

"그냥, 아주 좋지는 않아요."

말끝을 흐린 채 무엇인가를 조사한다는 아버지가 진료실에서 나오기를 기다렸다.

그 이상은 하시오카에게 말하고 싶지 않았다. 하시오카는 경솔하지도 입이 가볍지도 않다. 어머니를 나쁘게 말하지도 않는다. 그래도 어쩐지 어머니를 업신여기고 있는 게 느껴지기 때문이다.

"너희 아버지는 예전에 그 여자와 뭔가가 있었어. 그래서 그 여자가 날 사무실에서 쫓아낸 거야."

3, 4년 전 병원 보조 일을 그만뒀을 때, 어머니는 갑자기 그렇게 말했다.

설마, 그럴 리가 없다고 생각했다. 하시오카는 결혼을 하기는 했지만 그 몸이나 성격 어디에서도 유혹적인 구석은 눈을 씻고 찾아봐도 없었다. 무뚝뚝해서 환자에게 듣는 평판도 좋지만은 않지만, 병원 직원과 제약 회사 영업사원, 그리고 아버지를 비롯한 의사들에게도 일관되게 무뚝뚝한 태도를 관철한다는 점에서 게이코는 호감을 갖고 있었다. 어쩌면 그것은 겉으로 보이는 얼굴일 뿐이었던 걸까.

음악과 문학을 사랑하는 로맨티스트인 아버지는 남녀 관계에서만은 낭만을 찾지 않았다. 젊은 간호사와 물리치료사에 둘러싸여 지내면서도 수상쩍은 행동을 보인 적은 한 번도 없었다. 20대에 어머니와 한 연애만이 유일한 남녀 간의 로맨스였다. 하지만 그 로맨스가 이런 일그러진 형태로 결실을 맺을 줄 아버지는 상상도 하지 못했을 것이다.

외선 전화가 울렸다. 하시오카가 손을 뻗으려던 것을 "괜찮아요" 하고 끊고 게이코가 수화기를 들었다.

상공회의소 회장이었다.

인사를 하고 바로 진료실로 전화를 돌리려 하자 "아, 그러고 보니" 하고 상대가 게이코에게 물었다.

"그 뒤에 어떻게 되었니? 도원회관은."

말투만으로도 게이코가 내켜 하지 않은 것을 알고 있는 것 같았다. 상대방이 이미 전화를 했는지도 모른다.

"느낌이 무척 좋은 분이었어요. 하지만 지금은 좀, 어머니 상태가 안 좋으셔서 그런 일을 긍정적으로 생각할 기분은 안 되어서요."

빨리 아버지에게 바꾸려고 조금 긴장된 어조로 대답하자 "그러면 더더욱 귀여운 손주 얼굴을 보여줘야지." 회장은 그렇게 말했다.

"손주라면 동생네에 있으니까요."

"아들에게 있다고 되는 게 아니다. 딸이 계속 시집도 안 가고 버티니 어머니도 몸이 나빠지시지. 남자 쪽이야 내 나이에도 신부만 젊으면 애를 만들 수 있지만, 여자는 아니니까."

이미 뼈저리게 알고 있다.

게이코는 5년이라는 소리를 들었을 때 어머니의 죽음을 생각하여 슬픔에 잠기는 대신 자기 나이를 생각했다. 그 이기심을 포함하여 충분하고 넘칠 정도로 자각하고 있는 일이었다.

5년이 지나면 마흔이 넘는다. 어머니와 같은 또래인 하시오카는 병원의 마흔 살 먹은 간호사에게 입버릇처럼 말한다.

"젊고 예쁘고 미래가 있어 좋겠구나."

그러나 30대인 게이코에게 마흔이라는 나이는 여자로서 끝을 의미한다. 여성잡지가 아무리 괜찮다고 부채질하건, '골드미스'라고 자칭하는 여성이 석권하건.

"정말이지, 스트레스 주지 마세요"라며 회장의 말에 웃음으로 응했다.

뒤에서 팔이 뻗어왔다. 아버지가 들어와 수화기를 빼앗았다.

"딸? 아아, 곤란하지. 젊을 때부터 통 남자에 관심이 없어서."

그때 수화기에서 회장의 목소리가 새어 나왔다.

"그래도 이제 '아멘'은 안 하잖아."

움찔한 후에 쓴웃음이 치솟았다. 대부분의 일본인에게 기독교 신앙은 가톨릭에서 통일교까지, 정통과 사이비를 통틀어 '아멘한다'며 위화감을 담아 이야기할 만한 것이었다.

그 일이 없었으면 지금쯤 결혼했을까, 아니면 독신인 채로 '마츠우라가의 퍼스트레이디'가 아니라 '마츠우라 의원의 젊은 선생님'으로서 아버지의 한쪽 팔을 맡고 있었을까.

대학 2학년의 여름, 자원봉사 활동을 하러 간 곳에서 예의 바르고 친근하며 깔끔한 분위기의 남자 2인조를 만났다. 크리스천이라는 그들에게 이끌려 지역 교회의 파티에 가서 루트 비어와 샌드위치를 먹으며 수다와 게임을 즐겼다. 그다음 주는 바자회에 참여했고, 넉 달 후 크리스마스 파티에 갈 무렵에는 이미 세례도 끝냈다.

비싼 입학금과 그때까지의 비싼 등록금을 낭비하고 의대를 중퇴해서 미국에 있는 교단 본거지에 갔던 것은, 지금 돌이켜 생각하면 반드시 신앙을 향한 열정 때문에 일어난 일은 아니었다.

게이코에게는 비싼 입학금도 의사라는 직업도 특별한 것이 아니었던 것이다. 증할아버지도 할아버지도 부친도, 그리고 많은 친척이 의사였다. 동생도 국립 의대를 목표로 수험 공부에 몰두하고 있었다.

어머니의 입버릇인 "의사 따위 변변찮은 녀석뿐"이라는 끝없는 푸념과 그 상세한 내용도 어려서부터 외울 정도로 들었기 때문에, 의사에 대한 세간의 환상을 포함한 존경심도 없었다. 일견 유복해 보여도 실은 사생활을 희생하는 경우가 많은, 고생과 더러운 일과 불확실성이 많은 장사라는 것도 부친과 할아버지의 생활을 통해 알고 있었다.

그래서 어렸을 때부터 깔린 레일을 타고 들어온 의대를 자퇴하는 데 주저하지 않았다.

젊고 단정한 백인 선교사가 설명하는 세계는 고귀한 광채를 띤 듯이 보였다. 자신 있는 영어 외에도 다국어를 습득하고 신학을 배워 선교사로서 해외에 파견되는 날을 꿈꿨다.

의외였던 것은 그렇게나 의사를 폄훼하던 어머니가 딸이 멋대로 자퇴서를 제출했다는 사실에 울며불며 화를 내고, 심지어 몸에 올라타서 딸을 마구 때렸던 것과 아버지가 확신하는 말투로 "그런 심경이 되는 시기가 있다. 어쩔 수 없지. 언젠가 꼭 돌아올 거다"라고 말했던 것이었다.

미국의 지방 도시에서 교회 잡무에 몰두하고 2년 뒤, 게이코는 귀국하여 이번에는 일본에 있는 교회 본부에서 사무국 업무를 맡으라는 지시를 받았다.

열망했던 선교사로의 길은 열리지 않았고 그 기회조차 주어지지 않은 채 불만을 표현하지도 못했지만 그것이 천만다행이었다. 관공서건 민간 기업이건 자원봉사 단체건, 혹은 종교 단체라도 그 진정한 모습은 훌륭한 신조나 교리, 화려한 현장이 아니라 사무국의 장부에 나타나는 법이다.

자신의 믿어온 것과는 동떨어진 종교의 실태를 게이코는 그 뒤 4년에 걸쳐 서서히 이해하고 실망한 끝에 결국 속세로 돌아온 것이었다.

가족은 게이코가 신앙에 빠져든 6년을 은폐했다. 그 6년 동안 게이코는 미국 유학 후 어느 NPO에서 개발도상국 지원 업무를 한 것이 되었다. 퍼스트레이디의 경력으로서는 더할 나위 없었지만, 그래도 아주 가까운 사람들은 진실을 알고 있었다. 알면서 인생의 재구축을 도와주려는 회장의 호의에 감사하면서도, 지금은 거절할 수밖에 없었다.

길어도 5년. 아니면 3년 혹은 2년…….

조부모가 돌아가시고 6년이 지났지만, 아직도 어머니는 당당하게 어깨를 펴지 못하고 산다. 아버지에게도, 친아들에게조차 자신의 요구를 정면으로 들이대지 못한다.

유일하게 딸에게만 본심을 토로한다. 자신이 없어지면 어머니는 얌전히 생활 관리를 받아들일까. 아니. 어깨를 움츠리고, 고개를 숙이고, 속마음을 드러낼 상대도 없이, 자기 방임에 빠질 것이다.

어머니는 겨우 3주 입원해 있다가 퇴원했다. 앞으로 이틀에 한 번씩 다섯 시간의 투석이 시작된다. 게다가 더욱 엄격한 식이 제한과 휴식을 지시받았다. 가벼운 운동이 필요했던 당뇨병 관리법과 모순되지만, 이번에는 신장질환 치료를 우선하는 것이다.

당분에 단백질, 칼륨, 수분까지 제한된 식사를 하루 세 끼나 만들 자신이 없어, 게이코는 배달 환자식을 주문했다. 레토르트 팩으로 된 식사는 데워서 그릇에 담으면 환자식이라고 생각하지 못할 정도로 다채롭고 양도 꽤 많아서 어지간한 일식 레스토랑의 세트 메뉴 같았다.

그러나 퇴원한 어머니는 그 메뉴에 거의 젓가락도 대지 않았다. 단것을 향한 유일한 집착도 잃은 듯이, 기분이 가라앉아 있었다.

"제대로 안 먹으면 안 좋아져"라고 얘기하면, "무슨 짓을 어떻게 하든 5년만 있으면 죽을 텐데 뭐"라는 말이 돌아왔다.

아버지와 자신 앞에서 남은 여명이 5년이라는 말을 아무 감정도 섞지 않고 입에 올린 중년 비뇨기과 의사의 얼굴을 떠올렸다. 그 솔직함으로 환자 본인에게도 같은 소리를 한 것이리라.

"사실은 아무것도 안 먹고, 반년 정도로 사라져주면 좋겠지."

눈앞의 그릇을 외면하려는 듯이 어머니가 게이코를 올려다보았다.

반사적으로 뒷걸음쳤다. 그런 생각을 할 리가 없잖아, 라고 즉석에서 답하지 못하는 속마음이 가슴 깊숙이 도사리고 있었다.

"대체 내 인생은 뭐였던 걸까. 그렇게 매일 괴롭히던 시어머니를 간병하고, 정작 자신이 병드니까 힘들게 낳아 소중하게 키운 딸에게 귀찮은 짐짝 취급이나 받고."

소중하게 키웠다고? 게이코는 그 말을 삼켰다. 철이 들락 말락 할 나이부터 자장가 대신 조부모를 향해 늘어놓는 원한을 들었다. 다정한 조부모를 불신하고 그들의 품에 순진하게 안기기를 주저하게 만들고, 그들의 죽음 직전까지 그 애정에 의심을 품게 만든 것이 소중하게 키웠다는 말인가, 이 사람은?

"드디어 좋아하는 일을 할 수 있게 됐나 하자마자 이런 몸이 되어서, 앞으로 조금밖에 못 산다니. 아마 환갑도 못 되어서 죽을 거야."

탄식이 아니다. 틀림없는 원망이었다. 이번에는 시부모나 병원 직원 대신, 어머니는 자신의 삶을 저주하고 있었다.

업체가 배송하는 당뇨·신장병 환자식 대신 게이코는 영양관리사가 만든 메뉴에 기초하여 어머니를 위한 식사를 직접 준비했다. 조금이라도 맛에 변화를 줘서 어떻게든 먹이려 했지만 익숙하지 않은 계량 때문에 시간이 걸렸다.

그래도 어머니는 눈에 띄게 쇠약해져만 갔다. 간혹 열이 났고, 나른함을 호소하며 심야에 아버지가 운전하는 차로 병원에 가서 입원하는 경우도 있었지만, 대부분은 2, 3일 만에 돌아왔다.

물론 회복했기 때문이 아니다. 치료할 방법이 없기 때문이다.

어머니 자신도 제약이 많고 살풍경한 병원 환경을 싫어하여 집으로 돌아가고 싶어했다. 무엇보다 집에 돌아오면 유일하게 자신이 위축되지 않아도 되는 딸이 있었다.

"누가 신장을 줬으면."

어머니가 그런 말을 흘린 것은 요독증 증상 때문에 하룻밤 내내 메스꺼움으로 힘들어하던 때였다.

위액밖에 안 나오게 되어도 위가 대량의 수분을 흡수하고 퉁퉁 부은 상태라 메스꺼움은 멎지 않았다.

어깨를 들썩이며 구토 사이에 "아아, 이제 싫어, 정말 싫어"라고 거친 숨을 내쉬며 어머니가 외쳤다.

게이코는 어머니가 "죽고 싶다"고 말하는 것이 아닌지 경계했다.

괴로운 숨을 내쉬며 어머니는 위액과 함께 한 마디를 쏟아냈다.

"누가 내게 신장을 줬으면."

게이코는 핏기가 가시는 걸 느꼈다.

그랬다. 마음 한구석에 계속 걸렸던 그 비뇨기과 의사의 말이었다. 그 에자키라는 의사는 가족에게 한 것과 똑같은 설명을 어머니에게도 했을 것이다.

아버지가 "현실적으로는"이라는 말로 딱 잘라 거절한 의사의 제안이 날카로운 갈고리 발톱이 되어 게이코의 마음에 파고들었다.

어머니의 등을 문지르면서 "이제 싫어"라고 게이코도 계속 마음속으로 비명을 질렀다.

이렇게 대야를 들고 등을 계속 문지르는 것도, 약품을 조제하듯이 하나하나 신중하게 식사를 준비하는 것도, 관리를 거부하는 어머니의 생활을 관리하는 것도 이제 싫다.

죽고 싶어. 편해지고 싶어. 누군가의 신장을 받아서까지 살고 싶다고 욕망하는 어머니를 이해할 수 없었다.

환자 쪽이 훨씬 괴로우니 열심히 해야지, 얼마 전에 투석을 하러 갔을 때 간호부장이 그렇게 말하며 게이코의 등을 툭 쳤다.

"거동이 불편한 것도 아니고, 화장실은 스스로 갈 수 있잖아요. 그런 건 간병도 아니에요." 그렇게 말한 것은 뇌경색으로 쓰러진 시어머니를 20년이 넘도록 거의 홀로 돌봤다는 개업의의 아내였다.

그래, 이것은 세간에서는 얘깃거리도 되지 않을 정도로 편한 경우다. 그러나 게이코는 이제 한계를 느끼고 있었다. 이러고 있는 것보다 더 편한 방법은, 하며 자신의 허리 위 신장이 있으리라 짐작되는 곳에 한 손을 대고 있었다.

게이코는 날이 밝자마자 어머니를 병원에 모시고 가서 두 시간 넘게 대기실에서 기다렸다. 에자키가 게이코를 다른 방으로 불렀다.

에자키는 전과 달리 심각한 표정으로 말을 꺼냈다.

"혈액 투석과 내과적인 방법으로 치료를 계속해왔습니다만……." 그렇게 말한 후, 잠시 시간을 두고 말을 이었다.

"호전은 매우 어렵다고 말씀드릴 수밖에 없습니다."

남은 시간이 5년이라고 한 날부터 아직 넉 달밖에 지나지 않았다. 그러나 더 이상 여명 5년 수준이 아닌 모양이었다.

이쪽에 생각할 시간을 주려는 듯 간격을 두고 중요한 이야기로 들어갔다.

"지금 바로 결정할 건 아니고 다른 가족분들과도 상담을 해봐야겠지만, 슬슬 이식을 생각해도 될 시기인 것 같습니다."

미묘하게 돌려 말한다. 결코 압력을 가하는 것은 아니라고 강조하고 싶은 모양이었다. 그러면서 어머니를 연명하게 할 수 있는 유일한 방법을 제시했다. 물론 뇌사 기증자를 기다리라는 의미는 아니었다. 어젯밤에 게이코가 생각한 것과 같은 것이었다.

어머니가 괴로워하는 모습을 보지 않을 수 있다면. 번잡한 식사 준비를 하지 않고, 그날그날의 환자 감정에 따라 불안해하거나 안심하거나 자기 혐오에 빠지거나 하는 감정 기복에서 벗어나 정신적인 안정을 얻을 수 있다면.

가족이 상의해서 어머니의 의사를 확인하고, 합의할 수 있으면 검사를 받아 누구 장기가 적합한지 검사하여 기증자가 되는 가족 당사자의 의사를 확인하고…….

의사는 그 과정을 매우 간단하게 설명한 뒤 "자세한 것은 다시 아버지와 동생분이 함께 계실 때 설명하겠습니다"며 면담을 끝맺었다.

입원이 결정된 어머니의 병실에 돌아가자 어머니는 흐릿한 눈을 반쯤 뜨고 천장을 응시하고 있었다. 단단하게 꾹 다문 입술이 죽고 싶지 않다고 말하고 있는 것만 같았다. 좋은 일 따위, 즐거운 일 따위 하나도 없었는데 이렇게 죽을 수는 없다고.

살 기력이 있으면 병이 호전된다는 것은 속임수이다. 죽음의 그림자가 어머니의 얼굴에 짙게 달라붙어 있었다. 그래도 어머니는 얼마 남지 않은 생에 온 힘을 다해 매달리고 있었다.

이전까지는 1인실을 사용할 수 있었지만, 이날은 어머니보다 더 심각한 환자가 있다는 이유로 6인실에 들어가야 했다. 아버지가 부탁하면 1인실을 마련해줄 병원으로 옮길 수 있었지만, 치료 수준으로 볼 때 현재로서는 여기가 최선이라고 했다.

그래도 게이코 이외의 사람을 몹시 어려워하는 어머니가 옆 침대와 겨우 민트색 커튼 한 장으로 구분된 다인실에 누워 있는 모습은 안쓰러웠다.

"금방 돌아올게. 괜찮으니까."

게이코는 그런 말을 남기고 병원을 나섰다.

가는 비가 내리고 있었다. 어느새 장마철이었다.

그 길로 야스미가 근무하는 대학 병원에 갔다. 먼저 아버지와 얘기하고 싶었지만, 아직 진료를 보고 있을 시간이었다.

점심식사를 함께 하면서 이야기를 하자고 병원 구내식당으로 안내하려는 동생을 게이코는 조용한 곳이 좋다며 빗속을 뚫고 병원 뒤쪽에 있는 일본 음식점으로 데려갔다.

주문한 식사가 나오기 전에 어머니의 용태를 대충 이야기했다.

야스미는 역시 심각한 표정으로 눈을 내리깔고 고개를 끄덕였다.

"조금 빨라진 건가" 혼잣말을 하고는 "요전 면담 때 들은 내용으로 예상할 수 있었지만 말이야"라며 한숨을 쉬었다.

"선생님은 완곡하게 표현했지만, 결국 이제는 이식뿐이라고 해."

"현실적으로 뇌사는 흔한 일이 아니고, 있어도 대기 환자가 많아 좀처럼 순서가 돌아오지 않으니까. 병에 걸린 신장을 이식해서라도 어떻게든 더 살고 싶다는 생각은 범죄처럼 취급되어 왔지만, 나는 그게 잘못이라고는 생각 안 해."

"그러니까 뇌사자 이식이 아니라." 조금 초조해서 게이코는 말을 막았다. 동생이 고의적으로 화제를 돌리고 있는 것만 같았다.

"만약 적합하다면 내가……."

동생은 표정도 바꾸지 않고 고개를 가로저었다.

"누나도 적어도 일 년은 의대를 다녔으니까 알겠지만" 하며 게이코를 '누나'라고 불렀다. 친근한 말투와는 반대로 거리를 두고 싶을 때 야스미가 쓰는 호칭이었다.

"이식하고 건강해졌습니다, 만세, 하는 건 성공한 사례인데다 수술 직후의 뉴스에나 나오는 얘기일 뿐이야. 사실 1, 2할은 실패해서 죽는다고. 이식한 신장이 제 기능을 하지 않기도 하고, 그보다 엄마 경우는 설령 신장만 건강한 새것으로 바꿔봤자 다른 데가 나쁘니까 마찬가지야. 신장이 그렇게 됐다는 건 온몸의 혈관이나 신경도 다 손상되었다는 거니까 다음은 심장이 될지 뇌가 될지 모르는 거지. 괴사로 다리를 절단하게 될지도 몰라. 신장을 이식했다고 수명을 다 살 수 있는 게 아니라고."

냉정한 어조였다. 방금 어머니의 용태를 들을 때 괴로워 보이던 얼굴과는 딴사람 같았다. 순식간에 기분을 전환해서 어떤 심경일 때도 적절한 판단을 할 수 있다는 것은 사회인의 자격 중 하나일까, 게이코는 그렇게 생각하며 동생의 얼굴을 응시했다.

"하지만 죽기 전까지 생활의 질은 향상될 거야. 비록 1, 2년이라도."

궁지에 몰린 기분이었다.

"향상은 무슨."

미처 끝까지 말하기도 전에 야스미가 말을 이었다.

"이식한 뒤 1, 2년은 지금보다 더 엄격한 관리가 필요해. 약을 올바르게 복용하고, 엄격한 식사 제한을 하고, 면역력이 없어졌으니 감염되지 않도록 조심해서 생활해야만 해. 그 사람이 절제나 자기 관리를 할 수 있다고 생각해?"

'그 사람'. 동생은 어머니를 그렇게 불렀다.

"누나는 모르겠지만, 나도 의사로서 엄마에게 얘기했어. 2년 정도 전이었는데, '엄마, 나는 전에 같은 소리를 지금까지 일곱 번 했어. 분명히 말했죠. 엄마가 그런 생활을 계속하면 조만간 정말 생명이 위험해진다고. 내가 아니라 엄마 자신이 괴로워질 거야. 어려운 말은 안 할게요. 의사의 지시대로 식사하고 가벼운 운동을 해요, 그것만 해도 되니까'라고. 엄마는 '그래, 그러고 있어'라고 대답했어. 온순한 얼굴로. 하지만 안 했어. 그런 사람이니까. 앞에서는 듣는 척 하지만 실제로는 다른 사람 말을 절대 안 들어."

앞에서 듣는 척 하는 까닭은 정면으로 거스를 수 없기 때문이다. 남편에게도, 돌아가신 시부모에게도, 병원 직원이나 자신이 낳은 아들에게조차 대놓고 반박하지 못한다. 딸이 유일한 예외이다. 그 이유를 생각할 여유 따위는 없었다. 그저 부조리에 화가 났다.

"그리고 또 이렇게 말했어. '어쨌든 나는 일곱 번 말했어요. 앞으로 세 번만 더 말할 거야. 총 열 번 말할게요. 그러면 다시는 엄마에게 이런 불쾌한 설교는 안 할 거예요. 알겠죠. 그때는 엄마, 모든 책임은 자신이 지는 거니까, 아시겠죠' 하고. 엄마는 '알았다, 그럴게'라고 했어. 그 사람, 그럴 때 절대 똑바로 사람 눈을 안 봐. 그때, 이제 틀렸다는 걸 알았어. 그리고 세 번, 총 열 번 같은 소리를 한 뒤 나는 더 이상 간섭하기를 그만뒀어. 아마 지금처럼 되는 건 스스로도 각오한 바였을 거야. 이제 와서 아프니까 어떻게든 해달라는 거라면, 불쌍하지만 엄마 성격의 문제니까, 아무도 아무것도 못해."

그 눈동자에 약간 슬픔의 기색이 보였다.

"총 열 번이라니……."

그걸로 사람을 납득시킬 수 있다고 생각하는 것인가, 이런 인간이 의사 노릇을 할 수 있는 것인가, 게이코는 생각했다. 그리고 깨달았다. 야스미는 아버지와 같은 정형외과 의사지만 스포츠 정형 전문이었다. 올림픽이나 큰 대회를 위해 조직된 의료팀에 들어가 몸과 마음 모두 이미 단련되어 있고, 예민하긴 해도 자기 관리 능력이 뛰어난 선수와 코치들을 상대로 일했다. 인생에 부정적이거나 병을 고치려는 의욕이 없는 환자는 거의 만난 적이 없었고, 만약 있더라도 그런 식으로 마지막 선언을 하고 치료를 포기한 다음 다른 우수한 환자만 상대했는지도 모른다.

"우리 병원의 청소부 아주머니는 일흔이 넘었지만 하루 종일 병동에서 걸레질을 해. 젊은 시절에 남편을 잃고 딸은 멀리 시집가서 혼자 살아. 아침 5시에 아게오에 있는 집을 나와서 하루 종일 서서 일하고 병원 식당에서 하루의 끝에 단 커피를 마실 때가 가장 행복하다고 해. 그래도 사람이 항상 밝아. 그에 비해 생활고도 없이 원하는 곳에 가서 좋아하는 것을 먹고, 손주 얼굴도 볼 수 있고, 엄마처럼 축복받은 사람은 흔하지 않다고."

"그래서?"라고 한 마디 내뱉은 다음에는 말이 나오지 않았다.

'그래서 이제 충분하다고, 포기하고 죽으라는 거니?'라는 질문을 삼켰다.

분노도 슬픔도 짜증도 말로 다 표현할 수 없었다. 극심하게 혼란스러운 감정이 솟구쳐 갑자기 눈물이 흘렀다.

쇼카도 벤토를 들고 온 직원의 손이 잠시 멈칫했지만, 곧 아무것도 못 봤다는 듯이 막힘 없는 동작으로 테이블에 요리를 두고 돌아갔다.

"엄마한테 누구보다도 사랑받았으면서. 야스미, 야스미야, 하고. 엄마에게는 네가 늘 일등이었는데."

"물론 슬퍼. 나도 울고 싶어. 엄마를 좋아하니까."

대체 어떻게 하면 저런 태도로 이런 말을 할 수 있는 걸까. 동생은 중요할 때 이해할 수 없을 정도의 솔직함을 보여준다. 계산도 연출도 아닌, 사랑받으며 올곧게 자란 야스미의 본성이었다. 그래서 윗사람에게도 아랫사람에게도, 남자건 여자건, 전혀 다른 문화와 감성을 가진 외국인에게조차 사랑받았다.

"알았어. 어쨌든 나는 내 신장의 적합 검사를 받아볼게."

"그건 관둬." 야스미는 돌변한 듯이 냉정한 말투가 되었다.

"검사받고 적합 판정이 뜨면 곤란하다고. 그 단계에서 누나가 무섭다고 포기하면 평생 자신이 엄마 목숨을 희생시켰다는 죄책감이 따라다닐 테고, 만약 기증자가 되어도 실제 기증은 신장은 두 개 있으니까 하나 주면 된다는 생각처럼 간단한 게 아니야. 두 개가 있는 기관은 필요하니까 두 개 있는 거야. 어떤 계기로 남은 하나가 기능하지 못하게 될지 모르는 거라고."

"위험 부담이 있는 건 알지만, 각오하고 말하는 거야."

사실 각오는 없었다. 고집으로 그렇게 대답했다.

동생은 말없이 게이코를 응시했다. 잠잠한 시선이 얼음 조각처럼 보였다.

"그렇다면 나는 더 이상 말리지 않을게. 하지만 신장 이식 때문에 미래에 장애가 생겼을 때 누나를 보살펴줄 사람은 있어? 남편도 아이도 없는 홀몸이야. 신체적으로도 심리적으로도 돌봐줄 사람은 아무도 없어. 물론 애초에 남편이나 아이가 있었으면 곧 예순이 되는 엄마에게 신장을 하나 떼어주겠다는 발상은 안 했을 거라고 생각하지만."

홀몸, 신체적으로도 심리적으로도 돌봐줄 사람은 아무도 없다는 동생의 말이 마음속에 울려 퍼졌다.

"즉 네가 떠맡고 싶지 않다는 거지."

야스미의 얼굴을 정면으로 바라보며 게이코가 말했다. 보면 볼수록 어머니를 닮은, 윤곽이 뚜렷하고 단정한 이목구비였다. 어머니에게서는 찾아볼 수 없는 반듯한 성격과 명랑함이 그 조형미와 더불어 동생을 보기 드문 미남으로 보이게 만들었다.

야스미의 눈썹이 내려갔다. 뜻밖일 정도로 사려 깊은 표정이었다.

"게이코 누나." 어린 시절의 호칭으로 돌아갔다.

"오후에 우리 병원 정신과에 안 올래? 예약제지만 내가 선생님한테 부탁해둘게. 오후 첫 번째 진료로 봐줄 거야. 여성 의사 분인데, 주로 여성의 우울증이나 학대, 공의존을 잘 치료해. 유능한 선생님이야."

나오미는 이미 손에 벌써 휴대폰을 쥐고 있었다.

"웃기지 마!"

그렇게 고함을 지르고 눈앞의 쇼카도 벤토에는 손도 대지 않은 채 게이코는 쏟아지는 빗속으로 뛰쳐나갔다.

멍하니 교차로에서 서 있으니 뒤차가 경적을 울렸다.

멈춘 버스를 들이박을 뻔했다.

결국 어머니 병실에는 돌아가지 않았다.

겨우 집에 돌아와 이메일을 확인했다.

집을 비운 사이에 의원 앞으로 온 메일을 하시오카가 게이코의 개인 계정으로 전달해둔 게 보였다.

부고였다. 아버지 지인의 모친상이었다. 장례 일시와 장소가 적혀 있었다. 아래층 의원에 내려갔을 때 직접 알려주면 됐을 텐데, 바빠도 깜빡하지 말라는 하시오카의 배려였다. 이미 장례식장 지정 꽃집을 찾아 홈페이지 URL까지 붙여줬다. 그것을 클릭해 신청 폼을 띄웠다.

아버지와의 친분 관계를 신속하게 헤아려 꽃의 수준을 정하고 수량과 명찰에 넣을 이름 등 필요한 정보를 입력했다.

2분도 안 되어 조문용 화환 준비가 끝났다.

"진심이라고는 조금도 없으면서"라는 어머니의 한숨이 들려오는 것 같은 기분이 들었다. 어차피 예전처럼 전화를 건 다음 팩스로 필요 사항을 써 보내도 진심이 없기는 마찬가지다.

어머니는 그저 컴퓨터라는 기계에 익숙해지지 못했을 뿐이다.

문득 깨달았다. 어머니가 갑자기 아래층 의원에 가지 않게 된 이유를. 시어머니에게서 벗어난 해방감 때문에 놀고 싶었기 때문이 아니다. 물론 하시오카에게 쫓겨난 것도 아니다. 그녀가 아버지와 관계가 있었다는 것도 어머니의 망상이었다.

컴퓨터, 정확하게는 그 직전에 도입된 전산 시스템이 어머니를 쫓아낸 것이다.

상고를 졸업한 어머니는 금전출납기와 다양한 기능이 있는 전자계산기 조작에 능숙했다. 그 다음에 도입된 의료비 청구서 전용 단말기도 불편 없이 잘 다루었다. 그래서 게이코도 눈치를 채지 못했다. 모양은 비슷해도 전용 단말기와 범용 컴퓨터는 완전히 다르다.

4년 전, 마츠우라 의원은 의료비 청구서 처리에 필요한 전용 단말기를 범용성이 더 큰 PC로 바꾸면서 의료비 청구서를 인터넷으로 보내는 등 의료기록 관리를 모두 전산화했다. 그때부터 어머니는 따라갈 수 없게 된 것이다.

동생이 미국 유학 중에 스카이프로 영상통화를 하려 전화를 걸었을 때도 어머니는 화면 속의 동생이 몹시 거북한 듯 제대로 말도 하지 않았고, 동생이 국제전화는 비싸니까 컴퓨터를 쓰라고 한 뒤에도 비싼 국제전화를 계속 걸었던 것을 게이코는 떠올렸다.

어머니와 동년배인 하시오카도 학력은 어머니와 마찬가지였다. 차이는 단순히 기계를 잘 다루고 못 다루고가 아니었다. 시스템을 설명하러 오는 영업사원을 다루는 방식이었다.

전화 한 통으로 젊은 영업사원을 불러내 "이론은 아무래도 좋으니 어떤 순서로 어느 버튼을 누르면 되는지 그것만 가르쳐 줘"라고 거침없이 말하고 자기 전용 매뉴얼을 만들게 해서 기계 옆에 붙여놓은 하시오카의 모습을 본 적이 있다. 반면 어머니 성격으로는 설령 모르는 것이 있어도 못 물어보고, 그 이전에 가르쳐달라고 사람을 부르는 행위 자체를 할 수 없었다. 지레 겁을 먹고 기계에서 도망친 어머니를, 책임을 지고 현장을 지휘하던 하시오카가 냉대했다 해도 아무도 비난할 수 없다.

결혼하고서 의료 사무 자격증을 따고 가사, 육아를 하는 한편 병원 사무까지 거들고 있다는 것이 어머니의 자랑이었다. 당시 진료 명세서를 작성하기 위해서는 고도의 지식과 복잡한 계산이 필요했다. 그것이 가능했던 어머니는 할머니가 군림하는 가정과는 다른 장소에서 자기 자리를 찾을 수 있었다. 그러나 의료비 청구서 컴퓨터가 도입된 시점에 전문가로서의 존재 가치를 잃었다. 그리고 본격적인 전산화와 함께 어머니가 할 수 있는 일 자체가 없어졌다.

시부모를 떠나보내고 가사의 짐은 내려놓았지만 자식들도 성장해 빈 둥지만 남았다. 남편이 일하는 의원에도 자기 자리는 없었다.

오늘부터 자유다. 내 인생은 내 것이 되었다. 지금까지 하고 싶었던 일을 드디어 시작할 수 있다. 그렇게 적극적으로 자신을 바꾸어 갈 수 있는 유연한 태도와 요령을 누구나 갖고 있는 것은 아니다.

그날 밤, 진료가 끝난 아버지와 오랜만에 마주 앉아 식사하면서 그날 에자키에게 들은 이야기를 전했다.

"이식은 안 된다."

아버지는 단정적으로 말했다. 성공률, 다른 합병증과의 관계, 수술 후 생활 관리의 어려움.

아버지는 근거를 세세하게 제시하면서 설명했다. 동생과 완전히 동일한 견해였다. 그 명확하고 냉정한 말투도 쏙 빼닮았다. 동생은 어머니의 외모와 아버지의 성격을 물려받았다.

"하지만 이대로라면 죽을 게 뻔하다는 걸 아는데. 방법이 있다면, 더구나 내 몸속에 있다면, 그럼 검사만이라도 받아보는 게……."

아버지의 미간이 꿈틀했다.

"바보 같은 생각 하지 말아라."

게이코가 무심코 등을 펼 정도의 일갈이었다.

"그 남자는 처음부터 미덥지 않아 보였다."

침착한 아버지가 드물게 거친 목소리를 내며 굳은 눈으로 에자키를 '그 남자'라고 불렀다.

"생체 신이식 따위, 의료진이 먼저 제안하지 않는 것이 최소한의 윤리다. 이쪽에서 먼저 부탁하지 않는 이상 그런 건 입에 올리면 안 된다. 게다가 딸이 혼자 가니까 그런 얘기를 꺼내다니. 집도하는 쪽은 자기 몸을 가르는 게 아니다. 자기는 아프지도 간지럽지도 않지. 그래서 실적을 만들고 싶은 마음에 괜히 남의 몸을 자르고 싶어 하는 거다. 알겠니? 가볍게 생각하면 안 된다."

몸으로 위압하려는 듯이 아버지가 반쯤 일어나서 말을 계속했다.

의대를 중퇴하고 선교사가 되기 위해 미국으로 건너가겠다는 말을 꺼냈을 때조차 냉정했던 아버지가 뭐라 대꾸할 수도 없을 만큼 감정적인 말투로 신장을 기증할 경우의 위험성을 늘어놓았다.

아버지의 말에 고개를 끄덕이던 게이코는 눈물이 흘러넘칠 것만 같았다. 결정적인 순간에는 이렇게 아버지가 자신을 지켜주었다.

"자식에게 그런 짓을 시키고 싶은 부모가 대체 어디 있겠니.

자기 목숨을 바쳐서 자식 건강을 지켜주고 싶다고 생각하면 몰라도 자식의 건강한 몸에 칼을 대서 자기가 살겠다고는 절대 생각 안 한다. 그게 부모다."

아버지는 테이블 위의 물을 마셨다. 한숨 돌린 듯이, 조금 차분한 표정으로 돌아가 절실한 목소리로 말했다.

"분명 자식에게 이식을 받는 부모도 소수이긴 하지만 있다. 하지만 그것도 여러 사정이 있어서 그렇지, 부모로서는 여러 사람들에게 설득된 나머지 자기 몸을 가르는 마음으로 수긍할 수밖에 없는 거야. 결코 스스로 원한 일이 아니다. 착각하면 안 된다. 자식이 자기 몸과 장래를 깎아 부모에게 주는 건 절대 효도가 아니다. 엄마 입장에서 보자면 조금 목숨이 길어지는 것보다도……" 하고 말을 자르고, 아버지는 게이코를 응시했다. 온화한 얼굴이었다.

"착한 남자와 결혼해서 손주 얼굴을 보여주는 쪽이 훨씬 기쁜 일이다. 물론 손주는 이미 하나 있지만."

그 이상은 입 밖에 내지 않는 품성을, 아버지는 갖고 있었다. 귀엽지만 어두운 피부의 외국인 피가 섞인 손주. 어머니의 마음에는 아직도 응어리가 남아 있다.

"딸이 아무리 기다려도 결혼도 안 하고 애도 없으니 어머니는 걱정이 되어서 죽지도 못한다. 아들이 있다고 괜찮은 건 아니란다."

상공회의소 회장과 같은 소리였다. 어머니라기보다는 아버지 자신의 생각인 것이리라.

빗발이 갑자기 세진 것 같았다. 지나가는 차 소리, 냉장고 모터 소리, 건조한 공기와 함께 내뱉는 에어컨의 신음을 지우고 쏟아지는 빗소리가 귀를 때렸다.

"앞으로 5년이건 반년이건, 그것이 엄마의 수명이다. 60년 가까이 그런 생활을 해온 결과로서의 수명이야."

게이코는 결론을 내리는 것 같은 아버지의 단정적인 말에 깜짝 놀라 고개를 들었다.

"엄마는 지금까지 누구 말에도 귀를 기울이지 않았다. 그런 사람이다. 스스로 선택한 이상 그만한 각오는 있었겠지. 자신의 삶에 책임을 지는 것은 최종적으로 자기 자신뿐이다."

반론의 여지가 없었다. 정론은 항상 가혹하다. 그것을 알면서 정론으로 딸을 설득하는 아버지의 고지식하기까지 한 성실함을 이해하면서도, 한편으로 게이코는 그런 아버지를 비난하고픈 마음에 사로잡혔다.

어머니가 가여웠다. 단순한 동정이 아니라 바로 자기가 모든 사람에게 외면당한 것처럼 슬펐다.

눈물도 나오지 않는다. 눈물이 나오는 것도 분노를 느끼는 것도, 그렇게 하면 돌아볼 사람이 있을 때나 가능하다는 걸 알았다. 모든 사람에게 철저히 외면당했다고 느낀 순간에는 거대한 진공 속에 홀로 떠다니는 느낌만 있을 뿐, 아무런 표정도 지을 수 없었다.

어쨌든 내일이라도 바로 에자키에게 연락해서 이야기를 들으러 가겠다는 말을 남기고 아버지는 다시 아래층 서재로 내려갔다. 오늘은 더 찾아볼 것이 남아 있는 모양이었다. 아침식사를 마치고 분주하게 병원에 내려가서 낮에는 진료를 보고, 밤에는 모임이나 행사에 참석하고, 귀가해도 바로 서재에 틀어박혀 연구한다. 그것이 아버지의 하루였다. 직장과 주거가 하나라는 것은, 자칫하면 가정생활이 사라질 수도 있다는 뜻이다.

저녁식사에 거의 손대지 않은 채 게이코는 뒷정리를 시작했다. 행주를 빨아 말리려니 유리창 너머로 주차장 건너편 편의점 불빛이 보였다.

조의금 봉투를 사러 가야 한다는 것을 기억해냈다. 축의금 봉투는 집에 있지만 조의금 봉투는 미리 준비해놓으면 불길하다는 이유로 어머니가 싫어해서 서랍에 준비된 게 없었다.

지갑을 손에 쥐고 샌들만 신은 채 밖으로 나갔다. 다행히 빗발이 약해져 있었다.

환한 가게에 들어가 원하는 물건을 바구니에 넣어 계산대로 가다가 문득 디저트 코너에 시선이 닿았다. 어머니와 겪었던 무수한 갈등의 원흉, 어머니의 건강 관리를 맡은 자신을 항상 골치 아프게 하던 것에 갑자기 매료되었다.

단면에 과일이 보이는 롤케이크, 선명한 딸기 소스와 아이스크림과 생크림을 쌓아올린 파르페, 코코아 파우더를 뿌린 티라미수.

조의금 봉투를 넣은 바구니에 닥치는 대로 집어넣었다.

집에 돌아와 묽은 먹빛 붓펜으로 조의금 봉투에 아버지 이름을 썼다.

아까 아버지 스케줄을 확인했을 때 영결식은 물론 장례에 참석하기도 어렵다는 것을 알았다. 역시 게이코가 내일 밤 스기나미에 있는 장례식장까지 가야 했다.

옷장에서 상복을 꺼내 솔질을 하고, 검은 펌프스의 먼지를 닦고 검은색 가방, 염주, 조의금을 쌀 보자기를 준비했다.

준비가 대충 끝나자 편의점에서 구입한 파르페를 냉동실에 안 넣고 롤케이크와 함께 냉장실에 넣었다는 것을 깨달았다.

황급히 꺼내 녹고 있는 아이스크림을 선 채로 먹었다. 감미로웠다. 안심이 되는 기분이었다. 바닥에 깔린 시리얼까지 다 먹고 용기를 씻어서 버린 다음에도 아직 어딘가 부족했다. 칼로리만 보자면 파르페 하나가 한 끼에 해당하지만, 몸이나 혀가 아니라 마음이 단맛을 요구하고 있었다.

녹을 듯이 부드러운 티라미수를 순식간에 해치우고 롤케이크에 손을 댔다. 끝에서부터 한 조각, 두 조각 베어내면서 포크에 담기는 조각의 크기가 커지고, 왠지 눈앞에서 먹어 치워야 속이 시원할 것 같아 이미 단맛에 질린 다음에도 입안에 몽땅 쓸어 넣었다.

다 먹고 나서야 후회와 함께 강렬한 구역질이 덮쳤다. 화장실에 뛰어 들어가 토하는 것은 병적인 느낌이 들어 냉장고에서 산펠레그리노를 꺼내 삼켜 토기를 참았다.

"60년 가까이 그런 생활을 해온 결과로서의 수명이야"라는 아버지 말이, 음색이, 탄산의 거친 감촉과 함께 귀에 되살아났다.

눈앞에 먹고 어지른 포장지가 있었다. 어머니와 똑같았다. 혐오감을 느끼는 대신, 생명과 맞바꾸면서까지 어머니를 단맛으로 몰아넣은 것을 다시 생각했다.

아버지 이름을 쓴 조의금 봉투, 조문용 화환 대금을 입금할 계좌가 적힌 프린트, 검은 원피스와 보자기.

어느새 아버지와 함께 다양한 장소에 다니게 되었다. 아버지 대리로서 행사나 예식에 참석하는 일이 늘었다.

아버지 본인이 아니라 대리인이 가는 것에 무슨 의미가 있는가. 일일이 의문을 가지고 고민하면 일상생활이 돌아가지 않는다. 묵묵히 준비하고, 눈앞의 일을 처리한다.

어머니는 그럴 수가 없었다. 매사에 구애받고, 멈춰 되돌아보고, 풀리지 않는 문제의 정답을 찾으려고 고민함으로써 어머니는 틀림없이 문어가 자기 다리를 파먹듯이 자신의 마음을 먹어치웠던 것이다.

한 가정에서 주부의 소임이란 식사 준비나 빨래가 아니란다, 그런 건 식모 일이지. 주부란 존재는 한 집안의 외교관이야. 친척과 남편 지인과 직장 사람들 사이를 원활하게 하는 게 그 역할이란다.

게이코가 어린 시절 할머니에게 들었던 말이다. 당시 마츠우라가에는 이미 할머니가 말하는 '식모'는 없었지만, 의원과 가정 양쪽의 잡일을 도와주는 '언니'가 있어서 할머니는 세필로 인사나 감사 편지를 쓰고 예식에 참석하는 등 마음 놓고 '집안의 외교관' 역할을 맡았다. 그러나 어머니가 그런 역할을 하는 모습은 본 적이 없었다.

어머니는 식사 준비와 빨래를 하고 병원 접수처에서 의료비 청구서를 정리하거나 회계 처리를 하고 있었다.

배제되었던 것은 아니다. 어머니의 뜻이었다. 시어머니에게 순종하는 자세를 보이면서, 어머니는 '주부는 집안의 외교관'이라는 그녀의 말에 과감히 저항했다.

"집안은 남에게 맡기고, 차려 입고 외출하거나 남의 비위나 맞추는 게 주부의 소임이라니, 틀려먹었어"라고 내뱉듯이 말하고는 묵묵히 찬장을 닦았다.

할머니가 짓게 한 고급 디자이너 브랜드 하나에모리 정장은 걸쳐보지도 않았고, 관혼상제는 차치하고 행사나 파티에도 결코 아버지와 함께 참석하려 하지 않았으며, 아버지를 대신해 참석하는 것도 "시골 출신이라 교양이 없어서"라는 말로 거절했다.

그 뒤로도 '집안의 외교관'은 할머니였고, 어느새 그 역할은 중간 세대를 건너뛰고 손주인 게이코에게 자연스럽게 이어졌다.

처음 아버지와 함께 로터리클럽 주최 자선 강연회를 갔을 때는 고등학교 교복 차림이었다. 갑자기 짧은 발언을 부탁받아 별 거부감 없이 스탠드 마이크 앞에 섰다. 모두 따뜻한 박수를 보내주었다. 그런 의식은 없었지만, 그때 마츠우라가 외교관의 역할을 할머니에게서 물려받았는지도 모른다.

아버지는 얌전하게 보이지만 완고한 어머니를 다루기 힘들었는지 억지로 데리고 다니지 않았다. 혹시 세련된 사교술과는 연이 없는 어머니를 부끄럽게 여겼던 것일까. 그럴 리가 없다고 바로 부정했다. 아버지는 허세나 체면과는 무관한 사람이다.

단지 자신이 속한 세계와 또 하나의 세계 사이에 놓인 균열을 인정하고 있었던 것이다.

그래, 일찍이 아버지는 또 다른 세계를 동경하고 자신도 그 세계에 속할 수 있다고 믿은 날들이 있었다. 그렇게 한때, 아버지는 어머니가 속한 세계의 주민이 되었다.

아버지는 그 당시의 일을 거의 말하지 않았지만, 아버지의 친구에게 들은 이야기에 의하면 대학투쟁(1960년대에 일어난 일본의 학생운동 — 옮긴이) 중에 대학을 졸업한 아버지는 대학 병원의 운영 방식에 반발하여 집을 떠나 지방 병원에 근무했다. 그때 동사무소의 보건예방과에서 서무를 담당했던 어머니와 만나 사랑에 빠졌다.

아버지는 당시 어머니의 사진을 진료 책상 위에 두었다. 노조

집회 때 찍은 사진인지, 머리띠를 두르고 셔츠 차림에 가슴에도 띠를 두른 모습으로 눈이 부신지 약간 눈살을 찌푸린 얼굴이 청초하면서도 의연하여 아름다웠다. 상업고등학교를 졸업하고 동사무소에 취직한 어머니는 아버지보다 나이가 한참 어렸지만 촌락 사회의 밀접한 인간관계 속에서 성장했고 2, 3년의 사회 경험도 있어 아버지의 눈에는 대단히 어른스러워 보였던 모양이다.

그 후 어머니가 임신했고, 두 사람은 급히 복지회관에서 조촐한 식을 올리고 결혼했다. 동료와 어머니 쪽 친척들은 기꺼이 결혼을 축복했지만, 아버지 쪽 친척은 아무도 참석하지 않았다.

평생 벽지 의료에 종사하겠다는 결의로 도쿄를 떠났던 아버지였다. 그러나 게이코가 태어난 다음 해에는 그토록 비판했던 대학 병원으로 돌아왔다. 높은 이상을 내걸고 뛰쳐나가기는 했지만 아직 미숙한 의사가 더 공부할 기회도 없이 최첨단 정보를 접하지 못한 채 일을 계속할 수 있을 정도로 의료 현장은 만만하지 않았던 것이다. 지금과 달리 인터넷도 없었다.

그러나 대학 병원 근무의가 아내와 막 태어난 아기를 데리고 살기에는 도쿄의 물가가 너무 비쌌다. 물가가 천정부지로 치솟던 인플레이션의 시대이기도 했다.

일가족이 아버지의 친가에 합가한 것은 당연한 수순이었고, 이때 어머니는 며느리로서 마츠우라가에 들어갔다.

“시누이 하나가 귀신 천 마리에 맞먹는다는 게 바로 이런 거지. 이쪽이 시골 사람이고 학력도 없다고 모두 합세해서 괴롭혔단다.”

어릴 때부터 같은 이야기를 몇 번이나 들었던가.

게이코로서는 도저히 할아버지와 할머니, 숙부, 백모나 병원 직원들이 귀신이었다고 생각할 수 없었지만, 어머니가 보기에는 자신을 몰래 깔보거나 은근슬쩍 무시하는 사람, 그리고 자신이 이해할 수 없는 사람은 모두 귀신이었는지도 모른다.

그 귀신 두 명이 죽고, 다른 귀신이 왔다. 다른 사람들에게는 결코 귀신이 아니지만 어머니에게만은 분명한 귀신들이었다.

아미라가 오고 곧 딸 사라가 더해지자 가족은 통째로 귀신이 되었다.

동생과 결혼하고 순식간에 일본어를 습득한 아미라였지만, 그래도 미묘한 뉘앙스까지 이해하기는 어려워했다. 동생이 매번 대화를 통역해 아미라에게 들려주자 아버지는 그냥 영어로 말하기 시작했다. 외국에서 온 며느리에 대한 배려였다. 소외감을 느끼게 하지 않겠다는 배려와, 영어는 소말리아 출신인 아미라에게도 외국어이니 모두 같은 조건이라는 공정성을 이유로 가족 간의 대화는 갑자기 영어로 바뀌었다. 그 전부터 말수가 적었던 어머니는 다들 잊고 있었다. 동생의 뜻에 따라 국제 유치원에 다니는 사라도 가정에서 영어로 말했다.

부엌과 거실을 왕복하며 어머니는 묵묵히 동생 일가를 대접하고 있었다. 일류 사교술을 익힌 아미라는 어머니가 고립되지 않도록 열심히 일본어로 말을 걸어주었다. 그러나 오히려 그 대화에 당황하며 굳은 미소를 짓는 어머니의 마음속 긴장감을 그 무렵에는 게이코조차 깨닫지 못했다. 때때로 어머니는 "이대로 손주와 말도 할 수 없게 되면 안타깝겠구나" 하며 한숨을 내쉬었지만, 그런 걱정은 나중에 사라가 어린아이 나름의 배려로 어머니에게는 일본어로 말을 건네게 되면서 사라졌다.

이 집에 와서 30여 년, 경제적으로는 풍요롭고 마음만 먹으면 여가 시간을 가질 수 있는 데다가 아주 나이가 많은 것도 아닌 어머니가 왜 컴퓨터와 영어 앞에서 도망쳤는지, 게이코는 노력하지 않고 쉽게 포기해버리는 어머니의 태도에 항상 눈살을 찌푸렸다. 그러나 이제 그런 기력조차 상실한 어머니의 외로움을 자기 일처럼 이해할 수 있어 가슴이 미어졌다.

젊은 날 이상을 품고 꿈에 빠진 아버지는 자신의 세계와는 결코 섞일 수 없는 세계에서 어머니를 데려왔던 것이다. 어제까지의 자신을 버리고 이쪽 세계의 인간으로 변할 수 있을 만큼의 유연성, 외부에서 받은 자극을 받아들여 자기 것으로 바꾸는 정신의 강인한 대사 능력 또는 적극적으로 신분 상승을 하겠다는 욕망이 어머니에게는 없었다.

어머니는 어머니 나름대로 자신의 집안이나 결혼 전 귀속되었던 세계에 자부심을 갖고 있었다. 자신의 출신을 잊고 마츠우라가라는 중상류층 가정에 걸맞은 여성으로 거듭나고자 온갖 노력을 다하여 자신을 갈고닦는 식의 '천박함'이라도 있었다면, 어머니의 삶은 전혀 다른 것이었을 터였다.

혹은 그 세계에서 계속 살 수 있었다면, 친척이 소개해준 상대나, 같은 동사무소 사무원과 결혼해 태어난 아이를 양가 부모님이나 보육원에 맡기고 경차로 통근하며 지역 주민을 위해 일하고 집에서는 특유의 손재주로 밥을 짓고 빨래를 하며 아이들을 키우는 생활이었다면, 몸은 힘들어도 어머니는 지금보다 훨씬 더 행복한 삶을 살았을지도 모른다. 신뢰할 수 있는 직원, 근면한 며느리이자 훌륭한 어머니로서 누구에게나 존경받으면서. 적어도 저런 식으로 고개를 숙인 채 오랜 세월 쌓아온 불만으로 앓게 되지는 않았을 것이다.

어머니를 다른 세계로 데려온 것에 아버지는 책임을 느끼지 않았다. 아니, 그럴 필요가 없는 것이다.

스무 살 이상의 임신할 수 있는 '성인'과 서로 합의하여 결혼했으니까. 그 점에 있어서 아버지는 공정하고 진보적인 마츠우라가의 남자였다. 어머니 내부에 누적된 논리대로 딱 자를 수 없는 마음, 오직 부정적인 말로만 쏟아져 나오는 필사적인 호소를 헤아릴 수 있을 리가 없었다.

"사귀기 시작하고 좀 지나서 네 아버지가 어떤 사람인지 대충 알게 되니 헤어져야겠다고 생각했지. 하지만 그때 네가 배 속에 들어서서. 너만 없었으면 결혼 같은 건 안 했을 텐데."

거기까지 말한 후 어머니는 반드시 덧붙였다.

"나는 의사나 부잣집 아들과 결혼하고 싶다는 천박한 마음은 조금도 없었으니까."

하지만 세상은 그렇게 보지 않았다.

"그렇게 싫으면 이혼하면 됐잖아."

그때까지 얌전히 어머니의 푸념과 원망을 들어주던 게이코가 처음으로 그렇게 반발한 것은 중학교 2학년 때였다. '여성의 자립'이라는 말은 상당히 낡기는 했지만, 지금만큼 경기가 나쁘지는 않았고 남녀고용기회균등법이 시행되어 세상은 남녀가 모두 적극적으로 사회활동에 참여하는 사회의 실현을 주장하고 있었다. 지금처럼 아이를 낳아라, 인구를 늘려라, 여성이여 집으로 돌아가라는 억압적인 분위기도 없었다. 남자의 경제력을 결혼의 첫째 조건으로 내세우는 것에 여자 쪽도 거부감을 느끼던 시대였다.

게이코의 말에 "아이가 있는데 떠날 수 있을 리 없잖니"라며 어머니는 울면서 분노했다.

"아이를 버릴 수는 없잖아."

조금 차분해진 다음에는 늘 하는 말을 덧붙였다.

"너만 안 생겼으면 이렇게 되지 않았을 텐데"라고.

그래서 자신은 교회로 도망친 것일지도 모른다고, 게이코는 생각했다.

그것은 순수한 신앙심이라기보다 "너만 안 생겼으면"이라는 말을 들으며 성장한 딸의 복수였다. 마음 어딘가에 "그러면 태어난 다음 사라져주지!"라는 반발심이 있었다.

본래 사물의 뒷면에는 생각이 미치지 않고 밝은 면만 보며 반듯하게 살아온 아버지는 어머니의 꼬인 속내를 짐작조차 하지 못했다. 그런 어머니 손에서 자란 장녀가 짊어진 부담도 깨닫지 못했다. 모처럼 들어간 대학을 중퇴하겠다는 게이코의 결의에 자신의 졸업 당시 행동을 겹쳐보고, 머지않아 현실을 깨닫고 돌아올 것이라는 소박한 믿음으로 미국에 보내줬다.

그리고 딸은 현실을 깨닫고 돌아왔다. 스스로의 믿음에 대한 회의가 아니라, 본부 사무국의 회계장부에서 간부와 조직의 부정부패를 목격하고 현실로 끌어내려졌다.

그러나 그때 결정적으로 게이코의 손목을 잡고 속세에 발을 붙여준 것은 어머니였다.

건강보험이 없어 충치를 치료하지 못하고 몇 년 만에 돈을 보내달라는 전화를 걸었을 때, 어머니는 만나기로 약속한 카페에 보험증과 돈을 가지고 바로 와주었다. 어머니는 소식이 끊긴 몇 년 동안에도 계속 딸의 보험료를 내주고 있었던 것이다.

"일본에 돌아왔는데 왜 연락 한 번을 안 한 거니" 하고 얼굴을 온통 찌푸린 채 어머니가 말했다.

"넌 그 '아멘'에게 좋을 대로 이용당한 거야. 당장 돌아오렴. 몸이라도 망가지면 늦으니까."

기품 있는 아버지와 조부모라면 결코 하지 않는 말, 적나라한 사실 그 자체였다.

게이코 스스로도 이용당했다는 사실은 이미 눈치채고 있었다. 알면서도 6, 7년에 걸쳐 축적된 자신의 경건한 감정과 타협하려 했다. 간부의 비리나 조직의 불평등은 하느님의 가르침과는 무관하다고 억지로 믿으려 했다. 그러나 세상에 대한 어머니의 속된 지혜가 순식간에 사물의 본질을 꿰뚫어 보고, 변명도 허세도 결별을 위한 명분도 부질없이 게이코의 마음을 순식간에 그곳에서 떼어냈다.

카페에서 나와 게이코가 당시 세 들어 살던 연립주택으로 같이 돌아간 어머니는 실내의 얼마 안 되는 짐을 갑자기 종이 박스와 쇼핑백에 쑤셔 넣더니 택시를 불러 딸과 짐을 싣고 그대로 집으로 직행한 것이었다.

그때만큼은, 어머니는 전력을 다해 딸을 지켜주었다. 아버지에게도 조부모에게도 딸이 돌아온 이유를 묻는 것을 허락하지 않았고, 심정 고백이나 반성의 말도 일체 필요 없이, 아르바이트를 그만두고 지방에서 돌아온 딸을 대하는 듯한 태연함으로 맞아주었다.

당장 돌아오렴. 몸이라도 망가지면 늦으니까. 그 말이 가슴을 조이는 슬픔과 함께 지금도 생생하게 마음에 되살아난다.

검은 원피스, 검은 스타킹, 검은 신발…….

아버지를 대신해서 갈, 일면식도 없는 사람의 장례식이 멀지 않은 미래에 일어날 어머니의 장례식인 것만 같았다.

얼굴은 그다지 안 닮았지만, 게이코는 어머니에게서 굵은 직모와 AB형 혈액형을 물려받았다.

과연 신장의 유형은 어떨까. 지금까지 큰 수술은 받은 적이 없었다.

"기증자 쪽의 고통은 최소화하고 있습니다. 수술 중은 물론 수술 후에도."

에자키는 오늘 분명히 그렇게 말했다. 아까 그 말을 아버지에게 전하자 "살에 칼을 댔는데 아프지 않을 거라니? 바보 같은 소리도 적당히 해라. 실적을 쌓으려고 새빨간 거짓말을 늘어놓다니" 하고 격앙했다.

무엇이 진실인지 알 수 없었다. 다만, 그 신체적 고통과 위험부담을 게이코는 기꺼이 받아들이려고 했다. 이것으로 정신의 안정을 얻을 수 있을 것만 같아 어쩔 수 없었다. 신장을 하나 나눠줌으로써 어머니가 그 뒤에 얼마나 더 살 것인가는 중요치 않았다. 정말 견디기 어려운 것은 가까운 미래에 일어날 어머니의 확실한 죽음을 건강한 몸으로 지켜보게 되는 것이었다.

그러나 검사를 받기 전에 장애물이 있었다.

이식하려면 장기를 받는 환자의 의사가 가장 중요하다.

가족이 아무리 자기 장기를 기증하고 싶어도, 환자 본인이 거부하면 의사는 집도할 수 없다. 에자키가 그렇게 말했다.

"자식에게 그런 짓을 시키고 싶은 부모가 어디 있느냐"고 아버지는 단언했다.

그런 부모를 어떻게 설득하면 좋을까…….

"신장만 받을 수 있다면."

고통 중에 쏟아낸 어머니의 말은 결국 짧아도 16, 17년은 기다려야 돌아오는 장기 기증을 가리킨 것일까. 아니면 부은 위에서 치밀어 오르는 심한 토기 때문에 지른 비명 같은 것일까. 어떻게든 그 고통에서 도피하고 싶었던 것이다. 그렇게 생각하자 가슴이 턱 막혔다.

그러나 죽음으로 도피하려는 것은 아니다. 마지막 치료 수단으로 죽음을 회피하고 싶은 것이다.

죽고 싶지 않다. 그 삶을 향한 집착을 아버지는 이해할 수 없을 것이다. 너무나 충실한 인생을 살아온 아버지에게는 지푸라기에 매달려서라도 살아야 할 이유가 없으니까.

다음 날 병원에 가자 어머니의 병세는 호전되어 있었다. 안색은 그다지 좋지 않았지만 병실에 들어온 게이코에게 "무슨 일이니. 오늘은 늦었잖아" 하고 불평부터 늘어놓는 목소리에도 생기가 있었다.

어제까지 오던 비도 그쳐 햇살이 비쳤다. 창문으로 뒤쪽 정원의 후박나무가 거대한 흰 꽃을 피운 모습이 보였다. 어제는 4층 병실에서 커다란 나무 꼭대기가 보이는 것이 어떻게 그럴 수 있는지 이상하게 여겼는데, 창가에 다가가 아래를 내려다보니 이해할 수 있었다.

고지대에 자리잡은 병원의 입원 병동은 계단형 지형의 가장자리에 해당하는 절벽 위에 있고, 커다란 후박나무는 까마득할 정도로 먼 계곡 아래쪽에서 자라고 있었다.

“창문 열어줄래? 여기는 왠지 공기가 나쁘구나.”

어머니가 말했다. 에어컨은 잘 작동하고 있었지만 불쾌함 때문에 숨이 답답한지도 모른다.

게이코가 “미안해, 다인실이라” 하고 속삭이자 어머니는 미간을 모으고는 몹시 못마땅한 표정으로 고개를 끄덕였다.

“괜찮으시면 옥상에 산책이라도 가시겠어요?”

체온을 재러 온 간호사가 말을 걸었다.

“괜찮을까요?”

“물론이죠. 너무 이리저리 돌아다니시지만 않으면 괜찮아요.”

이제 적극적인 치료 방법은 없다. 앞으로는 순간순간을 되도록 편안하게 지내게 해주려는 간호사의 배려가 엿보였다.

게이코가 “걸을 수 있어?” 하고 묻자 어머니는 “당연하잖니”라며 일어섰다. “화장실이건 어디건 나 혼자 다니는데.”

“잠깐만 기다리세요.” 그렇게 말하고 간호사가 휠체어를 갖다 주었다.

“괜찮은데요”라고 극구 사양하는 어머니에게 간호사는 “걸어 다니시다가 갑자기 어지러울 수도 있어서요”라며 요령 있게 어머니를 휠체어에 태워주었다.

게이코가 휠체어를 밀어 엘리베이터 홀로 이동했다.

휴게실이나 식당에도 파자마를 입은 환자와 문병 온 사람들의 모습이 보였다.

어머니에게 이식 이야기를 꺼내기에 주위에 사람이 없는 옥상은 딱 좋은 장소였다. 불어오는 바람이 어머니의 기분과 마음을 조금이라도 긍정적이고 개방적으로 만들어 줄 것이다.

마침 엘리베이터 문이 열려 게이코는 익숙하지 않은 휠체어를 밀어 탑승했다. 옥상 버튼을 누른 후 엘리베이터가 아래로 내려가고 있다는 것을 깨달았다. 무심코 내려가는 엘리베이터를 탄 것이다. 일층에서 문이 열리자 들것에 실린 환자와 간호사들의 모습이 보였다. 그대로 타고 있을 수는 없어서 일단 내렸다.

"어머나." 이머니가 손가락질했다. "저쪽이 좋겠어."

유리 너머로 정원이 보였다.

가장자리에 정원수를 심은 보도가 있고 콘크리트로 만든 작은 연못 중앙에는 수련이 선명한 분홍빛의 커다란 꽃을 피우고 있었다.

자동문을 빠져나오자 밖은 조용했다. 인기척이 없어서 게이코는 휠체어를 밀어 칠엽수 그늘로 들어갔다.

약간 주저한 뒤 "엄마" 하고 새삼스러운 말투로 불렀다.

"의사 선생님이 설명했을 텐데, 이식받을 생각 있어?"

단숨에 말한 다음 기도하는 마음으로 대답을 기다렸다.

"그야 원래 몸으로 돌아가고 싶지. 하루에 몇 시간씩 침대에 묶여 있고, 다음 날 밤에는 자고 있기만 해도 몸이 축축 늘어지니까."

게이코는 고개를 끄덕였다.

"하지만 대체 누구 것을 받겠니."

의아한 표정으로 엄마가 물었다.

"뇌사한 사람 장기를 받기는 어려우니까……."

게이코가 망설이며 말을 하자 바로 "그건 10년 이상 기다려야 한다고들 하니까, 그 전에 내가 죽겠지"라는 말이 돌아왔다.

"예를 들어, 가족이나 친족이라면 어때?"

어머니는 말없이 게이코를 올려다보았다.

여기서 서툴게 말하면 단칼에 거절당할 것이다.

"적합 검사를 받아야 가능한지 아닌지 알 수 있겠지만, 만약 내 신장이 엄마한테 맞으면 줄 수 있어."

거기까지 말한 다음 게이코는 어머니가 말을 꺼낼 틈도 없이 기증자에게는 최대한 고통이 없도록 배려한다는 것, 두 개 있는 신장 중 하나를 제공해도 수술 후 기증자의 건강에는 거의 영향을 끼치지 않는다는 것을 말했다.

"바보 같은 소리 하지 마라" 하며 언제 고함이 터질지 조마조마했다. 그때 설득할 말도 이미 준비해두었다.

그러나 어머니는 고개를 끄덕이며 듣고 있었다. 기이하게 쾌활한 표정으로 눈동자를 빛냈다.

"네 거라면 제일 좋지."

귀를 의심했다. 조금 맥이 풀렸다.

수술을 받는 본인의 동의를 받는다는 첫 번째 단계는 의외로 쉽게 넘었다. 하지만 바로 다음 불안이 샘솟았다.

"엄마만 괜찮다면 즉시 검사를 받겠지만, 그 결과 적합하지 않으면……." 그때 어머니의 실망은 이만저만이 아닐 것이다. 아버지나 동생은 검사를 받는 것 자체를 거부할 것이 틀림없다. 적어도 적합 검사만이라도 본인의 동의 없이 해주면 그런 걱정은 안

끼칠 수 있을 것을. 이 병원의 규약이 원망스러웠다.

어머니가 고개를 끄덕였다.

"그때는 포기할게. 네 거라면 괜찮지만."

담백한 말투였다. 진의를 짐작하기 어려웠다.

등 뒤에서 유리문이 열렸다. 병문안을 왔다 돌아가는 것으로 보이는 두 여성이 대화를 나누며 이쪽으로 다가왔다.

어머니와의 대화가 들리지 않게 게이코는 휠체어를 밀고 수풀 속 오솔길을 따라 더 안쪽으로 들어갔다.

"너는 내 몸이나 마찬가지니까."

"엄마 몸이나 마찬가지라고?"

설득할 생각으로 온 것이었는데, 그 말이 마음에 걸렸다.

"내가 낳은 아이인 걸. 신장 타입은 틀림없이 맞을 거야. 혼자서 낳아 혼자서 키운, 내 일부와 같은 것이니까."

불쑥 위화감이 솟구쳤다. 옛날 일이라 아버지가 출산에 입회하지는 않았다 하더라도 어머니의 친척 정도는 입회했을 것이 아닌가. 당초 결혼에 반대했다 하더라도 아버지의 부모는 첫 손주의 탄생을 기뻐했다. 무릎 위에 앉히고 그 품에 안긴 기억도 있었다. 어린 마음에도 어머니의 감정을 나름대로 이해하고 철이 든 이후에는 필요 이상으로 조부모를 따르지 않은 것은 게이코 자신이 한 일이었다. 동생만큼은 아니어도 모두가 게이코를 귀여워했고, 모두가 길러줬다.

깊은 숲속으로 이어지는 것처럼 보이던 샛길이 갑자기 뚝 끊겼다.

초목의 녹색과는 톤이 다른 단조로운 녹색이 펼쳐졌다. 콘크리트를 깐 경사지에 들어섰다. 정문 옆에 있는 입체 주차장을 세우기 전에 사용하던 주차장 터였다. 습기 찬 콘크리트 바닥에는 군데군데 금이 가 온통 이끼로 뒤덮여 있었다.

"그 집에 들어가 모두에게 괴롭힘을 당하다가 너무 분해서 너를 업고 죽으려고 했던 적이 있었어. 그래, 뒤쪽 게이오선 선로 옆 샛길, 거기를 계속 걸은 적이 있었어. 내가 낳은 딸이니까 죽는 것도 사는 것도 함께해야지. 뒤쪽에서 급행열차가 올 때마다 이번에야말로 뛰어들자고 생각하면서."

등골이 오싹했다. 어렸을 때 죽었을지도 모른다는 것은 아무래도 좋았다. 자신이 틀림없는 이 어머니의 딸이라는 사실, 그리고 아무 주저도 없이 자신과 딸을 일심동체라고 믿으며 태연하게 그렇게 말하는 어머니가 소름 끼쳤다.

떨리는 손으로 휠체어 손잡이를 잡고 있었다. 경사면 위에서 타이어가 미끄러지자 당황해 휠체어 방향을 바꾸고 바퀴에 브레이크를 걸었다.

지면의 경사는 보기보다 가팔랐다. 오른쪽에는 병원 현관으로 통하는 아스팔트 길, 왼쪽 측면에는 콘크리트 연석이 있었다. 그 너머는 병실의 창문에서 보인 절벽 아래로, 흰 꽃이 가득 핀 후박나무 꼭대기가 눈높이에 있었다.

"너희 아버지의 신장 따위는 죽어도 받기 싫어. 저런 겉멋만 든 썩어빠진 일족의 것 따위는."

나는 그 가문 사람이 아니라는 거야? 그 한 마디를 삼키고 "야스미는?" 하고 억누른 목소리로 물었다.

어머니는 말없이 고개를 흔들었다. 의도적인 몸짓이었다.

"안 돼."

엄격한 말투에 놀랐다.

"그 아이에게 이식 같은 얘기는 절대 하면 안 된다."

"그래……."

"병에 걸린 것도 아닌 몸에 칼을 대다니, 무슨 일이라도 생기면 어쩌니. 누가 자식한테 그런 짓을 시키고 싶겠니. 앞으로 무슨 병에 걸릴지도 모르는데."

반쯤 예상했던 대답이었다.

어젯밤부터 자신의 살갗 위로 분명히 자신의 것처럼 느껴지던 통증과 짓눌릴 듯한 외로움을 떠올렸다.

입원한 어머니의 정서에 자신의 몸과 마음이 공명하고 있었다. 지각과 감각 모두 직접적으로 닿아 있었다.

일심동체. 두 아이 중 한 쪽은 사랑하는 아이, 다른 한 쪽은 틀림없는 자신의 일부다. 엄청난 혐오감과 공포에 혈액이 거품을 뿜는 것만 같았다.

몸을 구부리고 타이어의 브레이크를 해제했다.

손잡이를 움켜쥐고 게이코는 휠체어 방향을 다시 바꾸었다.

군데군데 이끼가 낀 연석에는 틈이 나 있었다. 차는 절대 통과할 수 없지만, 사람과 휠체어라면 쉽게 빠져나갈 수 있을 정도의 간격이었다. 그 앞은 나무와 덤불이 무성한 절벽이었고, 그 너머는 푹 꺼져 후박나무와 호두나무가 우거진 계곡 밑으로 이어졌다.

"세상에. 이런 절벽인데 울타리도 안 쳐놓다니."

어머니가 몸을 쭉 내밀어 아래쪽을 내려다보았다.

휠체어를 밀 필요도 없었다. 손잡이를 놓으면 휠체어는 어머니를 태운 채 연석 틈새로 달릴 테고, 그다음에는 나무에 충돌하면서 절벽 아래로 떨어질 것이다.

지금은 게이코가 휠체어를 잡아당겨 어머니의 육체가 이곳에 머무르게 하고 있다.

이것이 자신의 모습이다. 놔두면 스스로 계곡 밑바닥으로 떨어질 휠체어를 온몸으로 지탱하고 있는 것이.

대체 지금까지 무엇에 저항하려고 했는지, 왜 서로 고함을 지르면서까지 스스로 추락하려는 어머니 팔을 잡고 있었는지. 힘이 다하면 함께 떨어져야 한다. 그런 생각까지 들었었다.

손을 놓았다.

엄청난 해방감이 몸을 감쌌다.

휠체어가 미끄러지기 시작했다.

어머니가 돌아보고 딸의 손이 손잡이를 잡고 있지 않다는 것을 깨달았다.

비명을 질렀다. 발판에서 뗀 발을 허우적대면서 바퀴를 잡으려고 양손을 휘저었다.

휠체어 전체가 앞으로 기울어져 크게 흔들렸다.

떨어지기 바로 직전에 게이코가 손잡이를 움켜쥐었다. 그럴 마음은 없었는데 몸이 멋대로 움직였다.

무너질 듯한 피로감에 휩싸여 반쯤 입을 벌리고, 손잡이를 쥐고 멍하니 서 있었다.

결국 이 어머니의 딸이다. 어머니가 달려오는 게이오선 급행열차에 뛰어들지 않고 열차를 그냥 보냈듯이, 게이코 또한 휠체어의 앞바퀴가 절벽으로 떨어지기 직전에 혼신의 힘을 다해 멈추고 휠체어를 되돌렸다.

"너 뭐하는 거니, 정말 주의가 산만하다니까. 이대로 절벽 아래로 굴러떨어질 뻔했잖니, 위험하기 짝이 없어. 정말이지 사람을 죽일 생각이니."

어머니는 아무 의심 없이 대놓고 화를 내고 있었다. 그 순진함에 무심코 웃음이 나왔다.

"미안, 깜박했어."

"웃을 일이 아니잖아. 정말이지, 너란 애는."

아마 자신은 오늘 밤 장례식에 가지 않을 것이라고 갑자기 생각했다. 집으로 돌아가면 자신은 그 집에서 도망칠 것이다.

바로 움직여야 한다. 이 손으로 어머니를 죽이기 전에, 멀리 떠나야 한다.

휠체어를 밀고 건물 입구를 향했다.

"하마터면 살해당할 뻔했어. 실수라고 지나갈 일이 아니라니까 정말."

어머니는 여전히 반복해서 중얼거리고 있었다.

흥분한 목소리를 싣고, 게이코는 천천히 휠체어 방향을 바꾸어 병동을 향해 되돌아가기 시작했다.

이미 한참 전에 한계를 넘어 있었다. 스스로 그것을 깨닫지 못했던 것뿐이었다. 죽이거나 도망치거나 둘 중 하나밖에 없었다. 몸 속을 흐르는 피만이 아니라 생각하고 느끼는 방식을 모두 공유하는, 섬뜩한 결합체로서의 모녀관계를 어머니에게 강요받았다. 동시에 어머니가 다하지 못한 아버지의 아내로서의 역할까지 도맡아왔다. 결국에는 장기까지 나누어 무의식적으로 어머니의 어두컴컴한 자궁으로 돌아가려고 했다.

지금이라면 늦지 않았다. 지금이라면 신앙이나 조직에 의존하지 않고 홀로 가족 앞에서 사라질 수 있었다. 어머니의 딸도, 아버지의 퍼스트레이디 노릇도 당장 그만두고.

자동문이 열렸다. 휠체어 손잡이를 아래로 누르면서 턱을 넘어 안으로 들어갔다.

올 때보다 무게가 늘어난 것처럼 느껴지는 휠체어를 밀며 게이코는 엘리베이터 홀로 돌아갔다. 휠체어 바퀴에 으깨진 이끼 흔적이 녹색 피로 그린 듯한 평행선 두 개를 낡은 리놀륨 바닥에 남겼다.

3

미션

날카로운 칼날로 깎아내린 듯 험준한 봉우리들 사이에 놓인 비행장은 활주로조차 비포장이었다. 델리에서 날아온 비행기에서 내려 낡은 창고 같은 로비에서 세 시간 남짓 기다린 끝에 비로소 마중 나온 차가 나타났다.

"잘 오셨습니다. 팔덴이라고 합니다. 여행은 어떠셨나요?"

감색 셔츠에 낡은 더블 재킷을 입은 남자가 틀에 박힌, 하지만 예의 바른 영어로 인사했다.

"웅대한 경치였습니다. 이런 곳에서 제가 도움이 될 수 있다니 기쁘네요."

역시 틀에 박힌 인사를 하자 그는 갈색으로 그을린 윤곽이 뚜렷한 얼굴에 미소인지 당혹감인지 알 수 없는 묘한 표정을 지었다. 요리코는 그 표정 속에서 아주 얕게 깔보는 듯한 기색을 느꼈다.

여자가 왔기 때문일까?

첫 번째 장애물이 나타난 느낌이었다.

서쪽으로 고갯길을 두 번 넘으면 나오는 마을에 그와 비슷한 얼굴의 무슬림들이 산다. 그들은 여성이 학교에 가는 것도, 직업을 갖는 것도 허용하지 않는 극단적인 남존여비 문화 속에서 산다지만, 다행히 요리코가 지금부터 갈 마투 마을 주민은 그러한 차별 의식이 없다. 요리코는 분명 그렇다고 들었다.

험준한 산에 난 구불구불한 비포장도로를 요리코가 일하게 될 NGO 소유 지프가 요란한 소리를 내며 달려갔다. 안쪽에 딱 붙어도 지나가기 힘든 길 바깥쪽은 가드레일도 없이 천길만길의 낭떠러지 계곡이었다. 아득한 아래쪽에서 역류하듯이 파도치는 물줄기가 보였는데, 온통 회갈색인 풍경 속에서 그곳만 선명한 청록색으로 반짝였다.

"소노다 선생님이 사고를 당한 곳도 이런 곳인가요?"

요리코는 닳아 빠진 타이어가 타고 올라가는 바위투성이 길바닥으로 시선을 돌렸다. 차창 바로 아래 거의 수직으로 떨어지는 벼랑 밑을 볼 용기가 없었다.

"아니요. 차 사고는 아니었으니까요."

팔덴이라고 밝힌 마을의 운전수 겸 통역사는 짧게 대답했지만, 그 이상 말하지 않았다. 그래, 마을 사람들에게도 소노다 가즈히로의 죽음은 떠올리고 싶지 않은 사건이었을 것이다.

요리코는 그가 특별한 사람이었다고 생각한다.

아키모토 요리코의 어머니는 50대에 돌아가셨다. 최초로 발견된 난소암의 종양을 절제했지만, 암은 재발, 다시 재발하기를 반복하며 온몸에 퍼졌다. 큰 수술이 끝나고 한숨 돌린 것도 잠시, 고된 항암 치료가 시작되었다. 정상적인 생활로 돌아온 직후에 한 검사에서 바로 이상이 발견돼 다시 수술을 하고, 몇 개월 걸려서 겨우 막았다고 생각했는데 이듬해엔 다른 곳에서 암이 발견되었다. 이것으로 끝났나 생각하면 얼마 지나지 않아 재발했다는 소리를 들었다. 불안과 희망, 고통과 해방, 그 반복 속에서 몸보다 먼저 마음이 시들었다.

"왜?" 어머니는 주위에 그렇게 물으며 한탄했다.

"왜 나만 이런 병에 걸렸지? 뭐가 나빴던 걸까. 여태 아무 잘못도 안 했는데 왜 이렇게 고생해야 하지?"

3년 가까이 같은 푸념을 들은 대학 병원의 담당의는 귀찮아졌는지 컴퓨터 마우스를 움직이면서 건성으로 대답했다.

"왜냐고 하셔도, 확률 문제니까요. 운이 나빴다고 할 수밖에요."

의사라는 직업을 가진 지금, 요리코는 그것이 정답임을 안다.

설령 병이 환자의 생활 습관이나 유전 형질에 의한 것이라 할지라도, 살아남을 가망이 없는 사람에게 원인이 본인에게 있다는 소리를 하면 안 된다. 확률과 운. 그렇게 답할 수밖에 없는 것이다.

그러나 당시에는 담당의의 냉정한 태도에 분개한 요리코가 병원을 바꾸게 했다. 소개장도 없었기 때문에 고등학교 선배의 도움을 받아 소노다를 찾아갔던 것이다.

진보파 계열 병원의 진찰실에서, 이제 여명이 얼마 안 남은 어머니의 질문에 소노다는 이렇게 대답했다.

"원인은 아직 모릅니다. 하지만 그런 걸 고민하기보다는 이 병을 이해해야 합니다. 저는 최선의 치료를 하겠습니다. 그러니 아키모토 씨도 같이 노력해주세요."

의사는 환자에게 노력한다는 말을 쓰면 안 된다는 종류의 지침에는 아랑곳하지 않았다. 소노다가 자신의 환자를 대하는 어조와 시선에는 진지함이 담겨 있었다.

어머니는 분명 노력했다. 반년으로 추정했던 여명이 3년으로 늘어 아들 결혼식에 참석하고 하와이 신혼여행에도 따라갔고, 손주 얼굴까지 보고 돌아가셨다.

그 3년 동안 요리코는 인생의 방향을 크게 틀었다. 입원과 퇴원을 반복하는 어머니 머리맡에서 수학과 물리학 참고서를 펼치고 수험 공부를 시작했다.

어머니를 보내고 사십구재가 지났을 때, 요리코는 근무하던 제품 원료 개발 연구소를 그만두고 이듬해 스물여섯 살에 일본의 남쪽 끝에 있는 국립대학교 의학부에 합격했다.

담당의 소노다의 인품과 일거일동, 그 말 하나하나가 요리코의 마음을 사로잡아 비탄 속에서도 긍정적인 결의를 하게 해주었고, 태어나 처음으로 그녀가 스스로 정한 인생 목표를 향해 나아가게 하는 버팀목이 되어주었던 것이다.

졸업 후 장학금 상환을 면제받는 조건으로 대학 병원에 몇 년간 근무한 뒤에도, 요리코는 그 땅을 떠나지 않았다. 시내 종합병원에서 근무하면서 외딴섬의 보건진료소장을 겸임했다.

요리코에게 개원할 돈은 없었다. 요리코의 집안은 도쿄 교외 땅을 소유하고 있긴 했지만, 대부분 농지여서 큰 재산은 아니었다. 평생 페이 닥터(병원에서 월급을 받는 의사 — 옮긴이)로 살 생각이었다.

소노다가 일본에서 6천 킬로미터나 떨어진 히말라야 기슭의 한 마을에서 사고로 죽지 않았다면, 요리코는 지금도 그 남쪽 도시와 시끄러운 말매미 소리가 가득한 섬을 일주일에 한 번 연락선으로 왕복하는 생활을 이어가고 있었을 것이다.

고개 정상에 닿으려던 차는 엔진 소리가 커지며 앞으로 고꾸라질 듯이 급하게 멈췄다. 흙먼지가 일어나더니 이어서 바위를 때리는 듯한 무수한 발굽 소리가 들렸다.

산양 떼다. 지저분한 산양들이 회색 구름처럼 비탈 너머로 솟아올랐다.

"공항 옆 힌두교도 마을에 축제가 있어요. 거기에 산양들을 데려가서 파는 겁니다."

이 앞쪽 길은 겨울에는 눈이 쌓여 통행할 수 없다. 1년 중 지금이 가장 풍경이 아름답고, 마을과 외부 간의 교류도 활발한 계절이다.

산양 구름의 행렬이 끝날 기미가 보이자 자동차가 조금씩 움직이기 시작했다. 산양 떼의 끄트머리에는 티베트풍의 긴 상의를 입은 남자와 잠바 차림의 남자아이가 보였다. 요리코는 웃는 얼굴로 손을 흔들었다. 남자와 아이가 수줍은 미소를 돌려주었다.

말안장 모양으로 움푹 들어간 산 능선을 가까스로 넘은 후 산양이 일으킨 흙먼지가 땅에 가라앉았을 때, 요리코는 탄성을 질렀다.

회갈색 일색이던 경치가 순식간에 바뀌어 녹음이 짙은 산이 펼쳐졌다. 그 경사면에도 아까 본 것처럼 구름 같은 산양 떼가 천천히 이동하고 있었다. 두 배 정도 큰 거무스름한 동물은 소일까, 아니면 야크일까. 맑게 갠 하늘은 푸르다 못해 진한 군청색이었다. 선행을 쌓은 사람만이 갈 수 있는 사후 세계가 있다면 이런 곳일지도 모른다. 틀림없이 소노다 가즈히로의 영혼도 여기로 왔을 거라고 생각했다.

"이제 마을이 가까운가요?"

"앞으로 한 시간쯤 더 걸릴 겁니다."

산을 다 오른 모양이었다. 길은 여전히 좁고 구불구불하지만 아까보다 완만했다.

이곳의 해발고도는 거의 4천 미터에 가깝지만 다행히 고산병 증상은 나타나지 않았다. 취미인 등산이 도움이 된 것일 수도 있고, 40대 중반을 넘어 젊은 시절에 비해 대사가 많이 느려진 덕분이기도 할 것이다.

그때 길가 풀숲 위에 노인이 혼자 앉아 있는 것이 보였다.

바위에 기대 반쯤 위로 향한 얼굴은 잿빛으로, 그 위에 검은 선이 문신처럼 여기저기 그려져 있었다.

요리코의 심장이 튀어나올 듯이 거칠게 뛰었다. 숨이 막혀 무의식 중에 입을 크게 벌렸다.

차가 노인에게 가까워질 때 다시 보니 문신을 새긴 회색 피부로 보였던 것은 볕에 그을린 갈색 피부에 흙먼지가 달라붙은 것이었다. 몇 가닥씩 묶인 머리가 가운데로 모인 것이, 왁스로 고정한 듯했다. 검은색이었는지 갈색이었는지 원래 색깔을 알아볼 수 없는 옷은 지금은 그저 넝마였다.

걸인이었다. 비행기를 갈아타려고 들렀던 델리에서는 꽤 자주 봤지만 이런 곳에서까지 보리라고는 생각도 못했다.

"왜 그러시죠?"

기울어지고 거친 길바닥에 시선을 고정한 팔덴이 물었다.

"아니, 아무것도 아니에요."

이미 20년 가까이 지난 일인데 지금도 가끔 그 광경이 되살아나 후회인지 반발심인지 죄책감인지 구분할 수 없는 쓰라리고 무거운 덩어리가 가슴을 짓누른다.

아버지는 저런 모습으로 죽어 있었다.

그렇게 되기 조금 전부터 아버지는 전화도 안 받았다.

"귀찮으니 걸지 마라. 어차피 그렇게 멀리 있으면 전화한들 아무 소용도 없잖니."

마지막에 통화했을 때 아버지는 그렇게 말했다.

대학이 있던 남쪽 도시에서 요리코는 많은 노인을 보았다. 드나드는 식당에도, 동네 시장에도 노인들은 많았다. 씩씩하고 명랑하고 부지런한 할머니나 풍류를 아는 할아버지들이 있었다. 여든을 훨씬 넘은 그들은 요리코를 귀여워했다.

그때 아버지는 아직 60대 중반이었다. 연락이 안 된다고 걱정할 나이는 아니었다. 오빠와 그 가족이 근처 도심 관사에서 살고 있기도 했다.

실습에 나가고 시험을 치르느라 마지막 통화 이후 그대로 2주 정도 지났을 무렵에 왠지 불안한 기분이 들었다. 아니, 불안함이 아니라 견디기 힘든 꺼림칙함이었을까.

아버지와 마찬가지로 연락이 안 되던 오빠의 휴대폰에 겨우 연락이 닿았을 때야 오빠는 모스크바 출장 중이고 그동안 올케와 조카는 고베의 친정집에 가 있었다는 것을 알았다.

"걱정이라면 학생인 네가 상황을 보러 가면 되잖아." 오빠는 그렇게 말했다.

비행기와 버스를 갈아타고 돌아온 본가는 밭도 정원도 온통 황폐해져 있었다. 지붕에 닿을 정도로 우거진 여름풀이 안채를 뒤덮고 있었고, 안채에 접근할수록 이상한 냄새와 함께 파리가 눈에 띄기 시작했다. 그때 무슨 일이 일어나고 있는지, 지금부터 뭘 보게 될지, 요리코는 어렴풋하게나마 짐작하고 있었다.

얼굴에 부딪히는 쉬파리를 한 손으로 털어내며, 비명을 지르고 싶은 마음을 참고 휴대폰을 움켜쥔 채 현관 미닫이문을 열자마자 충격을 받았다.

소란스러운 사람 목소리가 귓전을 때렸기 때문이다. 언제부터 켜져 있었는지, 텔레비전에서 흘러나오는 버라이어티쇼 소리가 엄청난 부취(腐臭) 속에서 시끄럽게 울리고 있었다.

아버지는 침실에도 거실에도 없었다. 집 가장 안쪽, 불단이 있는 방의 금사와 은사로 장식한 두툼한 방석 위에서, 좌식 의자 등받이에 몸을 기댄 채 잿빛 시체가 되어 있었다. 도대체 어떻게 생활했는지, 옷 같지도 않은 너덜너덜한 통 좁은 바지와 속옷 위로 어머니가 수십 년 전에 지은, 역시 걸레짝 같은 유카타를 걸치고 있었다.

백미러에 비친 걸인의 모습은 다음 순간 모퉁이 뒤로 사라졌다. 스쳐 지나온 하얀 불탑이 바위 너머로 보일 뿐이었다. 그 주위에 높이가 5미터나 되고, 위아래로 긴 기도 깃발(히말라야 지역의 불교 사원이나 비탈 등에 장식하는 오색 깃발로 말 그림이나 경문을 새기기도 한다 — 옮긴이)이 바람에 펄럭이고 있었다.

차는 이윽고 비탈진 땅 위에 돌로 지은 집들이 다닥다닥 붙은,

작은 마을이 보이는 평지에 멈춰섰다.

팔덴이 의약품과 약간의 의료 기구, 노트북 등이 들어간 여행 가방을 들어주고, 요리코는 소지품을 넣은 배낭을 메고 돌이 깔린 오솔길을 걸었다.

멀리 보이던 마을이 점점 가까워졌다.

가파르고 험한 비탈에는 계단식 경작지가 있어 보리로 보이는 작물이 금빛 이삭을 드리우고 있었다.

곧 수확이 시작되는 것일까. 주변에서 풍겨오는 훈향 냄새, 아궁이에서 태우는 소똥 냄새, 석유 냄새가 뒤섞인 냄새를 맡으며 마을에 들어왔음을 실감했다. 그러나 여기에는 사람과 가축의 배설물 냄새와 살냄새, 감귤류나 시체가 썩어가는 냄새, 도축된 동물의 피와 내장 냄새는 없었다.

어쩌면 이것이 7년간 이곳에서 생활한 소노다의 실적일까, 여기 오기 전에 트레킹을 하며 들렀던 네팔 어떤 마을의 혼란하고 지저분한 모습을 떠올렸다.

"도착했습니다."

팔덴이 요리코를 돌아보며 돌로 토대를 쌓은 당당한 3층집을 가리키기 전에, 앞섶을 겹치는 형태의 블라우스에 롱스커트, 긴 앞치마를 걸친 나이 든 여성이 나타나 두 손을 가볍게 모으며 둘을 맞았다.

그녀는 이 마을 촌장의 부인으로 이름은 아그모라고 했다. 영어는 통하지 않았다.

마을 사람들이 모여들었다. 촌장은 전통적인 의복을 입었지만 남자나 아이들은 라인이 들어간 스포츠웨어풍 상하의나 스웨터에 바지, 여자는 검고 긴 점퍼스커트에 카디건 복장이었다.

아이들이 신기한 듯 다가와 요리코를 만졌다. 셔츠를 잡아당기고는 모르는 척 뒤로 물러나거나, 다리를 껴안는 것을 요리코가 상대해주자 아이들은 쾌활한 웃음소리를 내며 우르르 달려들었다.

아이들은 흙먼지와 땟국물로 약간 더럽기는 했지만 냄새는 거의 나지 않았다. 순식간에 입술이 갈라질 정도로 건조한 바람과, 여름에도 서늘한 기후 덕일 것이다. 건조한 공기 속에서도 촉촉하게 빛나는 아이들의 까만 눈동자가 인상적이었다.

그 뒤로 개들이 무리를 짓고 있었다. 귀가 처진 장모종으로 몸은 근육질이지만 아주 온순한 얼굴이있다. 우누머리 개로 보이는 유달리 몸집이 큰 녀석의 목 주위에 사자 갈기처럼 만든 화려한 모피 장식이 감겨 있는 모습이 익살스러웠다.

요리코가 "이리 와" 하고 부르자 개가 짖으며 달려왔다. 개는 손이고 얼굴이고 정신없이 핥아대며 환영했다. 사람을 너무 좋아하는 태도에 요리코가 주춤하자 팔덴이 그 개를 쓰다듬으며 말했다.

"이렇게 보여도 용감한 개예요. 늑대가 사람과 가축을 해치지 못하게 지켜주죠. 봐요, 꽤 튼튼한 턱을 갖고 있어요." 그러면서 그 입을 벌려 보여주었다. 튀어나온 송곳니는 누르스름했지만 의외로 길고 굵었다. 하지만 두터운 턱과 큰 송곳니를 가진 것은 순하기로 유명한 골든레트리버도 마찬가지다.

"이 계절에는 저쪽에 가 있는 사람들이 많아서 마을에는 사람도 개도 적어요." 팔덴은 선명한 초록빛으로 빛나는 산의 경사면을 가리켰다. 여름 동안 야크나 산양을 고지대에 방목하기 위해 젊은 부부나 어느 정도 나이를 먹은 아이들은 산에 들어가 젖을 짜거나 늑대 떼가 접근하지 않게 감시하는 모양이었다.

팔덴이 마을 사람들에게 요리코를 소개했다. 요리코는 팔덴이 마을 사람들에게 하는 말을 알아듣지 못했다. 예전에 소노다가 보내준 뉴스레터에 따르면 이곳의 언어는 티베트어도 파슈토어도 아니었다. 부족 특유의 언어를 사용하는 듯했다. 영어는 거의, 힌디어는 전혀 통하지 않는다고 했다.

요리코와 팔덴이 영어로 대화하자 마을 여자들이 눈살을 찌푸렸다. 검붉게 그을린 얼굴 주름이 한층 깊어졌다. 먼저 본 아이들은 기꺼이 요리코를 환영해주었지만, 지금 어른들 사이에는 미묘한 분위기가 감돌고 있었다. 팔덴은 요리코를 도대체 뭐라고 소개한 걸까.

몸집이 크고 힘도 센 남자였던 소노다의 후임으로 여자가 왔다. 그래서 미덥지 못하게 느끼고 있는지도 모른다.

마른 몸에 키는 겨우 150센티미터, 게다가 독신으로 살며 육아와 살림에 시달리지 않은 탓인지 요리코는 항상 실제 나이보다 열 살 이상 젊어 보였다. 심지어 레지던트로 오인되는 경우도 있었다.

남자들의 시선에 어느 정도 못마땅해하는 기색이 비치는 것 역시 "이런 어린 계집애가 뭘 할 수 있겠어?"라고 생각하기 때문인지 모른다.

영어로 상냥하게 인사하면서, 요리코는 빨리 실적을 올림과 동시에 이곳 말을 배워야 한다는 생각에 초조해졌다.

바로 그때 강렬한 시선을 느꼈다. 얼굴을 그쪽으로 돌리자 요리코를 둘러싼 사람들의 고리 바깥쪽에 유난히 키가 큰 남자가 서 있었다. 키가 크다고 느낀 것은 그 남자가 쓴 기묘한 모자 때문이었다. 검은 바탕에 반짝이는 유리와 돌을 꿰맨 모자였는데, 높이가 30센티미터 정도였다. 머리는 땋아 늘어뜨리고 판초처럼 생긴 긴 옷 위에 낡은 금테 장식이 달린 긴 웃옷을 또 한 겹 걸치고 있었다.

"저 사람은 누구죠?"

팔덴에게 묻자 '라마'라고 했다.

그럴 리 없다. 라마, 즉 티베트 불교 승려의 복장과는 완전히 달랐다. 일반적인 라마는 연두색 상의에 주황에 가까운 노란색 하의를 입고, 머리는 늘 삭발은 아니어도 짧게 깎는다.

"아무리 봐도 샤먼 같은데요."

"아니, 승려예요. 오늘은 장례식이 있어서 저런 차림이죠."

"장례식이요?" 주위를 둘러보았다. 이런 마을에서 사람이 죽으면 들판에서 거창한 의식을 할 줄 알았는데 별반 그런 모습은 보이지 않았다.

"마을 사람이 죽은 건 아니에요. 순례길에서 쓰러진 사람을 발견해서 시신을 마을 밖으로 옮겨 태웠죠."

"가족에게 연락은요?"

"가족은 없습니다."

없는 것이 아니라 죽은 이의 신원을 모르니 그 가족의 존재도 모르는 것이다. 죽은 사람이 적어도 이름과 주소를 적은 물건을 지니고 있었으면 좋았겠다고 생각했다.

"걱정 안 해도 됩니다. 이 마을 사람과 마찬가지로 장례식장으로 옮겨서 화장용 석관에 넣어 태웠어요. 라마가 경문을 외워 혼을 보내줬습니다."

다시 한번 그 샤먼 같은 '라마'를 바라보고 요리코는 움츠러들었다.

윤곽이 뚜렷하고 주름이 진 갈색 피부는 마을 원로들과 다를 바 없었다. 하지만 그 얼굴은 조각상처럼 표정이 없었다. 움푹 들어간 눈구멍 심연에서 새까만 눈동자만 강한 빛을 띠고 이쪽을 응시하고 있었다.

"좀 무서운 느낌이 드는 스님이시네요."

무의식적으로 고개를 숙이며 일부러 더 가벼운 어조로 말했다.

"그런가요. 마을 사람들은 모두 저분께 의지하고 있습니다. 승려인 동시에 약초의(薬草医)이기도 하니까요."

"약초의? 아유르베다(고대 인도의 전통 의학 — 옮긴이) 의사 같은 건가요?"

그렇다면 곤란한 상대일지도 모른다.

"좀 다르죠. 인도의 전통의는 약초나 광물을 외부에서 사기도 하지만, 약초의는 야산을 돌아다니며 스스로 식물, 곤충, 광물을 찾아내 조합하는 방식으로 약을 만들죠. 물론 이 근처에서 구할 수 없는 것은 어쩔 수 없이 돈을 주고 사지만요."

근대 의료의 혜택을 받지 못하는 변경에 거주하는 사람들은 오랫동안 약초나 시술, 때로는 주술로 병을 치유하는 민간 의료에 의존했다. 국내외에서 의료 원조를 받게 된 지금도 마을 사람들은 멀리 떨어진 병원에 가거나 진료소(간단한 치료를 하거나 약을 지급하는 보건지소 — 옮긴이)에 있는 위생병, 간호사 등에게 진찰을 받는 한편, 성직자 또는 샤먼이나 다름없는 사람들에게 병든 몸을 맡긴다.

예산도 인력도 부족한 정부는 그런 민간 치료자에게 '전통의'로서 일정한 지위를 주어 변경 의료의 일부를 담당하게 했지만, 요리코는 당연히 '전통의'의 치료나 약의 효험에 의문을 품고 있다. 물론 주술 같은 것은 아예 논외였다.

그러나 반대로 전통의가 보자면 생김새도 피부색도 다른 외지인의 존재도, 이방인이 갖고 들어오는 현대 의술도 수상하기는 마찬가지일 것이다. 어쩌면 자기 영역을 침해하는 것처럼 보일지도 모른다.

불신감이 들어도 이상하지 않다. 그러한 불신감이 마을 사람들 사이에도 전파되어 미묘한 표정을 짓게 만든 것일까.

그날 밤 촌장 집에서 간단한 환영회가 열렸다.

이 마을에는 현재 게스트하우스 비슷한 것도, 빈 집도 없다. 그래서 요리코는 예전에 소노다가 그랬던 것처럼 촌장 집에 신세를 지게 되었다.

마을 사람들의 집은 돌과 볕에 말린 벽돌로 지었지만 이 집은 내장재로 목재를 아낌없이 썼다. 나무가 적은 지역인 만큼 목재는 귀한 자원이니, 이는 촌장의 재력을 보여주는 것일 터이다. 1층은 축사고, 비스듬히 걸린 통나무에 칼집을 냈을 뿐인, 사다리보다 위험한 계단을 올라가면 2층이 가족 거실, 통풍이 잘 되는 3층은 고기를 말리는 곳이었다.

약간 어두운 등유 램프 밑에 스무 명 가까운 사람이 모여 있었다. 촌장이나 장로 외에도 그 부인이나 친척뻘인 여성도 동석해 함께 먹고 마시는 것에, 요리코는 편안함을 느꼈다.

그 주름진 얼굴로 보아 모두 상당히 연로함을 알 수 있었다. 젊은이나 중년 남녀의 모습을 찾아보기 어려운 까닭은, 일을 할 수 있는 사람들이 여름에는 가축과 함께 고지대에 있는 여름용 집으로 이동하기 때문이다.

나이가 가장 많아 보이는 촌장이 환영 인사를 하고, 이어서 부처의 가호를 빌었다. 누가 통역해주지 않으면 뜻을 이해할 수 없었지만 목소리는 또렷했다. 다른 원로들도 겹겹이 새겨진 주름 때문에 용모는 완전히 노인 그 자체였지만 몸동작은 기민했으며 놀랍게도 치아 역시 비교적 온전히 보존하고 있었다. 끊임없이 담배 연기를 내뿜으며 논의하는 내용은, 팔덴이 통역해준 바에 따르면 가축이 산에서 마을로 내려올 날이나 도축할 가축의 수 등에 관한 내용인 모양이었다. 이번 겨울의 기후를 예측하고, 확보할 수 있는 건초의 양 등을 헤아려가며 논의하고 있다고 했다.

일본에서는 설령 건강해도 이 정도 나이가 되면 대부분 일선에서 물러나 주도권을 잃는다. 중요한 일을 논의하고 실질적인 결정권을 갖는 것은 기껏해야 60대까지이다.

아무리 변화가 적은 사회라 해도 노인들이 계속 실권을 잡고 있을 수 있는 것은, 나이가 많아도 능력을 유지하고 있기 때문일 것이다. 소노다가 이곳에 자리 잡고 7년간 마을 사람들의 건강 개선에 본격적으로 나선 성과가 이것인가 싶었다. 그리고 자신이 소노다가 하던 일을 계승하기 위해서 이곳에 왔음을 새삼 실감했다.

소노다가 처음으로 이 마을, 마투에 온 것은 대학원생 때였다고 들었다. 대학 연구실이 산학협력사업의 일환으로 제약 회사와 협력해 조사를 실시하게 되어 그 팀의 일원으로 왔던 것이다.

개발도상국에 원조 물자로 대량 투입된 의약품이 오히려 사람을 죽이고, 파견된 선진국 측 사람들까지 괴롭히는 결과로 돌아왔다. 돈이 있을 때만 약을 먹고 구하기 힘들면 그만두기를 반복한다. 증상이 사라지자마자 바로 약을 끊기도 한다. 무료라는 이유로 "많으면 많을수록 효과가 있겠지" 하는 생각에 몇 번이고 아기에게 백신을 투여하기도 한다. 그런 것들이 사람들의 건강을 해치고 내성균을 만연하게 해 기존의 약을 무력화한다.

약의 올바른 복용법과 사용법을 주지시키기에 앞서 약이 무엇인지부터 이해시켜야 한다. 그런 계몽 활동의 선두에 섰던 그 제약 회사는, 당시 세계 각지에서 질병과 치료법에 관한 폭넓은 조사를 실시하고 있었다.

그런데 조사가 진행됨에 따라, 소노다는 자신의 활동에 의문을 품게 되었다.

당시 마을 사람들은 분명 수명이 너무 짧았다. 영유아 사망률도 높았다. 그러나 그 문제는 투약이나 외과 수술 같은 의료 개입 이전에 생활환경이나 영양 상태의 개선으로 해결해야 할 일이 아닐까? 소노다는 그렇게 생각했다.

구멍을 팔 수 없어 화장실에는 배설물이 쌓여 있었다. 실내에서 소똥을 태우고 훈향을 피우기 때문에 늘 연기가 사람들의 폐에 흘러들었다. 경작물이 한정적이라 마을 사람들의 채소 섭취는 만성적으로 부족했다. 그러한 생활환경을 방치한 채 약품과 의료진을 보내 올바른 복용법을 설명해봤자 효과가 없었다. 오히려 이권에 몰려드는 사람들과 정부 관계자들만 살찌울 뿐이다. 그걸 알면서도 제약 회사는 시장 개척을 위해 이런 활동을 하고 있는 게 아닌가.

그런 의심과 함께 조사를 마치고 귀국한 소노다는 그 후에도 여러 차례 이곳을 다시 찾았다. 그리고 지금으로부터 11년 전에 가족을 일본에 남겨둔 채 드디어 이 마을에 정착했다. 이후 7년 동안 국내외 NGO들과 제휴하면서 마을 사람들의 생활 개선에 주력했다.

그리고 4년 전, 그는 홀연히 이 마을에서 사라졌다. 정기적으로 보내던 뉴스레터가 오지 않자 걱정한 일본 내 NGO 직원과 그의 친구들이 찾아왔다. 그러나 바로 앞 마을에서 발이 묶였다. 길이 눈과 얼음으로 막혔기 때문이다. 겨우내 마투 마을이 고립된다는 것은 알고 있었지만, 어떻게든 되겠거니 얕보고 있었던 것이다.

그때 그들이 며칠간 머물렀던 저지대 마을의 사람들은 소노다가 순례 여행을 떠났을 것이라고 했다. 티베트 불교도도, 힌두교도도 아닌 그가 순례에 나설 리 없었지만, 이 세계밖에 모르는 마을 사람으로서는 마을을 떠난다는 것이 먼 마을의 바자르(시장)에 장사하러 가거나 순례 여행을 떠나는 것이라고밖에 상상하지 못했다.

그가 생각지도 못한 모습으로 수색대에 발견된 것은 몇 개월 후의 일이었다. 마투 마을에서 걸어서 한 시간 거리인 진료소 바로 앞, 깎아지른 벼랑에서 얕은 골짜기로 추락한 것이다. 어딘가에서 길을 벗어나 헤맨 모양이었다. 실종된 것은 가을 초엽이었지만 한겨울 눈에 묻혔다가 봄이 되어서야 소노다는 녹아버린 눈 밖으로 드러났다. 수색대가 조금만 더 늦게 발견했다면 히말라야 해빙수와 함께 아라비아해까지 떠내려갔을지도 모른다.

수색대원들은 원래 모습이라고는 찾아볼 수 없는 그의 시신을 그가 사랑한 이 땅에서 불교식으로 화장했다. 소노다는 화장용 석관에서 뼛가루가 되어 귀국했다.

일본 내 NGO가 연 성대한 '고별식'에 참석한 요리코는 그때 예상치 못한 극심한 상실감을 느꼈다. 삶의 목표를 잃은 것만 같았다.

어머니가 돌아가시기까지 3년 동안 소노다의 말 한마디, 한마디에 위로를 받았다. 그리고 이에 힘입어 그동안은 약간 냉소적으로 바라보던 의사라는 직업을 동경하게 되었다. 동경은 현실적인 목표로 바뀌었고, 어머니 사후에도 주고받은 소노다와의 짧은 문자 메시지가 구체적인 길을 제시해준 덕분에 의대 입학까지 이루었다.

졸업 후 장학금 상환을 면제받기 위한 근무 기한이 지난 후에도, 대우도 지위도 좋다고는 하기 어려운 지방 병원이나 외딴섬의 진료소에서 일한 것은, 항상 소노다의 모습이 요리코의 목표였기 때문이었다.

고별식 이후 새삼 소노다의 공적을 알게되면서 요리코는 그의 뒤를 잇고 싶다고 생각하게 되었다. 4년 동안 신변을 정리하고 꼼꼼하게 준비를 한 다음, 요리코는 일본을 떠났다. 마침 마흔여섯 살 생일이었다.

"이곳 사람들에게는 자네가 필요해. 그렇게 멀리 가기보다 지금 자네가 할 수 있는 일을 여기서 해야 하지 않을까? 게다가 기술도 약도 시시각각 발전하고 있으니 아직 공부할 건 많지. 일본을 떠나 그런 곳에 가는 건 젊은 학생이나 더 나이 드신 선생님께 맡겨야지."

요리코가 근무하던 공립 병원 내과의 과장은 요리코를 극구 말렸다.

그 말에 요리코는 상처 입었다. 무거운 죄책감과 증오에 가까운 반발심이 되살아났다.

"늙은 부모를 내팽개치고, 왜 그렇게 먼 대학에 가겠다는 거야? 멀리 있는 알지도 못하는 사람들을 돕고 싶다고 생각하기 전에 가장 가까운 사람을 위해 할 일이 있을 텐데."

그녀가 스물여섯에 의대에 합격했을 때, 오빠는 축복하는 대신 이렇게 말했다.

아버지는 신변의 모든 잡무를 몽땅 어머니에게 맡기는 사람이었다. 그렇게 예순을 넘긴 아버지가 어머니를 잃었다. 아버지는 일상생활에 불편함을 느끼는 것을 넘어서, 살아갈 기력까지 잃었다.

아버지는 "네가 시집가면 난 어쩌냐"며, 난로에 등유도 안 넣은 채 얼어붙을 듯 싸늘한 실내에서 깜빡이는 텔레비전의 희미한 불빛을 받으며 요리코의 귀가만 기다린 적도 있었다.

오빠 가족은 본가에서 멀지 않은 도심의 관사에 살았다. 그러나 장남과 맏며느리는 영 불편한지 아버지는 아들과 합가하려 하지 않았고, 일상생활 전부와 자신의 노후를 독신인 딸에게 떠맡길 작정이었다.

요리코는 어리광도 적당히 하라는 말을 속으로 삼켰다. 어머니가 돌아가신 뒤로 거만한 태도는 사라지고 머리도 다 빠진 데다 등도 굽은 아버지를 마주하고 그렇게 말할 수는 없었다.

집에서 멀리 떨어진 대학을 좋아서 택한 것은 아니었다. 4년

간 사회생활을 해온 사무직 여성이 집안의 경제적 보조 없이 여러 경비와 6년 간의 학비를 낼 수 있으면서도, 자기 성적으로 합격 가능한 의대가 그곳뿐이었다. 요리코로서는 안간힘을 쓰며 노력한 끝에 아슬아슬하게 합격한 것이다. 누가 뭐라고 하든 그녀는 이 기회를 놓칠 생각이 없었다.

“네가 시집가면 난 어쩌냐”고 말한 입으로 “이제 와서 다시 대학에 가면 시집은 못 간다”며 입학을 허락하지 않는 아버지를 굳이 설득하지 않았다. 귀찮은 일이 싫어 동생을 본가에 묶어두려는 오빠도 무시하고, 요리코는 저축한 돈을 털어 모든 비용 지불과 수속을 끝내고 도쿄를 훌쩍 떠났다.

딸이 없어지면 아무리 하기 싫어도 기본적인 생활은 스스로 할 것이다. 아직 60대라면 충분히 자립할 수 있다. 그런 상식적인 판단 이전에 아버지나 오빠에게 화가 났다. 너희 같은 가족 때문에 어머니 수명이 줄어든 것이라고까지 생각했다.

설마 어머니의 3주기도 못 채우고 아버지가 변사하리라고는 생각지도 못했다. 어머니가 돌아가셨을 때에도, 영결식의 마지막 인사 때도 눈물을 보이지 않았던 아버지는 상상 이상으로 무거운 비탄에 빠졌던 모양이다. 하지만 딸이 의대 진학도 결혼도 모두 포기하고 자신과 함께해주기를 바랐던 아버지의 기대에, 요리코가 부응할 수 있을 리 없었다. 만약에 아버지 곁에 남았다면 요리코는 평생 푸념을 늘어놓으며 원한에 휩싸여 살았으리라.

달리 선택할 수 있는 길이 없었다. 그렇게 자신을 타이르고 장례를 마친 다음 곧장 대학으로 돌아왔다. 졸업 후에는 그대로 그 지역에 남아 일했다.

20년이나 거주한 남쪽 도시가 두 번째 고향이 될 무렵, 요리코는 다시 한번 인생의 방향을 크게 틀어 이 전기도 수도도 없는, 거의 중세 같은 마을에 온 것이었다.

누가 팔을 가볍게 두드려 정신이 들었다. 옆에 앉은 할머니가 두툼한 플라스틱 그릇을 내밀었다. 무슨 말을 하는지는 알 수 없었다. 할머니는 열심히 요리를 권했다.

그릇에 담긴 것은 스프였다. 한 숟가락 뜨고 나서 짠맛에 얼굴을 찌푸렸다. 그릇에는 두터운 기름기가 떠 있었다. 건더기는 말린 고기였는데 몹시 짰다. 스프의 짠맛은 그 고기에서 배어 나온 것 같았다. 말린 치즈도 들어 있었지만 채소는 보이지 않았다.

접시에는 경단 같은 것이 담겨 있었다. 보릿가루를 볶아서 버터차로 반죽한 이 부근의 주식이다. 좀 더 고도가 낮은 마을에서는 밀도 재배하지만 여기서 나는 것은 보리뿐이다. 할머니 중 한 명이 경단에 구멍을 파 버터 덩어리를 잔뜩 바르고 다시 천으로 감싸 건네주었다. 풍부한 지방 맛이 입안의 짠맛을 지워 무어라 형용할 수 없는 풍미가 느껴졌다.

채소도 곡물도 거의 심을 수 없는 척박한 땅이지만 작은 구덩이에서 암염(자연에서 나는 나트륨 결정으로 식염 원료나 공업 원료로 쓴다 — 옮긴이)을 채취할 수 있다. 마을 사람들은 어른 주먹만 한 엷은 갈색의 암염을 바자르에 가져가 팔고 그 돈으로 등유, 차, 놋대야 등 생활에 필요한 물건을 사온다. 땅바닥에 굴러다니는 소금은 그들에게 귀중품이 아니기에 양념으로, 방부용으로 아낌없이 사용했다.

또 이 일대의 산비탈은 경작지로는 쓸 수 없지만 비옥한 목초지였다. 그곳에 방사하는 야크나 산양의 젖을 짜서 풍미가 풍부한 버터를 만든다.

아침에 일어나자마자 소금과 지방이 듬뿍 들어간 버터차를 마시고 일하고, 아침식사도 같은 버터차에 보릿가루, 점심도 버터차와 보릿가루, 저녁이 되어야 비로소 채소가 약간 들어간, 염분이 풍부한 국물과 함께 버터가 들어간 보리경단을 먹지만 그것도 여름뿐이었다. 겨울에는 세 끼 내내 소금과 지방 함유율만 높은 말린 고기가 식사의 전부였다. 식사 때가 아니더라도 그들은 하루 종일 버터차를 마시는데, 그것이 고된 옥외 작업을 견디는 에너지원이 된다.

주변 마을과 비교해도 이 마을의 식생활은 유별나게 단조로웠다.

익숙한 식생활이어도 몸에는 바람직하지 않다. 겨울의 극심한 추위와 여름의 큰 일교차는 소금과 지방의 과잉 섭취로 상한 몸에 더욱 큰 부담을 준다.

"이 지역의 죽음은 거의 돌연사다. 오늘 아침까지 가축을 돌보던 여성이 오후에 쓰러지고, 몇 분 뒤 혹은 두세 시간 뒤면 숨을 거둔다. 속수무책이다."

이곳에 온 초기, 소노다는 그런 뉴스레터를 보냈다.

건조하고 냉량한 기후와 극단적으로 강한 자외선 때문에 다른 지역에 비해 세균성 감염증이 적을 터인 이 마을 사람들이 단명하는 이유를, 소노다는 예전에 제약 회사와 대학이 실시한 조사에서 벗어나 사람들과 함께 생활하며 밀착 조사를 함으로써 밝혀냈다. 그리고 끈기 있게 지도해서 마을 사람들의 생활 습관을 개선했다. 그러나 그 성과가 마을에 나타나기 시작했을 때, 그는 뜻밖의 사고로 사망했다.

그의 지도는 결실을 맺지 못했는가, 요리코는 그렇게 생각하며 짜고 딱딱한 말린 고기를 씹다가 아니, 이것은 평소에 먹는 음식이 아니라 손님을 환대하기 위해 내놓은 전통 요리일지도 모른다고 고쳐 생각했다.

"평소에는 여름에 고기 같은 건 안 먹죠. 고기는 겨울에 가축 젖이 안 나올 때 먹는 거니까요."

요리코가 묻자 팔덴도 그렇게 대답했다.

이튿날 아침, 마을을 나서서 돌이 깔린 길을 몇 킬로미터나 걸어, 갈림길에 있는 진료소를 방문했다.

소노다가 국내 NGO와 교섭하여 세운 이 약국 겸 진료소는 지금까지 요리코가 본 네팔이나 다른 히말라야 지역과 비교해도 규모가 큰 신식 건물이었다.

소노다가 사망한 후 이곳에는 의사나 군 위생병 등이 파견되어 인근 마을 사람들의 병을 치료하거나 건강 지도를 하고 있었다는데, 어떤 사정 때문인지 지금은 아무도 없었다. 앞으로는 이곳이 요리코의 활동 거점이 될 터였다.

돌로 닦은 토대에 볕에 말린 기와로 만들어진 건물 지붕에는 태양열 패널을 설치해 컴퓨터를 사용하거나 휴대폰을 충전할 수 있을 뿐만 아니라 필요할 때는 전등도 켤 수 있다.

팔덴이 열쇠를 꺼내 문을 열었다.

아주 작은 창과, 벽에 붙어 있는 좁은 폭의 진료용 침대가 눈에 들어왔다. 열쇠로 잠글 수 있는 약품 찬장 외에도 수동식 혈압

측정기, 일회용 주사기와 검사용 키트도 갖추어 산소 흡입을 하거나 링거도 놓을 수 있었다. 설비는 기대한 것보다 더 잘 갖추어져 있었다. 결코 위생적인 환경이라고는 할 수 없지만, 불안정하나마 전력은 공급되니 간단한 수술도 할 수 있었다.

그러나 설비나 기구는 모두 먼지를 뒤집어쓰고 있었다.

팔덴에게 열쇠를 빌려 약품 찬장을 열어보니 안이 텅 비어 있었다.

"여기 직원은 언제부터 없었죠?"

"글쎄요."

"왜 없어졌어요?"

"모르죠."

요리코는 저도 모르게 한숨을 쉬었다. 시설은 있어도 일하는 사람이 없다는 것은 개발도상국의 공립 병원 같은 곳에서는 자주 있는 이야기다. 의사를 비롯한 직원은 너무 저렴한 보수는 불만이지만 번듯한 시설의 직원이라는 직함은 갖고 싶어한다. 그래서 등록만 하고 실제로는 출근하지 않으며 사립 병원에서 근무한다. 하지만 이곳 직원들은 그 이상으로 질이 나쁘다. 텅 빈 찬장을 보니 아무래도 약품을 빼돌리기까지 한 모양이었다.

소노다가 있을 때는 이 번듯한 진료소가 제대로 기능하고 있었겠지만, 감시하는 사람이 사라진 다음에는 이런 꼴이 된다.

이러한 곳에서 일어나는 질병과의 싸움은 병원균이나 지역의 생활 습관만이 아니라 부정행위를 유발하는 국가 시스템도 상대하는 일이다. 부패한 시스템이야말로 가장 강한 적이다.

그런 생각을 하다가 갑자기 등골이 오싹해졌다. 소노다의 죽음은 정말로 불의의 사고였을까?

일순간 마음속에 솟아오른 의혹을 묻어버리고, 요리코는 진료소를 다시 열기 위해 필요한 물자와 약품을 조사해 메모하고 마을로 돌아갔다.

돌아가는 길은 원래 왔던 길이 아니라 산의 급경사면에 있는 오솔길이었다. 평범한 등산로로 보이지만 팔덴의 말에 따르면 훌륭한 교역로로, 마을 사람들은 소금이나 버터를 실은 야크, 때로는 산양 떼를 끌고 일렬종대로 이런 길을 다닌다고 했다. 길 가장자리가 군데군데 무너져 돌이나 나무 사다리 같은 것으로 보강했다.

"소노다 씨는 이 길에서 추락했나요?"

이 자리에서 답을 듣고 싶지는 않은 질문이 자신도 모르게 튀어나왔다.

"아니요, 여기가 아닙니다."

팔덴은 고개를 돌린 채 중얼거렸다. 퉁명스러운 대답에 차라리 안도의 한숨을 내쉬며 요리코는 비탈에 두 손을 얹고 바위벽에서 몸을 떼는 3점 지지 자세(암벽 등반을 할 때 양손과 양발 중 적어도 3개 지점은 반드시 암벽에 붙여 균형을 유지하는 기본 자세 — 옮긴이)로 한 발짝씩 옆으로 나아갔다.

"용감하시네요." 팔덴이 돌아보며 미소를 지었다. 갈색 뺨의 주름이 깊어졌다. 대담하고 쾌활한, 매력적인 남자의 웃음이었다.

"등산을 좋아해요."

"그러면 에베레스트도 가봤어요?"

"그럴 리가요. 트레킹 정도죠."

땀을 흘리며 바위를 다 돌아갔을 때, 먼지를 뒤집어쓴 옷이 눈에 띄었다. 순간적으로 시체인 줄 알았지만 아니었다. 긴 야크 모직 천을 걸친 노인이었다. 어제 차를 타고 지나갈 때 본 노인과는 다른 사람이었지만 역시 걸인이었다. 무척 야위었고 마른기침을 하고 있었다. 결핵일지도 모른다. 의사로서 이곳에 왔지만 지금 여기서 그에게 해줄 수 있는 일은 아무것도 없었다. 초조함을 느끼며 요리코는 손에 쥐고 있던 물병과 비스킷 봉지를 내밀었다.

별다른 감사 표시도 없이, 오히려 거만하기까지 한 태도로 노인은 물과 비스킷을 받았다.

"착한 일을 했군요. 분명 부처의 가호가 있을 겁니다." 팔덴이 아까와 똑같은 쾌활한 미소를 지었다.

먼 나라의 아무 인연도 없는 노인에게 베푸는 시주.

하지만 자신의 아버지에게는 뭘 해줬던가?

씁쓸한 생각이 목구멍으로 치밀어 올랐다. 부질없는 일을 떠올린 자신에게 화가 났다.

얼마 안 되어 산의 청량한 공기에 연기 냄새가 섞이기 시작했다. 길이 넓어졌다. 마을이 가깝다. 안도한 그때, 앞서 걷던 팔덴이 갑자기 뒤돌아보더니 요리코의 팔을 힘껏 끌어당겼다. 요리코는 균형을 잃고 팔덴의 가슴으로 쓰러졌다. 그는 상관하지 않고 요리코를 질질 끌어 그 자리에서 벗어났다. 요리코가 있던 자리에 어른 머리통 정도 크기의 돌이 몇 개 굴러 떨어진 것은 그 직후였다.

얼어붙은 채 자신이 지나온 길을 돌아보고 있는 요리코의 팔을 재빨리 놓아주고 그는 훌쩍 앞서 걸어가기 시작했다.

낙석이다. 한순간이라도 늦었으면 정통으로 맞았거나, 아니면 균형을 잃고 추락했을지도 모른다. 그 정도로 가파른 비탈인지 벼랑 위를 올려다보았다.

"영양이 돌을 떨어뜨리기도 하죠."

팔덴이 돌아보지 않은 채 말했다. 탁한 목소리라 알아듣기 힘들었다.

마음을 가다듬고 다시 걷다가 튀어나온 바위를 빙 돌았을 때였다. 앞쪽에 걸어가는 인영(人影)이 보였다. 구름 한 점 없는 하늘에서 쏟아지는 강렬한 햇살 아래로 기묘한 형태의 모자가 까만 그림자를 드리우고 있었다.

어제 봤던 그 약초의 겸 승려다. 적의조차 읽을 수 없는 무표정한 얼굴과 어두운 구멍 같은 눈을 떠올렸다. 요리코는 무의식적으로 벼랑 위로 시선을 돌렸다.

티베트 불교에 과연 저런 승려가 있을까 하고 생각했다. 자신의 첫인상대로 저자는 샤먼이나 주술사가 아닐까. 그가 사악한 주술로 자신의 머리 위에 돌이 떨어지게 한 것은 아닐까? 잠깐이지만 진심으로 그런 생각을 한 자신이 부끄러웠다. 희박한 산소가 정신에 영향을 줬을지도 모른다.

촌장 집까지 돌아와 2층으로 올라가는 계단에 발을 디뎠을 때 무심코 1층 쪽을 바라보았다.

가축을 기르는 오두막인 그곳은 지금 계절에는 아무것도 없다. 여름에는 야크와 산양을 산에서 방목하기 때문이다. 텅 빈 1층은 어젯밤과 오늘 아침에 요리코가 볼일을 본 2층 변소 바로 밑이다. 2층의 넓은 공간에는 곳곳에 보릿짚이 쌓여 있는데, 그것을 가져와 그 위에 볼일을 보고 가운데 뚫린 큰 구멍에 짚과 함께 떨어뜨린다. 소변만이라면 구멍 가장자리에 엉덩이를 내밀고 끝낸다.

지금 그 구멍 밑 1층에는 분명 짚으로 뒤덮인 배설물이 쌓여 있었다. 소노다가 뉴스레터에 쓴 그대로였다. 그다지 냄새가 나지 않는 것은 짚에 덮여 있기 때문일지도 모른다.

쌓인 배설물은 가축용 오두막의 볏짚을 교체할 때 함께 밖으로 긁어내 초봄에 보리를 심기에 앞서 밭에 거름으로 준다고 했다. 겸업이기는 하지만 본가가 농가인 요리코에게는 그것이 소노다가 걱정했던 만큼 불결하지 않을 뿐만 아니라 나름대로 친환경적이고 훌륭한 처리 방식인 것 같았다.

촌장을 포함한 장로들은 해가 떠 있는 동안 밭에서 농사를 짓는다. 버터와 찻잎, 그리고 볶은 보리나 보릿가루를 가지고 밭에 나가 작물을 돌보고 관개 수로 정비 등을 한다. 노인이 소극적이고 비생산적이라는 고정관념을 뒤집는 건강한 모습이었다.

소노다는 7년간의 보건 의료 활동으로 사람들이 단명하고 건강하지 못한 이 마을을 바꿨다. 노인들의 모습에서 요리코는 소노다가 고군분투하며 만들어낸 이상향의 모습을 보았다.

그 이상향이 위태로워졌음을 깨달은 것은 이삼일이 지난 다음부터였다. 분명 촌장 집에서 먹은 환영회 식사는 평소보다 호화로운 것이었던 모양이다. 그러나 일상적인 식사도 소노다가 예전에 뉴스레터로 썼던 바와 전혀 달라지지 않았다.

일어나자마자 소금과 지방이 가득한 버터차, 버터차와 보릿가루, 버터로 먹는 아침식사, 그것과 동일한 메뉴의 점심, 게다가 짠 국물을 마시는 저녁. 몸에 해롭기 짝이 없는 식생활이었다.

일본에서 가져온 수동식 혈압계로 시험 삼아 마을 사람들의 혈압을 재보니 대체로 고혈압이었다. 거의 풍토병이라 해도 될 정도였다.

일본 국내라면 혈압강하제를 처방하겠지만, 이런 곳에서는 그런 약을 장기간 복용한다는 것 자체가 비현실적이다. 약을 입수했다 하더라도 이들은 자각증상이 없으면 약을 안 먹고, 자각증상이 없으면 설령 그것이 아무리 위독한 상태라도 병이라 여기지 않는다. 두통이나 코피도 당장만 안 아프면 그것으로 끝이었다.

여름에는 몸을 식히는 것, 겨울에는 몸을 따뜻하게 하는 것을 먹는다고 촌장의 아내, 이셰 아그모가 설명했다. 몸을 식히는 것은 버터밀크에 소금을 넣은 것이고, 따뜻하게 하는 것은 역시 소금 덩어리 같은 고기와 버터였다. 영양학 측면에서 보자면 무의미한 구별일 뿐만 아니라 해롭기까지 했다.

이전에 소노다는 보리밭 한구석에 일본의 한랭지에서 가져온 푸른 채소 씨를 뿌리고 마을 사람들에게 개방했지만 그곳은 이제 다시 보리밭으로 되돌아가 있었다.

마을 여자에게 물었더니 그가 심은 채소는 이 땅에 맞지 않았던지 잘 자라지 못했고, 여름에 잠깐 이파리가 무성해도 씨를 맺지는 못해서 매년 씨를 사와야 했다. 그래서 그가 없어지자 재배가 끊겼다고 했다.

지금은 심신 모두 건강한 노인이 많은 이상향이지만, 소노다가 죽은 지 4년, 이미 마을 사람들의 생활 습관은 건강과는 거리가 먼 예전 방식으로 되돌아갔고 노인들의 혈압은 뚜렷하게 높았다. 이대로는 머지않아 그가 뉴스레터에 썼던 '돌연사 마을'로 되돌아갈 것이다.

급성 질환이나 상처에 대응하는 진료소 활동만으로는 부족하다. 소노다가 행하던, 마을의 생활 방식과 사람들의 의식을 바꾸는 보건 활동을 서둘러 재개해야 한다.

엄혹한 자연조건 하에서 선택의 여지가 없었던 불건전한 식생활은, 이전에 비하면 도로망이 정비되고 불완전하게나마 화폐 경제가 침투하기 시작한 지금이라면 개선할 수 있다.

중요한 것은 이슬람이나 힌두교 마을에 비해 발언권이 강한 여성들의 의식을 개혁하는 것이라고 요리코는 생각했다. 직접 손으로 만든 종이 연극을 이용해 그들에게 생활과 식사 개선을 호소한다. 당장은 요리나 비디차에 넣는 소금을 삼가도록 지도하고, 가축의 사료로 쓰는 젖당의 원료인 유청(乳清)이나 지방질이 적은 버터밀크의 활용법을 제안하고, 실제 그것들로 요리를 만들어 맛보게 한다. 또한 이른 아침 농사일을 하기 전에 실시하는 가벼운 준비운동 등도 도입한다.

한편으로 촌장의 집에 혈압계를 두고 사용법을 가르쳐 누구든 사용할 수 있도록 함으로써 고혈압을 의식하게 만든다. 일본에서는 지역 보건사회복지사가 흔히 하는 활동으로, 당장 눈에 보이는 결과는 없어도 가장 효과적인 방법이었다.

가장 시급한 목표는 하루라도 빨리 현지어를 익혀 팔덴의 도움 없이 마을 사람들과 직접 의사소통을 하는 것이었다.

다음 날 요리코는 팔덴이 운전하는 차로 시내에 나왔다. 시내에 있는 NGO 지부에 진료소에 구비할 약제와 기구 목록을 제출하고, 보건 활동을 재개하는 데 필요한 예산과 직원을 구하기 위해서였다.

소노다처럼 마을에서 개인으로서 얻은 신뢰와 존경심만으로 마을 사람들의 의식과 생활 습관을 바꾸는 데는 한계가 있다. 주(州) 정부와 국내 NGO와 협력하면서 개발협력 프로젝트를 만들고 마을 사람들 중에서도 리더를 뽑아 교육해야 했다. 이 나라는 세계적으로도 우수한 NGO 대국이다. 마땅한 이유가 있고 효과를 기대할 수 있으며 실행 가능한 프로그램이라면 신속하게 채택할 것이다.

그것이 소노다보다 한 세대 젊은 요리코가 생각해낸 방법이었다.

시가지 입구에 있는 바자르에서 한랭지에 적응한 유채과 채소와 파종하고 한 달 내에 수확할 수 있는 무 씨앗, 파프리카 등 채소 모종을 구입했다. 모두 1년에 4개월 정도만 농사를 지을 수 있는 땅에서 단기간에 기르는 작물이다. 소노다가 했던 것처럼 보리밭 한쪽에 이런 야채를 심을 생각이었다. 파와 부추의 구근을 함께 산 것은 병충해를 입을 경우에 대비하고 좁은 경지에서 기를 때 발생할 수 있는 연작장해(같은 작물을 동일한 밭에 연속적으로 재배할 때 작물의 생육, 수량, 품질 등이 저하되는 현상 — 옮긴이)를 피하기 위해서였다.

자신에게는 소노다와 같은 카리스마는 없다. 그러나 본가가 농사를 지었던 요리코는 작물이나 경작법에 관한 약간의 지식이 있었다.

차의 왕래도 뜸한 먼지가 많은 시내 중심가에 선술집으로 착각할 법한 벽돌 건물이 있는데, 그곳이 NGO 지부였다. 요리코가 여기서 활동하는 동안의 소속 기관이다.

문을 열자 보이는 책상에는 계몽용 일러스트가 실린 팸플릿이 쌓여 있었고, 그 너머에서 펀자비(인도 펀자브 지역의 전통 의상으로 무릎까지 늘어지는 윗옷에 스카프를 두르는 형태 — 옮긴이) 차림의 중년 여성이 혼자서 사무를 보고 있었다.

요리코는 그녀에게 전날 방문한 진료소의 상태를 이야기하고 필요한 의약품과 비품 목록을 건넸다. 그리고 예산은 차치하고, 가능한 한 믿을 수 있는 의료 종사자 한 명을 급히 파견해줄 수 있냐고 이야기를 꺼내며 자신의 계획을 들려줬다.

여자는 얼굴을 찡그리며 고개를 저었다.

"아무도 안 가요."

"왜죠? 보수 때문입니까, 아니면 벽촌이라서?"

여자는 작게 혀를 차고 시선을 돌렸다. 불성실하기 짝이 없는 태도에 요리코는 짜증이 났다.

"겨울 동안 5개월이나 고립되는 지역이에요. 거기서 의사가 한 명 죽었고요. 다음에 파견된 위생병은 실종됐어요. 그런 곳에 가고 싶은 사람이 어디 있겠어요?"

"죽었다는 건, 일본인 의사를 말하는 건가요?"

"아니요. 델리에서 온 의사, 행방불명된 위생병은 라다크인이었어요."

"습격을 당했나요, 사고인가요?"

자신이 경험한 낙석이 생각나 무의식적으로 추궁하는 듯한 말투가 되었다.

"병 때문이에요. 의사나 위생병이라도 저런 곳에서는 스스로 고칠 수 없는 병이 있으니까요. 휴대폰으로 도와달라고 연락이 왔지만 늦었어요."

여자는 책상에 팔꿈치를 짚고 턱밑으로 깍지를 낀 자세로 요리코를 올려다보았다. 아리아계 특유의 움푹 들어간 눈가가 두드러져 독수리처럼 보였다.

"시골 사람은 질병의 원인을 세균이나 바이러스라고 생각하지 않아요. 토지신이 있는 곳에 진료소 건물을 세웠기 때문이라든가, 직원이 신목(神木)을 넘어갔다든가, 환생 못한 악령에 사로잡혔다든가 하는 식으로 생각하죠. 미신 속에서 사는 마을 사람이 그런 말을 한다면 이해할 수 있지만, 델리에서 제대로 된 교육을 받은 의사가 말이죠, '누군가의 저주를 받아 가슴이 파고드는 것처럼 아프다'고 전화를 했어요. 뚱뚱한 사람이었죠. 고산병인 것은 저 같은 아마추어도 알 수 있는데 그런 얼토당토않은 말을 했어요. 인간은 아무리 교육을 받고 과학적인 사고를 하는 법을 익혀도, 손쉽게 야만적인 미신의 세계에 사로잡히는 겁니다."

상담할 사람도 없이 홀로 전근대의 세계에 갇힌 채 합리적인 사고를 유지하는 것은 의외로 어려운 일인지도 모른다.

"실종자는요?"

"글쎄요. 어느 순간 마을 사람들이 진료소에 가니 아무도 없었다. 이곳으로도 연락이 안 오게 되었다. 그뿐이죠."

약장이 비어 있었다는 사실로 미루어 볼 때, 무슨 일인지 쉽게 상상할 수 있었다.

의약품 보충만이라도 신속하게 진행해달라고 당부하고, 요리코는 밖으로 나갔다.

바자르로 돌아가보니 팔덴이 약속 장소인 인터넷 카페에서 기다리고 있었다.

해가 이미 기울고 있었다. 마을과 연결된 도로에는 물론 가로등이 없었다.

서둘러 차에 돌아가자고 재촉하자 팔덴은 "괜찮아요"라며 태연한 얼굴로 뉴스 화면을 들여다보거나 어딘가에 이메일을 보냈다.

아니나 다를까, 벼랑에 조각한 듯 좁은 오솔길로 접어들었을 무렵에는 사위가 어두워졌다. 계곡 쪽에 1미터 간격으로 늘어선 흰 연석들이 자동차 헤드라이트에 반사되는 것을 보고 팔덴은 능숙하게 핸들을 돌렸지만 요리코는 조마조마할 따름이었다. 숨죽인 채, 방금 전 시내에서 팔덴과 나눈 대화를 떠올렸다.

"아, NGO의 직원이 한 말은 사실입니다. 예전에 진료소에 왔던 의사가 죽었죠. 이웃 마을 남자가 약을 받으러 갔더니 진료용 침대에 죽어 있었답니다. 누군가의 원한을 사서 주술에 당했다고요? 그건 우리 발상이 아닌데요. 힌두교도들이 가끔 그런 소리를 하죠. 우리는 병의 원인이 조상이나 부모의 업보이거나 여러 영들의 소행이라고 생각하죠."

팔덴의 말투는 냉소적이었다. 외부 사람에게 자신들의 문화를 설명하고 있을 뿐, 자신은 그것을 믿지 않는다는 것을 은근히 드러낸 것이다. 저 마을에서 태어나 자라고 도시로 나가 고등교육을 받은 다음 해외에서 오는 NGO 자원봉사자, 때로는 정부 관계자의 가이드를 맡는 남자다. 합리적이고 유물론적으로 사물을 생각하는 외지인과도, 질병을 업보, 정령이나 죽은 자의 혼 때문이라고 생각하는 마을 사람들과도 거리를 두고 있다. 아마 자신이 어디에 속하는 사람인가에 대해 고민한 적은 없을 것이다. 돌아오는 대답은 때때로 냉혹할 만큼 스스럼이 없었다.

"그럼 그 의사 다음에 온 직원은 어떻게 된 거죠?"

"행방불명이죠. 마을 사람이 갔더니 아무도 없었어요."

"지난번에 내가 진료소에 갔을 때, 직원은 어디에 있냐고 물었더니 당신은 모른다고 대답했었는데요."

요리코가 너무 따지는 말투처럼 들리지 않도록 은근히 물어보자 팔덴은 "아, 행방불명이라 모른다는 거였죠"라고 아무렇지 않게 대답했다.

"게다가 저는 진료소와 인연이 없어요. 감기 정도는 라마의 약으로 충분하고, 만약 중병에 걸리면 시내 병원까지 직접 차를 몰고 나가면 되니까요."

중병에 걸리면 운전을 할 수 있을 리가 없다. 그러나 가벼운 병이나 만성적인 질병이라면 약초의에게, 중한 병이라면 시내 병원으로 가는 것은 동네 의사와 종합병원의 구별과 비슷해 이해하기 쉽다. 하필 그 약초의가 괴상한 복장을 한 샤먼풍의 승려만 아니라면.

차에서 내려 마을로 돌아가는 길에는 불빛이 없었다. 그러나 고지대인 탓에 나무 한 그루 없는 능선의 돌바닥은 쏟아지는 달빛 덕분에 의외로 환했다.

마을에 들어설 무렵이었다. 개 몇 마리가 짖는 소리가 들려왔다. 지난번과는 분위기가 다르다. 으르렁거리는 소리가 섞여 있음을 금방 눈치챘다. 어둠 속에서 창백한 눈이 빛났다.

요리코는 들개인가 싶어 뒷걸음질쳤다. 팔덴이 날카로운 목소리로 개를 꾸짖었다.

그 순간 부근에서 휙 하고 바람이 일어나는 듯한 느낌이 들더니 종아리에 통증이 느껴졌다.

팔덴이 고함을 지르며 발로 개를 걷어차 흩어지게 만들었다. 마을 사람들이 제각기 집에서 나왔다. 그다지 놀란 것 같지도 않았다.

개들은 조용해졌다. 우두머리 개의 목에는 갈기 장식이 감겨 있었다. 들개가 아니었다. 기르는 개다. 예전에 요리코를 반겨준 것과 같은 개였다.

“이 개들은 밤이 되면 성격이 변하죠. 야행성 동물이나 침입자에게서 가축을 지키는 개라서요.”

팔덴이 변명하듯 말했다.

바지를 걷어 올리자 피가 발목까지 흘러 양말이 피에 흥건히 젖었다.

태연한 척했지만 극심한 공포를 느꼈다.

이 부근은 어떤지 모르지만 인도 국내는 광견병이 흔하다. 그리고 일단 발병하면 살아남을 수 없다.

걱정스럽게 뭘 물어보는 마을 여자에게 깨끗한 물을 가져다달라고 부탁했다. 아침에 끓인 물을 식힌 것이지만 끓이지 않은 물보다는 낫다. 요리코는 손전등으로 비춰 상처 부위를 정성껏 씻었다. 작은 상처지만 이빨이 의외로 깊이 파고든 모양이다. 충분히 씻은 다음 소독약을 뿌렸다.

광견병 바이러스는 약해서 이러면 대개 사멸한다. 파상풍균도 마찬가지다.

출국 때 백신도 접종했다. 그러나 만약 그 개가 광견병 바이러스를 갖고 있다면 한 번 접종하는 것만으로는 안 된다. 두세 번의 추가 접종이 필요하다. 내일 다시 시내까지 나가야 했다.

상처에 거즈와 반창고를 붙이고 2층으로 올라갔다.

정작 물렸을 때는 그다지 아픔을 느끼지 못했지만 한 시간 정도 지나자 물린 자리가 욱신거리기 시작했다.

촌장 집 사람이 저녁식사를 하라고 했지만 바닥에 앉아 있기도 힘들었다. 입맛도 없고 눈앞의 보리경단이 들어간 짠 국물에도 손을 못 대고 있자 아그모가 알루미늄 컵을 가져왔다. 탁한 물처럼 보이는 것이 들어 있었다. 유청일 것이다. 컨디션이 안 좋고 입맛이 없거나 설사할 때 그들은 치즈를 만들고 남은 유청을 마신다. 미네랄과 비타민이 함유된 액체는 환자식으로 적절하다. 평소 식사를 할 때도 마시면 더 좋을 것 같지만 환자에게 먹일 때 외에는 가축 먹이로 준다.

단숨에 마셨다.

다 마시고 나서야 유청이 아니라는 것을 알았다. 원래 유청은 맛이나 향기가 거의 나지 않는다. 은은한 산미와 있는 듯 없는 듯한 요구르트 냄새가 전부다. 그러나 이 액체는 국화나 우엉과 비슷한 허브향이 났다. 목구멍으로 넘어간 후 혀에 단맛과 쓴맛이 남았다.

아그모는 어린아이에게 하듯이 요리코의 어깨부터 등까지 손으로 문질렀다. 노인이 보자면 이미 40대 중반을 넘긴 자신도 아이로 보일지도 모르겠다고 생각하면서, 문득 그 따스한 손바닥으로 전해지는 따뜻한 정을 느끼고 눈물을 글썽였다. 굳은 마음이 사르르 녹아버리는 것 같은 편안함을 느꼈다.

타이르듯 무슨 말을 하는데 알아들을 수 없었다. 통역해주는 팔덴은 없다. 그저 그 부드러운 어조와 손바닥의 온기에 아픔이 가셨다. 둔한 쾌감과 함께 졸음이 쏟아졌다.

요리코는 흠칫해서 컵을 가리켰다.

"이거, 뭐죠?"라는 말은 몰라도 행동으로 이해할 것이다.

부드러운 어조로 이어지는 말 가운데 '약'과 '승려'를 가리키는 단어를 알아들을 수 있었다.

팔덴이 말했던 그것이었다. 대수롭지 않은 병이라면 약초의가 처방한 약으로 치료한다.

식물에서 추출한 안정제 같은 것을 먹인 것이다.

아그모는 '라마'라는 말만 몇 번이고 반복하며 경문을 외우는 듯한 행동을 했다. 즉 그 샤먼풍의 승려 겸 약초의를 불러 부정을 없애는 의식을 하라는 뜻이다.

반사적으로 고개를 흔들었다. 여기는 그런 곳이니 겉보기만이라도 따르면 된다. 알고는 있지만 심리적으로 심한 거부감이 들었고, 거기에 물린 부위의 통증까지 더해져 그만 완강한 태도를 취했다.

아그모가 당황한 표정으로 물러났다.

요리코는 발을 질질 끌며 화장실에 가서 볼일을 보고 그대로 이불 속으로 파고들었다.

텔레비전 브라운관의 빛에 섬유벽이 쉴 새 없이 깜빡였다.

요리코는 왜 이곳에 텔레비전이 있는지 의아했다. 전기가 안 들어오는 마을인데, 하는 의문은 금세 흐릿한 의식에 녹아들었다.

뒤돌아보는 아버지의 창백한 얼굴에도 텔레비전의 빛이 깜빡였다.

아버지가 귀찮은 듯 턱으로 석유 난로를 가리켰다.

"네가 시집가면 난 어쩌냐."

어리광 부리지 말라고 소리쳤다. 요리코는 큰소리로 화를 내고는 난로에서 빈 카트리지 탱크를 빼내고 거친 발걸음으로 얼어붙은 것처럼 싸늘한 복도를 지나 창고로 향했다. 등유를 넣으며 뒤돌아본 순간, 손바닥에서 펌프가 미끄러져 추락했다.

아버지는 잿빛 얼굴을 하고 축 늘어지듯 앉아 있었다. 피부가 군데군데 검게 변색되어 얼룩덜룩한 얼굴을 반짝이는 텔레비전 불빛이 비췄다. 요란한 버라이어티쇼 진행자의 목소리가 귀를 때렸다.

흘러나온 체액으로 검게 얼룩진 두툼한 면직 방석과 새로 꾸민 불단이 보였다.

"기쁘냐?"

아버지가 물었다.

"부모는 버려두고 생판 남에게 헌신하니 좋으냐? 존경받는 것은 기쁘냐? 우리는 하나도 즐겁지 않단다. 가족은 히카리가오카 단지에 버려두고, 네 그 잘난 박애 정신인지 사명감인지의 희생양이 되어 의지할 사람도 없이 썩어가지."

히카리가오카? 아버지는 히카리가오카라는 지역에 아무 연고도 없다. 히카리가오카 단지는, 그래, 소노다의 처자식, 요리코가 만난 적도 없는 그의 가족이 살고 있는 곳이다.

아버지가 갑자기 목소리를 바꾸었다.

"다리, 아프냐?"

통명스럽지만 정이 담긴 굵은 목소리다.

"괜찮니? 지금 데리러 간다. 거기 기다리고 있어."

가슴이 뜨거워지고 슬픔이 복받쳤다.

반팔 폴로셔츠 차림의 아버지가 있었다.

그때 아버지는 한밤중에 폭풍우를 뚫고 차를 몰아 국도를 200킬로미터나 달려 요리코를 데리러 왔다. 고속도로는 통행이 금지되었고 열차도 멈췄다. 악천후로 도쿄에 돌아가지 못하고 남자친구와 둘이서 고지대 호텔로 피난해 처음으로 밤을 함께 보내려던 참이었다.

스물세 살이 되고서야 겨우 생긴 애인이었다.

하지만 누구였지? 이름이나 신상은 기억나지 않는다. 윤곽도 흐릿하다. 회사 동기? 아니 거래처 직원이었나?

아버지는 "딸애가 폐를 끼쳤군요"라며 요리코의 남자친구에게 정중하게 인사한 다음 요리코를 조수석에 태우고 다시 폭풍우 속을 달렸다. 요리코를 태우고 드라이브했던 고급 세단과 함께 덩그러니 호텔에 남겨진 남자친구는 두 번 다시 요리코에게 만나자고 하지 않았다.

큰 타격은 아니었다. 마음 한구석에서는 남자가 귀찮다고 느끼고 있기도 했다.

친구들이 있고 가족이 있었다. 생일이나 크리스마스는 가족끼리 식탁에 둘러앉아 보냈다. 친구들은 "요리코네는 화목해서 좋겠다"며 부러워했다. 부모님과 오누이로 구성된 네 식구가 가장 편했다. 그것이 이상하다고 생각한 적은 없었다.

그러나 그 가족의 마음을 이어주던 사람은 50대 중반에 떠나갔다.

가족이 화목할 수 있었던 건 순전히 어머니의 노력 덕분이었을지도 모른다. 어떤 상황에서도 싫은 표정 한 번 짓지 않고 가족에게 헌신하던 어머니였다. 시한부 선고를 받은 다음에도 조금이라도 기분이 좋을 때는 부엌에 서고, 목욕하는 아버지를 위해 속옷을 준비하던 어머니였다. 아버지가 이끄는 것처럼 보여도 가정은 사실 어머니를 중심으로 돌아가고 있었다.

그런 어머니가 돌아가셨을 때, 아버지는 물론이고 결혼한 오빠조차 당연하다는 듯이 여동생이 어머니를 대신하기를 요구했다.

화목한 가족에게 자신은 무언가를 계속 빼앗겼다…….

그것을 느낀 게 언제쯤이었을까.

의심이 확신으로 바뀌었을 때, 그곳에서 도망쳤다.

도망친 결과가 이것인가, 요리코는 불단 앞에서 회색과 검은색의 얼룩덜룩한 물체로 화한 아버지를 바라보았다. 먼지를 뒤집어쓴 불단에서 어머니의 영정이 미소 짓고 있었다.

아파서 깼다. 주변은 이미 환했다.

상처는 빨갛게 부어올랐다. 소독하고 거즈를 교체한 후 팔덴이 데리러 올 때까지 어제 사온 채 방치한 채소 모종과 부추, 파 등을 땅에 심었다. 건조한 지역이라 그대로 두면 모종이 금세 말라버리기 때문이다. 어느 집에서 나온 아이가 신기한 듯 쳐다보더니 이내 흉내를 내며 도와주었다.

잠시 웅크리고 앉아만 있어도 통증이 머리까지 솟아올랐다.

어둠 속에서 습격한 개에게 새삼 두려움을 느끼며 마중 나온 팔덴과 함께 촌장 집을 나섰다.

한쪽 다리를 질질 끌며 걷기 시작하자 지게를 짊어진 노인이 얼굴을 찡그린 채 다가와 자기 지게에 앉으라고 손짓했다. 마을 장로 중 한 명이었다.

“차 있는 데까지 데려다주겠다네요.” 팔덴이 말했다.

“아니, 그러지 않아도 돼요.”

“괜찮아요. 이 분은 산사람이라 힘이 엄청 세죠. 사양하지 말고 업히세요. 옛날부터 환자는 이렇게 옮겼으니까.”

요리코의 아버지보다도 나이를 먹은 노인이다. 다른 곳을 둘러봤지만 이 시기 젊은이는 방목지에 가 있기 때문에 노인만 남아 있었다.

“고마워요, 하지만 괜찮으니까.” 그렇게 말하면서도 요리코는 노인의 움푹 파인 눈에 기세가 눌린 듯 어느새 지게에 걸터앉아 있었다.

그때 아그모가 통나무 계단을 뛰어 내려왔다. 요리코의 배낭을 가져와 노인에게 건네고, 요리코에게 무슨 말을 했다. 눈썹을 모으고 손녀에게 차근차근 설교하는 듯한 몹시 진정 어린 목소리였지만, 배낭까지 가져갈 필요는 없었다.

“다시는 돌아오면 안 돼, 돌아오면 당신은 다리가 썩어서 죽을 테니까.” 팔덴이 통역했다.

“잠깐만요, 나는 치료받으러 가는 거예요. 배낭은 여기에 둬 주세요. 돌아올 거예요.”

요리코가 당황해서 그렇게 말했지만 상대방에게 악의가 보이지 않는 만큼이나 그 말이 꺼림칙했다.

“안 돼. 여기 있으면 자꾸 나빠지다가 결국 죽을 거야. 당신은 개한테 물린 거야. 개가 왜 물었는지 알아? 영혼이 재앙을 내린 거지. 들판을 떠도는 귀신인지, 거친 신인지, 사령인지 나는 몰라. 그러니까 라마에게 부탁해서 무엇 때문인지 알아내고 귀신을 쫓는 의식을 해야 하는데. 이대로는 당신 다리가 낫기는커녕 점점 악화되다가 죽게 될 거야. 시내에 가서 치료해봤자 여기로 돌아오면 다 물거품이 되겠지. 내 말을 안 들을 모양이니 당장 여기를 떠나게. 여기 있으면 재앙이나 재액에서 스스로를 지킬 수 없어. 당신처럼 젊은 여자가 아이도 못 낳고 죽어버리면 나는 어쩌면 좋을지…….”

“괜찮아요, 나에겐 나를 지켜주는 아군이 있으니까.”

백신과 인체에 관한 지식이라는 아군이…….

배낭을 그 자리에 두었다.

지게에 실려 흔들리면서 아그모와 땅바닥에 놓여 있는 배낭이 멀어졌다. 아그모는 여기저기 깊은 주름이 새겨진 갈색 얼굴에 비탄의 표정을 띠고 요리코를 배웅하고 있었다. 불안이 몸을 옥죄었다.

“나는 저주를 받았다”고 호소한 진료소 직원의 심정을 이해할 수 있었다. 자칫하면 자신의 정신도 위험했다.

그래도 마을에서 멀어지자 불안은 누그러졌다. 지게를 짊어진 노인의 걸음은 안정적이어서 숨이 하나도 흐트러지지 않았다. 가로수가 휘어지며 비바람이 휘몰아치는 한밤중에 아버지 차 조수석에 타고 도쿄로 돌아오며 느꼈던 엄청난 안도감이 문득 되살아났다.

이 지방에서 유일한 사립 병원은 4성 호텔과 레스토랑이 즐비한 번화가에 있다.

하지만 보통 사람들은 대부분 무상 의료를 제공하는 공립 병원에 간다고 들었다. 의사는 좀처럼 오지 않고, 환자는 바퀴벌레나 쥐가 돌아다니는 바닥에 누워 있다. 식사도 제공하지 않기 때문에 가족이 직접 해 먹인다. 의료 수준을 논하기 이전에 위생 면에서부터 위험한, 병원이라는 이름값도 못하는 시설이다. 하지만 교통수단이 없는 마을 사람들은 그런 병원조차 갈 수 없다. 예전에 소노다가 뉴스레터에 그렇게 썼었다.

하지만 요리코가 간 사립 병원의 로비는 흰 대리석이 깔려 있고, 그 모양새도 의료진의 복장도 놀랄 만큼 청결했다. 안내도를 살펴보니 충분한 설비도 갖추고 있었다.

대합실에는 트레킹하러 온 여행객으로 보이는 외국인뿐이었다.

의사는 윤곽이 뚜렷하고 피부가 흰, 한눈에 중상류 계급임을 알 수 있는 인도인이었다.

"개는 조심해야 해요."

의사가 백신을 주사하면서 말했다.

"놈들은 더럽죠. 인분도 먹어요. 관광객들은 겁도 없이 머리를 쓰다듬는데, 상상만 해도 끔찍해요. 비록 광견병은 아니더라도 타액을 비롯해 온몸이 세균 덩어리예요. 절대 만지면 안 됩니다. 만약 개가 핥기라도 하면 꼭 알코올로 닦으세요. 그런데 여행 목적은 트레킹인가요, 아니면 전통 부족 관광인가요."

요리코는 사정을 솔직하게 얘기했다. 설명을 마치기도 전에 의사는 "어리석어"라며 고개를 저었다.

"그 마을에서 의료? 약품과 인력의 낭비예요. 그들은 그런 운명을 믿으며 살다가 죽게 놔두면 됩니다. 우리와는 상관없어요."

이런 인간도 있다. 요리코는 의사의 한 가닥 흐트러짐도 없이 단정하게 정리된 흑발과 거룩해 보일 정도로 반듯한 얼굴을 바라보았다. 칠흑의 눈동자는 차갑고 고요한 빛을 내뿜고 있었다. 저 마을의 애니미즘보다도 동떨어진 세계가 그 눈 속에 있었다.

달러로 병원비를 지불하고 병원을 나섰다. 발에는 거창하게 붕대가 감겨 있었다. 돌아오지 말라는 아그모의 말 때문이 아니더라도 일본으로 돌아가고 싶은 마음이 고개를 들었다.

하얀 연석만 믿고 밤길을 달리는 것은 아무래도 피하고 싶어서 이날은 아무 데도 들르지 않고 차를 탔다.

고도 4천 미터가 넘는 고개에서 바라보는 여름 하늘은 파랑을 넘어 청자색에 가까워 우뚝 솟은 바위산의 회갈색과 선명한 대조를 이루고 있다.

그때 저쪽에서 흙먼지가 올라오는 것이 보이고, 연기처럼 피어오른 흙먼지 사이로 사륜차의 콧등이 보였다. 팔덴이 차를 천천히 세우면서 슬금슬금 뒤로 물러나기 시작했다. 하지만 전방 차량은 속도를 늦추지 않았다. 이쪽이 완전히 양보하는 형태로 후퇴하다 서로 스쳐 지나가는 구간에 들어서자 팔덴은 벼랑 끝에 아슬아슬하게 차를 세웠다. 갓길이 무너지면 그대로 천길 낭떠러지 밑으로 떨어질 것이다.

"경찰차니 할 수 없죠."

팔덴이 웃었다.

"경찰? 무슨 일 있었나요?"

"글쎄요."

선글라스를 끼고 제복을 입은 남자가 둘, 이쪽을 한 번 쳐다보지도 않고 스쳐 지나갔다. 차창 너머로 뒷좌석에 놓인 물체가 보였다. 무엇인가가 마대 같은 것에 담겨 있었다.

저도 모르게 그것을 뚫어져라 응시한 것은 소노다 생각이 났기 때문이었지만, 그 마대는 사람의 몸이 들어 있다고 보기에는 작았다. 그리 크지 않은 좌석에 쏙 들어가 있었다.

마을로 돌아와 촌장 집으로 돌아오는 길에 밭에 들렀다. 오늘 아침 심은 채소 모종이 시들지 않았는지 궁금했기 때문이다. 하지만 그런 건 아무 데도 없었다. 돌멩이 섞인 마른 땅에 부추 구근이 뽑힌 구멍이 뻥 뚫려 있을 뿐이었다.

이게 대체 무슨 일이냐고 발이라도 구르고 싶은 심정이었다. 이 근처에서 녹색 채소가 귀하다는 것은 알고 있다. 그렇다고 아직 채 자라지도 못한 작은 구근과 연한 새잎을 뽑아가다니. 아무도 안 보면 무슨 짓이든 해도 된다는 것인가. 그 방자함에 화가 났다. 그러나 대체 누가 한 짓인지 생각하다가 자신을 맞아준 마을 사람들의 얼굴을 떠올렸고, 이어서 천진하게 매달리던 아이들에게까지 생각이 미쳤다. 신기해서 뽑아갔던가 어딘가에 다시 심은 것일지도…….

포기하지 못하고 쪼그리고 앉아 흙을 움켜쥐었을 때, 등 뒤에서 목소리가 들렸다. 부드러운 목소리였다. 근처 집에 사는 '다와 돌마'라는 이름의 나이 많은 과부다. 그녀가 미소 지으며 고개를 좌우로 흔들고 있었다.

가엾게도, 모처럼 심었는데. 정말이지 나쁜 짓을 하는 사람이 있구나.

그런 식으로 말하는 것처럼 보였다.

"할 수 없지, 다시 해야죠. 팻말이라도 세워야 할까요." 요리코는 어깨를 으쓱해 보였다.

"그런 걸 들여오면 안 된다고 하는 겁니다."

그때 팔덴이 와서 돌마 쪽을 가리켰다.

"음식에는 정(淨)과 부정(不淨)이 있어요. 몸과 영혼을 씻어주는 음식은 보리와 버터, 소금, 부정한 음식은 동물의 피와 마늘, 부추, 파, 그리고 감자 등의 뿌리예요. 특히 마늘이나 파의 부정은 사람에서 사람으로 옮기 때문에 가져오면 안 돼요. 흙에도 옮으니까 뽑아 태웠다고, 흙도 정화시켰다고 하는데요."

"뭐라고요?"

온화한 돌마의 얼굴, 그 특히 조심스러운 미소에 작은 긴장감이 보였다. 뭔가 불만이나 원한이 있는 건가 생각하다 부랴부랴 그런 생각을 떨쳐냈다. 이곳은 원래 그런 곳이다.

음식을 몸을 따뜻하게 하는 것과 차갑게 하는 것으로 나누는 유사 과학적인 분류가 뿌리 깊이 퍼져 있고, 몇몇 음식은 부정하다는 무의미한 편견까지 있다. 사람들의 건강 유지를 위한 채소 섭취, 그리고 좁은 경작지의 연작장해와 해충을 피하기 위한 파류 채소의 재배, 그것을 이런 비합리적인 이유로 거부한다. 도대체 이런 미신의 벽을 어떻게 극복해야 할까? 5년이나 10년으로는 도저히 바꿀 수 없다. 새삼 소노다가 뜻을 이루지 못하고 꺾인 것이 아쉬웠다.

그때 집들 사이의 돌이 깔린 길을 그 약초의 겸 승려가 지나가는 것이 보였다.

오각형의 등롱 같은 모자는 가만히 들여다보면 각각의 면에 다른 모습의 부처가 그려져 있었다. 장의 위에 걸친 웃옷에는 큰 길상무늬를 금실로 수놓아 지난번에 봤을 때보다 더 화려했다.

약초의를 앞세우고 장로들이 줄줄이 따라갔다. 그 뒤로 다른 마을 사람 몇 명이 이어졌다. 이것은 대체 무슨 행렬인가. 마을 사람들의 정신을 전근대에 묶어둔 채 이끌어가는 것, 그것이 형상화되어 나타난 것만 같았다.

"무슨 일이 생긴 모양이군요." 팔덴이 고개를 들고 가볍게 행렬로 달려갔다.

돌아오더니 "행방불명이던 진료소 직원이 발견되었다는군요"라고 말했다. "시체로."

역시 스쳐간 경찰 차량에 실려 있던 것은 그것이었다.

"이제 정화하러 가는 거죠." 팔덴이 그렇게 말했다.

직원의 시신은 진료소 뒤편에 펼쳐진 비탈에 있었다. 골짜기 밑도 아니고 큰 풀이 우거진 곳도 아니었다. 전망이 좋은 완만한 사면인데 계속 발견되지 않았다. 그것을 이날 요리코의 요청에 따라 일부 약품을 전달하러 온 NGO 직원이 우연히 발견했다고 한다.

"몸이 산산조각 나 있었던 모양입니다. 여자 요괴에게 당한 거죠."

"요괴라니."

팔덴은 눈살을 찌푸리며 고개를 끄덕였다.

"남자가 혼자 황야를 걷고 있으면 가끔 요괴 무리가 납치하죠."

여자 요괴들은 남편감을 찾아 젊은 남자를 납치한다. 서너 명이 황야에 살고 있지만 평소에는 사람 눈에 보이지 않는다. 그러나 납치된 남자에게만은 보인다.

자매라 얼굴이 서로 닮은 그들은 눈이 휘둥그래질 정도로 아름답지만, 뒤꿈치와 발끝이 반대로 달려 있는 발을 보면 요괴라는 것을 알 수 있다. 산양 대신 영양을 키워 버터차 대신 영양의 피를 마시고, 보릿가루 대신 흰 석회질 가루를 영양의 피로 반죽해 먹는다. 납치된 남자는 그 여자 요괴들과 함께 식사하고 그들 모두와 성교를 해 남편으로서의 역할을 다해야 한다. 그러다 무사히 임무를 마치면 풀려나 살아서 마을로 돌아온다. 그러나 임무를 마치지 못한 자는 요괴가 영양 대신 피를 뽑고 살의 일부분을 뜯어 먹어, 시체가 된 채 처음 사라졌던 장소에서 발견된다.

팔덴이 담담하게 말했다. "그들은 그렇게 믿고 있죠"라거나, "우리 마을에는 그런 전설이 있다"는 식으로 설명하지는 않았다. 설마 그 이야기를 다른 마을 사람들처럼 진지하게 믿고 있는지는 알 수 없었다. 추석에 조상의 혼이 돌아온다거나, 고사를 안 지내고 집을 지으면 안 좋은 일이 생긴다는 이야기를 진지하게 믿는 것은 아니지만 이를 전제로 의식을 치르는 일본인들과 얼마나 다를까. 요리코도 알 수 없었다.

지금 지나가는 행렬은 직원이 요괴들에게 납치되었던 장소에 라마와 그를 따르는 장로들이 가서 기도를 하고 정화하기 위한 것이라고 했다.

다음 날 아침, 요리코는 NGO 사무국에 전화를 걸어 시신으로 발견된 직원에 관한 새로운 소식은 없는지 물었다.

"사고였다는 보고가 들어왔습니다"라는 냉담하기 짝이 없는 대답이 돌아왔다. 뭔가를 숨기고 있다기보다 어차피 죽었는데 그 딴 걸 알아서 뭐하겠느냐는 듯한 무뚝뚝함이었다.

그날 오후 요리코는 진료소에 갔다. 사립 병원 의사의 인격과 사고방식은 차치하고, 그가 요리코에게 해준 처치는 완벽했던 모양이다. 상처는 아프지도 곪지도 않았고 깨끗하게 얇은 막이 생겨 걷는 데는 아무 지장도 없었다.

건물 정면까지 왔을 때 요리코는 환호성을 질렀다. 그 벽에 예전에 방문했을 때는 없었던 길상무늬와 꽃들이 형형색색 페인트로 큼지막하게 그려져 있었다. 이 근방에서는 특별할 것 없는 전통적인 색채와 디자인이겠지만 그렇다 해도 탁월한 기술과 감각이 엿보여 이 지역의 높은 문화 수준에 존경심을 느꼈다. 푸른 하늘을 배경으로 살풍경한 회벽에 그려진 그림이 압도적으로 아름답고 강인하게 느껴져 울적했던 기분을 북돋아주었다.

그때 문양 중 하나가 눈에 들어와 얼굴을 붉혔다. 환상적인 분위기로 변형시키기는 했지만 분명 남자 성기의 선묘화가 문 바로 위에 그려져 있었기 때문이다. 그리고 문 옆에는 일본에서 설날에 대문을 장식하는 소나무 장식과 비슷한 것이 걸려 있었다. 누가 한 짓인지는 몰라도 외국에서 온 여성 의사를 향한 약간은 조야한 환영과 진지하게 안전을 기원하는 마음이 동시에 느껴져 요리코는 쓴웃음을 지으면서도 감사했다.

벽에 그려진 아름다운 색채의 문양이나 회화, 대나무 장식 같은 물건 하나하나에 재액을 면하게 해주는 호부(護符)의 의미가 담겨있음을 나중에 팔덴에게 들었다. 발끝과 뒤꿈치가 거꾸로 붙어 있다는 요괴들이 다시 이곳에 접근하지 못하도록 샤먼 같던 약초의 겸 승려가 경을 읽어 그 장소를 정화했다. 그리고 마을 사람들은 요괴들에게 산양을 공물로 바치고 마귀를 쫓는 그림을 그리고 갔다는 것이었다.

진료소의 약품 선반에 약품류가 아직 완전히 채워지지는 않았지만, 요리코는 이제 낮에는 그쪽에 있게 되었다.

외국에서 의사가 왔다. 그런 소문이 마을에서 마을로 전해진 모양이었다. 인근 마을 사람들은 물론, 조금 멀리 떨어진 승원의 승려, 국경 부근에 사는 이슬람 교도들까지 해발 5천 미터에 가까운 고개를 넘어서 방문했다.

보리 이삭에 눈을 찔렸다, 기침이 안 멈춘다, 아이가 가슴과 복부 통증을 호소하며 깡말라버렸다……. 일반 항생제가 듣지 않는 결핵 환자나 발정기 야크의 뿔에 찔려 진료소에 도착하기 전에 숨이 끊긴 환자도 있었다. 그러나 대부분은 그렇게 심각한 증상이 아니라, 일본에서 가져온 약이나 간단한 외과 처치 혹은 미량의 소금과 설탕을 끓여서 식힌 물에 섞어 마시면 되는 간단한 것들이었다. 이 지역에는 빼돌릴 약을 뜯어내기 위해 찾아오는 가짜 환자가 없다는 것도 다행이었다.

마을들의 생활환경은 어디나 청결하다고 하기는 어렵지만 여름에도 서늘하고 건조한 기후 탓인지 감염증은 적었다. 대신 실내에서 취사를 하는 탓에 호흡기병이 많고, 마투 마을과 마찬가지로 고혈압 환자가 많은 마을도 있었다. 지역별로 질병의 종류나 정도의 차이가 커서 다 같은 의료 원조라고 일반화하기 어려움을 통감

했다.

의약품은 금방 갖추었지만 다른 직원은 오지 않았다. 지원자가 없거나 어디선에선가 지원 요청이 누락되었을 것이다.

한 할머니가 손자로 보이는 소년과 남편을 데리고 진료소를 방문한 것은 사방에 찬바람이 불기 시작하면서 고지대의 찬란한 여름이 끝나가던 어느 날이었다.

마투 마을에 사는 체링이었다. 아침저녁으로 인사를 하고 겨우 외우기 시작한 언어로 몇 마디 대화를 나누는 사이이긴 했지만 그날은 알아볼 수 없을 정도로 얼굴이 변해 있었다. 체링은 심하게 붓고 쉴 새 없이 토했다. 혈압을 재자 200이 넘은 위험한 상대였다.

역시. 그럴 거라고 예상했다. 자각증상이 별로 없다고 방치했다가 마침내 이런 일이 벌어진 것이다.

링거를 맞을 여유는 없었다. 신중하게 경과를 지켜보면서 정맥 주사로 혈압을 낮추기로 했다.

그러나 주사기를 보자마자 체링은 안 된다고 소리쳤다.

"괜찮아, 아주 조금 따끔할 뿐이에요."

몸짓까지 섞어 달래려 했지만 할머니의 남편까지 뭔가 큰소리로 떠들기 시작했다.

그러다가 그 단어 중 하나를 알아들을 수 있었다.

"임신했다"고 호소하고 있었다.

"이럴 때 농담은 하지 말죠"라며 당부했지만, 이번에는 소년이 "엄마"라는 단어를 말했다. 가족 간의 호칭과 실제 친자 관계가 다른 일은 흔하다. 그러나 청진기를 꺼내 환자를 침대에 눕힌 다음 블라우스의 앞섶을 풀어헤쳤을 때, 어쩌면 할머니 남편의 말이 맞을지도 모르겠다는 생각이 들었다.

갈색 얼굴에 여기저기 깊게 새겨진 주름, 나이를 먹어 윗눈썹이 축 처진 맹금을 연상케 하는 속 쌍꺼풀이 진 눈, 얇은 입술과 이가 군데군데 빠지는 바람에 일그러진 입가. 전형적인 노인의 용모지만 체링의 몸놀림은 가벼웠다. 묵직한 물 항아리를 짊어지고 통나무에 자국을 낸 것뿐인 부실한 계단을 뛰어오르는 모습도 보았다. 마을 노인들은 대체로 그 몸의 실제 움직임은 젊은이들과 크게 다르지 않았다. 판단력도 말하는 것도 손색없어 보였다. 하지만…….

풀어헤친 가슴팍에 젖이 부풀어 있었다. 브래지어를 착용하지 않아 처지기는 했지만 무화과 같은 모양으로 늘어진 유방은 부풀어올랐고 검은 젖꼭지는 크게 부어 있었다.

원래 서양 미의식에 따른 체형 따위는 아무도 지향하지 않기에 여자들의 하복부는 모두 살이 두툼하지만 그녀의 경우는 내진할 필요도 없이 임신의 징후가 뚜렷했다.

심지어 중기에 접어든 것처럼 보였다. 월경은 이미 끝났을 것처럼 보이는 할머니와 장로인 남편 사이에 아이가 생길 수 있는가 하는 의문은 겹쳐진 옷자락 아래쪽의 팽팽한 근육을 확인한 후 더 큰 혼란으로 바뀌었다.

"체링, 당신 나이는 몇 살, 나이요, 나이, 몇 살이죠?"

할머니의 대답은 요령부득이었다. 당연하다. 요리코의 말도 불완전하니까.

어쨌든 이대로는 생사가 걸린 문제였다. 정맥 주사로 혈압을 낮춰도 이곳에는 입원 설비가 없었다. 차가 다니는 도로까지 지게로 데려가서 시내 공립 병원으로 옮길 수는 있다. 하지만 그쪽에 의사가 있으리라는 보장은 없었다. 외국인을 위한 사립 병원과 달리 공립 병원의 의료 수준은 알 수 없었고, 있어야 할 의사나 직원조차 없을 수 있기 때문이다.

안심시키고 어떻게든 주사로 혈압을 낮춘 뒤 진정된 것을 본 다음 일단 마투 마을의 자택에 돌려보내기로 했다. 그쪽 마을이라면 자신의 거처가 있으니 밤에 무슨 일이 일어나도 대응할 수 있다.

해질녘 전에 마을로 돌아온 요리코는 팔덴을 불러 통역을 부탁하고, 체링의 집에 가서 다시 한번 필요한 것을 물었다.

나이를 묻자 체링이 팔덴을 통해 대답했다.

"마흔셋"이라고.

"그러니까 나이 말이에요, 당신 나이."

"마흔셋이라잖아요." 팔덴이 짜증난 듯 반복했다.

"그럴 리가."

"맞아요, 우리 엄마 여동생보다 어리거든요."

팔덴이 왜 의심하냐는 듯 눈살을 찌푸렸다.

요리코는 놀라서 체링의 얼굴을 바라보았다. 할머니라기보다 노파라는 말이 어울린다. 그러나 그녀는 자기보다 세 살 어리다고 한다. 충분히 임신이 가능한 나이였다.

고지대의 맑은 공기와 강렬한 햇빛, 그리고 겨울철 눈으로 반사되는 자외선과 극단적인 저온, 봄에서 가을까지 휘몰아치는 건조한 바람, 그런 것들이 남녀 가리지 않고 피부를 가차 없이 노화시킨다. 게다가 북인도나 서티베트 사람들 특유의 뚜렷한 이목구비 때문에 이들의 인상은 일정한 나이를 지나 얼굴 근육이 탄력을 잃으면 확 바뀐다.

충격을 받은 후에 생각했다.

자신은 큰 착각에 빠져 있었던 것이 아닐까.

필요한 조치를 하고 체링을 재운 후, 팔덴을 불러 마을 사람 모두의 나이를 물었다. 어디로 봐도 여든이 넘었을, 어쩌면 아흔도 넘었을 것 같은, 요괴 같은 인상을 줄 정도로 쪼글쪼글한 촌장은 쉰세 살이었다. 장로들은 대체로 40대 후반에서 50대 초반이었다. 팔덴은 여름 동안 젊은이는 가축과 함께 산에서 살기 때문에 마을에는 노인들만 남는다고 했지만, 그 노인과 요리코는 같은 세대이거나 요리코보다 겨우 열 살 정도 많은 사람들에 불과했다.

분명한 판단, 사려 깊은 행동거지와 말투, 이가 군데군데 빠지기는 했지만 명쾌한 목소리와 거의 줄지 않은 근력.

나이가 든다는 것은 지식과 경험을 쌓아 올바른 판단력과 사려 깊은 태도를 익히는 것. 변화가 부족하고 새롭게 유입되는 정보가 적은 사회에서 노인이 현자가 되는 것은 이상한 일이 아니다. 그러나 그들은 얼굴만 노인이었을 뿐 실은 연령도 신체도 중년이었다. 일본이라면 현역 최전선에서 지휘하거나 리더를 보좌한다는 명목으로 실질적인 주도권을 쥐는 나이대 사람들이었다. 게다가 여기 사람들은 가축을 돌보고 밭일과 일상적인 잡일을 하며 근육이 단련되었다.

그럼 그 이상 연령대의 사람은 어디 있는가?

물을 것도 없었다.

"이 지역의 죽음은 거의 돌연사다. 오늘 아침까지 가축들을 돌보던 여성이 오후에 쓰러지고, 몇 분 뒤 혹은 두세 시간 뒤면 숨을 거둔다. 속수무책이다."

일찍이 소노다가 보낸 뉴스레터는 그렇게 묘사했다.

그것은 과장이 아니었다. 그리고 그가 죽은 지 4년, 마을 사람들의 건강 상태 또한 그가 오기 전으로 되돌아갔다.

직접적인 사인으로는 뇌졸중이나 심장 기능 상실, 폐렴, 그리고 임신 중독 등 여러 이유를 들 수 있을 것이다. 그러나 근본적인 원인은 가혹한 자연환경과 건강에 해로운 식생활을 비롯한 생활습관 전반에 있었다.

사람들은 50~60대에, 이르면 40내에 쓰러지고, 일단 그렇게 되면 진료소도 방문하지 못하고 적절한 치료도, 간병도 받지 못한 채 신속한 죽음을 맞이한다.

위기감과 무력감이 동시에 밀려왔다. 마을 변두리에 있는 체링의 집에서 돌아왔을 때는 몹시 지쳤다. 스트레스일까, 피로일까. 공기가 바짝 마른 데다 요즘은 밤에 기온이 내려가니 감기에 걸렸을지도 모른다. 기분도 나빴다.

2층 거실로 올라가 접힌 매트리스에 기댔다. 마음이 몹시 심란해 무의식 중에 배를 감싸듯이 몸을 웅크리고 있었다.

눈을 감고 있자 발바닥으로 바닥을 스치듯 걷는 발소리가 다가왔다. 아그모의 조카인지 동생인지 정확히 기억나지 않는, 상게라는 이름의 중년 여자였다.

그녀가 걱정되는 듯 조용한 어조로 뭔가를 물었다.

"좀 피곤할 뿐이에요. 괜찮아요."

마을에서 쓰는 말과 손짓 발짓. 평소와 다를 것 없는 서투른

소통 방식이다. 그래도 상대방의 마음 씀씀이는 충분히 느낄 수 있었다.

그녀는 어디론가 가더니 다시 돌아와 큰 플라스틱 공기에 담긴 것을 내밀었다. 반투명한 액체였다. 개에게 습격당했을 때 아그모가 준 것인가 하고 한입 홀짝 마시자 약간 신맛이 났다. 유청이다. 배려해주는 게 감사해 다 마셨다. 아릿한 뒷맛이 목 언저리에 약하게 남았다. 컨디션 때문이라 생각하고 빈 공기를 돌려주고 일어섰다. 한꺼번에 한 사발 정도 액체를 마신 탓에 위가 조금 무거웠지만 힘이 솟는 것 같았다.

체링의 가족은 아무 말도 하지 않지만, 상태를 보러 가는 것이 좋을 것 같았다. 그 정도 혈압이면 악화될 경우 뇌출혈을 일으킬 수도 있다.

공립 병원이 어떤 상태인지는 모르지만, 이대로 혈압이 떨어지지 않는다면 과감히 마을까지 데려가는 것이 나을지도 모른다.

그때는 손자인줄 알았지만 따라온 소년은 그녀의 아들이었다. 마흔셋이라는 나이를 생각하면 유일한 자식은 아닐 것이다. 혈압이 내려가지 않아 출산 시 뇌출혈을 일으킬 가능성이 매우 높을 때, 혹은 신장이 손상되어 다 나은 후에도 인공 투석을 받아야 하는 후유증을 겪을 가능성이 있을 때, 태아의 목숨을 희생하여 임산부를 구해야 할 수도 있다.

혈압계와 약품류, 청진기 등을 들고 요리코는 조심조심 계단을 내려갔다. 통나무에 칼자국을 새긴 계단은 올라가기보다 내려가기가 어렵다. 요리코는 아직도 익숙하지 않아 뒤로 내려갔다.

중간에 팔덴 집에 들러 같이 가달라고 했다.

시내 병원에 간다는 제안은 가족의 반대에 부딪힐 가능성이 있다. 그래도 이 일대 마을은 여성의 목숨이 가축보다 싸다는 다른 지방과는 달리 돈에 인색한 남편이나 집안 남자도 치료 자체를 거부하지는 않는다. 그 점은 다행스러웠다.

체링의 집은 아주 좁고 길쭉한 평지를 중심으로 한 마을 아래쪽에 있었다. 햇볕에 말린 벽돌집에서는 저녁식사를 준비하는 연기가 피어오르고 있었다. 석유 풍로와 아궁이를 같이 사용하는 집에서 피어오르는 부엌 연기에서는 석유 냄새가 난다. 소똥은 태워도 악취는 안 나지만 잘 관리하지 않은 석유 풍로에서 타는 기름은 독성을 띤 냄새가 난다. 일대에 하얗게 연기가 자욱한 광경을 바라보며, 치료 이전에 해야 할 일이 여기 또 하나 있음을 알았다.

팔덴이 "아무도 없어요"라며 체링 집을 가리켰다. 실제로 그 집에서만 연기가 피어 오르지 않았다.

비탈에 놓인 돌을 밟고 팔덴은 달려서 내려갔다가 이내 올라왔다.

"라마한테 간 것 같군요."

"뭐라고요?"

자신에게 진찰과 치료를 받은 후 그 샤먼 같은 약초의 겸 승려에게 갔다. 경우가 경우인 만큼 환자 본인과 가족의 무지에 화가 났다.

"걱정돼서 라마한테 가서 정화를 받기로 했다고, 옆집 사람이 알려주더군요."

"왜 치료를 받는 도중에."

"옛날부터 마을 사람들은 아프면 라마에게 진료를 받았죠. 진료소가 생긴 후에도 그곳 약으로 바로 낫지 않으면 라마의 환약을 먹고 정화를 받았으니까요."

2차 소견을 듣거나 가벼운 병을 진료할 때는 동네 의사에게 가고 큰 병이 나면 종합병원에 가는 식으로, 수상한 환약이나 진료소의 약이나 마을 사람에게는 다를 바 없다. 차이가 있다면 주(州)의 예산과 NGO의 인력으로 조달되는 진료소의 투약을 포함한 처치는 무료지만, 라마의 시술에는 얼마간의 '답례'가 발생한다는 점이다.

"어떻게 할까요?"

팔덴이 당황한 듯 물었다.

"안내해줘요. 라마한테."

"데려올 수는 없어요."

팔덴이 조심스럽게 말했다.

"데려오지는 않겠지만, 생사를 넘나드는 상황일 수도 있어요. 그냥 손 놓고 있을 수는 없죠."

엉뚱한 쪽을 보면서 작게 눈살을 찌푸리던 팔덴은 '알았다'는 뜻으로 고개를 옆으로 까딱해 보이고 앞장서서 걷기 시작했다.

집이 끊긴 곳에서 돌이 깔린 길을 30분 정도 더 걸어가니 그곳에 진료소와 매우 비슷한 느낌이지만 크기는 그 반 정도 되는 꽤 근대적인 건물이 있었다. 남쪽 비탈에 면한 장소에 역시 진료소와 마찬가지로 태양열 집열판이 설치되어 있었다. 그곳이 라마, 즉 약초의의 진료실 겸 약국이라는 말에 당황했다. 팔덴은 딱히 노크도 안 하고 문을 열더니 멋대로 안에 들어갔다.

아무도 없었다. 문과 창문으로 들어오는 달빛에 비친 실내는 의외로 잘 정리되어 있었다. 벽의 선반에는 유리병과 양철 케이스가 가지런히 늘어서 있었다. 유리병의 내용물이 달빛에 희미하게 보였다. 대부분 환약이지만 마른 나무껍질이나 뿌리 같은 것도 있었다.

"가죠, 이쪽에는 아무도 없어요"라고 팔덴이 재촉했다.

건물 뒤쪽에 약초의의 거처와 기도소를 겸한 건물이 있다고 했다.

밖에 나가자마자 가벼운 발소리와 가쁜 숨결에 둘러싸였다. 요리코가 비명을 지른 것은 다가온 개 떼가 일제히 짖기 시작한 것과 동시였다.

목에 갈기 장식을 단 우두머리 개의 긴 이빨에 겁을 먹고 뒷걸음질 치다가 한 손으로 뒤쪽에 있는 건물의 문 손잡이를 움켜쥔 요리코에게 다른 개가 몇 마리 달려들었다. 요리코가 얼어붙은 채 꼼짝도 못하고 있자 개는 사납게 짖으며 몸에 앞발을 대고 긴 혀로 목덜미나 얼굴을 핥았다. 비린내 나는 침을 묻힌 채 요리코는 시내 병원의 인도인 의사가 한 말을 떠올렸다.

"괜찮아요, 그들은 아무 짓도 안 합니다. 겁먹을 것 없어요."

구해주려 하지 않고 차분히 말하는 팔덴에게 혹시 이 작자도 적인가 의심을 품었다.

개들은 금방 얌전해졌다. 요리코의 가슴과 허리를 앞발로 누르던 개가 재빨리 떨어졌다.

개가 꼬리를 흔들며 모여드는 중심에 약초의가 있었다.

오늘 밤은 그 기묘한 모양의 모자도, 위에 걸친 웃옷도 없었다. 중절모와 비슷한 펠트 모자에 때 묻은 두터운 솜옷 비슷한 긴 옷을 입고 진한 황색 띠를 걸치고 있었다. 개들은 훈련을 받은 듯 그 자리에 앉아 그의 얼굴을 올려다보고 있었다.

등골이 오싹했다. 이미 아물었을 다리 상처가 갑자기 뜯기는 듯한 환상통이 엄습했다. 지금, 이 자리에서, 이 정체를 알 수 없는 남자는 겨우 진정한 개들에게 공격하라고 명령할 수도 있었다.

약초의가 이쪽을 바라보았다. 마을의 장로들과 마찬가지로 깊은 주름이 새겨진 갈색 피부는 가면처럼 움직이지 않았다. 가면에 뚫린 구멍으로 이쪽을 엿보는 눈만 달빛에 젖어 빛나고 있었다.

그때, 이것은 눈알이 아니라고 느꼈다. 검은 기름으로 채운 깊은 구멍이었다.

선진국 사람이 문화적 다양성을 지켜야 한다는 구호 아래 이 일대를 방치하고 있는 것을 이용해, 그는 마을 사람들을 미신과 인습의 어둠 속으로 밀어 넣으려 하고 있다. 마을은 촌장을 중심으로 한 원로들의 합의제로 통치된다고 하지만 그것은 겉보기에 불과하고, 사실은 라마가 그 권위와 어두운 세계에 대한 공포를 이용해 마을 사람들을 자유자재로 조종하고 있는 게 아닐까?

그의 앞에 앉아 한결같이 그의 얼굴을 바라보는 개의 모습은 마을 사람들의 모습이기도 하다. 목에 갈기 장식을 단 우두머리 개가 촌장처럼 보였다.

그런 곳에 소노다나 자신이 나타났다. 그 전후에는 주 정부나 NGO에서 의료진이 들어왔었다. 그런 사람들은 모두 그의 지위를 위협하고, 그의 통치를 위태롭게 하는 존재로 간주된 것이 아닐까.

"여기 체링이 있나요?"

요리코는 용기를 끌어모아 외운 단어를 늘어놓았다. 약초의는 체링이라는 이름에 머리를 기울이는 긍정의 몸짓으로 응하고는 느긋한 발걸음으로 건물 뒤쪽으로 걸어갔다.

돌을 깔고 그 위에 회벽을 쌓은, 튼튼하지만 소박한 집이 한 채 더 있었다.

약초의가 문을 열었다. 정면의 벽감에 불상과 금속 제기, 볶은 보리와 쌀 등을 담은 굽다리 접시 등이 있었다.

거기서 기다리라는 듯이 약초의는 요리코와 팔덴을 문밖으로 밀어내고 자기만 안으로 들어가더니 작은 상자를 들고 돌아왔다.

팔덴이 재빨리 그것에 손을 집어넣어 안에 들어있는 가루를 손바닥이나 손가락에 문질렀다.

"정화하는 겁니다. 외부의 부정을 가지고 들어오지 않기 위해서."

요리코는 가루를 대충 뿌렸다. 노란색 가루는 아마도 심황(心黃)일 것이다.

"잘 문질러요."

팔덴이 주의를 주었다. 꼴에 소독이라는 건가 짜증이 났지만 시키는 대로 했다. 약초의는 다음으로 양철 주전자 같은 것을 내밀었다. 팔덴은 그것의 손잡이를 쥐고 다른 한쪽 손으로는 가볍게 주먹을 쥐어 그 주먹 위로 흘러내리는 액체로 입술을 축였다.

곧이어 그는 주전자를 요리코에게 건넸다. 돌려 마시는 것이다.

요리코는 고개를 좌우로 흔들었다. 정체도 모르는 것을 마실 수는 없다.

"괜찮아, 내 타액은 묻지 않았다. 우리는 서양인과 달리 다른 사람과 체액을 공유하는 불결한 짓은 하지 않아. 몸을 정화하고 나서가 아니면 이 건물에 들어갈 수 없게 되어 있다. 몸이 약한 환자를 더러운 손으로 만지거나 더러운 숨을 내뿜으면 안 된다는 건, 너도 의사라면 알겠지."

약초의는 표정을 바꾸지 않은 채 그 검은 기름을 가득 채운 듯한 눈으로 요리코를 바라보고 있었다. 팔덴이 마신 것을 보면 일단 독은 아니다. 잡균에 오염되어 있을지는 모르지만. 건물 안에 들어가지 않으면 체링을 설득해서 데리고 나올 수 없다. 시키는 대로 입을 대었다.

"더, 제대로 마셔요."

팔덴의 목소리에 질책하는 울림이 더해졌다. 못마땅해 하면서도 다 마셨다. 입안에 남은 먼지 같은 냄새에 혐오감과 함께 고통스러웠던 기분이 되살아났다. 여명이 몇 달뿐이라는 진단을 받은 어머니가 의사 몰래 먹던 탕약 냄새가 났다.

신발을 벗고 융단이 깔린 바닥에 맨발로 올라갔다. 벽감 옆에는 두꺼운 천을 늘어뜨렸는데, 안방으로 이어지는 작은 통로였다.

약초의에게 이끌려 통로를 지나자 나타난 방 내부에는 향나무의 진한 향이 감돌고 흰 연기가 안개처럼 시야를 뒤덮었다.

이런 짓을 하니까 폐 질환이 생긴다고 무심코 혀를 찰 뻔했다.

체링은 등불이 비치는 천 너머 벽 쪽의 작은 침대에 누워 있었다. 옆에 그림자처럼 체링의 남편과 아들이 붙어 있는 것이 보였다.

약초의는 한창 주술을 행하고 있었던 모양이었다.

요리코는 가방 속의 혈압계를 들고 침대 옆에 있는 약초의의 움직임을 응시했다. 양손의 세 손가락을 환자의 귀밑, 손목, 겨드랑이 등에 대고 있었다. 맥을 확인하고 있다. 능숙한 의료 종사자에게 특징적인 신중하고 섬세한 움직임이었다. 의외의 광경이었다. 양손으로 맥을 짚으며, 그가 환자에게 무언가 말을 걸었다.

"뭘 묻고 있죠?"

팔덴에게 물었더니 언제부터 아프냐, 배가 아프냐, 의사에게 보였나 등의 내용이라고 했다.

"그리고 나서 태어날 때 별의 위치라든가……. 그것이 체질을 결정하니까요. 체질에는 네 종류가 있는데 각각 걸리기 쉬운 병이 있고 건강법도 다르죠."

약초의는 체링에게 혀를 내밀게 하고 열심히 들여다보고 있었다. 요리코는 의사 흉내를 내는 주술사에게 자신의 직업을 모욕당하는 듯한 불쾌감을 느꼈다.

이윽고 진찰이 끝나자 약초의는 체링을 받쳐 일으킨 후, 벽을 파서 만든 선반에 있던 덮밥 그릇 크기의 사발을 내밀었다.

"안 돼."

순간적으로 요리코는 소리를 질렀다. 자신의 목소리가 메아리처럼 방 전체에 울렸다.

무슨 장치가 된 방인가?

사발에는 차 같은 연갈색 액체가 가득 차 있었다. 임신 중독으로 고혈압과 신장 장애 위험이 있는 환자가 정체 모를 음료를 마신다. 아까 들어갔던 방에 있던 여러 환약과 생약류를 떠올렸다. 만약 약효가 있다면 환자 상태에 따라서는 독도 된다는 뜻이다.

"그만둬요!"

그렇게 외친 말이 실내에 메아리쳤다. 파도처럼 벽에 부딪치고 돌아온다. 돌아온 자신의 목소리에 겹겹이 싸여 현기증이 났다.

그 순간, 방에 특별한 장치 따윈 없음을 이해했다. 자신에게 청각 이상이 일어난 것이다.

이마에서 땀이 흘러내렸다. 자신의 키가 2미터 가까이 자라나 천장 근처에서 실내를 내려다보는 느낌이 들었다고 생각하자마자 갑자기 낙하한다.

느닷없이 흰 털이 빽빽하게 자란 양이 나타나 그 몸 위에 폭 안겼다. 눈을 깜빡이자 그 양은 팔덴의 팔이 되었는데, 그 얼굴이 일그러진 렌즈를 통해 보듯 늘어났다.

요리코는 그제야 자신이 당했음을 깨달았다.

실내로 들어갈 때 마신 그 액체였다. 대마나 버섯, 건조한 나무 열매, 자연계에는 신경독을 가진 식물이 얼마든지 있다. 함께 마신 팔덴을 바라보았다. 끊임없이 흔들리고 무지개 색을 띤 시야로는 그에게도 이변이 일어나고 있는지 알 수 없었다.

머리가 흔들리고 이마에서 흘러나온 땀이 턱 밑에 찼지만 땀방울은 떨어지지 않고 크게 부풀어 올랐다.

팔덴도 다른 마을 사람들도 아마 독극물 내성이 있을 것이다. 의식이나 제례, 다른 기회에라도 아까 그 액체를 마셨을 것이다. 그러나 자신은 처음이다. 그것을 알고 있었기에 이 약초의를 자칭하는 주술사는 자신에게 그 액체를 마시게 한 것이다.

춥지도 않은데 몸이 떨리기 시작했다. 기분이 나빴다. 토해내려고 했지만 아무 데도 힘이 들어가지 않아, 요리코는 속수무책으로 팔덴 얼굴을 한 양의 촘촘하고 부드러운 털 속으로 가라앉았다.

심장 박동이 비정상적으로 빨랐다. 흥분 작용이 있는 환각제다.

머리 위로 떨어진 낙석과 개의 기습, 그건 경고를 의도한 것일까. 경고에도 불구하고 마을에 눌러앉아 자기 자리를 위협하는 존재를, 이 남자는 이번에야말로 진짜 말살할 작정이다.

두 번, 세 번 심호흡하고 약초의 쪽을 보았다. 사발은 비어 있었다.

램프가 꺼졌다. 침대 옆에는 촛불이 하나 있었다. 검은 그림자가 벽에 흔들거린다. 그림자만이 아니다. 공간 전체가 흔들흔들 늘어났다가 줄어들고 있었다.

불길이 흔들리고 갑자기 실내가 환해졌다. 요리코는 눈이 부신 나머지 두 손으로 눈을 가렸다. 자신의 동공이 벌어져 있다.

경을 읽는 굵은 목소리가 귀를 때렸다. 두 눈을 가린 손가락 사이로 눈을 가늘게 뜨고 보니 약초의가 환자의 머리 위에 경전 같은 것을 대고 진언 비슷한 것을 읊고 있었다. 경전 표지의 금박이 눈부시게 반짝이며 동공에 박혔다. 외면하고 두 손으로 눈을 가렸다.

목소리가 안 들려 요리코가 다시 느릿하게 눈을 뜨고 그쪽을 보자 약초의가 체링의 이마에 숨을 불어넣고 있었다. 경을 외우고는 숨을 불어넣는다, 그 광경이 테이프를 빨리 돌리듯 지나갔다.

어느샌가 약초의가 들고 있는 것은 경전에서 다른 것으로 바뀌어 있었다. 난쟁이다. 약초의 손안에서 몸을 비비 꼬는 난쟁이를 체링의 입가나 이마에 가져다 댔다. 발버둥 치는 난쟁이는 티셔츠에 청바지 모습이었다.

소노다였다. 백의 차림의 소노다가 아니었다. 20대였던 요리코의 진로 상담을 해주던 시절의 소노다였다.

그는 “불가능하지 않아. 만약 진심으로 의사가 되고 싶다면 길은 있어. 쉽지는 않겠지만”이라며 입시 수준이나 장학금 정보를 알려 주었다. 가장 실현 가능성이 높은 선택지로서 그 남쪽 도시에 있는 국립대학교 의과대학의 존재도 알려주었다.

“분명 아버지를 혼자 두게 되기야 하겠지만, 네 인생이니까.”

어머니가 입원한 병원 부지에 있는 자판기 앞에서 캔 커피를 마시며 그런 이야기를 나눈 것은 고작해야 30분이 될까 말까 한 시간이었다. 삐삐가 요란하게 울리기 시작했고, 소노다는 “다음에 보자”고 하며 한 손을 가볍게 들어 보이고 건물 안으로 뛰어 들어갔다.

약초의 손안의 소노다는 입을 크게 벌리고 도움을 청하듯 요리코를 향해 손을 뻗었다.

요리코가 그쪽으로 가려고 했지만 양이 된 팔덴이 놓아주지 않았다. 난쟁이는 금방 숨이 찬 듯 조용해졌다. 흔들리는 요리코의 시야 속에서 그것이 갈라진 식물의 뿌리로 변했다.

“이제 괜찮아요. 안 무서워, 체링에게 든 악령은 저 뿌리로 옮겼으니까.”

팔덴의 손이 등을 쓰다듬었다. 아니다, 저건 식물 뿌리가 아니라 난쟁이, 소노다이다.

바로 바보 같은 소리라고 스스로의 생각을 부정했다.

또 땀이 흘러나오기 시작했다. 심장이 심하게 두근거렸다. 손이 떨리고 복부 주변 근육이 움찔움찔 경련했다.

팔덴이 뭐라고 소리쳤다.

정신을 잃을 뻔했을 때 입술 끝에 금속 파이프 같은 것이 닿았다.

"마셔, 이걸 다."

영어다. 하지만 팔덴 목소리는 아니었다. 요리코는 눈을 뜨고 상대를 밀쳐내려고 했다. 눈앞에 약초의가 있었다. 사신의 가면처럼 움직이지 않는 표정으로 칠흑의 눈을 번뜩이며 영어로 말을 걸어 금속 그릇 안에 담긴 액체를 먹이려 하고 있었다.

"살려줘요, 팔덴."

끝장을 낼 생각이다. 이제 팔덴도 자신의 편이 아님을 알면서도 그렇게 외쳐봤지만, 입 밖으로 나온 것이라고는 숨소리뿐이었다.

"마셔요, 요리코. 괜찮으니까."

팔덴이 말했다. 머릿속에 현실의 기억처럼 정경이 떠올랐다. 약초의와 팔덴과 체링의 아들이 진언을 외우며 큰 가마솥에 막대기를 넣고 젓고 있다.

안에서 끓고 있는 것은 난쟁이의 시체였다. 체링의 악령이 옮아간 작은 소노다가 탕 속에 가라앉았다가 다시 떠올랐다. 그것은 식물 뿌리로 바뀌고, 더 이상 움직이지 않았다.

누군가가 옆쪽 입술 사이로 금속 주둥이를 밀어 넣자 미지근한 액체가 요리코의 입안으로 들어왔다. 사레들리며 겨우 삼켰다. 환자의 몸에서 튀어나온 악령이 옮아간 소노다의 몸, 그것을 푹 끓인 국물을.

"더. 다 마셔."

약초의가 영어로 말했다. 진언을 외치던 그 목소리로.

모든 것이 환각이다. 이렇게 액체를 마시고 있는 것도, 그 모든 것이. 그렇게 믿고 위가 가득 찰 때까지 삼켰다.

소노다는 대학원생 시절에 이곳을 처음 찾아왔다. 그리고 귀국한 다음에도 몇 번씩 방문하다가 11년 전에 드디어 이 마을에 정착했다.

자신을 필요로 하는 사람들이 있으니까. 오직 그 이유였다. 일본에도 그를 필요로 하는 사람들은 있었다. 의사로서의 소노다는 다른 사람이 대신할 수 있었을지도 모른다.

그러나 남편으로서의 소노다, 아빠로서의 소노다는 한 명뿐이었다. 언제 돌아올지 모르는 남편을, 동네 의원의 페이 닥터인 아내는 히카리가오카 단지에 있는 집에서 아이 둘을 키우며 기다리고 있었다.

그것이 기뻤다……. 그는 집에서 6천 킬로미터나 떨어진 마을에서 행하는 보건 의료 활동을 가정생활보다 우선시했다. 그에게는 처자식보다 우선하는 숭고한 목적과 사명이 있었다. 요리코는 그렇게 생각했다. 물론 실제로 그랬는지는 알 수 없다.

그의 입으로 직접 가정에 관한 이야기를 들은 적이 없기 때문이다.

강한 영향을 받았다는 말은 사랑했다는 말의 완곡한 표현일 뿐이다.

문득 생각했다.

존경이란 성적인 요소를 박탈당한 연애감정을 말하는 것 아닐까?

"어머니가 아플 때 훌륭한 의사 선생님을 만났기 때문입니다."

왜 의사가 되려고 하냐는 질문을 받았을 때 요리코는 늘 그렇게 대답했다.

상대는 대개 "아니, 그런 높은 뜻을 품는 사람은 많이 있지만 이미 대학을 졸업하고 사회인이 되었는데 의학부에 다시 들어와서까지 꿈을 실현하겠다는 사람은 별로 없죠"라며 놀랐다.

이미 직장인 2년차였던 요리코를 소노다는 그때 완전히 아이로 취급했다. 짧은 시간 열심히 상담해주고 적절한 조언을 남기고 병원으로 뛰어갔다.

그것이 유부남의 분별이었는지, 아니면 단지 그에게 자신은 정신적인 돌봄을 필요로 하는 환자의 가족에 불과했는지는 지금도 알 수 없었다.

그러나 자신에게는 틀림없이 사랑이었다.

머지않아 반드시 어머니를 잃는다. 그 비탄의 한가운데에서 태어나, 어두운 광채를 뿜으며 타오른 사랑이었다.

아버지의 출현으로 중단된 외박 데이트 상대나 그 밖의 모든 사람을 하찮은 남자로 바꾸고 그 얼굴, 이름조차 잊게 할 정도의.

결코 섹스 때문에 통속으로 끌어내려지지 않을 이 사랑이 소노다의 뒤를 쫓게 만들었다.

의사가 되고, 의사로서 그의 사고방식에 공명하여 벽지 의료에 힘썼고, 마침내 이런 곳까지 왔다.

아내를 여의고 슬픔과 탄식을 밖으로 드러내지 못한 채 기력을 잃은 아버지를 버리고 남쪽 도시로 갔다가 결국 자신과는 전혀 다른 문화와 가치관을 가진, 같은 인간이라는 것 이외의 아무런 공통점을 찾을 수 없는 사람들이 사는 땅까지 왔다.

희미해지는 의식 속에서 자신의 이마에 뭔가 닿는 것을 느꼈다.

약초의가 주문을 외우고 있었다. 비린내 나는 입김을 불어넣는다.

저주가 몸의 심지까지 스며든다. 소노다는 이렇게 살해당했다. 진료소에 온 두 명의 직원도.

대체 시간이 얼마나 지났을까. 요리코가 절박한 요의를 느끼고 일어서려다 그 자리에서 무너지는 것을 누군가가 지탱했다.

한 사람은 팔덴이었고 다른 한 사람은 약초의가 아니라 노인이었다. 체링의 남편인 것 같았다.

부축을 받아 밖으로 나간 요리코는 요의를 참을 수 없어 두 남자 앞에서 바지를 내리고 오줌을 눴다. 역겨운 냄새가 나는 것도, 힘차게 내뿜은 오줌이 다리에 튀는 것도 상관없었었다.

부끄럽다는 감정 따위는 이미 사라졌다.

일단 살아 있다.

하복부가 편안해짐과 동시에 타는 듯한 갈증을 느꼈다.

양쪽 겨드랑이가 들어올려진 채 실내로 돌아오자마자 누군가가 양철 컵에 담긴 액체를 내밀었다.

허겁지겁 마셨다. 올려다보자 약초의의 검은 눈이 빛나고 있었다. 아무 생각도 할 수가 없었다.

액체를 대량으로 삼킨 후에야 정신이 돌아왔다. 현기증은 아직 조금 남았지만 환각은 사라졌다.

촛불이 꺼지고 등유 램프의 붉은 빛이 실내를 밝히고 있었다.

체링이 맞은편 침대에 걸터앉고 그 곁에서 약초의가 다시 맥을 짚고 있었다. 체링의 얼굴에서는 부기가 사라졌다.

요리코는 가방 안에서 혈압계를 꺼냈다.

자신은 이곳에서 아무 힘도 없다. 요리코는 무의미함을 자각하면서도 혈압계를 들고 체링에게 다가갔다. 혈압이 뇌출혈이나 급성 심부전을 일으키기 직전까지 올라갔다고 해도 여기서 자신이 뭘 할 수 있을까. 무력감에 사로잡힌 채 체링에게 다가가 옆의 침대를 가리켰다.

"팔은 여기에 둬요."

약초의는 요리코의 행동을 방해하지 않았다. 그게 뭐냐고 묻지도 않았고, 수동식 혈압계를 다루는 요리코의 손을 바라보고 있었다. 체링도 진료소에 왔을 때와 마찬가지로 거부하지 않고 왼손을 요리코에게 맡기고 벨트를 감았다.

최고 혈압은 130을 가리켰다. 거의 정상 수치까지 내려왔다.

익숙한 치료법과 약초의를 향한 환자의 신뢰와 안심감이 생리적인 안정까지 초래했는지도 모른다.

그때 하복부에 다시 압박감을 느꼈다. 잦은 요의였다.

"실례할게요."

요리코는 휘청거리면서도 팔덴의 도움을 거절하고 문을 열고 밖으로 나갔다.

건물 그늘까지 들어갈 새도 없이 달빛 아래서 힘차게 오줌을 누었다.

바지를 올리고 일어났을 때 뒷문으로 약초의가 나왔다. 한 손에 뭔가를 들고 있었다. 주전자였다. 그는 이쪽을 힐끗 쳐다보더니 주전자에 손을 집어넣어 안에 든 것을 끄집어내 바닥에 버렸다.

요리코는 저도 모르게 비명을 질렀다. 달빛에 비친 것은 얽히고설킨 갈색 덩어리였다. 머리카락이다. 약초의는 사람 머리카락을 끓였다. 아까 자신이 마신 것이 그것일까?

"무슨 일이라도 있나?"

약초의가 물었다. 영어다. 아니면 영어처럼 들리는 현지어인 걸까.

요리코는 혼란스러운 채 약초의의 발 밑에 산을 이루고 있는 뒤엉킨 털을 가리켰다.

"옥수수야."

약초의가 무뚝뚝하게 말했다. 뜻을 이해하지 못한 채 끔찍한 것을 응시하다가 불현듯 약초의의 말을 이해했다. 옥수수 수염이었다.

"델리에서 들여오는 생약이지. 몸속의 나쁜 것을 배출하는."

정확한 문법의 영어였다. 그렇다면 그는 마을 사람이 아닌 것일까. 동시에 요리코는 자신이 강렬한 요의를 느끼는 이유를 깨달았다. 옥수수 수염을 끓인 물을 마신 것이다. 그것이 체링의 몸에서도 수분을 배출하게 만들어 일시적으로 혈압을 낮췄다.

"당신은 대체 뭐야……."

"약초의지. 아버지도, 그 아버지도 약초의였다."

"영어는 어디서?"

"델리."

약초의는 표정도 안 바꾸고 대답한 다음 집 안으로 돌아갔다.

"기다려."

요리코가 휘청거리면서 쫓아갔다.

"당신은 대체 뭐야. 왜 델리에서."

뒷문으로 들어간 곳은 민가의 부엌 같은 장소였다. 돌로 지은 작은 방에 축축한 열이 가득 차 있고, 환한 램프가 켜져 있었다.

정면에 작은 제단이 있고 그 앞에는 가마솥, 옆에는 책상 같은 것이 있고 주전자나 물병, 양철 컵 등이 가지런히 늘어서 있었다.

"부모에게 배우고 절에 들어가 수행하면 약초의가 될 수 있었던 것은 이제 옛날 이야기다. 지금은 제대로 된 학교의 교육과정을 거치고 자격증을 따야만 약초의로 인정받지."

그렇게 이야기하며 그는 큰 양철 컵을 요리코에게 건넸다.

"마셔."

요리코는 갈증을 느끼면서도 고개를 저었다.

"지금 당신 몸에 들어간 독을 배출한 참이다. 대신 수분을 보충해줘야 해."

이치는 맞는다. 하지만…….

"앞으로 하룻밤, 물을 많이 마셔서 남아 있는 독을 모두 밖으로 배출해라. 그러지 않으면 나중에 여러 가지 병에 걸린다."

"내가 어떤 독을 먹은 거지?"

문명이라는 독, 서양이라는 독, 현대사회가 들여오는 온갖 독, 그런 것들이 머리에 떠오른 까닭은 이 민가의 부엌 같은 조제실에 풍기는 약초 향기와 램프의 불빛에, 무심코 편안함을 느꼈기 때문일지도 모른다.

"여기 오기 전에 뭘 마셨지?"

약초의가 물었다.

"아무것도. 이 건물에 들어갈 때 당신이 준 저것밖에 없어."

"'여기 오기 전'에 뭘 마셨냐는 말이다. 물이나 음식에 섞어서 마을 사람들이 뭔가 먹인 게 아닌가."

믿기 어려웠다. 독이라는 험한 말로는 상상도 할 수 없는 은은한 신맛. 반투명한 유청과 선량해 보이던 상게의 미소와 배려가 넘치던 말.

그녀가 내민 사발에 담겨 있던 액체가 독약이었단 말인가.

"마을 사람들에게는 독이 아니지만 그것은 종종 부처를 향한 신앙심이 없는 자를 죽이기도 한다. 그것을 알면서 마시게 한 자가 있다."

약초의가 단정적으로 말했다.

하지만 신앙심이 없는 사람만 골라 죽이는 약물이 있을 리 없다. 평소 의식이나 주술로 자주 먹는 사람은 내성이 있지만 처음 입에 대면 극심한 중독 증상을 일으킨다는 뜻일 것이다. 그런 약물을 그 선하게만 보이던 상게가 유청에 섞어 먹였다는 말인가.

"왜? 나는 그들의 원한을 살 만한 짓을 한 기억은 없는데."

약초의가 천천히 모자를 벗고 고개를 저었다. 실망한 듯, 몹시 지쳐 보이는 동작이었다.

"원한도, 미움도 없다. 다만, 너희는 우리를 몹시 곤란케 한다. 괴로웠던 건 마을 사람들 쪽이다. 마을 사람들은 난감한 나머지 떠나게 하려 했다. 너도, 그 남자도, 진료소에 온 직원도. 하지만 너희는 아무도 나가려 하지 않는다."

"왜, 왜 우리가? 나나 다른 사람은 몰라도, 적어도 소노다 선생님은 많은 마을 사람을 구하고 그들을 건강하게 만든 실적이 있을 텐데."

"소노다는 남자다운 남자였다. 용기 있고 몸과 마음이 모두 강건하면서도 겸손하고 성실한 멋진 남자였다. 우리 문화와 전통을 배우려고 여기까지 가르침을 구하러 왔다."

"여기에?"

다양한 문화를 이해하기 위한 일환이라면 이해가 되지만 의사로서 정식으로 가르침을 청했다는 말은 믿을 수 없다.

"그는 딱 한 가지만 틀렸다. 마을 사람들은 건강했다. 그가 건강하듯 마을 사람들도 건강했다. 건강한 보리도 겨울이 되면 시든다. 그러나 시들 때는 이미 새로운 생명의 싹을 남기고 봄이 되면 스스로의 몸을 다음 보리가 자라날 자양분 삼아 땅속에 돌려준다. 늙으면 개인은 죽는다. 그러나 그때 이미 새로운 생명은 자라고 있고, 사람은 스스로의 생명과 맞바꾸어 아이들에게 풍부한 결실과 지혜를 남긴다. 죽음은 무섭거나 괴로운 것이 아니다. 죽음에 이르는 병도 두려운 것이 아니고, 괴롭거나 고통스러운 것일 리도 없다. 어젯밤까지 보리를 베던 사람이, 오늘 아침 야크 젖을 짜 버터를 만들던 사람이 갑자기 쓰러져 죽는다. 그중에는 괴로움에 몸부림치는 이들도 있지만 한순간의 일이다. '조금 피곤해. 잠깐 쉬게 해줘'라며 자리에 앉았다가 그대로 잠들어 다시는 깨어나지 않는다. 공덕을 쌓은 자에게만 주어지는 편안한 죽음이다. 누구나 자신이 죽을 때는 그렇게 죽고 싶다고 생각한다. 남겨진 자식들은 조용히 그 죽음을 애도하며 육체에서 떠나가는 영혼을 배웅한다. 그리고 계절이 바뀔 즈음에는 얼어붙은 대지에서 싹을 틔운 풀들이 꽃을 피우듯, 사람들의 마음도 새로운 기쁨으로 채워진다."

약초의가 이어서 말하고자 하는 바를 깨닫고, 요리코는 몸서리치며 말했다.

"즉, 돌연사야말로 바람직한 죽음이라고……. 늙고 생산력이 떨어져 병에 걸리는 것을 꺼리고, 죽기 직전까지 평범하게 활동하다가 아무런 마음의 준비 없이 맞이하는 죽음을 이상화하는 거잖아. 삶의 끝자락에서 죽어가는 사람을 다정하게 돌보고 죽어가는 사람은 돌봄을 받으며 사랑하는 이들과 함께 보낸 나날을 되돌아보는 풍요로운 시간은 포기하고, 주위 사람에게 짐이 되지 않고 바로 죽어서 떠나는 것이 좋다고. 그런 얘기지."

가면처럼 변함없는 약초의의 표정의 정체를 이해했다. 말만 들으면 아름답다.

아름다운 자연은 사실 가혹하다. 혹독한 자연환경이 길러낸 신앙과 조용하고 냉혹한 체념. 적어도 소노다는 그런 것에 맞서려 했다.

이 땅은 척박하다. 그런 환경에 적응한 생활양식에서 비롯된 단명과 돌연사를 이런 기묘한 논리로 긍정함으로써 정신적인 평안을 유지할 수는 있으리라. 그러나 그것은 가혹한 현실을 함께 바꿔가려는 의지를 꺾는다. 풍요롭고 진보된 삶이 산을 넘어 흘러들어와도 사람들의 의식은 중세에 멈춘 채 둘도 없이 소중한 사람의 목숨을 매우 소홀히 취급한다.

이 마을에서는 사람의 목숨이 생령(生靈)이나 악령이 되고, 혹은 정령, 요괴가 되어 들과 산을 뛰어다니는가 하면, 때로는 사람 몸에 들어왔다가 기이한 식물의 뿌리로 옮아간다. 사람의 생명을 그런 것으로 보는 문화 속에서, 소노다가 짊어진 생명 윤리가 공격 대상이 되었다.

"소노다는 분명 마을을 바꾸었다. 그는 서양인이나 델리에서 들어오는 자들 같은 거만함은 없었고, 우리를 우습게 보지도 않았으며 사실 사람은 100년까지도 살 수 있다고 설파했다. 자식, 손자, 그 아이들과도 함께 살 수 있다고. 꿈 같은 이야기였다. 젊은이와 어린이, 여자들은 그 남자가 선사한 문화의 향기에 심취했다. 새로운 호법존(護法尊, 불교에서 불교의 가르침을 수호하는 부처 — 옮긴이)이 나타난 것과 마찬가지였다. 촌장은 그를 마음에 들어 했고 그도 마을 사람들과 금세 친해졌다. 아이의 피부병이나 눈병은 물로 씻어 고친다. 여자의 한 달에 한 번 있는 복통이나 초가을에 겪는 두통을 약 한 알로 고친다. 소노다는 의사가 아니었다. 도사(導師)가 되었다. 그렇게 마을의 식사와 버터차의 맛, 생활시간까지 바뀌었다. 마을 사람들은 맛은 없지만 꾹 참고 아무 맛이 안 나는 것을 먹고, 일어나자마자 허기진 채 일을 하던 습관을 바꾸었고, 잠자리에 들 때 저녁식사를 하는 습관을 버리고 일이 끝난 다음 식사를 하게 되었다. 4년 후였는지 5년 후였는지, 어쨌든 효과는 순식간에 나타났다. 버터차 그릇을 든 채 숨을 거두는 일은 거의 일어나지 않게 되었다. 마을 사람들은 눈에 띄게 오래 살게 되었다. 그렇게 얻은 수명이 두 달인지 십 년인지는 알 수 없다. 어쨌든 이전보다 장수했다. 그것은 사실이다. 주의 관리나 외국인은 그러한 숫자로 사물을 판단한다. 델리나 뭄바이, 유럽에서 의사나 국제 원조 단체 사람들이 시찰하러 왔다. 그리고 천진난만하게 소노다의 프로젝트를 칭찬했다. 그러나 실제로는 병이 줄어들지 않고 오히려 늘어나고 있었다. 이 세상에 조금 더 오래 머물게 된 대신 마을 사람들은 병을 얻었다. 오래 살 수 있게 되었지만 건강한 채로 죽을 수는 없었고, 병에 시달리게 되었다."

"전에도 건강한 채로 죽었던 게 아니야."

요리코가 반박했다.

"자각증상이 없었을 뿐이야. 죽을 만큼 중한 병에 걸렸는데도 깨닫지 못하고 이른 아침부터 젖을 짜러 가거나 보리 탈곡을 하는 등 중노동을 했다는 뜻이야."

"병들었느냐 건강하냐는 본인이 결정하는 것이지, 네가 결정할 일이 아니다."

조용히, 그러나 냉엄한 어조로 약초의가 단언했다.

"안락한 죽음을 놓친 후에 어떤 일이 일어나겠는가? 가을이 오면 덩굴은 아래쪽부터 노랗게 말라간다. 누구도 막을 수 없다. 사람도 늙으면 시들어간다. 곳곳의 관절이, 다리가 아프기 시작할 수도 있다. 그 남자는 약을 줬다. 약을 먹으면 속이 쓰리기 시작한다. 위의 통증을 멈추는 약을 먹으면 배가 당긴다. 한 곳이 아파 조치를 취하면 다른 곳이 나빠진다. 일단 밖에 나가면 집으로 돌아오는 계단을 오를 수 없어 2년간 집 밖에 나가지도 못하고 죽은 이가 있다. 초가을에 기침을 하게 되어 가슴 통증을 호소했지만, 그 남자와 진료소에 파견된 위생병 덕분에 3년 뒤의 겨울까지 살아남은 자도 있었다. 그는 그 3년 동안 심장이 멎을 뻔하고 피를 토하기도 하며 여러 번 죽을 고비를 맞았지만 그들은 그가 시드는 것을 허락하지 않았다. 그들의 약은 통증은 완화시켜줬지만 숨을 쉴 때의 괴로움까지 해결해주지는 않았다. 결국 그는 숨을 못 쉬게 되었고, 몸부림칠 체력도 잃어 고통 속에서 눈물을 흘리며 죽어갔다. 조용히 잠들려는 자의 가슴을 소노다는 두 손으로 누르고 약을 먹이고 진료소에서 수술까지 했다. 그 결과, 눈이 안 보이는 자, 몸이 불편한 자, 체력이 떨어지는 자가 늘어났다. 소노다가 명령한 대로, 그의 가르침을 받은 대로, 가족은 환자를 받아들였다. 결과적으로 병의 증상은 나아졌다. 그러나 병 자체는 그대로 원래 몸에 눌러앉았다. 한 사람이 뜻대로 가누지 못하는 몸으로 계단을 내려가다가 추락해서 허리뼈가 부러진다. 그러면 또 소노다가 나선다. 진료소로 운반해 뼈를 맞추고 약을 먹이고 링거를 맞는다. 그렇게 되면 환자는 살아 있지만 다시는 일어설 수 없다. 겨울이 끝나고 봄이 찾아와 다시 여름이 되어도 원래 몸으로는 돌아갈 수 없다. 딸과 아내가 수발을 들었다. 젖 짜기는 밀리고, 야크는 병이 나고, 일어서지 못하는 남자는 집안을 기어 다니며 술을 마시게 되었다. 남자가 죽기 전에 아내가 죽고 가축의 내부분은 돌보지 못해 팔아야만 했다. 딸은 어느 날 밤 소리를 지르기 시작했고 지붕에 올라가 뛰어내리려 하다 붙잡혀 나에게 끌려왔다. 얼마 전에 고통스럽게 죽은 고모의 영이 씌어 있었다. 악질적인 영이라 내 손으로 감당 못했기 때문에 라다크에 있는 여승원에 맡겼다. 그 후로 돌아오지 않는다."

약초의는 말을 끊고 눈을 감았다.

"옛날, 아직 이 땅에 불교가 들어오기 이전의 이야기다. 이 나라는 지금처럼 평화롭지 못하고 여러 왕국으로 나뉘어 서로 싸우고 있었다. 이 부근의 백성은 특히 용맹하고 두려움을 몰랐다. 죽음을 두려워하지 않고 끝까지 싸웠다. 그러던 어느 시기에 이웃나라에 교활하고 전술에 능한 왕이 나타났다. 적을 함부로 죽이지 않고 생포해서 얼마 후 고향으로 돌려보냈다. 안 죽이는 대신에 어떤 사람은 눈을 멀게 하고, 어떤 사람은 손발을 자르고, 어떤 사람은 혀를 뽑았다. 집에서 기다리고 있던 자들은 죽은 자보다 더 무서운 것을 보았다. 그들은 지옥 속에서 자신들을 위해 싸우고 돌아온 자들을 돌보았다. 환자를 돌보느라 백성들이 돌보지 않는 밭의 보리는 말라 죽고, 돌봐줄 자를 잃은 가축은 죽거나 야산에 버려졌다. 온 나라를 뒤덮었던 이웃나라를 향한 두려움과 분노는 고요한 절망으로 변했고, 얼마 지나지 않아 왕국은 멸망했다."

"무슨 소리를 하고 싶은 건데."

이야기 도중에 요리코는 일어서려 했다. 우화인지 고대 역사인지는 알 수 없었다. 어쨌든 그런 이야기로 자신의 잔혹한 논법을 정당화하려는 약초의에게 화가 치밀었다.

"마을의 장로 중 유톡이라는 남자가 있었다. 언젠가 유톡이 갑자기 이상해졌다. 제단에 보리와 버터차를 올리고 하루의 무사를 기원할 때였다. 눈이 뒤집어진 채 뒤로 쓰러져 온몸을 부들부들 떨기 시작했다고 한다. 유톡의 아내가 나를 부르러 왔다. 무슨 일이 일어났는지는 이야기를 듣고 바로 알 수 있었다. 나는 오불(五佛)관을 쓰고 향목과 경전을 가지고 달려갔다. 유톡에게 붙은 것이 토지신인지 아니면 누군가의 생령인지, 사령인지, 그렇다면 누구의 영인지, 서둘러 확인해야 했다. 무슨 영인지 알면 그와 이야기를 나누고, 평온하게 떠나가게 한다. 떠나면서 옮아간 자의 영혼까지 함께 빠져나가 버리는 일도 더러 있다. 그러나 그것은 그 사람의 숙명인 것이다. 결코 불행한 일은 아니다. 몸을 빠져나간 영혼은 이윽고 어딘가에서 다시 태어난다. 그러나 내가 도착했을 때는 이미 그 남자, 소노다가 와서 유톡에게 주사를 놓고 있었다."

증상으로 보아 아마 뇌졸중이었을 것이다. 지금 들은 바로는 뇌경색인지 뇌출혈인지는 알 수 없었다. 소노다는 뇌출혈을 막는 약 아니면 혈전을 녹이는 약을 정맥에 주입했을 것이다. 그러나 마을의 약초의 겸 승려는 병을 영의 소행으로 여긴다. 요리코는 미신이 성행하는 땅에서 마을 사람들의 목숨과 건강을 지키는 어려움이 가슴에 사무쳤다.

"소노다는 주사를 놓은 뒤 유톡을 눕혔다. 눈은 뜨고 있었지만 아무 데도 보지 않았다. 나는 유톡의 영혼이 이미 빠져나갔다고 판단하고 장례 준비에 착수했다. 하지만 유톡은 다음 날 아침, 병원으로 옮겨졌다. 이 마을 사람이 시내, 게다가 설비를 갖춘 사립 병원에 입원하는 일은 있을 수 없다. 그러나 그때는 달랐다. 바로 전에 마을에 시찰을 왔던 외국의 조사단이 유톡의 집에서 환대를 받으며 묵고 갔고, 그 후로도 교류가 있었다. 그런 연유로 그들이 돈을 내줬고, 유톡은 입원했다. 그러나 내가 보기엔 유톡의 영혼은 이미 빠져나갔기 때문에 입원해봤자 살아날 리가 없었다. 환자를 돌보기 위해 유톡의 아내가 함께 따라갔는데, 일주일 정도 있다가 어머니와 교대하고 돌아왔다. 그때 나는 유톡 아내의 이야기를 통해 내 견해가 틀렸음을 알았다. 유톡의 영혼은 빠져나가지 않았다. 유톡은 병원에서 말도 못하고 죽은 듯이 누워 있었다. 무섭게도, 섬뜩하게도, 꿈쩍도 하지 않는 몸, 눈알만 움직이는 몸에서 영혼은 빠져나오지 못한 채 괴로워 발버둥 치며 텅 빈 위장으로 피를 토하고 있었다. 영혼이 너무 괴로운 나머지 토하는 피다. 소노다는 유톡에게 주사를 놓아 생도 죽음도 아닌 허공에 매달아 놓았던 것이다. 유톡의 영혼은 손도 발도 움직이지 못하고 고뇌의 표정조차 짓지 못하는 몸속에서 고통받고 있었다. 그날 밤 유톡의 아내는 소노다를 시험하기로 했다. 그가 정말 마음이 올바른 인간인지, 아니면 사람들을 괴롭히기 위해 먼 나라에서 보낸 악령인지. 그래서 풀뿌리를 우려낸 즙을 먹였다. 죽이려고 한 것이 아니다. 생사를 그 남자의 마음에 맡겼다. 신앙이 있고, 올바른 마음을 가지고 있으면 죽지 않는다."

"하지만 우리에게 그런 건 없어."

신앙심이 아니다. 내성 얘기였다. 내성이 없는 몸에 대량의 자연 독이 주입되었다.

유톡의 아내는 처음부터 죽일 생각이었을 것이다. 오랜 세월 함께한 남편에게 신속한 죽음 대신 고통으로 가득 찬 삶을 준 데 대한 복수로써, 소노다에게 신앙심을 담보로 한 고통과 죽음을 주려고 했다.

인간의 생명에 관한 인식이 근본적으로 다르다. 소노다는 보편적인 생명의 가치와 인간의 존엄성을 믿고 이곳에 왔다. 그 자세에 감명을 받아 자신은 그의 뜻을 잇고자 했다. 그가 마지막을 맞은 땅에서 그가 하던 일을 이어받겠다고 생각했다. 혹은 채 이루지 못한 사랑 대신에 그의 신념과 그의 삶의 방식을 그대로 되풀이하려 했다.

사생관도, 의료를 뒷받침하는 사회의 생산력도 모두 현대사회와 동떨어진 곳에 현대 의학의 치료 방식과 이상을 들여온 것이 잘못이었던가.

순간, 요리코에게 무서운 생각이 떠올랐다.

그래서 인간은 과연 행복한가…….

의식은 있다. 하지만 몸은 안구 외에는 전혀 움직이지 못한다. 예전에 오키나와 나하의 병원에서 그런 환자를 담당한 적이 있었다.

그래도 최선의 치료를 받음으로써 그 가족과 주변 사람들의 애정이 환자에게 전해질 수 있었고, 덕분에 환자는 행복했을 것이다. 인간이 무엇을 할 수 있는가는 때로 중요하지 않다. 설령 안구밖에 움직일 수 없는 상태라 해도, 사랑하는 사람은 그곳에 존재하는 것만으로도 고맙다. 그것을 환자도 느낀다. 사람과 사람의 관계란 그런 것이다.

분명 그럴 거라고 생각했다. 그러나 헌신적으로 간병하는 늙은 어머니 앞에서 몸이 움직이지 않는 환자의 위벽은 스트레스로 계속 출혈이 일어났다. 유톡과 마찬가지였다. 일 년 반 후 환자는 회복되지 않은 채 사망했고, 그 노모는 요리코에게 독을 먹이는 대신 감사의 말을 건넸다.

"덕분에 이제 그 아이도 드디어 편히 잠들 수 있습니다"라고. 그건 정말 감사하는 말이었나? 자신이 걸친 의사 가운에 드리운 권위 때문에, 혹은 환자의 늙은 어머니의 배려심에서 비롯된 인사치레에 불과한 것은 아니었을까.

"다와 돌마가 그 남자에게 먹인 것은 독이 아니다. 신앙이 있으면 살았을 거다."

약초의가 반복해서 말했다.

"다와 돌마라니, 그럼 그 과부가……."

돌마라면 자신이 심은 채소 모종을 뽑은 할머니다. 아니, 이제는 할머니인지 아닌지 모르겠다.

"그래, 그가 죽은 유톡의 아내다."

차분하고 상냥한 어조로 경고하던 과부의 그늘진 미소를 떠올렸다. 그녀가 소노다를 죽였다.

"유톡은 다와 돌마가 소노다에게 약을 먹인 밤, 병원에서 죽었다. 그러나 소노다는 부처를 열심히 배례하면 살 수 있었을 터였다. 하지만 그러지 않고 나갔다가 마을에 돌아오지 못했다. 다시 한번 말하지. 소노다는 훌륭한 남자였다. 용기와 맑은 마음을 가진 성실한 남자였다. 마을에 살고 있는 힌두교도 중에도, 이웃 마을의 이슬람교도 중에도 착한 남자는 있다. 즉, 불교도가 아니어도 선량한 사람은 있다. 그러나 그 남자가 찾아오고 7년. 죽이든가 쫓아낼 수밖에 없을 정도로, 마을사람들은 곤혹스러워 했다. 적은 고통을 겪고 죽으면 내세에는 다시 사람으로 태어난다. 그 축복을 잃고 가족도 마을도 피폐해졌다. 너희들이나 시내에 와 있는 서양인들이 무슨 생각을 하며 살고 어떻게 죽는지 나는 모른다. 그러나 이 땅에는 이 땅의 생사가 있다. 우리는 오랫동안 그렇게 살고 죽어왔다."

논파할 말은 찾지 못했다. 비록 논파하더라도 무슨 의미가 있을까. 이 자연환경 속에서 길러진 사생관에는 설득도, 계몽도, 아마 선교도 아무 소용없을 것이다.

다시 오줌이 마려웠다. 참지 못하고 밖으로 나갔다. 볼일을 보고 건물로 향하자 팔덴이 종종걸음으로 다가왔다.

"체링은 괜찮아요. 기분도 좋다고 하더군요. 걱정 없어요."

"일시적인 일이에요."

쓴 것을 뱉어내듯 말하자 팔덴이 요리코의 가방을 내밀었다.

"돌아가죠. 지금은 당신이 더 아픕니다. 일단 아그모가 있는 곳으로 돌아가서 잠을 자는 쪽이 좋아요."

자신에게 독을 먹인 그 집으로 돌아가란 말인가.

어깨에 뭔가 닿았다. 페트병이었다. 반사적으로 고개를 숙여 받고 뒤돌아보니 약초의였다.

"너에게 약은 그것이다. 네 체액은 그것으로 이루어져 있다. 많이 마셔라. 그리고 몸 속의 피를 모두 그것으로 갈아라."

1리터들이 볼빅(프랑스산 미네랄워터 — 옮긴이)이었다. 웃음이 터질 뻔했다. 내 체액은 이걸로 이루어졌다고?

포장을 뜯지 않은 새것이었다. 이 마을 사람의 적은 수입으로 미루어 보아 돈을 꽤 썼을 터이다.

"고마워."

"빨리 나가라. 다시는 이곳 땅을 밟아서는 안 된다."

약초의는 표정이 없는 얼굴로 그것만 말하고 몸을 돌려 집으로 돌아갔다.

값비싼 생수는 작별 선물인 셈일까.

날이 밝아오고 있었다. 안개를 녹이는 연한 금빛 햇살이 부근을 감싸고 있었다.

속수무책으로 요리코는 촌장 집으로 향했다. 어젯밤 그녀에게 정체를 알 수 없는 독을 먹인 상게가 있는 집으로.

"그쪽이 아니야."

몇 발자국을 걸었을까, 등 뒤에서 고함소리가 들렸다.

발밑을 보자 경사가 있는 초원의 좁은 길을 내려온 상태였다. 무심코 발을 내딛었는데 팔덴이 다급하게 요리코의 셔츠 뒷부분을 잡고 끌어당겼다.

그와 동시에 요리코는 비명을 질렀다. 안개 속에 이어진 길은 거기서 사라져 있었다. 절벽 가장자리에 서 있었던 것이다. 아니,

길은 분명히 있다. 가파르고 험한 비탈에 바위가 튀어나와 있다. 산양의 갈라진 발굽이라면 어렵지 않게 다닐 수 있는 벼랑길이었다.

"멋대로 걷지 마세요."

셔츠 자락을 붙잡은 채 팔덴이 숨을 헐떡인다.

요리코도 말을 잊고 잠시 가쁜 숨을 몰아쉬었다.

고개를 들자 주변을 흐르는 안개 속에 아주 연한 빛깔의 무지개가 나타났다. 손을 뻗으면 닿을 만한 거리에 나타난 무지개가 현실인지, 어젯밤의 환각이 아직도 이어지고 있는 것인지 알 수 없었다.

"외지인을 거부하는 땅이란 거로군. 온통 함정투성이라 혼자서는 길도 걸을 수가 없어."

요리코의 손목을 잡고 팔덴이 앞장서서 걷기 시작했다.

"땅은 외지인을 거부하지 않아요. 국경을 넘어서 온 순례자들조차 모두 걷고 있죠. 길을 헤매는 일은 없어요. 불탑이 곳곳에 서 있으니까 그걸 표식으로 삼으면 됩니다. 산양이 다니는 길에는 불탑이 없잖아요."

"그건 그렇죠, 하지만 이런 안개 속에서는 불탑을 볼 수가 없으니……."

"안 보여도 독경 소리가 들려요. 귀를 기울이면."

그런 소리는 들리지 않는다.

"깃발이 바람에 나부끼는 소리 말입니다. 경문을 읊는 대신이죠. 깃발 소리가 바람 소리에 섞여 있습니다. 깃발이 펄럭이는 소리가 우리에겐 경문으로 들리죠. 그것을 따라 걸으면 잘못된 방향으로 가지 않아요."

"펄럭거리는 소리는 안 들리는데요."

"들려요, 우리 귀라면."

컴퓨터를 부팅할 때 나는 알림음, 휴대폰 벨소리, 헤드폰에서 흘러나오는 팝송에 익숙한 귀는 그런 섬세한 소리를 포착하지 못하는 것인지도 모른다.

"바람이 약한 날에는 잘 안 들리지만, 꽃차를 마시면 분명히 들려요."

"차?"

"그래요."

뒤돌아보지 않고 팔덴이 대답했다.

"7월의 일주일 동안에만 고지에 피는 꽃이 있습니다. 옥수수처럼 똑바로 선 이삭에 꽃이 많이 피죠. 연지와 녹색이 섞인 작은, 아, 예쁜 꽃은 아니에요. 하지만 귀중한 것이죠. 말린 꽃을 우려낸 물을 마시면 감각이 맑아져 희미한 음악도 들을 수 있게 됩니다. 시각도 날카로워져 잠시 동안은 멀리 산비탈에 있는 양이 누구 것인지도 알아볼 수 있죠. 대낮 하늘에 깜박이고 있는 별들도 보여요."

반사적으로 위를 바라보았다. 흐르는 안개 사이로 옅은 물빛 하늘이 엿보일 뿐 별 따위는 보이지 않는다.

다음 순간 짐작가는 게 있어 지금 왔던 길을 되돌아보았다.

어젯밤, 자신을 덮친 그 현기증과 몸 안쪽에서 수런거리는 듯한 감각. 독인 동시에 감각이 날카로워지는 약…….

"다와 돌마가 소노다에게 먹인 것은 독이 아니다. 신앙이 있으면 살았다. 하지만 신앙이 없었기 때문에 그는 죽었다. 부처를 열심히 배례하면 살았다. 하지만 소노다는 그러지 않고 나갔다가 마을에 돌아오지 못했다"

약초의는 분명 그렇게 말했다. 요리코는 깨달았다. 소노다 또한 자신과 같은 것을 마셨다. 팔덴이 말하는 고지에 피는 꽃을 끓여 만든, 감각을 흥분시키는 일종의 마약이다. 소노다는 마약 때문에 통상적인 감각을 잃고 산양이 다니는 길에 접어들었다가 추락한 것이다.

만약 그가 이 지역의 신앙을 믿었다면 추락하지 않았을 것이다. 예민해진 감각으로 멀리 있는 불탑의 모습과 그 옆에서 바람을 가득 품고 펄럭이는 깃발 소리를 선명하게 느낄 수 있었을 것이다. 그리고 절벽으로 이어지는 짐승 길이 아닌 불탑이 있는 길, 사람의 길을 갈 수 있었다.

그러나 그의 지각은 그런 것들을 잡음이나 배경으로 처리하고 배제했다.

대신 무엇을 감각했는가? 현대 일본에서 살아온 일상과 직결된, 강한 미혹이나 죄책감이었을까.

열린 동공으로, 날카로워진 청각으로 소노다는 무엇을 보고, 무엇을 물었을까. 초원의 가장자리에 갑자기 잘려 나간 듯이 끊어져 계곡으로 떨어지는 길 너머에서 무엇을 찾았을까.

"무슨 일 있나요?"

팔덴이 의아하다는 표정을 지었다.

"소노다 씨가 어떻게 돌아가셨는지 생각하고 있었어요."

"그렇군요."

"그가 한 일은 당신들에게는 민폐였다는 건가요?"

"모르겠습니다."

"하지만 당신들은 곤란했다던데요."

"처음에 나는." 팔덴은 꽉 막힌 목소리로 말하다 조금 망설인 후 말을 이었다.

"다른 마을 사람들은 어떻게 생각했을지 모르겠지만, 나는 그가 훌륭한 일을 한다고 생각했습니다. 처음에는. 하지만 그것이 어떤 결과를 가져올지는 아무도 예상할 수 없었죠. 소노다 선생님은 소노다 선생님 나름대로 열심히 하셨습니다. 그리고 일은 안 좋은 쪽으로 굴러갔죠. 그가 떠난 지 4년 만에 마을은 다시 원래 질서를 되찾았습니다. 사람이 평범하게 태어나고, 평범하게 늙고, 평범하게 죽고, 평범하게 다시 태어나죠. 정체(停滯) 없는 세계로 돌아간 겁니다."

정체라는 말에 참혹함을 느꼈다.

"하지만……."

그 중에는 소노다가 왔기 때문에 운 좋게 질병에서 벗어나, 혹은 병과 공존하면서 고령까지 살아남은 사람도 있을 것이다. 소노다가 사라졌다고 모두 그렇게 쉽게 단명으로 돌아갈 수는 없다. 아니, 소노다가 오기 전에도 고령에 이르는 사람은 아주 적은 수라도 있었을 것이다. 용모만 늙어 보이는 50대 장로들 중에 진짜 나이가 많은 장로가 섞여 있지는 않을까.

"마을에서 가장 나이 많은 사람은 누구죠?"

요리코가 물었다.

팔덴은 다와 돌마 집 근처에 사는 할머니 이름을 꼽았다.

"연세가?"

"예순하나……. 아니, 쉰여덟 정도이려나? 곧 순례에 나서니까요."

"순례? 어디를?"

"글쎄, 국경을 넘어 카일라스로 가는 사람도 있고 라다크의 절로 가는 사람도 있어요. 무척 기대하고 있죠. 순례는 우리의 꿈이에요."

마을이 흩어져 있는 산악 지대에서 사는 여성 중에는 교역으로 시장이 서는 마을에 가는 것 외에는 그 지역에서 단 한 발도 나가지 못하고 일생을 보내는 사람도 있다. 그런 사람들에게 순례는 신앙의 이름을 빌린, 늘 꿈꾸던 관광 여행인지도 모른다.

"카일라스까지 간다면 쉽게 돌아오지 못하겠네요. 두세 달? 아니 겨울철에 되면 고갯길이 막히니까 시내에서 발이 묶이겠구나."

"안 돌아와요."

팔덴이 시선을 안 마주치고 말했다. 그 옆얼굴에 미묘한 감정이 엿보였다.

"일정 연령이 되면, 태어난 달이나 수호신에 따라 사람마다 다르지만 대략 예순 정도 되면 남자나 여자나 순례를 떠나죠."

"안 돌아온다는 건……."

불길한 예감이 들었다.

"우리는 순례를 떠나는 날을 목표로 살아가요. 가축이나 인분이 담긴 무거운 바구니를 짊어지고 밭까지 옮기고 하루 종일 땅을 돌보며 보리를 심거나 요괴에게 공격당할 위험을 무릅쓰고 잡초도 못 자라는 황무지에 들어가 암염을 줍고, 아직 해가 뜨기도 전에 일어나 젖을 짜고, 물을 길어 아이를 기르죠. 남자나 여자나, 아니 야크와 산양까지도 짐을 나르고 젖을 제공하죠. 힘들지만 그것이 우리가 해야 하는 일이니까. 자식으로서, 남편으로서, 아버지로서요. 집에 돌아오면 나는 아들로서 아버지 일을 돕고 어머니와 동생들과 가축을 지켜야만 합니다. 지금 이 자리에서는 당신의 조수이자 통역이자 운전기사죠. 무슨 일이 있어도 내팽개쳐서는 안 됩니다. 야크는 아무리 무거워도 골짜기 바닥에 짐을 내팽개치지 않아요. 내가 아는 외국인은 인생은 스스로 선택하는 것이라는 따위의 소리를 하지만 우리가 보기에는 얕은 생각이죠. 그렇다면 우리 모두는 왜 태어나서 죽어가는 굴레 속에 있는 거죠? 우리는 사명을 다하기 위해 태어나, 지금 여기에 있는 거예요."

소노다도 사명감 때문에 이 땅에 정착했다. 그러나 팔덴은 삶 자체가 '미션'이라고 말한다.

"우리는 죽어서 겨우 남자도 여자도, 야크나 산양까지도 모두 각자의 힘든 일에서 해방됩니다. 하지만 나이가 들면 죽지 않아도 힘든 일에서 해방되고 싶잖아요. 아버지, 어머니, 장로, 각 역할의 여러 가지 사명이 있고, 그것을 끝냈을 때 우리는 비로소 자유로워지는 거죠. 이제 누군가의 아이도, 남편도, 아내도, 부모도 아니게 되는 거예요. 역할이나 지위, 짊어졌던 세속의 무거운 짐을 내려놓아도 되는 겁니다. 그때 처음으로 순례를 떠나는 게 허용되죠. 자질구레한 일상품과 아주 약간의 보릿가루만 가지고 마을을 떠나요. 남편도 아내도 마을 사람도 아닙니다. 이제 그런 역할을 안 해도 되는 거죠. 그렇게 본래의 삶을 살기 시작하는 것이 허락됩니다."

"여기저기 승원이나 절에 묵으며 다니다 마지막에는 그중 어딘가에 들어가는 건가요?"

"절이 있으면 절에서 묵고, 없으면 들판에서 자겠죠. 지나가던 사람이 공덕을 쌓기 위해 음식이나 필요한 물건을 주는 일도 있고, 안 그럴 수도 있습니다."

일종의 탁발이구나 하고 수긍한 후에 예전 일이 떠올랐다.

"마을 근처 길에 주저앉아 있던 할아버지……."

"그래요, 순례자죠, 어디서 왔는지는 모르지만."

그 사람은 온몸이 흙투성이가 되어 길가에 주저앉아 있었다. 잿빛 얼굴과 너덜너덜한 옷. 이 마을에 오는 길에 보았던 다른 걸인의 시체 같은 모습이 되살아났다. 그 사람도 걸인이 아니라 순례자였다.

티베트 관련 다큐멘터리 영화에는 초원길(몽골, 남부 시베리아, 중국 화베이, 흑해 북안을 잇는 교통로 — 옮긴이)을 오체투지하며 나아가는 순례자의 모습이 등장한다. 보는 이에게 경건한 감동을 주는 그들과 그 노인의 모습은 너무나 동떨어져 있었다.

"승원이나 절도 그들을 수용하거나 임종을 지켜주지 않는 건가요?"

"임종을 지켜줘요?"

팔덴은 이상한 말을 한다는 표정을 지었다.

"그들은 임종을 지켜줘야 하는 존재가 아닙니다. 그런 것에서 해방되어 있으니까요. 즉 제도나 마을, 가족이라는 얽매임만이 아니라 자신의 몸으로부터도 해방된 상태입니다."

"그런 건 해방이 아니야."

요리코는 떨리는 목소리로 간신히 그 말만 했다.

이건 고려장, 아니 남녀를 가리지 않고 사람을 버리는 기민(棄民) 행위이다.

"외국인에게 설명하기는 어려워요."

팔덴은 시선을 저편에 있는 산등성이에 두고 말했다.

"그들은 본래의 삶을 향해 걷기 시작한 거죠, 우리 같은 세속적인 존재가 아닙니다. 당신에게는 더럽고 비참한 노인으로 보일지 모르지만 그런 것은 피상적인 관점입니다. 순례자들은 그런 피상적인 차원에 사는 게 아니에요."

돌연사를 용인하고 심오한 말로 기민 행위를 덮는다. 그럴 수밖에 없는 혹독한 기후와, 낮은 생산력에도 불구하고 원조도 개발도 받아들이지 않는 높은 긍지.

패배했음을 알았다.

고매한 이상도 사명감도 소용없는, 이해를 넘어선 마을로 들어간 소노다는 발을 빼앗겼다.

그리고 요리코 자신은 살해당하기 전에 도망간다.

촌장 집에 돌아가 정신없이 짐을 꾸렸다.

사정이 생겨 여기서 나가겠다고 하자 아그모는 조금 놀란 듯이 눈을 크게 뜨고는, 몹시 유감스럽다는 듯이 고개를 저었다.

그는 "그래, 그러려무나" 손녀에게 타이르듯이 말했고, 살결 하나하나에 흙이 파고들어 검은 광택이 도는 손으로 요리코의 두 손을 꽉 쥐었다. 그 힘과 따뜻함에 감동하여 불현듯 눈물이 흐를 뻔했다.

"그래, 그러려무나. 고향에 돌아가 결혼하고 언젠가 아이가 생기면 데리고 놀러 오렴."

아그모는 스스로의 말을 수긍하듯이 고개를 끄덕이며 그 말을 반복했다.

이윽고 여자들이 몰려와 요리코에게 그 탕약을 먹인 상게까지 요리코의 손을 꼭 잡고 이별을 아쉬워했다. 죄책감도 뻔뻔함도 아무것도 느껴지지 않는다. 모든 것이 자신의 오해였나 싶을 정도로 뜨겁고 진한 정을 느꼈다.

여행의 안전을 기원하는 촌장의 말도 더없이 진지했다.

마을 사람들의 배웅을 받으며 요리코는 팔덴과 함께 돌이 깔린 길을 걷기 시작했다.

아이들이 따라왔다.

갈색에 때가 얼룩덜룩한 작은 손으로 요리코의 손이나 바지를 잡고 말없이 따라왔다.

자신은 이 아이들을 위해 아무것도 하지 못했다. 이 마을에서 태어난 아이들의 미래를 바꿔줄 수 없었다.

요리코가 안타까움과 이별의 괴로움이 갑작스럽게 치밀어 올라와 멈춰 섰을 때, 아이들의 시선이 요리코가 아닌 다른 곳으로 움직이더니 갑자기 얼굴이 환해졌다.

바람을 타고 경쾌한 금속 소리가 무수히 들렸다. 끊기지 않고 단조로운, 그러나 더없이 아름다운 현대음악 같은 울림과 함께 갈색 얼굴에 펠트 모자를 쓴 중년 남자가 불쑥 나타났다. 그 뒤로 짐수레를 끌고 화려하게 장식한 야크들과 젊은이들, 그리고 선명한 자수를 놓은 긴 웃옷을 걸친 여자들이 다가왔다.

아이들이 요리코를 팽개치고 달려갔다.

"가을이 됐군요."

팔덴이 산비탈을 가리켰다. 구름 같은 산양 떼가 천천히 아래로 이동하고 있었다.

"가축과 가축을 돌보던 사람들도 돌아오죠. 내년 봄까지, 가족은 함께 살 수 있어요."

요리코는 돌아온 사람들 하나하나와 인사를 나누었다.

"막 만났는데 헤어지는 건가. 아쉽네."

"이 마을은 어땠어?"

"또 와."

드문드문 그런 말을 알아들을 수 있었다. 영어도 섞여 있다. 여름 동안 마을에 남아 있던 사람들보다 한 세대 젊은, 팔덴 또래부터 중년에 걸친 용모의 사람들이 요리코의 어깨를 두드리고 지나갔다. 꺼리는 기색은 조금도 없었다.

"조금씩 바뀌고 있어요."

팔덴이 말했다.

"부모는 자기들은 헌 옷으로 버텨도 아이에게는 새 옷을 입히죠. 아이는 학교에 가게 되었고, 학교에 가면 우리는 기억력이 좋으니까 점점 우수해지고 있어요. 소노다 선생님은 많은 씨앗을 뿌리고 가셨죠. 무언가를 가르쳤다기보다, 이 마을 너머에 다른 세계가 있음을 그 존재로서 보여주셨죠. 그걸로 충분해요. 저들이 컸을 때는……." 그렇게 말하며 그는 아이들이 떠난 방향을 돌아보았다.

"분명 마을은 변해 있을 겁니다. 소노다 선생님이 해야만 한다고 생각했던 일은 아마도 저 아이들이 해내겠죠."

개발협력 프로젝트의 가장 이상적인 길이다. NGO와 마을을 잇는 가교 역할을 하고 있는 팔덴이 그저 대변인으로서 하는 말인지 아니면 진짜 가능성이 있는 얘기인지, 그것도 아니면 좌절하고 떠나는 요리코를 향한 격려와 위로인지는 알 수 없었다.

마을 변두리에 도착했다.

돌이 깔린 길이 끊겼고, 그곳을 경계로 건너편은 극단적으로 강수량이 적은 곳이었다. 자연의 변덕이 만들어낸 풍경이었다. 초록빛은 사라지고 산의 회갈색 속살이 펼쳐졌다.

그 앞에 있는 흰 불탑 아래에 기대듯 잠들어 있는 순례자의 모습이 보였다. 야크털로 짠 긴 옷을 본 기억이 있었다. 언젠가 진료소에서 돌아오는 길에 보고 걸인으로 착각했던 노인이었다. 그러나 오늘은 기침을 하지 않았다.

노인과 가까워지면서 눈을 감은 노인의 얼굴 윤곽이 선명히 드러나자, 요리코는 비명을 가까스로 삼켰다.

먼지를 뒤집어쓴 회갈색 피부, 마른 볼에 새겨진 주름, 퀭한 눈. 게다가 가운데가 조금 움푹 들어간 턱.

아버지다. 대학에서 돌아온 요리코를 기다리던 아버지의 시신, 그 자체였다.

팔덴이 작은 목소리의 기도 비슷한 어조로 인사했다. 시체로 보였던 사람은 눈곱이 잔뜩 달라붙은 눈꺼풀을 느릿느릿 들어올렸다.

아버지의 눈이 나타났다. 웃는 듯 보인 것은 기분 탓이다. 거기 있는 것은 이목구비의 윤곽이 너무 뚜렷해 얼굴 전체에 짙은 음영이 드리워지는, 틀림없는 이 지역 노인의 얼굴이었다. 그러나 그 그림자 짙은 얼굴에는, 빛이 있었다. 만족감과 행복감으로 가득 찬 투명한 빛을 목격하고 멈춰 선 순간 다시 그 모습이 아버지와 겹쳐졌다.

팔덴이 주머니에서 꺼낸 소액 지폐를 내밀었다. 순례자는 받았다. 감사하는 말 한 마디도 몸짓도 없는, 거만한 동시에 숭고한 인상을 주는 모습이었다.

요리코는 가방에서 곡물을 반죽한 쿠키나 딱딱한 치즈 등 가지고 있는 휴대용 식량을 모두 꺼내 건넸다. 순례자의 얼굴에 감사하는 표정이 떠오르지는 않았다. 그러나 아주 온화한, 모든 것을 용서하는 미소를 닮은 무엇인가가 보였다.

"동전도 줘요." 팔덴이 속삭였다.

"그는 오늘 밤이나 내일쯤 죽을 겁니다. 그러면 시신을 태우기 위한 장작이나 공물을 사야 하니까요."

그 말을 들은 요리코는 갑자기 한 대 얻어맞은 듯한 느낌이 들었다. 분노와 패배감과 슬픔이 뒤섞인 감정이 다시 피어올랐다. 지갑을 꺼내 천 루피짜리 지폐를 건넸다. 잔돈이라고는 하기는 힘든 액수지만 순례자는 당연하다는 듯이 받았다.

도망치듯 걷기 시작하다 한참을 가서 문득 뒤돌아보았다.

눈이 부셨다.

이제 시들어갈 고지대의 풀을 금빛으로 빛내며 가을 햇살이 눈 덮인 산들 위로 저물려는 참이었다. 완만한 산자락에 산양과 야크 떼가 뒤섞여 천천히 이동한다. 가축을 따라 내려오는 사람들이 걸친 웃옷의 찬란한 색채가 초원 곳곳에 흩어져 있었다.

맑은 대기 속에 하얀 불탑이 우뚝 서 있고, 경문이 새겨진 깃발이 바람에 펄럭였다. 순례자는 그 밑동에 기대 잠들어 있었다. 형용할 수 없이 안락한 모습이었다.

해제

고령사회, 장녀들은 잠들 수 없다

안지나

1

무엇인가를, 하물며 누군가를 이해하고 공감한다는 것은 종종 고통스러운 일이다. 그래서 처음 이 작품을 읽을 때 책장을 수월하게 넘기지 못했다. 화목한 가정이라는 환상이 부모의 노화와 노환을 계기로 무너지고, 그때까지 보이지 않았던 갈등과 상처의 민낯이 드러나는 과정이 세세하게 담긴 작품 속 현실이 너무 가깝게 느껴졌기 때문이다.

늙음을 소재로 하는 노년문학은 대개 괴로운 현실을 그린다. 나이가 들면서 시작되는 신체적인 고통과 가중되는 의료비, 가장 가까울 터인 가족에게 느끼는 소외감, 사회의 변화에 적응하지 못하는 데서 오는 고립감. 성장의 과정과는 반대로 상실의 연속이다. 우리가 어른으로 성장하는 과정도 얼마나 고통스러웠는지를 상기해보면, 늙음이라는 과정은 또 얼마나 고통스러울 것인지 쉽게 짐작할 수 있다.

그러나 이 사회에서 노인의 고통은 노인 당사자만의 것일까? 이 지점에서 『장녀들』은 그 늙음을 둘러싸고 존재하는, 하지만 좀처럼 이야기되지 않는 이들의 존재에 주목한다. 고령사회를 함께 짊어지고 가는 사람들, 고통의 바로 곁에서 살아가는 사람들, 가족 내 돌봄노동을 떠안게 된 비혼 여성들의 이야기다.

2

고령화 문제에 있어, 일본은 한국의 가까운 미래다. 일본은 이미 2010년에 65세 이상 고령 인구의 비율이 전체 인구의 21퍼센트에 달하는 초고령사회에 진입했다. 이런 사회 상황을 반영하여 노인의 삶을 소재로 한 노년문학이 활발하게 창작되고 있다.

그중에서 가장 눈길을 끄는 것은 돌봄노동을 다루는 '개호(介護)소설'의 존재다. 개호는 돌봄노동을 가리키는 일본어인데, 치매 등 만성적인 노인성 질환을 앓는 노인은 호전이나 완치가 어렵기 때문에 10~20년 이상의 돌봄노동이 필요하다. 개호소설은 주로 이런 경험을 소재로 한 작품들이다. 손자의 할머니 개호를 소재로 한 모브 노리오의 『개호입문』(2004)은 아쿠타가와상을 수상하기도 했다. 『장녀들』의 저자 시노다 세츠코 역시 치매를 앓는 어머니를 20년 이상 개호한 경험이 있고, 그 경험이 이 이야기들의 모티프가 되었다.

한편 최근 일본 노년문학의 또 다른 주요 소재는 '종활(終活)',

즉 죽음을 준비하는 활동이다. 이는 2010년대부터 베이비부머 세대를 중심으로 유행하고 있는데, 노년기에 접어든 이들이 종교나 전통에 따르기보다 자신다운 죽음을 탐색하려는 경향을 보인다는 점에서 특히 주목받는 사회적 현상이다. '종활'을 소재로 한 노년문학에서는 스스로 죽음을 준비하려는 노년 세대의 주체성을 긍정적으로 바라보는 경우가 많다.

그러나 이렇게 자발적이고 긍정적으로 보이는 죽음은 정말 '자발적'일까? 일본문학 연구자로서 나는 극단적인 경우 범죄로까지 이어지는 돌봄노동의 부담이나, 종활과 같은 사회 현상이 일본 노년문학에 어떻게 반영되는가를 연구해왔다. 문학이 개인의 삶을 반영한다면, 그 개인이 살아가는 사회 또한 반영할 수밖에 없다. 최근 일본에서 노년문학은 일정한 인기를 얻고 있다. 아마 그것은 우리도 수긍할 수밖에 없는 이유 때문일 것이다.

우리는 모두 노인이 된다. 그리고 나는 노년문학의 배후에 숨어 있는 일본 사회의 불안을 본다. 한국에서도 베스트셀러가 된 가키야 미우의 『70세 사망법안, 가결』(2012)은 그러한 사회적 불안감이 적나라하게 드러난 작품이다. 가족에게 폐를 끼치고 싶지 않아서, 나다운 죽음을 맞이하고 싶어서, 자신의 죽음을 스스로 준비한다는 사람들의 마음에는 세대 갈등이나 장수하는 노인 인구의 증가에서 비롯된 개인적·사회적 비용 증가에 대한 일본 사회의 비판적인 시선이 유무형의 압력으로 작용하고 있는 것은 아닐까.

『장녀들』에 실린 세 편의 작품 중 「미션」에서 주인공 요리코가 부딪히는 갈등이 바로 그것이다. 현대 의학이 강요하는 장수가 히말라야 지역에서는 공포와 두려움의 대상이다. 장수를 금기시하는 풍토는 단순한 계몽의 대상이 아니라 잔혹한 사회적 합의의 결과일 수도 있는 것이다. 코로나바이러스감염증-19가 퍼진 세계에서 '베이비부머 리무버'라는 잔인한 말이 유행하는 현상이나 노인 환자보다 젊은 환자의 치료를 우선하는 정책의 출현을 보면, 슬픈 일이지만 그런 두려움도 아주 황당무계하지는 않다.

3

『장녀들』은 고령화와 비혼율의 급격한 증가 등의 사회 변화의 틈에서 새어 나오는 이야기들이다. 이 비혼 여성들은 왜 이런 상황에 처했는가. 이 지점에서 일본과 한국은 비슷하다. 한국은 2000년에 고령화사회에 도달했고, 현재 일본 이상의 속도로 초고령사회로 다가가고 있다. 비혼율, 이혼율과 직접적으로 연관되는 1인가구 비율도 한국은 약 28.6퍼센트, 일본은 약 27퍼센트에 이르렀다. 이것이 부모와 자식으로 구성되는 근대의 정상가족 신화에 매달려 오로지 출생률의 증가만을 목표로 하는 인구 정책이 미처 반영하지 못하고 있는 현실의 적나라한 모습이다.

이는 얼마 전까지만 해도 일본 사회에서 노인의 돌봄노동을 담당하는 것은 주로 며느리였다는 사실과 밀접하게 연관되어 있다. 실제 체험을 바탕으로 한 기존 개호소설에서는 오히려 남편이나 아들의 개호, 혹은 손자의 개호를 다룬 소설이 인기를 얻었는데, 이는 우에노 치즈코가 지적했듯이 며느리의 개호는 너무 당연해서 독자의 관심을 끌 수 없었기 때문이다.

이런 상황을 고려한다면, 『장녀들』은 초고령사회에서 1인 가구의 증가가 가져온 피할 수 없는 현실을 발빠르게 제시하고 있다고 볼 수 있다. 그리고 불행히도, 이 장녀들의 사연은 우리에게도 결코 낯설지 않다.

「집 지키는 딸」의 나오미는 양친의 사랑을 아낌없이 받았고, 이혼을 하기는 했으나 회사에서는 능력을 인정받으며, 유산으로 집과 토지를 물려받을 장녀이다. 하지만 나오미는 결국 어머니의 치매 때문에 직장을 포기하고, 어머니가 일으킨 방화 사건을 수습하기 위해 백방으로 뛰어다니다 결국 어머니를 24시간 돌보는 숨막히는 생활에 갇힌다.

「퍼스트레이디」의 게이코는 의사 집안의 장녀다. 의대를 다니다가 종교에 빠져 예정된 길을 벗어났고, 어머니를 대신하여 지역 명사인 아버지를 보좌하는 집안의 '퍼스트레이디'를 맡는다. 의사 집안의 교양과 허세에 비판적인 어머니는 자신의 당뇨병을 방치한 바람에 시한부 선고를 받는다. 게이코는 어머니를 향한 애증으로 괴로워하다가 장기 이식까지 하려 하지만, 그 덕분에 어머니의 진심을 알게 된다.

「미션」의 요리코는 평범한 회사원이었지만 어머니의 암 투병을 계기로 소노다라는 의사에게 감명을 받아 뒤늦게 의대에 진학한다. 히말라야 지역에서 의료봉사 활동을 하던 소노다의 부고를 듣고 요리코는 그 후임을 자원한다. 하지만 그렇게 떠나간 땅에서 요리코는 자신이 믿어 의심치 않았던 현대 의학과 생명 윤리와는 상반된 가혹한 생사관에 직면한다.

세 작품 모두 가족, 특히 모녀간의 감정을 세밀하게 묘사하고 있다. 나오미는 단짝 친구처럼 지내던 어머니가 치매 탓에 의존적으로 변하자 정신적, 육체적 부담을 느껴 고통받는데, 어머니의 헌신을 기억하기에 자신의 고통을 자책한다. 게이코는 진보적이지만 그만큼 냉정하고 합리적인 가족을 이해함과 동시에 어머니의 어리석은 선택도 이해하기 때문에 괴롭다. 요리코는 어머니의 죽음을 계기로, 화목했던 가정이 사실은 오로지 어머니의 돌봄노동에 의해 유지되었음을 인식한다. 요리코는 어머니가 돌아가신 뒤 아버지와 오빠가 자신에게 어머니의 역할을 기대하는 것을 거부하고 과감하게 의대에 진학하지만, 그래도 아버지의 고독사는 늘 죄책감으로 남아있다. 아마도 그들이 공통적으로 느끼는 고통의 핵심은 이것일 것이다 – 이해와 공감.

4

『장녀들』이 제기하는 문제가 한국 사회에 얼마나 호소력이 있을까? 노동권, 돌봄노동, 학대, 범죄, 빈곤, 소외 등 한국 사회가 직면하고 있는 노년과 관련된 심각한 문제에 비하면 『장녀들』이 드러내는 문제는 얼핏 사소해 보일지 모른다. 주인공인 나오미와 게이코는 교수 혹은 의사 집안의 장녀다. 요리코는 본인이 의사이며 다른 두 사람도 전문직에 종사한다.

하지만 주목할 점은 풍요로워 보이는 그들의 삶 속에 세대 간 격차가 존재한다는 점이다. 그들은 부모의 아낌없는 지원에 힘입어 전문직에서 활약하지만, 자신들의 부모만큼 안정적인 노년을 보낼 수 없을 것이다. 나오미는 치매에 걸린 어머니의 모습에서 보다 빈곤하고 어쩌면 돌보는 가족이 없기에 더욱 비참할 자신의 노년을 엿본다. 이제 높은 학력, 엄격한 가정교육, 성공적인 경력도 안정적이고 풍요로운 노년을 보장하지 못하는 것이다. 이것이 암시하는 바는 결코 사소하지 않다.

특히 이는 그들이 모두 비혼 여성이라는 사실과 맞물려 있다. 나오미의 여동생이나 요리코의 오빠, 게이코의 남동생은 모두 결혼해서 자식을 낳고 가정을 이루고 있다. 하지만 그들은 아무도 늙은 부모를 돌보려 하지 않고, 부모도 그들에게 돌봄노동을 기대하지 않는다. 부모가 자신을 돌봐줄 것을 기대하는 쪽은 비혼인 딸이고, 혹은 부모가 기대하지 않아도 딸이 자진해서 부모를 돌보려고 한다. 게이코의 남동생은 어머니를 홀로 떠맡으려는 누나의 어리석음을 날카롭게 지적한다. 비혼인 누나가 아플 때 신체적으로도 심리적으로도 돌봐줄 사람은 아무도 없다는 것이다. 그러한 비혼 여성의 취약성은 그들이 성취한 사회적 성공이나 인간관계가 의미를 잃고 신체적으로나 정신적으로 쇠약해지는 노년에 가장 커진다는 점에서 치명적이다.

그런 점을 생각할 때, 『장녀들』은 한국 사회에서 아직 본격적으로 논의되지 않은, 그리고 곧 중요하게 대두될 몇 가지 시사점을 제시한다.

하나는 연로한 부모와 자식 간 관계의 변화이다. 부모가 더 이상 사회의 변화에 적응하지 못하거나 육체적으로 독립적인 생활을 할 수 없을 때, 기존의 부모-자식 관계는 서서히 역전된다. 성장 과정에서 의지할 대상이었던 부모가 독립성을 잃고 의존해오면서 벌어지는 관계 변화는 부모와 자식 모두에게 갈등 요소가 된다. 그럼에도 불구하고 일본보다 부모-자식 관계가 끈끈한 한국 사회에서 연로한 부모님의 변화와 그로 인한 갈등은 자식이 마땅히 수용해야 하는 효의 문제로 치환되고 사회적인 인식도 그 수준에 머무르고 있는 것처럼 보인다. 지금도 인터넷에서는 부모-자식 사이의 문제점을 지적하는 기사의 댓글난에서 자식의 불효를 탓하는 댓글이 가장 많은 지지를 얻는 것을 종종 볼 수 있다. 친구들끼리 부모에 대한 불평을 하다가도 문득 "이러면 내가 너무 불효자 같은데……" 하고 사족을 단다. 이 글을 쓰는 내 머리 한구석에도 거의 자동적으로 "그렇게 말하는 너 역시 어머니의 돌봄노동을 향수하지 않았는가", "어머니와 아버지의 헌신을 당연하게 여기지 않는가" 같은 날카로운 자기 비난의 말이 떠오른다.

굳이 유교적인 효의 관념까지 끌어들여 설명할 필요는 없을지도 모른다. 나오미는 치매를 앓는 어머니의 노추(老醜)에 강한 혐오를 느끼면서도 과거 어머니의 헌신적인 돌봄노동을 상기하며 죄책감을 느낀다. 게이코는 가장 위태로웠던 순간에 자신을 도와줬던 어머니의 모습을 잊지 못하고, 끝까지 시집의 삶의 방식을 거부한 어머니의 선택도 이해하기에 이른다. 가장 독립적인 삶을 선택한 것처럼 보이는 요리코조차 폭풍이 치는 밤 딸을 위해 달려왔던 아버지의 고독사에 대한 죄악감이 마음 한구석에 도사리고 있다. 『장녀들』이 묘사하는 부모는 자식에게 '독이 되는 부모'라는 뜻의 독친(毒親)과는 거리가 멀다. 일반적으로 기대되는 부모상보다 훨씬 훌륭하고, 심지어 이상적인 부모에 가깝다. 그렇기 때문에 이 장녀들의 고통은 밖에 드러나는 순간 공감보다 비난을 받기 쉽다. 아낌없이 사랑을 베풀어주고 존경할 만하던 가족 구성원이 어느 순간 내게 모든 삶을 의지하고, 따뜻하고 헌신적인 돌봄노동을 기대하며, 그 기대가 채워지지 않으면 채권자처럼 군다. 가장 친밀한 가족으로서 그 이유와 입장의 변화를 이해하고 공감하기에 더욱 고통스럽다. 그것이 바로 문제의 핵심인 것이다.

5

또 하나는 가정 내 돌봄노동의 문제이다. 멀지 않은 과거에는 한국과 일본 어디에서든 노인의 병간호를 포함한 수발은 자연스럽게 전업주부인 며느리가 담당해야 하는 일이었다. 그러나 이제 1인 가구가 가파르게 증가하고 있는 현실에서, 여성이 예전처럼 돌봄노동을 전담하기를 바라는 것은 이미 비현실적인 기대다. 그리고 「미션」에서 아버지와 오빠가 요리코에게 어머니의 역할을 기대하듯이, 이제 가정 내에서 돌봄노동이 필요해질 때 그 기대는 며느리로부터 친딸에게로 이동하는 경향을 보이고 있다.

각자 가정을 꾸린 자녀들은 자신의 가족을 돌보아야 하기 때문에 부모를 모시는 역할은 홀몸인 비혼 여성에게 돌아가기 쉽다. 「퍼스트레이디」의 게이코가 그러하듯이, 자진해서 그러한 역할을 짊어지기도 한다. 어쩌면 「집 지키는 딸」의 어머니처럼 딸에게 자신의 노후를 맡기기 위해 이혼까지 부추기거나, 요리코의 아버지처럼 돌봄노동을 받을 수 없게 된다는 이유로 딸의 결혼을 꺼리는 경우도 있을 수 있다.

공감과 이해는 분명 미덕이지만, 끊임없이 변화하고 미세하게 작동하는 가족과 세대 간의 미묘한 감정과 이해관계 속에서 때로 유해하게 작용할 수 있다. 이것은 젠더와 떼어놓고 생각할 수 없다. 가족이 자연스럽게 딸에게만 일방적인 공감과 이해를 기대하거나, 요구하는 것은 이미 감정적 착취로까지 이어질 수 있는 비대칭적 관계의 토대를 쌓아 올리고 있는 것이기 때문이다.

물론, 연로한 부모가 돌봄노동을 원하는 것 자체가 잘못은 아니다. 익숙한 환경에서 지내고자 하고 믿을 수 있는 가족이 자신을 잘 돌봐주기를 바라는 것은 노년의 자연스러운 감정이다. 하지만 그에 필요한 돌봄노동에 대한 기대가 딸에게만 집중될 때, 딸에게는 가정이 세상에서 가장 좁은 지옥이 될 수도 있다.

그리고 여기서 한발 더 나아가 생각해보자. 이 장녀들의 노후는 어떻게 될까? 이혼하고 따로 사는 자녀나 소원한 가족이 과연 그들의 노후를 책임지려 할까? 게이코의 남동생이 지적했듯이, 현실적으로 그런 기대는 하기 어렵다. 신체적인 노쇠와 인지 능력의 저하, 불안정한 정서 변화를 겪는 노년기에 이 비혼 여성들은 어디서 그들의 안전과 돌봄을 찾아야 할까? 나오미가 끊임없이 자신의 미래를 생각하며 느끼는 불안과 절망감은, 노년 세대에게 적대적인 현대 사회를 살아가는 한국의 장녀들도 쉽게 공감할 수 있을 것이다.

한 걸음 더 나아가 사회에도 보다 적극적으로 질문을 던져야 한다. 돌봄노동은 노년의 부모와 비혼 딸이 가족 내에서, 개인과 개인 간 관계 속에서만 풀어야 할 문제일까? 수많은 비혼 여성의 불안과 절망을 해소하는 것은 사회적 과제가 아닌가? 사회는 여기에 어떻게 대처할 수 있을까? 우리는 이런 이야기를 얼마나 공론화하고 있으며 과연 한국 사회에는 어떤 대비책이 있는가?

가장 개인적인 것이 가장 정치적인 것이다. 우리의 할머니, 어머니, 이모, 고모가 묵묵히 수행했던 돌봄노동의 짐을 장녀들이 애정과 책임감 때문에 이어받는 것으로는 문제가 해결되지 않는다. 사람은 늙는다. 우리 모두 언젠가는 시대에 뒤떨어지고, 독립적인 삶을 살지 못해 반드시 타인의 손을 빌려야만 살 수 있는, 오로지 의료비와 복지 비용만 증가시키기 때문에 한국 사회가 혐오하는 바로 그 노인이 될 것이다. 그렇다면 어째서 이 장녀들의 문제가 사회의 문제가 아니란 말인가?

6

우리의 삶은 매우 빠르게 변하고 있고, 코로나바이러스감염증-19 사태 이후에는 더욱 그럴 것이다. 사실 우리는 모두 알고 있다. 1인 가구의 증가는 이제 막을 수 없는 흐름이다. 또한 비단 1인 가구가 아니라 하더라도, 배우자나 자녀, 가족이 우리의 노후를 전적으로 책임지거나 헌신적인 돌봄노동을 해주기를 기대할 수 있는 시절은 지나갔다. 아이들은 점점 더 태어나지 않을 것이고 우리 사회는 계속 늙어갈 것이다. 시대와 세대, 개인을 탓하는 것은 우리 삶의, 그리고 사회의 문제를 해결해주지 못한다.

이해와 공감을 가족만이 아니라 밖으로 넓혀 나가는 것, 우리 삶의 미묘하고 사소한 문제들에 기꺼이 귀를 기울이는 것. 『장녀들』이 들려주는 이야기들은 그 연습의 시작이 될 수 있을 것이다.

장녀들

처음 펴낸날 2020년 5월 29일
2쇄 펴낸날 2020년 6월 29일

지은이 시노다 세츠코
옮긴이 안지나
펴낸이 주일우
책임 편집 김소원
편집 윤자형

펴낸곳 이음
등록번호 제2005-000137호
등록일자 2005년 6월 27일
주소 서울시 마포구 월드컵북로 1길 52
전화 02-3141-6126
팩스 02-6455-4207
전자우편 editor@eumbooks.com
홈페이지 www.eumbooks.com

ISBN 978-89-93166-09-5 03830

값 14,800원

이 도서의 국립중앙도서관 출판예정도서목록(CIP)은
서지정보유통지원 시스템 홈페이지(http://seoji.nl.go.kr)와
국가자료공동목록시스템(http://www.nl.go.kr/kolisnet)에서
이용하실 수 있습니다. (CIP제어번호: CIP2020016811)